天是空的

尹广散文选集

尹广 著

人民东方出版传媒
東方出版社

序
尹广散文的理性精神以及其他

杨 新 成

据我所知，广东作家尹广已经出了以下4本书：文集（报告文学与新闻特写、杂谈、散文、诗歌和小说戏剧的合集）《岁月流痕》《瞬间》，诗集《天地良心》，散文集《西域碎片》。和上述《西域碎片》相同的是，本册《天是空的》也是散文集。既然在文体上同属一种类型，我们先将《西域碎片》和《天是空的》作一个简单的比对。

我们认为，《天是空的》和《西域碎片》相比，最大的差异是《西域碎片》是比较感性的，《天是空的》是比较理性的（文学的感性和理性，是很难在一篇文章中独立存在的。为了方便论述和比对，我们只好将上述两册散文集作一个不太符合唯物辩证法的文学切分）。我们比对一下这册书名就会发现，“西域碎片”是名词构成偏正短语，是一种空间概念下的具体形象；“天是空的”是主谓宾构成的句子，是基于“天空”拆分之后的理性发现。这一点，像是诗歌。诗歌在唐代，更多地呈现的是感性，如“夜来风雨声，花落知多少”（孟浩然《春晓》），到了宋代，更多地发展为理性，如“不畏浮云遮望眼，只缘身在最高层”（王安石《登飞来峰》）。可以说，尹广的《天是空的》和余秋雨的《文化苦旅》《山居笔记》《霜冷长河》《行者无疆》一样，呈现的是反思的理性、批判的理性、探索的理性和发现的理性，张扬了一种“视野广阔、知识渊博、艺术敏锐”（2016年10月8日中共中央政治局委员、中央书记处书记、中宣部部长刘奇葆调研文学期刊时对编辑队伍的寄语）的理性精神。

我们知道，“理性”（德文 Vernunft，英文 Reasoning）一词，源于希腊语的音译“逻各斯”，现在指人们在认识和改造世界的过程中表现出来的理智、自主、反思等思维品质和行为特征。理性精神主要包含“实事求是、追求真理”的科学精神和“怀疑、分析、实证”的批判性精神，以及在复杂的社会生活中理智地做出价值判断和价值选择的能力。据尹广自述，新疆军旅作家周涛是他文学创作道路上的启蒙老师。关于这对文学师徒的共同性，我们认为最主要的是文学创作的理性精神。《羊城晚报》副刊编辑吴小攀在《将外在景观与逝去历史感性交融》中认为“周涛的散文的写法有点像诗人写诗，偏于抽象性”。周涛早期散文代表作《过河》和本册散文代表作《天是空的》一样，都充满了理性的光辉。《过河》的故事情节比较简单：“我”想尽了办法，马依然不肯过河，倒是一个 80 岁的连走路都需要扶的哈萨克老太太轻松地策马过河。但是，《过河》的象征意义却比较深远：马背上的骑者是永远充满生命活力的，马背上的民族是不畏惧任何艰难险阻的。我们生活在这充满活力的世界，就应当做一个敢于并善于驾驭任何骏马的好骑手。尹广在《天是空的》中说：“天是空的，对于这样一件再明显不过、再简单不过的事，自己竟是在西藏看兵时无意间看天而发现的。”很多时候，“玄远的天空本来是出神话的地方，盘古开天、女娲补天、牛郎织女、嫦娥奔月、后羿射日、王母盛宴、仙女下凡、天女散花等”。为此，我们应该“咬牙带着恋人或全家离开一下城市吧，或来到僻静的山区，或靠近浩瀚的海边，看着夜晚的天空，看看满天的星星和皎洁的月亮”——这就是尹广反思我们“落下这样或那样的城市病、职业病和心理疾病时”，应该采取的生活方式和应该到达的“乌托邦”。

坚持理性精神所包含的“实事求是、追求真理”的科学精神和“怀疑、分析、实证”的批判性精神，就是要坚持马克思主义关于“现象与本质”的辩证思维。马克思主义哲学知识告诉我们：“现象和本质是揭示事物内部联系与外部表现相互关系的一对范畴”，“世界上没有离开现象的本质，也没有离开本质的现象”。为此，我们认为，在文学创作中，真实包含“现象真实”和“本质真实”两个方面的意义。什么是“本质真实”？在文学界，有人把“本质真实”解释为可以称为“生活的主流”的东西。在文学创作中，我们认为“本质真实”是现象真实要符合辩证唯物主义的基本观点（一切物质都是在不断运动和变化的，事物与事物之间都是相互联系，相互渗透，相互影响的）和三大规律（对立统一规律、质量互变规律和否定之否定规律）。我们可以说，尹广的创作就是追求“本质真实”的过程，并在这个过程中很好地呈现了反思的理性、批判的理性、探索的理性和发现的理性。

我们知道，从唯物辩证法的角度分析一篇文章的理性精神，反思、批判、探索和发现是很难区分的。为了更好地论述尹广散文的理性精神，我们还是将上述4个关键词分为两组，即反思—批判和探索—发现。作为理性精神，探索—发现是作者沿着“研究正确的已知—形成正确的未知”的路径构建文学世界，反思—批判是作者沿着“剥离错误的已知—形成正确的未知”的路径构建文学世界。

在尹广的《天是空的》中，探索—发现的理性比较常见，如《把灵魂画入黄山》《赤橙黄绿青蓝紫》《放纵的笔墨》《画中涛声充满耳》《涅槃方寸书卷气》《画到联合国》等艺术“本质真实”的探索发现和《天是空的》《活在通达》《心灵的发现》《成功的奥妙》《人生淡定是金》《心存感恩》等世界与人生“本质真实”的探索发现。我们简单分析，就可以发现尹广关于艺术“本质真实”的探索发现具有以下三个特点：一是艺术领域跨画（代表人物如童乃寿、曾嵘、郑文岩、朱培尔、梁如洁、李晓白、陈训勇、刘书民等）、书（代表人物如卢德铭、苏华、李世俊、陈玉广、林阳、张晓虎等）、篆刻（代表人物如徐畅、苏金海等）、漫塑（代表人物如王增丰等）等诸界，专业视野比较广阔。二是探索发现艺术规律的过程中，运用唯物辩证法，论及起源、流派、师承、理念、风格、法度，以及内涵、意境、技艺等专业知识，艺术素养比较深厚。如在《画到联合国》中，尹广认为，“郑文岩的墨法，也融进了岭南先辈居巢、居廉的精髓，尤其是居廉的撞粉撞水法，熔传统的晕墨、渗墨、泼墨、积墨、破墨诸法于一炉，使画面墨气滃然，既具丰富层次，又显融合朦胧”，就师承、技法和作用而言，显出艺术鉴赏的专业水准。三是多角度多层次地探索发现的艺术规律，促进了书、画、印等领域代表人士进一步的艺术苏醒与专业自觉。关于这一点，广东画家林墉是比较清醒的。他在《当代岭南·只说我而已》中表示，“很看重不画画的人对画画这桩事有个怎样的看法”，并希望“我的画有凡夫俗子的温度在”。为此，诸多专业人士用赠送作品的形式（如梁如洁女士专门从香港邮寄画作），表达对尹广艺术点拨的感谢。近年来，尹广上述艺术鉴赏的评论大部分发表在《广州文艺》“天骄艺鉴”专栏，获得了业内领导专家的肯定与赞赏，呈现了思路清晰、判断精准的艺术理性。关于世界与人生“本质真实”的探索发现，在尹广的《天是空的》中也比较常见。吴小攀比较欣赏散文集《西域碎片》中《新疆时间》《逝去的西夏王朝》等散文，认为上述作品可以进入当代散文的经典行列。在散文集《天是空的》中也有此类作品，如《感谢废墟》。这类充满人文理性的作品最大的特点是：根据现实景观和历史遗迹，探索发现人类发展与进步的规律，体现了比较强烈的历史责任感和作家应有的社会担当意识。

尹广认为，当前社会，物质越来越丰富，人们的思想却越来越颓废：上到官员，贪钱恋色；下到百姓，赌博吸毒——是的，我们处在一个需要反思需要批判的社会。在尹广的《天是空的》中，反思—批判的理性进入上述领域，可以从以下篇目中得到佐证：《抗日战争并不浪漫》《被新科技绑架了灵魂的我们》《生命中难以接受之轻》《多行不义往往不会自毙》《时间拷问》《透过生活的表象》《非人类的家庭成员》等。在现实生活中，为什么越来越多的人饲养宠物？当然是人们的交往、相处出现了问题：人们空虚、孤独、寂寞，于是宠物猫点点的纯真适时出现，填补了失爱的社会（《非人类的家庭成员》）。不仅如此，尹广还将反思、批判的领域延伸到了历史人物、政治体制、文化命脉等比较敏感的禁区（如《溪口之行的发现》涉及对蒋介石的正面评价）：这是亮点，也是看点。在上述散文中，尹广认为，“蒋介石是一个民族英雄，一位结束军阀割据和混战的杰出人物”；同时，肯定了蒋介石恋乡情绪比较浓厚等人性优点。我们佩服尹广反思某些历史人物和批判当下某些做法的胆略，虽然我们并不认同尹广在《溪口之行中的发现》一文中的全部观点。仔细研究上述作品，我们可以发现尹广的反思批判是建立在比对之上的。现实生活中，有些事情，我们都知道；有些事情，我们会讲一点，留一点——总之，我们“人在江湖，身不由已（在我们生活中，江湖更多的是具体为一种体制。我们知道，当我们生活的时候，体制是一种保障；当我们写作的时候，体制却是一种限制）”。但是，尹广不会讲一点，留一点：他讲（当然，这种“讲”，很多时候就是一种批判），就要讲透。

尹广在探索发现和反思批判的过程中所呈现的“现象真实”，我们不再详述。我们只强调一点，那就是可圈可点的精耕细作和精雕细刻。如尹广用“每天傍晚，我回到家，点点便缠着我的腿，意思是它要换猫砂。刚一换上新的猫砂，它就在上面打滚撒欢，一派欢欣鼓舞的模样。我刚刚换猫砂，它马上撒尿立马拉屎……这么折腾两三回，它才肯罢休（《非人类的家庭成员》）”等语言，鲜活地写出了宠物猫点点的生活习惯，以及人类的家庭成员和非人类的家庭成员之间（人与自然）和谐相处的关系。

近年来，有些学者宣称：“上帝、国王、父亲、理性、历史、人文主义已经匆匆过去，虽然在此信仰园地中余烬犹存。我们已经杀死了我们的诸神。”他们说的也许击中了这个时代“缺钙”之痛，但是我们不怕，因为有尹广和其他作家在——“尹广们”祭出理性精神的大旗（尹广认为，文学的根本是人性问题，是人的思想和精神：文学不会死），用大视野和历史唯物主义来审视人类的生存意义，重新理解和阐释关于世界、人生和艺术的内涵与价值。最重要的是，尹广们建立在“现象真实”和“本质真实”基础上的大漠、云海、乾坤以及气格、精神、国魂，成为离我们不远的“乌托邦”——那是我们灵魂的栖息地——激励着我们去迎接生活中的第一缕朝阳。

2016年10月11日

目 录

第1篇 天是空的

我敢说，居住在城市里的人，尤其是大城市里的人，基本上都不喜欢看天了。究其原因，一是天老是哭丧着脸，灰蒙蒙一片，何必自讨没趣？二是天没有什么可看的，除了云，还是云，有时从云层里钻出来的太阳像火球一般，眼睛根本不敢直视。

那年冬季，作为白云区人武部的政委，我到西藏看望首次入藏的广州籍新兵。晚上，我因有高原反应睡不着，便来到屋外溜达，无意间抬头看看天，竟发现仙境：湛蓝湛蓝的天空上缀满星斗，还有一轮洁净无比的月亮，清新极了，壮观极了，感到天离自己很近，星星和月亮似乎触手可及。啊，天空深邃无比，漫天缀满了亮亮的东西，密密麻麻的，且有一颗亮东西“唰”的一下滑过来。这是天吗？怎么是这样的？天蓝得可怕，深得可怕，那些亮东西似乎是活的，大大小小都在动，似乎要吞噬你。

望着这样的天空，使人越望越傻，越傻就越着迷，越着迷就越有些害怕。不要以为天空无所谓，现在的人为什么都急功近利？很大的原因是看不到远处了，或者说远处的东西不吸引他们了。正是深邃的天空、充满了秘密的天空、缀满星星月亮的天空让人起玄想：深不可测的远处到底是什么？虚空有边吗？若有，边外是什么？若没有，那又是个什么状态的存在？星辰有数吗？有数，是多少？没数，是个什么概念？星辰在怎么运行？谁在推动它们？这样大的秩序是怎么建立起来的？谁能建立？在这样浩瀚的背景下，人是个什么样的存在？是渺小，还是伟大？为什么渺小，为什么伟大？人生有意义吗？如果说没有意义，那什么事有意义？如果说有意义，那意义是什么？……

天是空的，对于这样一件再明显不过、再简单不过的事，自己竟是在西藏看兵时无意间看天而发现的。看着看着，自己就浮想联翩，就要灵魂出窍。然而，对于这类简单无比的问题，活在当下社会的人们，尤其是受过文明熏陶、受过较高文化教育的城市人，谁也不想这号子烂问题。动物不想，动物比人聪明。动物知道想不清的东西就别想，该吃草就吃草，连花也一块儿都咽到肚子里；该吃肉就吃肉，管你合不合理、合不合规，吃到肉就是硬道理。周涛在散文《天似穹庐》里写道，他认为极个别动物也想这号子问题。他看见骆驼那副愚蠢傲慢的杂种样子，就觉得骆驼想把自己装得像个什么哲学家，那两个烂瘤子就似乎是它的思想武库，一天到晚背着，舍不得放下。一生偏爱写马、挺马的周涛此时破口大骂起马是一种相当可耻的动物，说马想充当英雄，便显出整天急不可耐的焦躁样子，好像它是骑士而不是被人骑。当英雄很累，得表现得很英俊、很神气，有时候还得故意调皮捣蛋一下子，个性一番，然后再被什么人驯服，就心安理得，英雄也当上了，主子也有了。所以马连睡觉都站着，毫不松懈。当英雄真累。

人活着究竟是怎么回事？只有仰望天空，或眺望海洋，或置身辽阔草原、茫茫戈壁，人才会冒出这样的玄想，人才能活在疑问里。人只有活在疑问里，才能有追求，才能有前行的根本动力；人只有活在疑问里，才能为寻找答案而不断努力，找到答案与找不到答案都是有意义的。人的意义就在追问的过程中，正是追问让人高出所有的动物之上。问题是，现在的成人们不追问了，连求知欲正强的孩子们也不追问了。为什么不追问？因为现代科技的高度发展，因为在他们看来，世上已经没有什么东西是深邃可问的了。

其实，这被人习以为常的天空，原来什么也不是，只是一个大而无当的空洞，空空荡荡，深邃莫测。就是这样一个虚无的空洞罩在头上 N 多年，我竟然一点儿没觉察出它的可怕，没感觉到自己有什么不安全。天地之间无遮无碍，中间只有小小的我。我仿佛是被夹在中间，觉得身下抚着的是一只沉甸甸的巨手，眼前的天空是一个大井，只要稍不注意，一不留神，或者轻轻一翻动，就会被扔出去，扔进那个巨大的空洞里。啊，我恐怖的叫声在空洞里毫无声息，闭住眼睛，一种自由落体的跌落，跌、跌、跌，一直往深处跌落的垂危和快感，又新鲜，又怕人。那种一头栽进无底的天空大洞里的滋味儿，无法言传，谁要是自以为能讲清楚谁就错了。愚昧的人知道自己弄不清楚，因此不说，所以愚昧的人这时候是聪明的。

“你读了那么一肚子破书，有什么鬼用?”天边传来这个声音，在大洞的笼罩俯瞰之下，我心一紧，“唰”的一下被掏空了，像被什么东西掏光了五脏六腑似的，又孤独，又凄惶，精神啦、意志啦、理想啦、抱负啦全都成了一些不堪一击的朽木。在天空的俯瞰之下，“我”烟消云散，只剩一副躯壳。

李白曾有诗云：“天意自古高难测。”以李白之天纵英才，竟然感叹“天意高难测”，难怪芸芸众生唯只能“朦喳喳”了。正因为难问才越是要问，并且根据问的层次不同而有不同层次的人生。没了可问的世界，定然是个浅薄的世界。不见大海，只见浮沤；不见蓝天，只见沙尘；不见未来结局，只见眼前利益。这样的人就像“盲人骑瞎马，夜半临深池”，身在险处却全然不知，就等于把上吊的绳子当领带系了。

天是空的，我却开始流泪了。

一滴，又一滴，冰凉的，清新的。

玄远的天空本来是出神话的地方，盘古开天、女娲补天、牛郎织女、嫦娥奔月、后羿射日、王母盛宴、仙女下凡、天女散花等，每个都绚丽，每个都精彩。我们活在这绚丽、精彩里，我们的生活就以这绚丽、精彩做背景。有了这背景，我们的生活才会过得有滋有味，日子里就有了神话传奇的效果。

久居城市、蜗居特大城市里的人们，当你们的生活或成三点一线，或打仗式地奔跑，并落下这样或那样的城市病、职业病和心理疾病时，咬牙带着恋人或全家离开一下城市吧，或来到僻静的山区，或靠近浩瀚的海边，看着夜晚的天空，看看缀满的星星和皎洁的月亮，你会听到天籁之音，你会感悟天地之道，你会油然而生敬畏之心，你会拓宽心灵之路。

这绝不是忽悠，不妨试试看。

第2篇 把灵魂画入黄山

黄山是一座神山，云环绕着山，这是云的海，五百里的黄山聚合着世间多少烟云，海天相接处绽露出一轮红球，带来生命之光华，掩藏在云海中的峰壑松石闪烁着晶莹的色彩，争先恐后地涌上来；这是峰的海，一个接着一个的峰，一条连着一条的巨壑，在烟云中隐现、晃动，如同一座座汹涌的洪峰，如同洪峰过处留下的一道道浪花；这是松的海，悠悠的白云间，危崖绝壁上，一棵棵青松，一层层绿荫……云海、峰石、奇松，相伴而相得益彰，这是多么壮观的风景画啊！

这就是一幅精美绝伦的山水画，出自童乃寿之手。

读过童乃寿山水画的人，特别是他的黄山题材作品，几乎都有一个共同的感受：大气灵动，蔚为大观。面对他的画，你不禁寄情于山、钟情于松、怡情于云、忘情于水。在他的笔下，云和水是有生命的、有灵魂的，山和松是有个性、有思想的。

读童乃寿的黄山画作，我们享受了险峻陡峭的极则之美与婉约灵动的中和之美。黄山险奇秀丽，画家竞挥笔墨。明末清初，梅清经常约渐江、石涛、戴本京等到黄山写生，近代的黄宾虹、潘天寿、贺天健、汪采白、张大千、刘海粟、李可染、陆俨少、赖少其、关山月、黄永玉等都留下了以黄山为题材的经典画作。正如张大千所说："黄山与画家之间是有宿缘的。"名家笔下的黄山各呈风致：渐江的画面简洁、孤高，干笔勾斫所表现出的强烈主观意识代表着传统绘画中因景造景的不二法门，但意象过于抽象，缺乏“心”与“物”的契合；石涛的潇洒挥脱，略无依傍，时而水墨淋漓，时而勾勒皴擦，点染间，充斥着对画面图式的悉心经营与锤炼，但似乎水墨不受法度的约束，少了些“度物象而取其真”的兼顾；梅清的画则奇思妙想，瑰伟多姿，画面浪漫，热情而充满韵致，但气势不足；黄宾虹的堆积点染，层层深厚，但墨大于笔，图面冷色，少了些生机；刘海粟的大笔泼洒，烟嶂淋漓，但鲜见线条的气质与张力；赖少其的笔墨垂色，突兀奇崛，但缺少了画面的灵动与气韵……

童乃寿坚持以“写生”作为他创作实践和艺术感悟的切入点。“写生”使他对传统中国山水画中所呈现的“公式化”泛滥现象有了清醒的认识，感到“师造化”不能只停留在前人的杰出作品中，不能陷入自我感觉良好的“淤泥”中。虽然他本人深受“新安画派”的影响，也十分热爱黄宾虹的浑厚华滋、深具传统文化的笔墨，但他认为笔墨应为绘画作品的意境服务，应有个性特点，单纯地沿用黄宾虹笔墨符号，而不尊重黄山所具有的多种秉性特征，不尊重矛盾统一的本质，就会失之偏颇。长期的黄山写生，使他对黄山的认识不断清晰、深刻：黄山不仅山峦雄浑，势状雄强，还隽永秀丽；既石体坚凝，杂木丰茂，又气象萧疏，烟林清旷。黄山的绝美就在于对立统一的美，黄山的精彩就在于它的险峻陡峭的极则之美与婉约灵动的中和之美的有机结合。然而，对于这种独特的现象，过往的一些画家采取了二者必居其一的办法，像石涛这样有个性的大画家当然会选择较大视觉冲击力的极则之美，而梅清、张大千则倾向于浅墨流畅的和谐之美。这些名家漫游黄山名胜，有感于山高水长、松青云绕，而在作画时，不拘泥于对它的形、质、色等自然属性的描绘，或取雄奇、浑厚之意，或表幽深、阔远之情，也许千皴万染，烘托出自己理想的意境，也许寥寥几笔，其意也尽在其中。

童乃寿通过多年的写生感悟到，黄山这种集阳刚博大与阴柔婉约于一身的两极反差之美其实是浑然一体的，其强烈的震撼力正是这种阳刚与阴柔并存的视觉反应，反差中有均衡，均衡里有冲击，造就了黄山美的独特魅力。为了在画作上体现这种均衡和谐的两极之美，他首先树立了两极之美共存互兼的理念，追求“物我两忘”的境界，修炼“解衣磅礴、天人合一”的功法。他笔下的黄山不仅展现了它原有的姿态，更为关键的是，他所借由表现的黄山的整体外在形貌与特色，乃是他二十余次登顶、遍临七十二奇峰之后陶冶锤炼出来的心中景象。他的画作中，那些形态丰富的自然肌理、植被特点以及它们所生发出的风骨气象，折射出中国传统哲学中的一个重要命题，即刚柔并济、阴阳互补。他的《登炼丹台望炼丹峰》《仙境黄山揽胜》等画作，拙劲的线条勾勒出黄山的雄奇幽深，明透的墨色传出了黄山的秀润灵动。事实上，他的许多作品都是二者兼备的，只是某一方面、某一环节较为突出罢了。例如《黄山之晨》，极富想象力，云海和瀑布夸张地占据了近半幅画面，表现出一种云海雾雨的极则之美，但其笔墨、色彩和构图却是较为中和的。

综观其画作，他的整个画作追求均衡、和谐，强调对立统一的美。他的画，不仅在画面的形象上，而且在创作理念上皆持一种阴阳互补、允执其中的立场和态度。历观中国传统的山水画论、画品，都不怎么谈论技术手段和表现技巧之类的问题。其实，所谓的技进于道，道如果没有技作为支撑和依托，永远只能存在于理想之中，即使哲学大家老子、庄子，也设法借助于文字工具来演说心中的道。童乃寿大处着想、小处着毫，根据绘画所表现的不同要求，在毛笔的运用上下功夫：用中锋表现线条的圆润厚重；用侧笔营造粗狂毛糙；用快笔体现轻盈灵秀。疏密、轻美、粗细、虚实的线条，交织在他胸有成竹的心道中，糅进了对立统一的两极画面的节奏和韵律中，成为他均衡世界的一个支点。另一个支点，则是在用墨上。他掌握了干、理、浓、淡、枯五种用墨技法，先是通过墨色轻重、浓淡和湿枯等变化塑造两极或者多极的黄山形象，后来发展到通过水墨变化来表现黄山的向背、凹凸等形象。从童乃寿的黄山作品中，我们看到了他的“行笔磊落，于焦墨痕中略施微染，轻烟淡彩”的笔墨造型作用，这诱发于大自然造就的斑斓世界，得益于他领悟到均衡、和谐、对立统一的中和之美，也体现了中国文化的核心价值。他遵循“以气力生笔墨，以笔墨生精神”的理念，以自己的主观感受来提炼山水意象，运用各种手段来调动笔墨，或长线勾勒行云流水，融入个性化程式；或渲染皴擦专注于山石结构与肌理；或以泼墨、破墨与积墨强化风卷云舒、光影婆娑的层次感和对比感。

观去只觉黄山满眼来，但又不同于原有的黄山，你会被他所营造的那种宏远的气势所震撼，也会被他画作中洋溢的婉约气韵所感染。正如岭南书画学院曲斌院长所指：童乃寿从哲学的高度理解了黄山的特征，从笔墨的实践中诠释了哲学的真谛。他的画，既继承了北派的山水之骨，皴擦多变带来沉雄健爽，又有南派山水的“诗心”与“文脉”。他运用笔墨实践的成功意义，突破了所谓传统中国画艺术已经是一个完整的体系之说，所谓“中国画已无创新而言”“笔墨等与零”“中国画的笔墨已无新路可走”等言论不攻自破，带给我们思维视野方向性的启迪。

读童乃寿的黄山画作，我们敬佩他在结构上的大张大和、独具匠心。黄山的奇特之美由雄强博大与淡雅婉约的阳阴两极组成。在构图造型方面，前人或朴拙天真，随即活泼；或意追古人，直出率真；或方拙若巧，层层相应；或技巧圆融，形出意象。童乃寿偏爱场面宏大、多极共存、层次丰富的结构方式。这种“全景式”的构图，为展示黄山特色打开了一条康庄大道，为在尺幅之内写出千里之景提供了更为现实的可能。《千里画廊》《世纪之光照黄山》等作品境界开阔，其画风恣肆纵横，变化多端，气魄宏大，于寂静中寓刚健，萧疏中含润色。这一方景致，呼应了世界多极共存而相对平衡的自然法则，承载了天人合一、顺应客体的人生顿悟。作为自然景观的黄山风物，在童乃寿的作品中游离于自然与心灵的两极之间；而作品艺术的黄山画作，又游离于传统程式和近现代名家的笔墨规范之间。他在游离两极画风中找到一种新的平衡点，从而使作品脱离古典范畴，实现了画作的一次创新。这种“创新”不仅仅是大张大和的构图与众不同，还涉及两个方面的问题：一是创什么样的“新”，二是用什么语言表现“新”。第一，是黄山用什么样的艺术效果来感动人，这也是我们常说的“气韵”，童乃寿黄山画作的独特之处在于他坚持传统中国画的写意精神和意象造型的观念，兼重丘壑、笔墨和意境。重丘壑，反映在他对客观自然的观察和体验上，从自然山水中获得体悟和灵感，写出胸中的自然，画面构图洋溢着内在气质和生命节律，深具“生动感”。第二，他选择了表现这种气韵的合适手段。童乃寿在“写”的心态下，运用勾、皴、擦、染、点等笔法表现出自己的设想和结构，使蒙养于他内心的“豁朗洒脱，简要清通”的神韵气度跃然纸上。从小打下坚实书法功夫的他，既以魏碑入手，用笔积点成线，用墨浓重沉郁，又以汉隶为鉴，用笔凝练飘逸，用墨清润秀丽。他有很强的笔触意识和功夫，注重表现远观的势和近观的度。他的笔触是耐看的，是经得起仔细品评的。在他的构图中，某一物体上，边缘形态实多虚少，以生硬见对比，这是由其以点成线及拙线笔势决定的，《晓雾光明》《炼丹峰》等画作中出现的物象，已明显带有典型的时代特征，其单纯的开合式结构图又把这一特征集中在一个主体区域，画中的现代建筑与树木、水雾和山体连成一体，形成了童乃寿特有的语言程式，以朴拙之笔，以秩序感排除许多横与竖的结构，并使之疏密有致。童乃寿的画作繁简具有节奏变化，以枯、湿、淡、浓、淡画出、染出、烘出虚实、明暗之变化，并使之成为有机和谐的统一体，充满哲学意味的画面具有浑厚华滋的艺术效果。像《八百里黄山松云流水揽胜》《散花坞》等画作中的上方或山顶部或为一轮红日，或赋上朱色，迷离浑濛的山水具有了晨曦朝阳的灿烂，特别是在山水之间或半腰中，实白处渗入少许的淡墨，勾勒出山体的湿润。

“林光静树，川无停流”是童乃寿山水画的基本态势，他在黄山画构图中的精彩之处，是对云和水的营造。黄山是座雄峻相伴、静动相连的神山，这种奇妙不仅在于石松的雄奇、稳重，更在于其雾的萦绕、溪水的生动。童乃寿要表现山川之灵气，当然离不开云烟渲染，水流掩映。他精心留白，将此作为画作构图中的一个重要元素，在他看来，留白不是随意地在画面上留出一片空地或者一个出气口来，而是把画面中的留白作为他创作风格的一个很重要的“符号”。他的留白理论是从书法的“知白守墨”和“计白当黑”中引申出来的。清人书画家笪重光曰：“人但知有画处是画，不知无画处皆画，画之空处全局所关，即虚实相生法。人多不着眼空处，妙在道幅皆灵，故云妙境也。”童乃寿以墨色为主调，利用空白与墨色对比，在以实写虚的过程中，巧妙勾勒和渲染云的神采、水的自如。通过云和水的留白造型，实现了“实景清而空景观，真景逼而神境生”（笪重光《画筌》）之意境。这些精心营造的“留白”，成为童乃寿的“画眼”，它在黄山画作中起到了形神兼备、画龙点睛的作用。在云水的留白勾勒中，他非常注重着墨处与空白处的衔接，渲染时注意皴法中的虚实变化，宜于虚中留白，并在虚无处浸染淡墨，增强了云海的层次感，以云光加强山峦的空间气氛。古人画水一般

《万山飞雨吼蛟龙》 **童乃寿** 作

《山家》 **童乃寿** 作

都用勾水法，即勾出流水、行云的水纹或云彩以表现山水的特征，画云亦是如此。童乃寿另辟蹊径，在表现云海时采用“空白法”和“染云法”，如为表现流水的动感，它采用轻重墨色的“皴法”，加强云与水的对比关系，显示流水的造型效果。在突出以实写虚的创作中，他直指物我神融迸进的浑茫处——具体与抽象的交接处，虚与实的交接处、无与有的交接处，用以表现天地造化之壮阔幽深与无际。观画者的目光随着他的生动造景而缱绻难舍。他的《黄山晓雾》《听涛居》《黄山烟云》等都是由充实引入空灵，由真意而接近心远的。

童乃寿在山水画结构上的创新与成功，让我们对中国画的取景和造型有了新的认识。传统中国画的程式化倾向，特别是在造型状物方面，无论巨细即有程式的做法至明清达到了极致。清人王概所编《芥子园画传》即为这种程式化的集大成者，这种程式化给中国画带来的影响是复杂的。一方面，程式化造成了符号化和定型化，其极端的结果如梁启超所批“如果之极熟而至烂，如血之凝固而成瘀”，其阻断了与生活中真源活水的联系，导致了绘画本体的僵化，消解了艺术前行的动能与创造的活力；而另一方面，由于传统中国画的本体集中体现在那些代代相传的程式中，若失去了程式，又无法显示中国画的本体的存在。童乃寿非常了解程式，熟悉程式，重视程式，同时，他又不为这种程式所规范和拘囿，他画作的贡献和艺术价值，就是通过对程式的继承和创新的不同态度彰显出来的。

读童乃寿的黄山画作，我们领略了他鲜明的人文精神和生命的精致。童乃寿一生情系黄山，黄山成就了童乃寿。他与黄山的不解之缘是从 1956 年入巢县黄山中学就读开始的，不过，直到 1970 年他才第一次真正登上黄山。他二十多次登临黄山，最长一次在山上待了三个月。他对黄山的一树一石，一云一泉，无不烂熟于心。综观童乃寿的黄山系列作品，不难发现他所画的大部分都是早晨的黄山，或红日一轮，或朝霞几抹。“我创作的基调就是早晨，这是人生的开始。”这是他对画的追求，也是对自己人生的追求。

对美的追求，童乃寿达到了忘我，甚至不要命的境地。一次，他上黄山写生时摔了一跤，后脑勺磕在石头上，一起写生的同事要送他下山去医院，他死也不答应，只是用山泉水洗洗，又坚持写生，他说：“黄山的美可以令我连命都不要了。”他把心交给黄山，黄山也走进了他的心里。在黄山的写生中，他得到了“高情远致”的衣钵，通过修炼内心获得了“纯任自然，得自然之极，自然变化从心，涵盖万有”的境界。画乃心迹，童乃寿黄山画作的可贵之处在于他秉承“气韵者，非烟云雾霭也，是天地间之真气也。凡物无气不生……然有气韵，无气则极呆矣”的理念，在于他将自己的思想灵魂投入到绘画创作中。他豁达乐观，坦诚率真的人生态度；他淡泊名利，不愿做官，不唯市场，不唯金钱，老实作画，清白做人，为艺术不惜牺牲生命的人格品行；他远离世俗，不凑热闹，甘于寂寞，潜心创作的超脱性格；他勇于操险，坚持求变，敢于创新的求索精神，这些都给人留下了深刻的印象。

他从多年黄山写生中，既获得了“离形得似”之美，又收获了“近而不浮，远而不居”的韵致。这种人文精神折射出他鲜明的艺术个性——以骨为美，以气为尚。在他的笔墨和作品中，“骨”和“气”是精神、理想、品质、境界的表征，虽具清奇之美而不失气势磅礴之光。对骨气的崇尚，使童乃寿的艺术富于生命的活力与情致、个性和精神。生命的灵性深入事物的本质和灵魂，使其作品接近一种艺术的本真和智慧。有人说，童乃寿是把自己的灵魂附体黄山，将自己的灵魂画在黄山画作之中的，这是十分有见地的评论。这种风骨内敛与精神外拓的人文主义，在《桃花溪》《黄山之晨》《黄山晓雾》《黄山雪霁》《晓雾光明》等作品及诸多写生作品中得到了体现。

童乃寿的山水画作独具一格，集各名家精华之大成。曲斌院长认为他的山水画，尤其是以黄山系列为代表的画作，艺术成就超过了弘仁、石涛、黄宾虹、刘海粟、程少其等大家。中国文联部主席、中国画艺术委员会副主任冯远也较为婉约地表达了这种意思，将他与近世名家作比较后，指出其黄山画作更能展现一种与现实景致的关联与亲和，并继而引用古人的“江山之助”的说法，称童乃寿笔下的黄山即是最好的证明。

我有幸于癸巳年仲春在中国美术馆参观了童乃寿作品展，并与他在研讨会上相识。不幸的是，正当我期盼随曲斌院长专程拜访，认真讨教之时，他却在一年之后的甲午之年仙逝了。虽然他七十有余，但在书画界可算是英年早逝，本来他还可以有更大的志愿、更多的作为的。

童乃寿是位有自知之明、勇于修正、不断进取的画家，假如他还健在，他会在画面的取舍上多些“留白”的诗意，会在表达黄山真面貌上多些视角和侧面。尽管他走了，但他的山水画作就像巍然屹立的黄山那样经久不衰地散发着独特的魅力，吸引愈来愈多的有识之士前来观赏、品味和分享……

第3篇
乡愁殇

无论我居住何处，都改变不了我对家乡湖北武汉的牵挂。尤其是步入中年后，我梦中往往有儿时家乡的影子，梦幻中，过去与现实、逝者与生者常常像电影般地剪辑在一起，交织出片段剧情。

对于我来讲，家乡武汉是个没有留下过美好记忆的地方，那些令我不快的记忆不仅仅是我曾经为吃肉凌晨跑到菜场排队、受歧视、被欺负、不讨老师喜欢，还有寄人篱下、无立锥之地、不会打架、被边缘化、高考不中，等等。

武汉毕竟是我生长的故乡，我是喝她的水长大的，是在她的土地上学会站立、走路的。在那里，也有过我童年的欢乐，有过我青年时代的慰藉。我 17 岁成为最后一批知识青年下放到农村，18 岁当兵到西北边疆，家乡是曾给过我许多温暖的地方。下农村时政府曾补助我 120 元钱（当年算是一笔可观的数目）。当兵后家里每年享受“光荣之家”的优抚，每次探亲回来，家乡总比别的地方更多一些理解和温情。她包扎我的伤口，宽慰我紧张不安的心，让我感到自己永远不会被彻底遗弃。

在广州定居下来后，尽管两地的距离不太远，现在又有 3 小时就到家的武广高铁，回趟家是一件十分便利的事。但我回武汉的时间间隔越来越长，频率越来越少，以致亲戚、同学和战友时常打来电话，邀请或催促我回去一下，我都以“工作忙、家里有事”等理由推辞了。渐渐的，这样的电话少了，我知道他们背后会指责和骂我不讲家乡情，淡忘养育之恩等，难怪我的眼皮经常跳得厉害。

其实，我的乡愁情结一直是有的，这种情结随着年龄增长，在心里酿得越来越惆怅，但几次回家探亲的经历，让我深刻理解到，一切遥远的都是亲切的，两只紧握的手一旦撒开，就成了遥远。时间就像一扇无情的大门，即使你有万般的思念，也难以进入里面。家乡和我之间就像隔着一面玻璃门，我只能看到里面的“演出”，却没有参与的可能，永远只能是旁观者。

我千里迢迢、风尘仆仆回到武汉，很想寻找儿时的大街小巷，却常常迷路在茫茫人海中。据说，武汉在开展“大武汉”“大汉口”的复兴运动，全市五千多处工地同时竞相开发施工。网民按照谐音，给一位市主要领导起名“满城挖”，成为人们茶余饭后的谈资。朋友兴致勃勃地告诉我武汉正在发生沧海桑田的变化，我心头却涌出一溜溜酸楚。我不禁扪心自问：我脚下的这座城市还有记忆吗？

旧屋老街如遗址般地原封不动，那些飘逝的传说像记忆的遗珠撒落在老屋的砖缝里生根发芽，给人一种极强烈的文明初始感、源头感和怀旧感。17 世纪，欧洲君主们的瑞士雇佣兵，由于对故土无法遏制的渴望而突然大哭，出现了焦虑、心悸、失眠等症状，因此产生了“怀旧”一词。

在怀旧的情景闪回中，我们都是主角。我可以鲜活地在往事末端，作为自己历史的见证人，栩栩如生地讲述着往事。我的讲述与倾听，有打诨和插话，让我与倾听者成为彼此心灵相通的朋友。无论是光屁股小孩，还是古稀老者，都有可能从怀旧中获得更加成熟的经验和教训。尤为重要的是，在这个过程中，我们的身心拥有了无法估量的流畅滋润的乐趣。

俱往矣，我现在回到武汉，要想寻找过去的岁月，怀旧逝去的痕迹，已成为一种奢望和无奈。我走在武汉的大街小巷，常常找不到北，幸亏有手机和出租汽车帮了我的忙，不知是幸还是不幸。是的，旧街老巷变成笔直有致的城市道路，旧楼老宅被开发商变成赚钱的机器，历史被现代人变成消费品了。一座城市，一旦文化服从了经济，以经济为目的，则必须按照商品规律来改造自己。然而，世界上许多大城市都善于保护旧地。罗马人懂得一根柱子倒了是不能扶起来的，因为这是时间老人和历史上人的行为。即使扶起来，修补好，历史时间也随即消失。谁敢去改动历史？在城市的建筑森林里，老屋是一棵棵根深叶茂的老树，它装满了传说和故事，是城市的灵魂。老屋的根，一直通向历史的深处。它陈旧，它残缺，却正好把另一半交给你去想象。

更令人沮丧的是，满怀热情地去赴老同学、老战友的聚会，见面前非常期望交谈一番，叙叙往事，问询家庭、工作和生活，问询老师或没有到场的同学、战友。然而，一进门，正围坐一起玩带彩的麻将或扑克牌（带彩指有博彩性质的）的老同学、老战友们见我来了，仅打个招呼，问我参与不参与，当我表示自己不会玩时，他们就让我在一旁喝茶看电视，只是在一盘麻将结束重新洗牌之际，才会有人侧过头问我几句："回来过得习惯吧？""带没带老婆孩子一起回来？""从广州回来坐飞机，还是高铁？"……我像一个不速之客，如坐针毡地回答他们偶尔的一两句问话。

好不容易等他们暂停麻将，进入就餐环节，我心想这下可有机会跟他们聊聊天、说说话了。没想到他们在饭桌上还在津津有味地探讨刚才牌上的情况，哪张牌出错了，哪里计算错了，谁有点不守规矩，有谁犯迷糊，继而还有争论，结果饭也没吃好，甚至匆匆吃上几口饭菜，又马上回到牌桌上继续战斗了。有时，参加聚会的老同学、老战友也有不打牌的，主要是女同胞，心想总算找到一个说话的人了，可她们捧着手机、埋着头，要么忙着发信息，要么玩手机游戏。最后，我找了个理由，仓皇地逃离了现场。

我一脸失落地回到住宅，弟弟看出了我的伤感，宽慰我说，现在都这样，饭局变得十分功利，往事闭口不谈，明天充满变数也只能闭口不谈，当前就很尴尬，现在武汉就这个社会风气，你呀，就是离家乡太久，太不了解市情了。

人和人怎么会变成这样呢？怀旧缺位，交流贫乏。纵然面对面，感觉到的也只有一种断裂与不快。我忽然明白，物质的速朽决定了物质的炫耀性必定是过眼烟云。电脑、手机更新换代教人眼花缭乱到视而不见；资本与利润根本就是觊觎钱包；带给人的荣耀感与幸福感的周期则越来越短促，短促到无法分泌足够的温情。我深感距离的悖论：时空可以很远，心灵可以很近；往往近在咫尺，却远隔天涯。很多时候，空间的接近，却意味着心的疏远——同一屋檐下的两个人，有多少心有灵犀，彼此相知？有些人放弃朝夕相处的同床异梦，宁愿选择天涯相隔的心意相通。而对于绝大多数人而言，相依相伴才是唯一的情感归宿。

家乡武汉大刀阔斧地改头换面，让我这个多年的游子记忆里流淌着无可言喻的痛楚。当我在武汉街头痴望的时候才想起我的那个年代的梦，我的乡愁遗落在远方。此时我想起席慕蓉的《悲歌》“今生将不再见你，只为再见的还不是你。心中的你已永远不再现，再现的只是那些沧桑的日月和流年”，也对王菲的《流年》里“有生之年，无缘相见，总是在流年”一句产生了共鸣。也就是在这种时刻，我的心海里有不落的回声，那是穆旦的《童年》：

灯下，有谁听见在周身起伏的那痛苦的人世的喧声？

被冲现在今夜的隅落里，而我望着我的蔷薇花路，沉默。

它在深秋心凉的夜晚，让人读起来一阵悲切感袭上心头。

我曾站在蛇山上的黄鹤楼，以故乡为背景，望着眼前滚滚长江向东远去。白云悠悠，无以把握的心声，缠缠绵绵在一座座桥梁上作依依恋恋的挽留与挥别；薄雾袅袅，深藏于千家万户之中，是梦想的日光一生也走不出的心窝和摇篮。望着长江远去，其实就是看着一个人远去。

人生需要抽离，以旁观者的姿态审视熟悉的人和事。适当的距离，会改变我们看待问题的视角和情感表达的方式。距离所带来的分寸感，能够让我们在心理的调整中实现动态的平衡。

有人说，万里长江九十九座山，九十九道弯，我认为还有一道，结在游子难以解开的乡愁上！

第4篇 赤橙黄绿青蓝紫

卢德铭是一位从孙中山的故乡走出来的艺术家，他的书画、篆刻作品多次在全国性大赛、展览、报刊、选集、碑林、辞典和美术馆、博物馆等活动中获奖、入选或被收藏。我曾想就他的书法、绘画或篆刻创作作一论述，但总感觉难以取舍，又不想分别单独评述。他的书法，浑厚古拙中见娴雅，酣畅淋漓，并兼有婉约自在的情愫；他的绘画，仰仗其书法的功力，恣肆挥洒，具有较强的书写性，风格颇具传统文人画遗韵，亦于当代新意境有所取法；他的篆刻，极为讲究形式的意味及崇尚法古之髓，在重视章法、结体和刀法生命意味的前提下追求视觉灵感表达，给予欣赏者以耳目一新的、强烈的审美愉悦。他非常注重文学的素养和功能，讲究作品的诗情画意，秉承书、画、印协调统一在同一意象之中，追求诗、书、画、印结合的最高境界。联想当前书画篆界较普遍存在“单打独斗”的“偏科”现象，我试图从诗、书、画、印多个方面诠释卢德铭继承和发扬宋元以来文人画的精神和他所需具备的综合素质。

在古代中国，起初把艺术人员分为攻木之工、攻皮之工、攻金之工，即对木材、皮革、金属这些材料熟悉的技术工作者称为“工”。“工”的分类除了上述三种之外，还有“设色之工”（与染布设色有关）、“刮摩之工”（制作石器、玉器），以及“抟埴之工”（制作陶器或砖瓦），《周礼·考工记》里说：“智者创物，巧者述之，守之世，谓之工。”可见，艺术创造中有“观念”的发明，属于“智者”，也有手工的技巧执行者，属于“七巧者”，经过一代又一代的传习，才形成“工”的传统。大约到魏晋时代，由于文人在社会中的兴起，艺术的活动逐渐从“工匠”转移到“文人”。从“工”到“艺”的升华，最后到艺术的境界。

古人曰：“士先器识，而后文艺。”用现代话来说，就是一个读书人，先要有器度、有见识，而后再谈文学与艺术的创作。卢德铭幼耽书画，稍长即师从以诗、书、画、印为“四绝”的余菊庵、梁逸先生，后又分别就读于北京齐白石艺术学院、中山大学、湖南大学，从正规学府中寻求文化艺术知识。系统的理论熏陶令他明白，一个真正的艺术家，往往也就是一个好的思想家。他钟情于庄子哲学中充满艺术的表现：将自己幻化为蝴蝶，栩栩然飞翔，又似乎是蝴蝶幻化为自己。这种物我两忘的情境，不但产生了伟大的思想，也成为中国古典文学中最美丽的艺术文字。中国古代的一切文人艺术，从来都把学养放在重要的地位。艺术不但需有深刻的思想，也往往要有动人的情操，要达到这种境界，需要博学众览。艺术家不仅要有精湛的艺术技巧和坚实的传统功力，而且必须有渊博的知识。故而，卢德铭不仅以博览群书要求自己，且博采众长，经常外出到港澳、北京、上海等地参观上档次的大型艺术展览和艺术品拍卖会。同时，他行万里路以开阔眼界，通过寻找各种机会向艺术大师请教，如拜访刘海粟、关山月、赖少其、启功、沈鹏、黎雄才、钱君匋、许麟庐、梁披云、商承祚、梅阡、廖冰兄等大家，讨教艺术的真谛。他明白，“学”与“养”，在学养论中是相互依存又不可偏废的两个方面，“学”指从艺人员必须有艺术等身外之学识，即在书、画、印而外还应多方面吸取知识，积累学问，如哲学、宗教、文学、建筑、光学、医学等。“养”则是指将上述艺术之外的学问化入到艺人的人格之中，而养成一种具有高度审美能力的眼力和一种超凡脱俗的气质，从而融入创作之中，产生情趣雅致、耐人寻味的优秀作品。

卢德铭对理论颇下心力，这有赖于他长期以来爱读书的习惯，听岭南书画院院长曲斌先生讲，德铭老师在中山的家里到处是书，我曾私下怀疑他是否都看过那些一堆堆的书籍。看他整天忙碌的样子，觉得他对书只会粗略翻翻，很可能是泛泛浏览，不求甚解而已。然而，几次北京、江苏和香港、广州的名家相聚，他对很多美学、哲学、文学以及考据文献等知识和许多学者研究的领域却如数家珍，让我觉得不可思议。当然，学识并不是与“灼见”寸步不离的，还需勇气和担当。针对当今书画界的浮躁、艳俗等现象，他多年前撰写的《谱写中国现代美术教育新篇章的郑锦》一文引起关注与轰动。文中提及徐悲鸿的一幅作品在香港的国际拍卖会上，拍出五千多万的成交价，破当年单件纪录，而徐悲鸿是郑锦早年力排众议推荐其公费到法国留学的艺术家。无疑，留学法国为徐悲鸿艺术风格的形成和日后取得的成就铺垫了基石。

在《卢德铭文札》中，他所写的《走进国宝展——晋唐宋元书画国宝展有感》一文，讲述了他在摇曳的枯柳与蜿蜒的历史回廊里，感受到空灵古画的韵味，体会到“高逸”“散淡”“荒寒”“疏朗”的中国传统画的精神内涵，表述了畅游在传统与现代艺术之间，努力营造出一种清幽中有飘逸、坚质浩气中潜藏着高雅，柔美与阳刚完美统一的脱尘的景象。他在广东省广联刊物中发表的《汤小铭书法读后感觉》中写道：“纵观汤小铭的书法皆显得任意和舒适，超乎一般画家的‘色相’现实的境界，已达至了‘心清闻妙香’的境界和层次。我想这大概是时任中国美协副主席林墉称他为‘高人’所指的境界吧！他‘以德为本’‘厚德载物’，也大概是林墉称他为‘好人’的所指吧！他的书法写得很自在，而且是长自在，是大自在！……”还有卢德铭的《空即是色》《见像不象见如来》《读艺术大师赵无极的画所得》等，从这些文章中可看到他的艺术修养和境界。而他所写的《诗歌琐谈》一文则看到他的传统文化深厚的根基和学养。因而，有人称他为学者型艺术家，所谓学者型艺术家的学术含量自然要比一般艺术家要高，它包含书、画、印等中国艺术美学的起源、物质、形式、内容、气质、意境和继承传统、创新发展、哲学理念和宗教思想和文学审美等。然而，由于自幼受父影响，他酷爱传统文化艺术，钟爱古陶瓷、古书画的研究。1996 年始，他多次参加国家文物局等机构主办的古书画、古陶瓷专业班的学习，从中领悟古人笔墨之精妙和传统的审美情趣。在学养的支撑下，他勇于实践，诗、书、画、印皆能，花鸟、山水及人物、书法、篆刻都各有所长，经得起鉴赏家的品评。

中央美术学院院长范迪安曾指出，兼长诗、书、画、印，曾经是中国传统中对文人的赞誉，也是当代中国文人与文人画试欲达到的最高境界。古今文化的全部知识，皆天下公器。对卢德铭而言，笔墨功夫不能少，储蓄功夫更不可急，尤其是要做个学者型艺术家，“学不能至，心向往之”，从事书、画、印艺术，未必都要成为学者，但不可以没有学者的务实精神和劳苦耕耘。卢德铭是这么想的，也是这么做的。

岭南书画院院长曲斌认为，“书如其人”，继而解释：书法家人生的价值取向、艺术灵性和学识修养，这是除却技巧之外，又赖于技巧存在的基础，是书法家文化精神的凝聚和浓缩。卢德铭的书法之路，充满着理智的抉择和深刻的思辨。他提出“法度碑中取，风神帖外寻”的思想，从理论的层面探讨现代书法，在报刊上阐明自己的书法主张。他的书学善于广采博取，摒弃“专一”。在理论上，他在论证现代书法时认为，所谓“现代书法”，是社会和经济、文化发展阶段中出现的偶然现象。对于明代人来说，王铎、倪云璐、张瑞图写的都是“现代书法”，因为它不同于之前的苏、黄、米、蔡。他在分析八大山人时，认为八大山人自钟繇临习始，启蒙及索靖、二王、杨凝式，直到黄道周、倪元路、王宠，凡所见碑版无不临写，却只忠于其神韵而不是其原貌和表象，有悖于传统书法之“专一”法度，既借古人之境，又发掘自身潜在的艺术本性。

中国书法是一个极为复杂的发展过程，其发展规律却又十分分明，一个是民间书刻手创造的绚丽世界，一个是高层文人创造的精美经典，二者相互生发，推动着书体、风格的发展变化与创作繁荣。卢德铭下大力气学习经典，学习王羲之、赵孟頫和各个时期杰出书家创作的精品，并以此作为借鉴，没有这个借鉴，对历史上遗留的书迹就很难区分其文与野、雅与俗、高与低，难以去其糟粕，取其精华。卢德铭深明“取法乎上”的道理，在研究钟繇、颜真卿的基础上，适时地转入魏碑和汉碑，并且有重点、分阶段地向古代名家和近代大师学习，又向汉魏碑和汉碑、造像题记和魏晋残纸、敦煌写经墨迹等无名氏书手学习，使其书法视野不断拓展、丰富，又始终不偏离大方向，信古而不迷信古。纵观卢德铭的书学之路，可归纳为两点：其一，阅历宜广，积学宜厚。自唐宋以后，写字从颜、柳、欧、赵入手已成金科玉律，卢德铭于颜真卿的《大麻姑仙坛记》等帖中下了很大的功夫去临写和研究，颜体书法风格就像影子一样在他的创作中时隐时现。在颜体稳实后，他不失时机地上溯魏碑、汉碑，下法宋、元、明、清及近、现、当代，可谓广览博采，探源察流。岭南书画院院长曲斌为此指出，当前，一些书家专论一家一体，几乎可以乱真，并在一些大型展览中频频展出、屡屡获奖。然而，离开此一家则不知如何下笔，有的甚至连用毛笔写信都感困难，与之交谈或交流，发现书者艺术语汇之贫乏、内蕴之浅薄，只传他人之面孔而无自己之精神。其二，善学。卢德铭敢于用一分为二的观点对待古人和自己，取其精华，去其糟粕，直入堂奥。就以学习书法的目的性而言，它包括什么是真正的书法、学什么、如何学。同时，对中国书法史及中国书法发展规律要有一个深刻的认识，才能找准自己的位置，并自然形成自己的形象，使自己的选择符合时代审美要求，以清代石涛所提出的“笔墨当随时代”的观点来探索自我风格的形成，做到既“古不乖时”，又“今不同弊”。卢德铭时常作哲理性思考，并为自己设计了理想的书法意象：气度大而不犷悍，内蕴深而外耀神采，合理法而不拘末节，稚拙老辣而又灵秀洒脱，合庙堂气与书卷气于一身，既静穆高古又气势逸荡。

卢德铭的书法探索和成就主要体现在行草上。在数十年间的临池学习中，他接触了几十种不同书体的字帖，本着“察之尚精、拟之贵似”的原则进行临摹学习，逐渐形成了自己的书法审美品位。我最喜欢他的一些手札或笔记，那轻松儒雅的清逸之气是大有深意的。我看他的书法作品，隐约读出了钟繇、王羲之、黄庭坚、倪元璐、王铎、赵孟頫……但都不是，这是一个充满动感与张力的生命整体，有凝聚、有喷涌，有沉郁顿挫，有飞扬飘逸。我敬佩的不是卢德铭书迹的功力与恣肆的样式，而是在这宏逸、恢宏之中有一股儒雅、从容的“静气”，这股“静气”，呈现出气象万千的境象，是当下书家很少有人具有的。它是通向人类艺术澄明境界的秘术。讲卢德铭是一位“书写者”，其义所指并不是针对他的书法方面的狭义的“书写”品性；而是说，卢德铭的“书写”是从书法出发，进而延伸到与“书写”相关的绘画、篆刻、诗文等各个方面，及至其生命情态，亦一“书写”之状耳。

卢德铭的眼力很灵敏，有深识书画之味的一颗“心眼”，这是我对他由衷生起钦佩之念的缘由。刘书民教授向我传授过“画者文极”“载道畅神”的真知灼见。我体悟出，好的艺术作品最讲心眼，艺术家于艺术的幽深机趣要有明澈的识见和体征，并非只是对有关知识和技术的积累和掌握，而是对人心境素质的一种涵养和修炼。我顿悟：士之致远，先器识而后文艺。因为书画乃心灵进化的物象，心中无物如何产生“心画”?

卢德铭画花鸟，也画山水，还画我物。他的花鸟很放得开，有吴昌硕之风、齐白石之气，但又有个人创造。他的山水画，虽然遵循着临摹、求变，进而确立自己风格的路径，但是在对传统的继承上，卢德铭入手时即选择了一条与传统文人山水若即若离的道路，而不是全盘接受董其昌所理解的文人山水范畴。乍看他的山水画，风格近似沈周、八大山人和石涛的意味，古风昭然，近似“拟古”。但细细品味，他的画却又不是对沈周、石涛风格的模仿，因为他的作品中的精神内涵不仅可以上溯到唐、宋、元、明的绘画传统，还明显地有着当代视觉文化所体现出来的中国古代的绘画所不具备的新颖性。这种古风与新颖性的合一，在他的作品中时有闪现，比如，他所创作的《云海图》《茫茫大泽》《云海泉声》《群峰竞秀》等，都可以说是当代画家古风山水样式中的精品。

卢德铭的绘画世界，虽然大多是以“拟古”的样式为形式特征的，但在阐释学背景下，在当下多元文化交融的时空场，卢德铭通过他的“拟古”式再创，却以他的视觉图像语言，发掘出了中国古典文化形态中的当代价值与当代意义，说出了当代本土文化学者本应说出的话。在他的画作中，我们欣喜地看到，他在不断地对古典文本的学理进行探索研究，并同时在自我的感觉深处寻觅着传统的人文本原，从而使阐释学意义上的重视本土文化精神的努力，在他的绘画实践中初见成效。在他的绘画中，他是试图以创新实现对传统的超越，但传统仍包含在创新中，这就犹如墨子所说的：“小圆之圆与大圆同，不至尺之不至也，与不至钟之不至异，其不至同者，远近之谓也。”(《墨子·大取》意思是说，大圆是圆，小圆是圆，大圆小圆既是圆又不是圆。是圆，是因为大圆是圆，小圆是圆，不是圆，是因为大圆是大圆，小圆是小圆，即作为肯定判断的“圆”是不周延的，故大圆、小圆的外延，包含但不重合）在这个意义上，我们可以从卢德铭的绘画中看出，他的绘画之所以在创新中仍然还能极具中国气象，无疑是因为他已然把握住了研究中国文化的思维方式的关键与精华，从而使得他的绘画在根性上无论怎样汲取现代文化精华，但其“中国气象”本色是一定不会改变的。究其原因：其一，是他不仅注重了对蕴涵在古典文本中的精神义理的学习，而且还创造性地提升了它；其二，是他能将自己对绘画的思考与百余年来的西学东渐联系起来，并以阐释学的方法避免了因中西文化碰撞而产生的冲突，做到了中西结合、融会贯通，即将西方画的具象与中国画的意象有机结合进行诠释。

卢德铭的艺术实践，在本质上，是以“去弊寻根”的方式进行的“由质而文、由文而逸”的创作活动。他是很有文心的画家，对书法和印学以及诗词的研习和创作，使他具备了广博的专业文化知识。有了这个基础，他又转入治学编书，这样他就完成了一个文人和学者训练，书、印、史、经、诗、文都有广泛涉猎。长年累月的连贯积累，岁岁时时的文化浸润，使得卢德铭完成了人格的转换——由质而文。从他的绘画作品的学术归类角度看，卢德铭尊四王、石涛、米芾、吴昌硕、张大千，至关山月、黎雄才、赖少其、饶宗颐、林墉、汤小铭等人为师。就师学渊源而言，卢德铭的基础是宋元各家，他是顺着这个线索而及清代大师和现代大师的。从美学和艺术精神的角度来看，他建构的这个师学渊源都是追求“超然物外”和“清高”的，于是“高逸”“散淡”“荒寒”“疏朗”等，就成为了他的绘画尤其是山水画的精神表象。从艺术表达的境界而言，卢德铭的绘画艺术在当代是居于上风的。王国维在其著名的《人间词话》中说：“词以境界为上。有境界则自成高格，自有名句。”其实自宋代山水画始，就极重境界说，这个传统到现在已渐渐在山水画艺术中不多见了，多是一些夸张、变异或任性之作。而能在卢德铭的艺术中看出对境界的追求和营造。具备了这种超诣的境界，卢德铭也就由文而逸了。作为一个追求逸品风格的中国画家，他深知笔墨之理和笔墨之法，以最大的力气打进去的方式完成笔墨结构的建立。曲院长称他用的是真功夫和硬功夫。古人曰：“工画如楷书、写意如草圣”，其意是书法根基对于绘画笔墨的重要性和因果关系。卢德铭有很好的书法根底，他是由书入画的，他深谙古人“存心要恭，落笔要松”的道理，所以他能“以恭写松，以松写恭，始得收放”。他的用笔非常自然率性，深悟古之圣者“笔不是笔，笔笔非笔”的奥妙。他用墨也很得墨法的浓淡精神，方能变化飞动。

因他的绘画创作是在阐述学背景下进行的，所以，他的艺术创造必然会形成古典—自我转化形态，即他必定会从“拟古”的继承者，转化成为具有创造属性的发展者，而他的绘画实践，也就将是当代艺术文化多元生态处境中主体在场的实践。于是，他也必然会在将来的实践中，不但有可能活用元典文本，而且还有可能较好地消解元典文本与当下文化之间的矛盾并避免元典文化与当代文化的冲突，使之有机结合发展。

卢德铭的篆刻，具有洗心、洗眼的功能，他篆刻的美，犹如甘霖，能给久旱的审美的心田以畅美的滋润，看到他刻的“大象无形”“大方无隅”“玄之又玄”“希言自然”“众妙之门”等印，心胸会豁然开朗，眼睛也会陡然明亮。卢德铭的印面不是那类飞扬跋扈，特别追求视觉冲击力的，而是有着幽深的、细腻的、耐磨的情愫，有一种矜持的内质和深藏不露的傲气。

卢德铭的刻印多以汉印为底子，整个思维和图式习惯是四平八稳的，不屑于扭来扭去，偶作秦汉式玺印，也多中规中矩。大体来说，他的白文印强调点画造型的组织，朱文印则注重线条趣味的刻画。先说白文，卢德铭的白文取法汉代的痕迹是比较明显的，看它的整体造型方正、挺拔，一看就是汉印的路子，堂堂正正，气宇轩昂，给人以大气稳重之感，而细琢磨还是与汉印有所不同，那一刀一刀宽大的笔线如同切玉一般的丰腴圆润，全部的汉印都很少有如此的刀感，具备了新时代的美感。如此，让我联想到了吴昌硕、齐白石的篆刻，尤其是齐白石的刀锋，爽快淋漓。卢德铭的白文不像齐白石那样锐利和有冲劲，是改良主义的，要温和、韧性得多，而他的朱文造型与白文相比，则要夸张、灵动许多，留白也很大胆。曲斌先生说，如果用山水画的例子来比的话，卢德铭的白文像元代的高克恭，朱文则像明代的董其昌，前者的笔墨造型对于空间物象的堆叠很厉害，加上云气的动感，有气势、有深度。而后者像一缕茶烟，缥缈空灵，像位高士的布道，云烟缭绕的意境很高，属于那种脱俗的类型。

从卢德铭的篆刻作品中，我们可以看到他对传统的有机继承，他上承秦风汉韵，下及西泠诸家，故能以运刀苍茫、浑厚、豪迈、爽利、自如而形成他所有的审美效果。他的篆刻是在重视章法、结体和刀法生命意味的前提下追求高庙堂美感表达的产物，能给予欣赏者以耳目一新的强烈的审美愉悦。显然，这是在他宗法传统的篆刻中又吸引了当代流行书风的精神营养之后，有创造性地形成了一种特殊而崭新的审美的显现。

从现代篆刻艺术发展来看，有以秦、汉印为基础去作变化的，有以明、清流派印为基础去作变化的，有以近人印式为基础作变化的，三方的势力大致均衡。在面对当今诸般复杂的场景中，乃至是审美发生革命性变化的局面下，卢德铭始终警惕着各种不合己意的观念的侵入，坚持着汉印传统，以之为重要的因子，锲而不舍地将汉印式中鸟虫印的装饰性取用一些，以爽快的刀法去体现，如一些不过分的刀锋显露，在布白上多参以满白文印式，力足而气满，呈现出了方严峻伟的气象。在汉印注式已濒当代创作边缘的时候，他能以美文一以贯之，径行独往，成就一种富有时代性的新的清峻通脱、峨然浑劲之美的风格，可谓是汉印助他，他助汉印了。他以明净清澈的情感，高蹈独善于斯，寄沉着痛快于幽闲，渊雅高尚，巍然不拔，是真文人之善为也。

我概括地介绍了卢德铭诗、书、画、印的整体才艺和学识，该君诸色才艺皆有发展、极有不凡的见识与功力。这首先得益于他把自己当成一个文化学者，其次才是一个书画印家的缘故，他为文、为诗、为书、为画、为印均各有所成，这无疑得益于他的好学、善学，更得益于他的为人和才华。如果用一首诗来概括卢德铭的艺术风格，那便是："万卷古今人消瘦，丹青瀚海勤作舟。赤橙黄绿青蓝紫，胸有缪斯写春秋。"

《春意盎然》 **卢德铭** 作

《轻舟已过万重山》 **卢德铭** 作

第5篇 透过生活的表象

多年前，我读过台湾文化狂人李敖的《传续下的独白》。他写道：“睁着眼睛的男人才配谈恋爱。”并说，爱情是盲目的。盲目的人是不配谈恋爱的，因为他们不会谈恋爱，他们根本不了解爱情真正的本质。爱情不是“永恒的”，可是盲目的人却拚命教它专一，结果烦恼、烦恼、乌烟瘴气的烦恼！

当年年轻的我惊诧于李敖这样亵渎神圣的爱情，在我所受的教育中，爱情是纯洁、无私、永恒的，它的颜色是玫瑰色的。每一个步入爱情的人都认为爱情是可以永恒的。关于爱情，就像鲁迅曾在小说《伤逝》中所记的那样，爱情是有所附丽的。其实，爱情与婚姻是不同的。所谓爱情，就是一个境界，是让两个人变成白痴，就是疯狂的无力、残忍的善良、蒙昧的智识、甜蜜的蠢话、清醒的梦游和美丽的折磨等，而婚姻来了，爱情就结束了。严格意义上的爱情只有6个月，婚姻就是实实在在地过日子，就是一种责任和一份同情，无论文艺作品中如何歌颂爱情，真正的爱情往往并不像我们想象得那样伟大和恒久。

优秀的记者或者真正的作家，要写出真正好的作品，一定要保持清醒，独立思考，善于接地气。只有这样，我们才能有真知灼见。

譬如亲情，它是维系我们一生的东西，但一个人始于亲情，经于亲情，它可以成就一个人，也可以羁绊一个人。对于孝道的文章，不绝于眼的是如何行孝，或者怎么懊悔。而作家周涛在散文《老夫还乡》里开头一句话，就点出了生活的真谛：“父母是一种恩赐，也是一种负担。所谓孝子，就是那类能够把这些负担也品尝为恩赐的人。”我们常以爱与被爱来歌颂亲情之间的那种无偿的奉献。但是，亲情关系中也有义务和责任，父母有养育子女的责任和义务，子女有赡养老人的责任和义务。

譬如工作。许多人，特别是刚刚毕业的大学生们，认为工作是实现自我价值的手段，但更多的人似乎忘了，工作真正的含义是维持一个人的生计。面对就业形势严峻的现实，笔者曾撰文告诫高不成低不就的大学生：骄子的首要任务是要找好饭碗。在作为与生存上，首先是生存，明智的做法是先找到吃的，然后再去找目标。

譬如朋友。孔子对交友立了一个框框——“益者之友，损者之友”。一些人对朋友概念不清，要么把朋友看得太重，结果把握不住分寸，害得自己身败名裂；要么把朋友看得太真，就像打虎的亲兄弟，结果有了美梦一场，严重伤害了自己的感情。现实生活中，常有这种情况，久未见面或不常联系的朋友，忽然接到了电话，十有八九是有事找你，心里会有些不爽：这些朋友只有在需要自己的时候才想起自己。其实，朋友是互利的，即使交上淡如水的朋友，也有感情交流的需要，在苦闷孤独时，你要能与他沟通和化解。所以，你要交知心朋友，首先你自己要知心；你要交社会地位高的朋友，你的社会地位必须高；你要获得朋友的帮助和支持，你同时要能给予朋友帮助和支持……朋友是这个世界上最对等的一种亲密关系。对于那些在需要的时候才被想起的人，也要这么想：他们在有需要自己的时候才想起了自己，恰恰说明关键的时候，在他们心中自己还很重要，值得信赖。说不定哪天，自己有什么重要事情找别人就会得到帮助。

譬如名利。名利困扰了我大半辈子，到目前我仍没有摆脱它的烦扰。党和政府一再教育我们要淡泊名利，名利思想一突出就会受到批评，可为什么各级组织每年都会弄出各种名堂的表彰和奖励？其实，在心理学科学地研究了人们都爱虚荣之前，人类利用常识就知道了人都是好名利的。别说人，就连动物世界里，那个打头的公羊犄角都多长出一节，带队的公鸡羽毛更丰满、多彩，那就是生命基因给它们的名利。人的生命基因一样有名利的因子，只要周围有人，人的名利思想就呈现出活跃的状态，有人不呈现那是他觉得舞台太小，没瞧上眼，或舞台太大，自己无法掌控。无论对集体还是对个体而言，名利都是最大马力的一部发动机。从古到今，几乎就没有谁能真正名利皆忘的。幼儿园里的孩子们玩得相安无事，老师就开始挑逗了，谁听话，就给谁评上一朵小红花，还让大家给他鼓掌，老师也多亲近他，于是孩子们就规矩多了，老师也省事多了。孩子们大了，名利的事就更多了，什么“三好”“积极分子”“学习委员”“班长”等，其目的就是想把孩子们名利的那部发动机点着，让他们从小在名利的跑道上冲刺、冲刺、再冲刺。我们大人们实行的奖励是从上到下的，小到村民委员会大到中共中央、国务院的各级奖励、称号不都是给予我们的名利吗？如果名利不是好东西，那么最坏、最愚蠢的就是给人名利的人，如果说名利就是个好东西，那么我为名利而工作而写作而奋斗，为什么还会受到批评和指责呢？所以说，名利不是个坏东西，哪个人有名利思想都是正常的人，就看有权力给别人名利的人想用它干什么了。

还譬如字画。一些字画的价格贵过黄金，有的甚至超过十几倍、几十倍。书画固然有其一定的艺术价值和收藏价值，但也有人将买卖字画作为洗钱的方式。吴思曾在《潜规则》一书中写道，清朝官员到北京行贿，先要按规矩到琉璃厂的字画古董店问路，问明想巴结某大官需要多少两银子之后，字画店老板就会很内行地告诉他，应该送一张某画家的画。收下银子后，字画店的老板会到那位大官家里，用这笔银子买下那位官员收藏的这位画家的画，再将这张画交给行贿者。行贿者只要捧着这张很雅致的毫无铜臭的礼物登门拜访，完璧归赵，行贿就高雅地完成了。这里的一切都是合法的，字画价格的模糊性提供了安全性，字画店的老板只是按规矩赚了一笔手续费而已。

中年以后，人们嘴里就不大轻易谈“友谊”这个词了，因为他们发现能够配得上用这个字眼的人已凤毛麟角了。有的人虽然表面上到处都是朋友，其实一个真正的朋友也没有，利益是他们交朋友的唯一准则。友谊的确是每个人的生存利益的需要，所不同的是，不同的人所看重的利益并不一样。小人也好，君子也罢，并没有为友谊而友谊。个人如此，国家也不例外，看看我们“友谊万古长青”“同志加兄弟”的国际朋友反目成仇的事实就会心知肚明，再看看我们和“野心狼”“北极熊”握手言欢得多么不计前嫌就更容易理解了。除了利益，没有任何东西可以如此有力地颠覆人们或国与国之间海誓山盟的感情。

为什么要害怕和每个人生存息息相关的利益？没有人在友谊这件事上不曾遭受过痛苦，除非他没有活过，可是也没有人真实地告诉我们关于友谊最本质的含义，包括一些伟大的哲人。一位哲人写过："人生得一知己足矣。"这是一句叹息，一句对友谊发出的惨痛至深的最后的哀叹。只需一个已经足够，然而前提必须是：知己。己者，我个人也；知我的要求，先驱伟人所渴求的精神利益也。寻求个人精神利益的最后立足点，非但不低下，反而体现了真正的高尚。利益是一切人们所追求的目标。但是，这个目标有渺小的、自私可怜的，也有高尚的、胸怀博大的；有切近而短见的，也有风物长宜放眼量的；有贪婪的，有恬淡的，有金钱和权位的奴仆，也有生命真正的主人……总之，道之不同，友之不存。最令人恶心的是虚假的友谊：当你被一些人利用为一个招牌；当你被某些想利用你的人亲热地称为"首长""领导""老兄""老师"；当你必须比你的"朋友"更强大才能成为他的朋友，否则他就要找更有利的朋友；当你发现你过去的朋友思想还停留十年或二十多年以前，他满面留下岁月刻下的疲惫皱纹而眼睛里没有一丝成熟生命的光芒；这样的友谊还有必要维持下去吗？不如保留过去一点美好的回忆为好。

我认为，吴思所指的"潜规则"，在一定意义上，就是在明文规定的背后，实际存在着一个不成文的、又获得广泛认可的规矩，它往往有效地支配着现实生活的运行。

当我们的这个世界五彩缤纷，当我们的城市被财富装扮得无比妖艳迷人；当各种广告、包装和形形色色的艺术装饰我们的社会；当我们在人云亦云中迷失自己的时候，生活中的真实便成为稀有物。

如何看清生活的本质，答案很简单，那就是学习和掌握哲学。哲学是什么，无非是对自然、社会、人生的总结，最简单的说法就是让人明白人生是什么，让人明白人该怎么活。

我发现人一退了休就成了哲学家。原来的风风光光、门庭若市，顿时销声匿迹，变得门可罗雀。有的人会感叹人走茶凉，还有的人会一下子变得十分衰志，更多的人会体会到没有人是不可以替代的，没有什么是必须拥有的，当你身边的人不再簇拥你，或者说你失去了世上最令人羡慕的一切时，你方可释然：这是自然规律啊！

我发现人一病就成了哲学家。单位或部门，职位、好处那点资源是有限的，可是，从上到下围着那点有限资源你争我抢。可其中的一个人忽然大病一场，不争了，对争抢感到索然无味。他顿悟到，比起生命来，名和利都在其次。这些道理靠别人说教是无效的，只有亲自大病一场才能彻悟。还有，人有很多不良嗜好，比如酗酒、抽烟、熬夜等，非常顽固、非常难改。但如果因为这些不良嗜好得了病，且大病一场，马上就能改掉。生活中有很多人以过来人身份劝导别人，看到他们的执拗和任性痛心疾首，这也是因为劝说是无力的，只有让他自己去经历过，才能让他长记性。

我发现失恋过的人也能成为哲学家，哪个男子不怀春，哪个女子不钟情？年轻男女谈恋爱时不会睁开眼睛正视爱情的本质，不懂得感情这东西不会是一块磐石，它是一面装饰墙，是会褪色的。岁月、胃口、人情与外界的影响随时会侵蚀一个人的海誓与山盟。我认识一个朋友，女儿刚上大学就鼓励她谈恋爱，我指责朋友："你怎么这样做家长，谈恋爱会影响孩子的学业的，再说，大学毕业各奔东西，现在谈恋爱太不现实。"我朋友哈哈一笑："这你就不懂了。女孩子谈过恋爱，以后就不容易痴情了，就会睁开眼睛选择她的另一半。"我一时哑然，原来这是做父亲的大爱。尽管我心里很疼，因为一个人的初恋是人生最美最珍贵的，但失意过的人，重新活过来后，就成了哲学家。初恋只有一次，失恋的打击也只有一次，但挺过来就会脱胎换骨。

还有能成为哲学家的一种人是丢了官的人。丢官成为哲学家的人表现的是觉悟。现实生活中，我们常常见到一些丢官者，要么想不开，寻了短见；要么自己关自己的禁闭，待在自己的家，大门不出，二门不迈；要么走到哪儿，牢骚怨言就发到哪儿。这些人都成不了哲学家，一丢官成为哲学家的人应该是这样的：首先认清世态炎凉，心里能够承受世态炎凉；认识从前哪些是真朋友，哪些是假朋友；剔除从前那些恭维的话、虚荣的名；把身上一层层的光环都拿下，用卡尺重新量一下自己的身高，重新上一次秤，找回一个真实的自我。这自然就是哲学。其实，当哲学家并不太难。

对于生活的表象，其实在小学教育阶段就应该教育我们的孩子，如何透过现象看本质。

当年轻漂亮的女老师以悦耳而迷人的声音，给新生同学们讲述“狼和小羊”的童话时，我不知道应该以什么样的方式告诉同学、老师和家长：

这不是童话！

第6篇 放纵的笔墨

苏华的书法作品极有个性，在成千上万的作品中，一眼看去就知道哪件出自她之手。难怪黄永玉老先生曾放言：当今书家，百花齐放，唯有苏华，一枝独秀。个性是天然的知识产权，不需要注册，别人想冒牌、想仿造、想抢走亦如蜀道之难，难于上青天。岭南书画院曲斌院长认为，苏华现象值得关注和研究，她柔弱的外表、文雅的性格，很难与她的大张大合、厚重遒劲的书法画上等号。她修炼而成的苏式书法，不但解决了字与纸的问题，也为中国书法的创新提供了一种可能，实属书法界的一朵奇葩。

当今书画界乃至全社会，对苏华的书法艺术存在这样或那样的曲解和误读：要么是因为她书画双优，且先成就绘画，人们冠以画家书法家；要么说她沾了女人身份的光，写出了一般男人难以挥就的纵横气派，人们投以好奇、新鲜的目光。甚至一些媒体至今仍乐此不疲地以她的成长、她的身份、她的家庭、她的生活作为噱头吸引不明事理的读者的眼球，而对苏华书法及其对当今中国书法的意义和它的学术价值，媒体近乎失声，评论界也好像视而不见，这是不争的事实。

我认为，中国书法要发扬光大，不仅需要书家辛勤耕耘，理论界和批评界也要掌灯给光，营造积极而健康的氛围。当今中国书法的突出问题，是对书法艺术的学术问题重视、研究、认识不够，一批像苏华一样的书法实践者，在默默追求书法的纯粹艺术性，作为有良知、有修养的评者，应大胆发声，表明自己的观点和立场，还纯粹艺术以正能量。

苏华的书法作品，气势磅礴、神气十足，上下流动靠笔势连贯，左右张力靠体势的呼应。笔墨痕迹在这里只是一种外在形式，而势的表现才是她的心声。苏华的作品，“组”的意识强烈，提高了作品的格调。她分组的手法自然而又具有高度的自觉性：一是使用空白调控“组”的大小；二是夸张线条造成“组”的节奏；三是运用墨色暗示的界限；四是追求势的贯通，营造“组”的起伏。她在创作岳飞的《满江红》（长 12 米，高 1.5 米）这幅巨幅书法时奋笔疾书、一气呵成，最大的字有一米见方，营造了似铁、如山、是石、成火的艺术境界，给人一种震撼心灵的力量。在势的创新中，苏华的笔势与体势都体现在方向、速度、力度及运动过程中。因而，我们不难发现在苏华的书法作品中，洋溢着“浩气”“雄健”的艺术品质，体现着“大、奇、雄、质”的精神。她的字越写越大，画案放不下，她就把宣纸贴在木板上，靠着墙壁竖起来写：蘸满墨汁的大笔，挥到纸上时，好像无须计算上面要写多少个字，也像无须考虑哪个字要写得大。总之，纵横驰骋，大写意书法。

苏华的行草和草书洋溢着火一般的激情，浪漫、豪放、大气，有张力而不张扬。她不仅把激情散发在笔墨点线中，而且把激情释放在读者的整个视觉空间中。她的感悟能力强，能以势取胜，这种势，就是她情感运动的呈现及运动关系所产生的视觉效果。一幅上乘的书法作品，都是形与势兼备的，形，是空间关系、空间造型；势，是时间节奏、连绵关系。书法的空间关系实际上带有绘画的效果，有绘画的虚实、大小错落的艺术处理，而时间的节奏，实际上带有音乐性，让人读出旋律和节奏的音乐的大美书法。苏华的大幅作品，对比关系内容丰富，表现生动，以势通篇，给人以气势飞动之感。比如行与行之间，有涨与枯、放与收、实与虚的对比；字与字之间，有大有小，正与欹、宽与窄、高与矮、胖与瘦的对比等。她把对比作为一种手段，呈现出来的却是势的审美效果：不屑于平庸的表现与泛常的理解，不拘泥于点画形质之微妙，以情统篇，以意生趣，以气作魂，以势解力，痛快淋漓，于夭矫中寓沉厚，苍莽中溢磅礴，朴实自然而质朴中生奇变，体现出艺术家高旷的美学境界与深刻的民族传统文化的领悟力。从苏华书法在势的创新实践中我们可以明白，书法技法不单单是写字，出发点是造势，因势利美。

唐代的孙过庭在《书谱》中写道：“一画之间，变起伏于锋杪；一点之内，殊衄挫于毫芒。”通俗而言，笔法就是控制毛笔的运动，以写出符合一定要求的点画或线条的方法。完成后的苏华作品是静止的，但我们可以从她已经完成的作品中想象到书写时的运动变化。据她本人介绍，在造势中，只能从笔法入手，借鉴和采取印印泥、折钗股、屋漏痕、笔拆纹，它们的痕迹浑厚、圆润、含蓄、隽永，以这样的线条为上乘。为了达到这种效果，用笔时，采取一定的手势，必须有起、行、止，必须有快慢、有提按、有抑扬、有顿挫、有力度……整体看，笔笔相生，连成一气，局部看，每段线条都有它独立的欣赏价值。虽然自小就临摹了柳公权、颜真卿、王羲之、欧阳询等名家的碑帖，但从我的现场视角来看，她的书法风格与米芾相似，尤其是在笔法方面。米芾的用笔特点，主要是善于在正侧、偃仰、向背、转折、顿挫中形成飘逸超迈的气势、沉着痛快的风格。字的起笔往往颇重，到中间稍轻，遇到转折时提笔侧锋直转而下。捺笔的变化也很多，下笔的着重点有时在起笔，有时在落笔，有时却在一笔的中间，对于较长的横幅还有一笔三折。米芾的书法中带有侧倾的体势，欲左先右，欲扬先抑，却是为了增加跌宕跳跃的风姿，骏快飞扬的神气。虽然苏华崇敬怀素、黄庭坚、米芾等书法大家，但不满足于多么像他们，她要寻找出属于自己的一分天地，打造出自己的书法招牌。

起笔的形式虽然丰富，但归纳起来无非两种，一种是露锋起笔，通过用笔使笔锋顺势而入，其状若切、若搭，尖而挺，线条粗而厚，把米芾的大张大合的行笔风格发挥到极致。为了实现露锋的效果，她有意识地使笔画首位处留下明显的笔痕，这样做，为行草书体的创新发展提供了观念、物质及技术上的装备与条件，如果没有露锋的出现，行草的连绵萦带是不可思议的。

有起伏就会有收笔。收笔就书法形态来讲和起笔是一致，与米芾的风格一样，苏华多用露锋，很少用藏锋。收笔则因露锋藏锋不同，有方圆之别，又分为实收、虚收和启下而收。她多用实收，就是把起笔的那股劲一直保持到最后，使线条收得饱满有弹性，她有时也用虚收，就是意念上的实收，把千钧之力完成在空中，把气韵留在了宣纸上，笔简意深，给人以丰富的想象空间。

一个完整的笔锋由笔尖、笔肚、笔根三部分组成，苏华在行笔时，以笔尖为主体、笔肚作为配合，必要时以笔根进行点缀，她在完成线条时就会有一种圆浑的体感。因而，她的笔法变化贯穿于书法操作的一切细微处，字的形状及文字排列摆在我们面前，不管它们怎样变化，人们总可以根据所见到的范本反复比较，一点点推进自己的认识。我们自觉不自觉地将苏华的作品与米芾的大作作比较，发现米大师大作中存有线条较弱、协调性欠缺的瑕疵。作为继承者，苏华在笔锋上保持清醒头脑，她认真研究古代大家的风格，他们的结体、用笔，尤其是一个个笔画相同的字，从认识别人当中剖析自己，寻找一条属于自己的笔法之道。她通过确立自己笔法的“骨力感”，大胆露锋启收运笔，擒纵有度，一笔数字，如春蚕吐丝，虽连绵不绝但提按自如，线条极富变化和张力，体现一种大、重、硬、活的力量美。她作品中所展示的大气磅礴、跌宕豪情的雄强之笔，并由此形成的凝练、生涩、厚重、遒劲的格调，无不流露出她在笔法使用上的大胆和自信。

书法审美是人们对点画线条、字体结构、通篇布局，尤其是三者之间相互关系的认识与反映。苏华书法独特之处，还在于她在结构上运筹帷幄、巧夺天工之魄力。她的结构美来自两个方面，一个是字体的结构，另一个是通篇的结构。中国书法具有视觉艺术属性，字体结构和通篇布局对于书法的意义，关键是黑白关系的处理。岭南书画院院长曲斌先生认为：“计白当黑”“疏能跑马，密不透风”等都是以黑为主体，对白的空间施行分割。分割出来的大小、疏密、粗细、长短、浓淡等形态，形成各种对比关系。平衡是结构构成中的一个审美原则，点画的搭配、字体的摆放是平衡的元素。它们自身的平衡与否，取决于字体的需要，取决于通篇的审美需要。从苏华的作品中我们看出，这种平衡是有比较的，是两个或两个以上书法元素随机构成的，而不是要求每一个点画或通篇都处于平衡状态，否则，就会陷于僵硬死板的泥坑。从正反两方面的事例可以得知，影响平衡的原因有很多，但最根本的是力的较量，而力的较量来自于人的平衡感或人对秩序的要求，即如何运用哲学的观点来创作书法作品。一般长短、一样大小、一样快慢，算作平等，书法中的平衡，实际上是视觉上的平衡。在书法创作中，运用对比较为容易，但难在如何处理好对比的关系。先说苏华在字体结构的平衡，她对字体的大与小、长与短、正与斜等对比元素的设置是有分寸的，也是相当有灵性的，不是随意的忽大忽小、忽正忽斜的。她是经过自己心中充分酝酿，借助胸中的激情适度将对比夸张到了极致。她注重直线和斜线的运用，直线表现力量、稳定、生气、坚硬，斜线表现变化、突然、转折，也会运用曲线，用以表现柔和、流畅、清婉和优美。观看她的字，一般上紧下松，暗示安定、平稳，左窄右宽，暗示阴阳和谐，均体现一个“稳”字。即使倾斜的点画，也是斜而不倒，说明她找到了一种稳的支撑点。再说她的通篇结构，也充满着平衡的审美价值。单个字体的对称平衡并不等于通篇的结构美。通篇结构美的产生要靠着各个字体的有机组合，但是，各个优美字体组合后产生的关系不一定都美，因为组合本身也要受到美的检验。苏华在书法创作中运用中和与参差、对称与攲侧、重点与一般、节奏与韵律、渗透与层次、破格与留白等手段，创作出了“字字似明珠，篇篇养眼福”的书法佳作。

苏华在书法结构上的重视与成功，让我们对结构的意义有了更为清醒、明确的认识。其实，在清代，就有宋曹所著《书法约言》：“凡作书，要布置，要神采。布置本乎内心，神采生于用笔，真书故尔，行体亦然。……所谓行者，即真书之少纵略，后简易相间而行，如云行水流，秾纤间出，非真非草，离方遁圆，乃楷隶之捷也。务须结字小疏，映带安雅，筋力老健，风骨洒落。字虽不连而气候相通，墨纵有余而肥瘠相称。徐行缓步，令有规矩；左顾右盼，无乖节目。运用不宜太迟，迟则痴重而少神；亦不宜太速，速则窘步而失势。布置有度，起止灵便；体用不均，性情安托？”关于结构，还有王铎的：“盖字必先有成局于胸中”，“至临写之时，神气挥洒而出，不主故常，无一定法，乃极势耳”。还有康有为的“逸少曰：‘作一字须数种意。’故先贵存想，驰思造化古今之故，寓情深郁豪放之间，象物于飞潜动植流峙之奇……”这些先人大师的高见，在苏华书法里得到淋漓的印证。在她看来，构思或“结构”，似乎与“自然”“天真烂漫”“桀骜不驯”“纵横驰骋”互相冲突，其实不然。矛盾也许永远存在，但有解决的方法，她“变知识为习惯，变习惯为本能”，使自己在创作时进入无意识的状态。

真正进入创作时要自由，但最成熟的书家也要注重布置、注重结构。这就会产生一种困难的平衡：理性远远监视着创作，在那个感觉和挥运的中心，却是自由的、不计后果的、放纵的状态。大书家米芾的作品狼藉一片，经常有出乎人意的构成，但他对笔法的控制、对字结构的处理，从来不曾离开他曾经接受过的严格训练所监控的范围。苏华遵循这种约束，从她的作品中，我们不难看到作者对控制与放纵关系的把握。

苏华的书法路正，关键在取法。姜夔的《续书谱》开篇就说："真行草之法，取法与篆、隶、章草。"许多书法大家对此也有阐述。他们认为，章法的组合元素主要有两个，一是由不同点画组合的字，二是由各种形态组合的篇，都要法定俗成、有根有据，他们都将书法的取法问题摆在重要位置。书法取法高古，一般指取魏晋之法、之韵味、之格调。米芾早就指出："草书若不入晋人格辄，徒成下品。张颠俗子，变乱古法，惊诸凡夫，自有识者。怀素少加平淡，稍到天成，而时代压之，不能高古。高闲而下，但可悬之酒肆，䛒光尤可憎恶也。"历史上，艺术境界高远、能够长远流传、供后人作为楷模取法的名家墨迹，称为书法。启功先生为《邵宗伯先生法书》一书题签时，改书法为法书，并解释说，"书法"不如"法书"一词为妥，因为"耘书者，可以为法之字也"。

苏华自知书法有法，正如她在《游弋墨海四十秩》一文中所言，对于书法，她心存敬畏，尊重传统，六七岁开始临帖，15岁入广州美术学院附中学画画，18岁考入广州美术学院中国画系，她都没忘记学习书法，"此时，我涉及了各个朝代，各位书家，各种风格的作品，分析他们的结体、用笔、章法及构成美感的因素。尤其是一个个笔画相同的字，……对于传统，打入去的同时，就时刻想着要怎样打将出来。书法艺术，在唐代已完善了真、草、隶、篆四体，并且笔法、结构、章法，法法俱全。而在更高的层面上，又形成了一套本民族的审美意识和哲学观念。前代的大师、大师的作品，像一座座高山，矗立在我的面前。法，不能逾越，因为，没有这法的规定，也就没有书法这门艺术，正如杂技走钢丝，否定了'在钢丝上走过'的规定性，而在平地上，哪怕你能翻跟头，本领再高，也很痛快，但已没有任何意义"。

书法的经典碑帖，是古代书法大师创作的结晶，这些对于苏华来说，已由主观意志质变为客观存在。她的书法取法古代大师的经典，然后对经典进行认真的解剖，解剖中既着眼于大构架，更注重细枝末节，如行书、行草、草书、隶书等字体横竖、点捺撇等元素的各自特点和精彩之处。被她解剖、拆析的字体，她会作为一种信息储备。创作中，她不是沿着前辈大师的经典之路重复地走下去，而是在传统的框架下，在柳公权、颜真卿、怀素、米芾的框架下，认真寻觅他们没有走过的路，并把这没有走过的路作为自己艺术追求的方向。在王羲之、黄庭坚、米芾热的浪潮中，苏华决定另辟蹊径，创造自我个性的书法风格，这就是个性。个性总是在常人所不在意的平静事物中发现事物的内涵，创新总是在业内人士不敢想象中破茧而出。在被专业人士普遍认为中国书法已达到顶峰，无创新之路可走的观念中，苏华没有炫豪言壮志，没有拉扯改革创新的大旗，而是回到她那“一亩三分地”的私人工作室里，践行着自己的梦想。由于在作品中施加了个人的见解、个人的情感，古人的东西变成了印象，变成了意在笔先之“意”。创作时，她把柳公权的东西揉碎，把米芾的东西揉碎，再把揉碎的东西搅和成泥，并用这“泥”造型、造势。其形势，你中有我，我中有你，你我都被穿在苏华饱满的情感这根线上。所以，她龙飞凤舞、纵横驰骋的行草和草书作品，总能在刺激人们眼球的同时找到它们出生的血型：横的露锋出自谁家？一个字为何能用简省、合并、转换点画等方法进行提炼？为什么会有这样的回锋转笔？乱头粗服出自何方？这般的折笔有依据吗？允许有缺笔少画的错字吗？她的这种有根源的引用借助，能让人们在眼花缭乱中找到熟悉的道路，不像有些所谓的创新者，自己挥毫的字过后连自己也不认识了。

苏华师承古代书法，有着先重法度再重意志的递进痕迹和转折过程。她在遵循基本法度的基础上，发挥自己的想象力。从她的作品看，如果说字的形态尚有几分米芾影子的话，那么，其内涵早已是主体理念、思维的重新编排组合。书法的表现对象是精神，把点画、结体与章法组成精神，这才是创作。点画、结体和章法的组合过程，绝不是不同记忆的拼凑，而是想象力的艺术组合。具体到苏华书法创作，书法元素的组合，则是一个更新换代的有机整体，元素和整体都是想象力的产物。在她的作品中，通过几笔的徐疾、提按、复转、顿挫，结合墨色的浓淡、枯润，不仅字与字前后对应，线与线行云流水，使作品严谨有序，而且洒脱空灵的笔墨与传统对立统一构成，承上启下，上下贯通，一气呵成，表现出了强烈的时代审美取向。她的这种尊重传统、敬畏法度的精神，在缺少日用书写支撑的21世纪何以为继？有5岁识字却无6岁习帖的普遍性大背景下，不懂章法、不讲章法的现象只会见怪不怪地如雨后春笋般出现。

难能可贵的是，苏华不仅书法成就斐然，她的绘画造诣也令人肃然起敬。她的起家和主业是中国画，主攻在花鸟画。国画与书法艺术品种虽不同，但作为艺术本质来说是相同的。所有的艺术品种都存在形与意两个方面。“形”是艺术的外在形式，“意”是作者通过艺术形式表现出来的艺术趣味、情调和内涵。苏华从事国画创作已半个多世纪，对创作有丰富的经验体会。她对中国书画作品的品位反映出了她的艺术修养和审美追求，这些都会自觉不自觉地渗透到她的书法创作中。潇洒豪放、大开大合的书法风格又影响着她的花鸟画——以其墨彩浓重、暗香浮动的个人风貌彰显着她对于花鸟画的独特理解。

著名艺术教育家冯远指出，自然界的简洁明快、意味隽永不失为寂静高尚；彤云奔涌、电闪雷鸣未必不是一种骇世宏大。苏华的书法富有正大气象，见文人清气于其间。如今的书法轰轰烈烈，好不热闹，亟须有艺术个性的书法珍品和书法大家产生。艺术和个性的探索促进了纷繁多样的表现形式，但却常常因太重风格而少了文化意蕴，因太急于创新而少了法度。因此，当代书法呈现文化的危机，少了苏华这种以大道为上、正气为上的气象。艺术、技术和学术，缺失了高度、深度和难度，何为高妙？缺失了标杆式的领军人物，怎能引领书法界？因而，注意和注重对苏华这样德艺双馨的艺术家的研究和探索，是我们当下进行的文化抢救工程，这对于澄清、选择、继承和弘扬中国传统文化和传统书法都是十分迫切的大事。

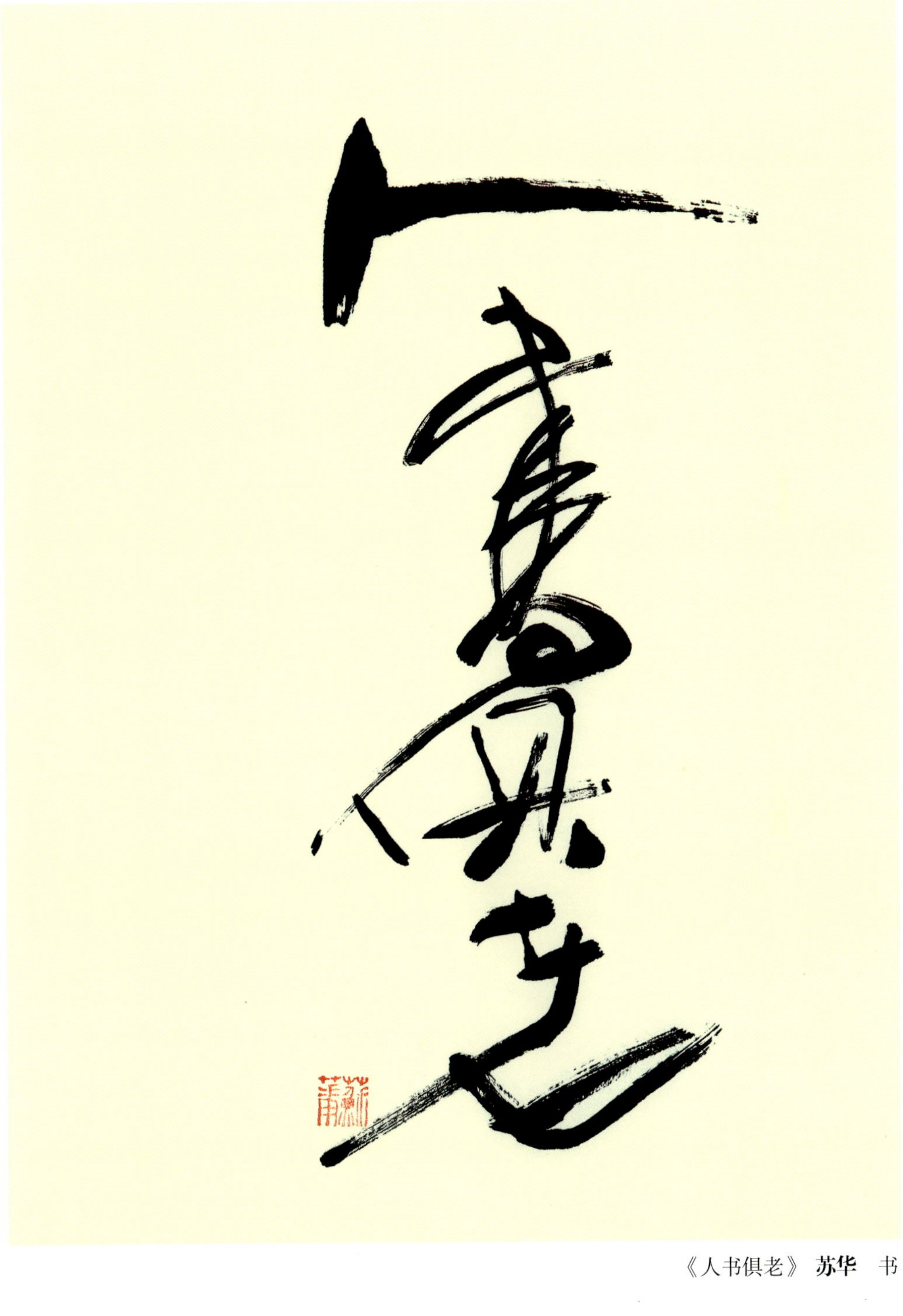

《人书俱老》 **苏华** 书

《大风起兮云飞扬》 **苏华** 书

第 7 篇
溪口之行的发现

我前后两次去过浙江的溪口。

第一次去时我还是军队里的一名上校军官，在宁波参加完一个公务活动后，驻军的一位战友提出多待一两天，看看风景、聊聊天，了解当地的风土人情，我欣然答应。在具体看什么的问题上，我采纳了这位战友的建议，决定去蒋介石的故乡看一看。每个人心里都生长着一块好奇和传奇的田地，总希望着能播种下五彩缤纷的种子。

尽管我对溪口之行怀着极大的好奇，但还是有着鄙夷的心理，在我接受的教育和世界观里，蒋介石就是十恶不赦的人民公敌。但奉化溪口，因是蒋介石、蒋经国的出生之地而蜚声中外。随着互联网的发展和普及，中国大陆地区的人民（包括我）对蒋介石的了解更加全面，他在近代中国历史上有着举足轻重的地位，是毁誉兼有的人物。难怪我的朋友，著名诗人柳忠秧在长诗《岭南歌》中，这样写道："国民党共产党，开天辟地，讲习所黄埔军，众志成城。陈独秀孙逸仙，国共合作，蒋中正毛泽东，兄弟并肩。"我曾非常好心谨慎地提醒柳兄这样排位妥不妥，出版社、报社会不会通过？结果，《光明日报》全文刊登该组诗，《人民日报》也刊登了肯定该诗的评论文章。羞愧之际，我反思了自己的思想根源。在我生长的那些年代，我们的头脑里，除了真信和愚忠外，缺少独立精神和自由思想，正如王元化先生所说："你在认识真理以前，首先要解决‘爱什么，恨什么，拥护什么，反对什么’的问题，以达到‘凡是敌人赞成的，我们就要反对；凡是敌人反对的，我们就要赞成’，但是这样一来，你所认识的真理，已经带有既定意图的浓厚色彩了。”历史总是对后人、对文化人开玩笑，一种残酷的政治玩笑。

在踏入溪口之前，我曾想象蒋介石故居的样子和情景：要么穷山恶水、人气衰落，要么是曾经奢侈浮华，胜似当年收租院刘文彩的大宅门。

我从宁波乘坐一个小时大巴来到溪口，走出车门不远，即是巍然耸立的武岭门，它是溪口镇的屏障。城楼之间三层，飞檐翘角，城楼雉堞，气势雄伟。楼额横书“武岭”两字，东面为原国民党监察院院长于右任所书（广州黄埔军校的陆军学校几个字亦系他所书），西面为蒋介石自题。走过武岭门，是一条临溪长街，背山面水，一百多家商店鳞次栉比。从武岭门向左沿水泥石阶往上走，穿过两边枝叶繁茂的古樟树，浓绿之中有一个重檐朱柱的亭子。据介绍，这是1924年蒋介石回家探亲时所建，取名“乐亭”，穿过乐亭向上行有一小屋，叫“文昌阁”，蒋介石早年曾在这里藏书和居住。

文昌阁为古代“溪叶景”之一，原建造于清代雍正九年（1731），规模很小。是文昌会、锦溪书齐诸文人学士聚会，拜祭文昌帝君之处。至民国时期已破败不堪。1924年，蒋介石从广东回乡扫墓，见其楹栋欹斜，于是就请他的哥哥蒋介卿召集民工重建，至第二年造成飞檐翘角的两层楼房，建筑面积500平方米。完工之日，蒋介石名之为“乐亭”，作《乐亭记》以描述其胜，但溪口人仍称为“文昌阁”。文昌阁是蒋介石和宋美龄的小别墅，这是一幢两层殿宇式建筑，面积约三百平方米，块石垒基，青砖砌墙，矗立在武岭头之顶，剡溪之畔，显出居高临下的气势。这里古木参天，浓荫蔽日，绿珠环合，静谧清幽，登上屋顶的水泥台，可见青山巍巍，水流潺潺。文昌阁精致古雅，几扇小轩窗，可想见当初宋美龄晨起披一件宽松的睡衣推窗远眺江水的一幕。精致的梳妆台前想必上演过许多回张敞画眉的恩爱。古朴的毛笔架上落着厚厚一层灰尘，向世人诉说着逝去的岁月，悠长而静寂。曾经多少个落霞满天的黄昏，行云流水般的钢琴曲流淌在薄暮笼罩的乡野上空，醉了阶前青草和江里野鱼，如今只剩下一架晴红的钢琴静静伫立在书房一隅，仿佛在等着主人的归来；四壁墙上一框框黑白照片向来此参观的人们展示着这里曾经的富贵。行伍出身的蒋介石在传承中国文化上，做的比说的多、立的比破的多。当年大陆在“文革”时期将国学当成“旧思想、旧文化、旧风俗、旧习惯”予以批判，将传统文化作为“牛鬼蛇神”加以边缘化之际，蒋介石在台湾发起了“中华文化复兴运动”，亲自担任总会长。今日的台湾，在继承和弘扬中华传统文化反面，做了大量看得见、摸得着的事情，流淌着“润物细无声”的独特韵律。

从文昌阁向前往下走到岭下，有一幢三间两层的西式建筑，叫“小洋房”。屋前有剡溪缓缓流过，背后有武山蔽阳，风景优美。1937 年蒋经国自苏联留学回来后，携苏籍妻子芬娜及儿子到溪口即住于此，还按当地风俗补办了婚礼，蒋经国的母亲毛氏让儿媳改名为蒋方良。从小洋房出来，沿三里长街向南走，至中街，有一堵临街高墙，中为黑漆大门，这就是蒋介石、蒋经国父子的祖居——丰镐房。关于丰镐房的来历，据介绍，典出西周，“丰”和“镐”均为西周京都，按奉化过去风俗，有钱人都要取一个房号。作为标记，“丰镐”就是蒋介石一房的房号。丰镐房为传统的“前厅后堂，两厢四廊”格式建筑，楼轩相接，廊庑回环，朱柱赭壁、青瓦鱼脊，前厅为“素居”，即蒋介石的母亲王氏和蒋介石的妻子毛氏焚香诵经之处。后堂叫“极本堂”，为蒋家祭祖之地，里面分四排供奉着蒋介石的曾祖父以下四代灵位，两边墙上绘有“文王推车”“渭水垂钓”等彩画，题材均出自西周。蒋介石与毛氏离婚后，毛氏一直住在丰镐房。1938 年农历十一月初一，毛氏在日本侵略军飞机轰炸下不幸身亡。蒋经国写下了“以血洗血”的誓言。

以往我等对蒋介石在抗战时的印象，固定在“消极”与“反共”的格式里。随着信息渠道的多元化以及相关文件档案的解密，我们感觉在蒋介石的政治生涯中，能够得到广泛认同的执政功绩，首推 1937 年到 1945 年的抗日战争。作为当时执政党的领袖，他起到了其他人无可替代的作用，算得上是中国近代史上一位民族英雄，因为是他领导中国在抗日战争的漫长时间里没有屈服，始终坚持斗争。在我看来，蒋介石是一位民族英雄，一位结束军阀割据和混战的杰出人物，也是一个把重心放在中上阶层、忽视普通民众的失败者，一个悲剧人物，他失去了中国大陆，终老台湾，带着一个“光复大陆”的梦离开了人世。

出丰镐房，沿街向前约百步，临街有一粉白高墙，左侧墙基有一块“玉泰盐铺原址”界石，这就是蒋介石祖父玉表、父亲肃庵当年开盐铺的地方。1887年农历九月十五日，蒋介石就出生于此屋楼上。在我们中国传统的观念里面，评价一个人品质的标准主要有两条，即忠和孝。如果一个人能做到对国家尽忠，对父母尽孝，那么他就算得上是一个品格比较高尚的人了，综合我所掌握的资料和信息，蒋介石算得上一个孝子。他从小和他母亲相依为命，对母亲有着深厚的感情，当母亲刚去世时，他担心母亲的棺椁。蒋介石对国家民族是比较忠诚的，是一个地地道道的民族主义者，十四年抗战就是他对国家忠诚的最好表现。张学良曾说，蒋介石有民族气节。《大公报》曾报道1945年毛泽东到重庆与蒋介石谈判的细节，毛泽东先后两次喊出“蒋委员长万岁”，这不仅出于政治智慧的考量，也是对蒋介石当时历史地位的一种尊重。抗战十四年，虽然八次大的会战惨败与他有直接关系，但他坚持不懈的抗战决心最终粉碎了日本军国主义灭亡中国的野心。假设蒋介石也像汪精卫一样投降，那么中国的历史很可能改变，世界的历史也很可能被改写。

走完三里长街，沿公馆再向前，我看到高耸路边的一座青石牌坊，牌坊上“蒋母墓道”四字系蒋介石手迹。墓道全长六百多米，蒋母墓坐南朝北，周围用石块砌成，嵌以水泥；墓碑横刻“蒋母之墓”，为孙中山所书，两边“别头柱”对联为蒋介石自撰“愧为逆子当日顽梗悔已晚，祸及贤慈终身沉痛恨靡涯”。墓前有祭坪、墓庐；墓庐中还有孙中山先生祭蒋母王氏文和蒋介石撰写的蒋母王太夫人事略。在撰写母亲事略中，蒋介石采取素描手法，也不回避家丑：蒋母王采玉，奉化葛竹人，初嫁奉化三石曹家地，夫早夭，再嫁玉泰盐铺蒋肃庵，1921年病死，临终留嘱不与蒋父合葬，给她另择墓地。

在母亲去世6年后，蒋介石修缮了故居的房子。因为母亲是小脚女人，他觉得母亲虽然去了天堂，很有可能会回来看看，因此特地把楼梯修很窄小，方便母亲上下楼。在溪口，蒋介石很有名望，这种名望不仅是他位高权重，还在于他非常讲孝道、重情义。蒋氏故居规模原来没有现在这么大，蒋介石担任北伐总司令期间，曾衣锦还乡，高价收购邻居的一些住房，扩大自己的宅院。蒋介石信奉风水一说，看中一周姓邻居的房屋，欲购买。但周家不愿卖，蒋介石并没有像电影里地主老财恶霸那样恃强凌弱，非常尊重这个邻居的选择，因此，蒋氏故居的墙壁有一块是凹进来的。

从墓道出来往前走是雪窦山，上有雪窦寺，这里原是蒋母诵经拜佛的地方。寺内有张学良将军当年手植的楠木两株，寺边有一小屋，是当年幽禁张学良的地方，寺前不远处有一平台，叫“妙高台”，建有一所形如小洋房式的别墅。

妙高台顶部是一个平台，前面是悬崖峭壁，三面凌空，下临深渊，这里海拔七百多米，气候凉爽，周围古樟翠竹蔽日。扶着高妙台边上的栏杆，朝远处眺望，可见到蓝色缎带般的亭下湖，也可见到湖中的鲇鱼岛。那鲇鱼岛仿佛就是一条鲇鱼伏在水中一动不动。朝脚下望去，悬崖下面，山岩奇突多姿。宋代大学士楼钥看妙高台写下了这样的诗句：“一峰高出白云端，俯瞰东南千万山，试问岗头转圆石，不知何日到人间。”此为妙高台秀丽景色之注解。

妙高台天井后之间两层楼房，楼上走廊与水泥阳台相连，东边一间是蒋介石与宋美龄的卧室，中间是会客室，西边是一间书房。1949 年，蒋介石在妙高台遥控指挥国民党部队，通过电台密码发布作战命令。据说，当年楼上中间还布置了沙盘模型，墙壁上挂满了作战地图。如今，人去楼空，蒋介石和宋美龄当年活动的内容和情境以及楼内的部署大多不复存在，倒是中间上匾幅所书“妙高台”三字，作为蒋介石遗迹保留下来。

在两次参观蒋介石故乡的过程中，我感到长期以来人们对于历史人物的评价，就像一架疯狂的天平。从“天使”到“魔鬼”只在弹指一挥间，而去魔化则要慢慢过滤。看待历史和历史人物，人们习惯戴着有色眼镜而容易遗忘里面鲜活的人和细节，更缺乏对复杂的人性进行深入的分析和含玩。我在蒋介石故乡两次的走访中，萌生了对腾逸在规律之外更有兴味的事相进行努力披露和还原的兴致，增强了洞察力和分析力。

在走访蒋介石故乡的过程中，我觉得蒋介石的故乡情绪比较浓厚、强烈，蒋介石无论成功与失败，无论得志与失意，都常回家看看，并住一段时间。

在雪窦山旅游区门口的一面墙上，刊登了许多我们非常熟悉的中共党政军领导人到过溪口的照片，恕我不能如数家珍地说出来。不知为什么在公开报道中，或者百度、谷歌、搜狗等著名网站里，却找不到关于这件事的只言片语，难道是溪口人为制造旅游效应而编造出来的虚假信息？继而一想，制造这样的虚假东西，其危害性远远大于假烟假酒，将讲政治作为执政要务的当地党政机关，绝不会也不敢熟视无睹，听之任之的。

所谓“历史”者，是一片被重重迷雾所笼罩的无边无际的瓦砾场。历史为我们留下了无数没有谜底的谜，和无数谜一样的人物。走进和看清历史和历史人物，需要几代或是更长的时间，去接近和获得那藏着谜底的、封锁严密的箱子上的钥匙。

令人欣慰的是，对于一直被遮蔽的历史真相或一直被强制接受的历史观点，正在被重新发现或重新诠释。随着时代的进步，人们通过日益广泛的信息渠道，根据自己的知识背景，在不违背人类文明基本常识和知识逻辑的前提下，自由讨论和获得他们要了解的历史真相完整信息的正当诉求，正在逐渐变为现实。

两次溪口之行，使我对历史和历史人物的解读有了新的发现和认识。

有人说，历史如一座缀满枯藤的、巍峨而神圣的殿堂，历史人物是这座殿堂里庞大乐队的指挥。人们往往不会注意，谁是建筑这座殿堂的能工巧匠，不会关注那些制作乐器的技工们，甚至对作曲者在作曲时的辛苦与痛楚也不会太注意。其实，在殿堂的深处，谦逊地隐藏着更多无名的真正英雄人杰。而在历史最隐秘、阴暗的角落，则有无数永远沉默的灵魂——他们是历史祭坛上的最伟大的牺牲者。所以说，历史的基本形态是悲剧，几乎历史上所有的英雄人杰都是悲剧人物。

第8篇

画中涛声充满耳

曾嵘先生现任广州岭南书画院副院长，擅长书法、山水画、人物画、花鸟画，尤对山水画有很深的研究。伫立在曾嵘创作的黄河系列作品前，我领略了“黄河之水天上来”的雄壮之美，懂得了“咆哮”一词的准确性和震撼力。那滚滚波涛呼啸而来的万钧之势，如勇流急湍，万马奔腾；而悬崖峭壁上，又似珍珠四溅、五彩缤纷；坠落霞端时，声如雷霆，逆溯回波，又如地动山摇，震撼激射，吞天沃日，势极雄豪。

看过曾嵘作品的人，都会惊叹他把黄河画活了、画神了、画绝了。他用中国画的技法画出了油画的逼真、摄影的生动，他把静态的场景画出了强烈的动感，他把无声的画面画得掷地有声，可谓传宇宙之精神，合天地之造成，盖神来之笔功。他既借用了传统国画山崖的长线条叠加拖拽的表现力，又吸收了长安画派枯笔细擦去丰富层次的技法。他以传统的功力渗透进去，以现代意识的构思表现出来，南墨为本，糅有北韵。如《壮哉·黄河》，在河水的构成上主要突出线的张力，而《永恒的涛声》则刻意营造水流的肌理效果。画中散乱动荡的洪流冲向岩岸，他用焦墨大笔皴擦出岩石，黝黑的岩石在他的笔下，表现出石的斑驳和质感，与之反差强烈的是洪水冲下河床而产生的烟雾。他以爽健的运笔，使浓烟雾扑面而来，又凌空而散。黄河虽然满身创伤，但它不屈的灵魂，一路嘶鸣，一路呼啸，没有怯懦，没有彷徨，代表了一个强悍的民族之魂。

曾嵘的画在吸纳传统绘画艺术精髓的基础上，总在求奇兀。他在奇兀中，对生活、对历史、对社会，是有着自己的思考和见地的。他对岭南风光的爱，对湘西古镇的恋，以及对西北大漠、对太行石壁等地的情感，特别是对九曲蜿蜒的黄河的深厚情谊，都洋溢在画中。奇兀的形式因素调配蕴藏着他炽热的激情。他的创新，与一味地宣泄、虚弱的大胆、盲目的狂妄委实有着根本的不同，在他看来，绘画艺术这副担子，一边是社会责任，一边是自我良心。我们可以讲，曾嵘的创作实践体现了宇宙万物之道延伸到绘画中的审美之道。而曾嵘的创作过程也就是仿效大自然秩序的过程，在仿效中不断接近大道、彰显大道。作为中国画的践行者，曾嵘始终在面对两个课题：其一是如何传承中国绘画的传统精神。中国画的笔墨也好，美学价值也罢，都是中华文化千百年的积淀和承袭，传承和弘扬是恒久的命题；其二是如何有意义地突破，有价值地创新。艺术创作和任何事物一样，没有变革，就没有生命力的续航。从鉴赏角度看，无论是从业人员，还是普通百姓，都会感受并实践传统文化与时代精神的融合。曾嵘运用中国画传统的精神表现当代，吸纳传统绘画的精华，借鉴了西方绘画的理念。概言之，他结合中国画南北艺术风格，吸纳国外美术精华，表现当下，理解今天，实践了“笔墨当随时代”的理念。

曾嵘对画面和立意的取舍，彰显了他对笔墨关系的深度理解。在中国画批评中常说的 3 个词是“气韵”“笔墨”“写意”。张大千认为“写”是用笔，“意”是造境；潘天寿认为笔表现“气”，墨表达“韵”；徐复观认为“气”为阳刚之美，“韵”为阴柔之美；郎绍君认为写意所写的是情感、心理和思想。曾嵘的作品所透露出中华民族不屈不挠、不被征服、勇于发出自己的声音，敢于“亮剑”的精神和书香品性，使人会有一种怀古的沉重感、励志的神圣感，会让人沿着时间的隧道去勾连这个时代，这个时候的画家所表达的是内容之外的一种情怀。曾嵘的作品让我们想象到，他的身与心是自由的，不被外在的事物所拘牵。使自己的心中之“道”与黄河的山水之“道”相连，因而他追寻黄河中蕴含的亘古不变的精神，努力营造一种混沌初开、天荒地老水长流的沧桑感和生命力。立意时，他将阳刚之美通过构图的宏大、构造的雄浑来表现，演绎出心中的黄河精神。

展开曾嵘的黄河画作，强烈感受到传统画作中“笔墨”为主线的特点：笔表达气、阳刚，主体是写；墨表达韵、造境、抒情，呈现阴柔之美。尽管吴冠中先生曾放言“笔墨等于零”，但在曾嵘的画作中，正是极强的笔墨表现，从而形成了瓜熟蒂落式的个性笔墨图式。笔墨是中国画特定的形式语言，对线力和墨韵的技法运用，基本上可以体现一个画家的审美追求和价值取向。曾嵘以岭南画派的传统技法为基调，能动地吸取当代成功的画家的各种经验，形成了具有鲜明个性化的艺术风格。黄河画作中，他的手法表现正具典型的现代性——既有对西方画法表现手法的借鉴，也有水墨化的强烈倾向，还有北方画派的冷峻、干裂、粗犷的造境。在着画的细节上依赖于形意的把握和墨韵的细微变化；在色彩的运用上，他在传统色彩的基调上大胆地糅用了现代绘画的冷暖变化，使画面显得明快、新颖，使色彩和墨韵达到相得益彰的效果。

从曾嵘的画中我们看出，他对笔墨十分地敬重，并有很深的研究。笔墨看似简单，其实蕴藏着高深的学问。只有真正地理解笔墨，才能运用好笔墨，只有不断实践，才能发展笔墨。在他看来，笔墨不仅是中国画的一种表现语言，更是一种意境。这种体会可以从他对黄河画作的经验中来。他在创作气势恢宏的黄河气象中，一眼望去往往只见滚滚波涛，而不见笔墨。其实，他的笔墨就是汹涌黄河的一滴水、一粒沙。但是没有那一滴水、一粒沙，黄河的奔涌磅礴的气势何来？笔墨重画面境界的生发，而不在于小笔墨细部的变化，但当所有的笔墨聚集在一起时，能充分地表达这个时代特有的精神格调。我们从曾嵘在黄河画作中的表现得知，他的笔墨运用，绝去传统笔墨畦径，从写生中探索出一条既避免了程式化，又与现实情景相结合的新的表现手法，实现了笔墨与图式的个性统一。岭南书画院曲斌院长称其笔墨图式为“风雨皴”，说曾嵘的画风虽从创新中求得，但与传统道路可谓殊途同归，是十分有见地的。

展开曾嵘的画作，感到他的画作具有很强的审美功能，能够雅俗共赏。什么是美，什么是丑，什么好看，什么不好看，这些看似简单的道理，其实就蕴含着深刻的审美标准。对曾嵘而言，他要表达美，对欣赏者来说，是要领会美。这是一个互动的、共鸣的，不断熏陶、上升的过程。有人说，中国画是阳春白雪，曲高和寡；还有人说，欣赏中国画是知其然，不知其所以然。曾嵘试图通过自己的艺术实践，让更多的百姓了解、喜爱中国画。他认为，自己在这方面做得多了，群众慢慢就会提升他们的审美意识，就能知道这一幅画它的好、它的妙，美术的价值就有了。在这个过程中，曾嵘自觉地不断传承，通过自己的解读、吸收和融会贯通，然后创作出贴近时代、表现现实、感动百姓的艺术作品。因而，曾嵘在继承传统的笔墨程式中，注重吸纳现代精神和现代审美元素。

人类的原始涂鸦，未被赋予任何意义却最具终极意义。绘画史的发展赋予绘画在美学、人文、社会学、哲学等方面意义。塞万提斯说过："艺术并不超越大自然，不过会使大自然更美化。"曾嵘遵循这一艺术法则。美要有内涵，他认为，这是一个不能放弃的标准，美术作品要讲究内涵、意境，画家的笔墨技巧、意境表达、感情抒发和色彩处理在画里体现，然后传达给观众。曾嵘谈道："我每次到黄河采风都会有新的感受，每次创作都力求突破过去，不以娴熟的技法重复自己。"的确，曾嵘在画中充满了对自然讴歌的激情，赋予黄河波涛以全新的审美。这种审美，需有一个品质，就是老百姓喜欢，做到雅俗共赏。

有一些业内人士指出，传统绘画中的汉唐雄风一去不复返了，因而为近代中国画的革命运动存积了燃烧的干柴。回归汉唐的"大河寻源"即是这种审美内涵的挖掘，曾嵘黄河画作中所体现的也正是对炎黄子孙、华夏民族内在活力的追寻，或者叫"复兴义举"。他选取了壶口瀑布的动感画面，以李白"黄河之水天上来"的气魄构思，汹涌的波涛，腾升的水雾，黄土高原上牧羊人脚下的巉岩……大河、大水、大气，酣畅淋漓地表现了母亲黄河的胸怀和性格，那一泻千里、奔涌翻腾的波涛是汉唐精神最好的写照，是民族复兴的最好诠释。

曾嵘的山水画，特别是黄河画作，不是对自然的单纯模仿，而是将空间和时间因素相融合，现实与意境相结合。其黄河波涛的表现上已趋成熟、完美，甚至已有"技进乎道"的形器突破，并由此构建一个叹为观止、光影感觉的新世界。

人们期待曾嵘这匹中国画坛上的野马，不用扬鞭自奋蹄，以新的艺术之笔，去抒写新的自强不息，并期望他在弘扬自己独特风格的实践中，暗含传统笔墨的情趣，涵写意之妙，起驾空灵飘逸之思，走向中国画之巅。

对于这些真诚而善良的期望，曾嵘是会乐意接受的，因为他的心中还有梦。

《大河之声》 **曾嵘** 作

曾嵘 作

第9篇 活在通达

活得明白，活得通达，此话说起来容易得就像上嘴唇与下嘴唇的一张一合的那么轻松，可真正要做起来，却完全不是那么简单。

对于困难和逆境，面临人生厄运，真正看得开、放得下的人寥寥无几，难怪我们绝大多数都是普通人。我所认识的人当中，就有因想不通、抹不开而患了病的同事和朋友，最后纷纷死不瞑目地离开了这个世界。

这个世界并不完美，不要苛求这个世界完美，因为我们每个人自己就并不完美。月下一湾水，水上一叶舟，舟中一个人，而私欲，是心底里无边的月色。月色那么美，一抬头，一轮明月；一低眉，一杯媚月；一转身，一片清月；一投足，月盈袖，风在肩。

我们每个人都活在时代的面子屏幕中。我们的意志被面子所熔化，行为被面子所左右。由于面子，内心的定力再也不可能像一棵树那样扎入生活的土壤，而是像飞扬的蒲公英一样在风雨中飘散、消失、沉落。

要使自己不活在面子里，就要真正懂得生命的本真。这世上，总有比苦难更大的苦难，比厄运更大的厄运。苦难有双重性，折磨人也磨炼人，生命中有苦难的洗礼，才会变得神圣而崇高。苦与甜，失与得既是相对的，又是相辅相成的，苦是甜的积累，失是得的升华。苦是一个过程，甜是一个结果；失是一种明智，得是一个陷阱。新疆鄯善的哈密瓜很甜，但下秧前要埋上半两苦巴豆，瓜秧才能茁壮成长，结出蜜一样的瓜。

活在通达，就是要对这喧哗而功利的社会看得透、悟得熟、想得通、放得开：凡事都有正负两面，关键是你怎么从中吸取理性的、积极的元素。人生还是需要参考的，生命更需正能量。人跟动物的区别，在于能够采用一套完善的机制，建立一套完善的思想。我们拥有希望，并且拥有不同程度为此而战的信念。而每当信念开始松懈的时候，就需要一杯热茶、一本书、一个拥抱、一句话、一部影视片、一段回忆……任何方式，都能给予我们一副化解压力、走出困境、开脱自我的良剂。

活在通达，在你错过了桃花的盛开，就不能再错过荷花的吐香；在你错过了日出的壮美，就不要错过明月悬升的恬静。别忽略了生活中那些细微的给予，一个微笑，一句问候，一把雨伞，一杯热茶，一声提醒……它们或许微不足道，却恰恰温暖我们的人生。有些纷争和纠结，只是让自己受到伤害，得不偿失，何苦来哉？不如和解，与自己和解，与他人和解，与这个世界和解。有时，适当的妥协，不是懦弱，而是懂得珍重和爱。

活在通达，就是要泰然看待别人对自己的评价。每个人的背后，会有人说好，也有人说不好。要人人都喜欢你，除非你是神。不必太为别人活着，不必太在意别人的评价，按自己舒服的方式活着，说到底，活是一件很自我的事。世上之人各有各的岁月要守，各有各的悲欢离合、喜悦安乐。

活在通达，就要按照自己舒服的、喜欢的方式活着，舒服的意义，是物我两忘；喜欢的解读，是知足常乐。我们中间的很多人，总是活得很无奈，活得身不由己。为了有个好业绩，要不停地加班，于是便牺牲了陪伴孩子的时间；为了签下更多的单子，要忙于应酬，忙于陪同客人，于是不能承欢父母膝下，让年迈的父母享受天伦之乐；为了能得到一个更好的职位，要在领导面前阿谀奉承强装笑颜；为了住一套更大的房子，买一辆更好的车，负债累累终日劳苦，疲于奔波……

活在通达，趁着还有力气行走的时候，多走走吧，别辜负了你的眼睛和耳朵，别辜负了那些好山好水。人生的行囊里，不单要装事业、装成就，还要装上清风和明月，花朵和鸟鸣。与其总等着别人来敲门，不如先把自己的门打开。把风请进来吧，阳光请进来吧，结果你收获到的不单单是他人的造访，还有爱和温暖的眷顾。一些人来，一些人走，陌生成为熟悉，熟悉成为陌生，往来斯去，无一终止。不遗憾，不悲伤。所有的，不过自然常态，爱或者不爱，也是自然的事。有些遗忘，也是一场人生自然。

活在通达，在于学会享受尘世幸福。一场酣畅淋漓的球赛后，汗流浃背，这时候，能有一个痛快的热水澡，然后从里到外能有干爽的衣服换，便是人生快事。衣服有皂香、头发有洗发水的香、身上有沐浴液的香、心里有尘世的香，便觉宇宙辽阔、天地澄明。遍观万事万物，泥土香、草木香，香香厮守，物我一体，神清气爽。早餐喝粥，一碗粥，一碟咸菜，粥是金黄的小米或玉米粥，咸菜是盐水萝卜或雪里蕻。粥要喝出阳光的味道、雨水的味道、大地的味道；咸菜要嚼出盐的咸，萝卜的甜，由甜入咸的微苦，由咸入甜的甘洌，或由咸入辣的辛味。喝粥要喝出一点动静、嚼出一点声音，这动静、这声音，也往胃里去，丰富胃的想法和情趣。没有事催你，没有人催你，一餐粥，可以喝得很随意、很夸张，喝到时光里也浸润着粥的香味。

活在通达，说一千道一万，关键在于构建自己内心的强大，无欲则刚，心底无私天地宽。当你能够彻底放下名利得失、恩爱情仇时，你就能真的活得潇洒、活得明白、活出属于自己的人生。

第10篇 涅槃方寸书卷气

篆刻得其悠久的发展历史、深邃的文化语境外，高古的审美内涵，宛然使其成为中国艺林中的一朵奇葩。这门古老的民族艺术在几千年积累过程中发生着或隐或显的价值转型。作为学者型篆刻大家，徐畅先生在所著的曾获中国书法兰亭奖一等奖的《先秦玺印图说》一书中指出，中国玺印源远流长，有八千年的发展史，虽方寸之地，却包括史地、官制、姓氏、哲学、文学、文字等文化内涵和铸造、铭刻、雕塑等工艺，集实用、艺术于一身，确是我中华民族传统文化艺术精粹之一。众多学者较为一致的看法是，尽管人们多从实用角度认识印章，但先秦古玺以其象形意味浓厚、布白变幻莫测的风格而统领印坛，平正方直、端庄质朴的秦汉印风则被后人奉为典范。唐宋至元明，由于文人士大夫的介入，印章在实用之外别开审美一途，明清则印人辈出，流派纷呈，时至今日，其流风亘古弥新，依旧瑰丽多姿。

徐畅认为先秦玺印的文化内涵极其丰富，与政治（官制、社会生活）、经济、哲学、军事、文化、体育、医药、卫生、手工业、农业、畜牧业、历史、文学、宗教、绘画、地理、建筑……都有着非常密切的关系。他治学严谨，就玺印艺术与文化、先秦玺印的分期、先秦玺印的断代与分域、战国玺印的分类、图像玺，身份以及地名玺印非官印而是产地，以商品名为印作封检之用等内容，在自己的著作中作了阐述。他在研究中国古文字中有许多精彩的论述，指出了古代文字在发展变化中存在的规律，为今天我们考释古文字提出了建设性和科学性的意见。譬如，在研究古玺印中的偏旁通用例中，他认为，在古文字中两种形旁意义相近，即可互相代用，并不因而改变本字的意义。凡是研究过音韵的人，都知道音是可以通转的，但字形也可以通转，这是以前学者所不知道的。他在整理战国玺印、编著《古玺印图典》时，发现了玺印文字中许多可以“通转”的字例，例如刀、刃形旁通用例；宀、冖形旁通用例；宀、穴形旁通用例；尸、宀形旁通用例；人、尸形旁通用例；立、土形旁通用例；土、石形旁通用例；石、山形旁通用例等几十例，并列举大量印章佐证。

凡是在印学上称得上大家的，都与他们的学养分不开。除印学外，皆是造诣极高的书画家或学者，这就是他们成功的基础，也正是现在印人急需要加强的印外功夫。

在徐畅看来，一部几千年来的玺印艺术发展史，就是中华文明传统的文化史。古玺、秦印、汉印、九叠文印、圆朱文印等印式是历史，成就了今日灿烂的传统文化。一部中国古代印论史蕴含着我国古代篆刻大师们的经验总结，元、明、清文人不仅在随感和题跋中留下大量的关于印章审美的文字，而且印论专著也十分丰富。作为中国古典美学的一个组成部分，它同样闪耀着许多极为精彩的美学见解。在徐畅心中，学与养是篆刻艺术最基本，也是最重要的因素。他认为“学”指印人必须要有印外之学识，即在以刀刻印而外还应多方面吸取知识，积累学问，如诗书、书法、古文字学、社会学等；“养”则是将这些印外的学问化入印人的人格之中，养成一种具有高度审美能力的眼力和一种超凡脱俗的气质。他认为，从事篆刻艺术，重要的是要学习和掌握古文字，从而进入创作之中，产生出情趣雅致、耐人寻味的优秀印作来。要达到这个境界，就要感触文字背后的文明密码，挖掘篆刻艺术背后的文化渊源。所谓的“密码”“文化渊源”是什么？是文字学，即“六书”。掌握了“密码”，才能在篆刻中正确用字。

考量徐畅的篆刻艺术，主要成就集中在他 50 岁以后，他这个时期的篆刻凸显出强烈的自我风格和学养，数十年积累的独到的艺术思绪下，彻底打破非艺术因素的羁绊，彰显出夺目的风采。

徐畅的篆刻重视章法、结体，讲究刀法运用，有一种矜持的内质和深藏不露的傲气。在布白上，他多参以满白文印式，神足而气满，呈现方严峻伟的气象，如作品《益者三乐》《后生可畏》。在汉印印式的基础上，能以壮美之义贯之，独行独往，成就一种富有时代性的清峻通脱的风格。徐畅极为讲究形式的意味及精神意旨，在重视章法、结体和刀法生命意味的前提下，追求视觉美感表达的产物，能予人耳目一新的强烈的审美愉悦。显然，这是他宗法传统的篆刻中又吸收了酣畅淋漓的书法精神营养之后，有创造性的、一种特殊而崭新的审美显现。其一，徐畅之印风，学古不泥，质朴脱俗。如作品《君子有九思》《其正敬身》《举直诸枉》《见贤思齐》等印，情绪饱满酣畅，极大气。另有《不令而行》《敬事而信》《循循然善诱》等印，结构宽博，多蕴碑意，极朴厚。他的白文印虽受老师谈月色的影响，其古朴之气则总是难以掩盖的。这方面的作品以《其正敬身》《文质彬彬》最佳。其二，徐畅的印面不是那类飞扬跋扈、特别追求视觉冲击力的，而是有着幽深的、细腻的、耐琢磨的情致。他的白文印多以汉印为底子，整个思维是四平八稳，不屑于扭来扭去，作甲骨文入印，也多中规中矩。他的白文印布局雍容，用刀爽利，痛快凌厉，只在篆法局部和刀法头尾有一些小修饰，不使整印板滞，有了许多生动活泼的气息。他的朱文印又是另一番面目，印面中颇多装饰意味，用刀盘曲委婉，给人以华丽感和圆润感。由于他性格不事冗繁，不要无谓的花招，因而他的整体印风质朴，有庄严相。徐畅的学识渊博而深入浅出，《创作手记》讲述流畅而不急切，精细而不烦琐，理性而不艰涩，论点阐释必结合实际分析，追根溯源之后又有抽象的提升。他所论述的学术理论却常有许多亲切的比喻和令人信服的逻辑关系。因而，他的面容是温和的，声音是入耳的，能在学子们心里形成共振。

徐畅对篆刻意境的新开拓，是和他全方位长期积累分不开的，这个过程丰厚而漫长，可谓根基雄厚。他以雄厚的古玺、汉印为基础，辅以对元明清以来流派的博览深究，融会贯通，自出机杼。徐畅善于洞悉传统及流派的优秀特征，积少成多，最后融汇为自己的特点，形成鲜明的风格。他的篆刻虽也有一些印外求印的元素，但更多的则是对篆刻发展过程中诸多印内元素的消化。徐畅的风格恰恰是在诸多适宜于他的传统中细绎出的东西，然后尽力发挥了这些传统。就徐畅篆刻的字法看，字体结构唯古是尊，继承我国古文字精华，他最终的表现主要是以古玺与吉金文字、楚简文字为主要参照的，他能对秦汉印文进行有艺术意趣的发挥。对甲骨文、楚简、金文、古玺的借鉴，在徐畅这里得到了更好的运用。可以认为，古玺、金文的借鉴，不少人都有尝试，但因种种原因（主要是学识上的不系统、无主见），往往都不太理想。在清末之前的历史上并没有擅长以古玺文字入印的篆刻名家，民清以来，由于社会持续变革、动荡，倡导新文化运动，这方面的篆刻大家较为少见。徐畅用他的学识、毅力和胆识卓有成效地发挥了这一尚未被深入开掘的传统。我们看到徐畅的字法生动而活脱，富有新的生命力。面对先秦文字和古玺秦汉印字法的博大精深，他科学地运用了相关印式和文字系统，剖析了古玺、秦汉字法的脉络神经，归纳出继承与创新的章法布局及艺术方法和手段，提出要做学者型篆刻家的三要素，即字法要素、刀法要素和章法要素。他指出，古玺、秦印、汉印、圆朱文等传统形制是"保留节目"，也有创新变化的空间，如把甲骨文、西周金文、楚简帛书、古隶等书体引入古玺形制，是实现"印外求印"创作意识的反映。他同时强调篆刻风格时代性的问题，倡导尊重经典，继承传统，承继古文字精华，推动文字、印风、形制的变化，将"笔墨当随古代"的理念穿插到篆刻艺术具体实践之中去。

徐畅篆刻的现实启迪：从徐畅艺术造诣和严谨治学的风格解析，他无疑是一位不可多得的大家。倘若我们从篆刻发展的纵向进行一个艺术比较，或许会发现他篆刻艺术更为可贵的价值所在。

艺术家审美思想的呈现，一般为两种形态：一种是观念先行，建立在一定的哲学基础之上的，有明确的艺术主张，并将其形诸文字，有相对系统的理论形态的文章或论著行世；另一种是在艺术创作实践中形成的，并无理论形态的文章或论著行世，其审美思想须从其人生阅历、交游、师承渊源、创作实践、艺术作品的风格特征等方面寻绎出来。较之起来，徐畅这两种形态都有，他应属于混合型的第三种形态，其审美思想与其创作实践都相互渗透、相互影响，形成相辅相成的辩证关系，前两种形态对他而言是互为生成的。这也使得他的理论有着实践的依托，实践又有理论上的牵引。

凡从事某一门类艺术，囿于此类艺术内的领域，其创造和发展是很有限的。若能"走出户外看云去"，每一种艺术都有支撑他的许多学问。说到篆刻，在玺印之外，古文字学、书法、绘画，诗词文赋，社会学……在治印时都被当作修养来观照，于是成为“印外”必须具备的学问。玺印创作中，本字（初文）、通假字、古今字的运用，特殊符号如合文符、重文符、装饰符等的运用，都显示作者的文字学功力。从赵之谦、黄牧甫、吴昌硕、简经纶到傅抱石、刘江、李刚田等都是文化修养全面的艺术家，正如篆刻大家徐无闻所写诗云：“植根在篆籀，润泽赖诗骚。”

篆刻艺术是用刀在石料上表现书法艺术之美的造型艺术，即使强调刀法本体论的印人，也无法离开书法字体。徐畅认为，篆刻家要成熟个人的艺术风格，要丰富自己的艺术面貌，就要熟稔各时代金石文字的形体结构，并加以合理的运用。在此前提下，确立自身的篆书个性。在徐畅撰写及主编的《中国历代印风系列丛书·先秦印风》《中国篆刻全集·（卷一）先秦玺印》《中国书法全集·（4）春秋战国刻石简牍帛书》或参与编撰的《中国书法篆刻鉴赏辞典》等书籍中，他指出，战国时期的古玺所使用的文字就是当时的通行文字，字形变化多端，疏密自然，风格多样，制作精美，是印章史上的高峰期。且商、西周、东周因时代不同，战国时代因封建割据，文字异形，释字与用字，在于一心。如能把不同时代、不同材质的篆字，浑融无迹地配合于一书一印之中，那绝对是驾驭古文字的高手，也正是标志着独特风格的形成。

篆刻家与其他门类的艺术家一样，都有一个对艺术素材进行加工处理的过程。对于篆刻来说，选定的篆书还仅仅是“素材”，篆刻家必须根据自身的审美思想、形式美原则进行主观加工和提炼，使之成为具有个性的艺术创作“题材”。从徐畅的经历和创作实践来看，配篆过程，也是“印化”过程，这个过程与其他艺术创作一样，蕴含着一个深刻的艺术辩证法，即篆刻家所面对的印文印化的难度愈大，而篆刻家凭借自身的学识、修养、技能把它们解决得愈好，那么，篆刻作品的含金量就愈高，审美价值就愈大。徐畅对各种篆体的书风都有明晰的认识，熟谙“六书”，通其变化（通变），能使通篇通印之书体协调和谐，书作印作都能风格统一，古拙传神。

岭南印社曲斌社长认为，徐畅的印风“外板内灵”，继而解释他的作品，粗略看去，近乎是呆板的形式出现，然而，这正是他有意设置的用以掩饰其内涵风标巧丽的表象。正因为风格巧丽的本质以质量呆板的形式出现，掩饰而不遮没，使作品含蓄、深沉、幽默，耐人寻味。徐畅的得意弟子、著名篆刻家苏金海认为，老师印作的章法，除受启迪于古玺印外，还受草书和隶书的启发，往往藏巧于拙，于稚拙中求巧趣，使其印作在平实中富含情致。因此，在他的印作中，以横平竖直之直线为基本构架，而在分布上或疏或密，并不均匀；又以短线与长线、斜线与正线、弧线与直线、肥线与瘦线相搭配，融金文笔意于缪篆体式之中，拗而不怪，一一求其稳妥。中国博物馆学会会员卢德铭先生谈起徐畅印风："取自汉印，又以古玺欹侧生态的方法打破汉印均衡排叠的线条，于自然的疏与密、正与斜的线条布列中，形成平中寓巧的章法特点。"

徐畅的作品，在线条的疏密关系上，其一，有意无意地去排叠线条，布列一些斜线，以"经意"的巧思求得"不经意"的效果。他有意打破汉印线条相对平均布列的程序，疏疏密密，倾倾斜斜，随意排列，于无序中包含有序，或在有序中注入无序，于轻松自然中表现着或微妙、或强烈的疏密变化。他为数众多的大篆朱白文印大多如此，如《成人之美》《君子求诸己》《君子坦荡荡》《和为贵》《德不孤必有邻》等。他的这些印面中，或多或少脱出了汉式的模铸，为印面布白需要，往往以疏密、倾斜、短长、粗细来打破线条之间的均衡排叠。曲斌说，他的入印字形看似方正的大篆形象，其实有甲骨文、金文布白的特点。这与徐畅对甲骨文、对先秦古玺和秦汉印的研究和借鉴密不可分，也是他对赵之谦的"印从书出"观念及其篆刻艺术观有相当的认同。其二，圆、斜线的使用。倾斜、弯曲线条的合理运用，不仅丰富了印面的构成关系和印面效果，也使篆刻的表现语言更加丰富多彩。同时，也使"书写意"的表现成为可能。

每位艺术家于其创作的艺术风格，总是以其典型的个性特征为支撑的，否则艺术风格即不成立。徐畅印风的篆法自有特点，一是刀笔浑融的文气。毛笔作书，线条的趣味在形象。刻刀治印，线条的趣味亦在形象。所不同处，前者是笔意，后者是刀下线条具有笔意。徐畅猛利、迅疾、苍茫、洒脱的线条如笔底飞花，似刀头展翅，在追墨逐电中给人以磅礴气势和恢宏气魄之感，这正是文人篆刻所倡导的笔意。徐畅对浙、皖两派的刀法有过深入的研究和丰富的实践，形成了犀利爽劲、以冲为主，亦冲亦切的综合型刀法。二是空间分割。一方印章，红与白，始终处在一种既相互侵犯，又相互包容衬托的境地。徐畅根据现代视觉原理，巧妙地分割空间，使红白世界展现所有的灿烂景象。三是以方切圆、圆中带方。徐畅在用方中带圆的结字和圆中带方的印面形式进行空间分割的同时，还巧用了疏密和谐，对横线的有机重复，使红白世界得以改观，也使红白的界限得以打破，意趣逸出形外，余味回荡心间；四是边款革新。边框是印面的重要组成部分。徐畅把边框与界栏、印面文字的处理，有机地联系起来，以六朝碑楷为体，追求古朴雅致的边款。有的边款有一种篆刻文字的古质与野逸；有的边款走的是黟山派路数，绵实而古雅……总之，真草篆隶行五体皆能入款，追求边款面貌的丰富，是"印从书出"的另一种实践和体现。

一般人认为，理论研究是学者们的事，是一种哲学的社会学的认识；艺术创作则是艺术家的活，是一种直观感觉的认识，理论研究和艺术创作是两种不同的社会分工。但是徐畅认为，书法篆刻的本体就是文字，尤其是古文字，学习和研究古文字就是为了便于正确地使用古文字，在实践中运用文字的构成原理和规律——"六书"，熟练地掌握用字的方法和技巧。理论指导实践（创作），实践又丰富了理论，理论是实践的总结，上升到理性的学术高度后又对实践有相当的指导作用。所以他在印学研究和书法篆刻创作实践中，不断进取，不断总结，出版了多部理论研究专书和发表众多书法篆刻作品，正是他理论联系实践的成果。徐畅在研究篆刻历史中发现，几乎很少有人问津于先秦玺印理论，最多有一两句实践的体会而已，或者根据书画鉴藏印的视觉效果而发表一点感想。徐畅主张当代篆刻理论应以学术规范为要旨，以学科规划为目标，不管是史抑或论，应多以规律探求、原理研究为主线，不再徘徊于一招一式的创作图解，也不是记从古到今的历史流水账，更不是"只可意会"的形象比喻欣赏。

徐畅的篆刻理论和实践，启迪了当代人对篆刻追求的艺术方式。他曾在中国美术馆主办的"篆刻艺术邀请展学术研讨会"上呼吁：印人要争取做"学者型的书法篆刻家"，理论与实践同行，识篆与书篆并用，创作与理论（书学与印学）研究相结合，两条腿走路。在当代历史条件下篆刻，这门流传三千年的独特艺术形式，或隐或显地发生着价值与意义的转型，同时也面临着由传统的文人士大夫的雅文化向大众消费的俗文化转向的历史过程中，徐畅当仁不让地擎起继承与创新的大旗。就当今篆刻而言，他对篆刻艺术的理解和发展，是难有人与之匹敌的。徐畅是我们这个时代的思想者、践行者、发言者。敝言不是夸大其辞。

《君子坦荡荡》 **徐畅** 篆刻

《举一反三》 **徐畅** 篆刻

第11篇 心灵的发现

在当前如火如荼的创建文明城市的热潮中，作为投入这一活动中的成员来讲，我觉得，首先要将创建文明引入人生的一种精神境界。什么样的精神境界呢？大学者王国维用三首词所总结出的人生三种境界，应给予我们一些启迪：第一层境界是“昨夜西风凋碧树，独上高楼，望尽天涯路”，指的是前路漫漫，目标明朗却很艰辛；第二层境界是“衣带渐宽终不悔，为伊消得人憔悴”，说的是为了实现理想，不懈努力；最高一层境界是“众里寻他千百度，蓦然回首，那人却在灯火阑珊处”，意指无数人生风雨过后才发现，我们所希冀与执着的，其实是如此简单。

创建文明的第一层境界是发现文明。古老中华大地乃至我们居住的这座城市、脚下这片土地的每一个角落，无论是久负盛名，抑或是知者寥寥，总有令人意想不到的创建发现。在山水街居的背后，蕴藏着绚烂的文化；在文化的影子中，是坚韧与豁达的民族精神。南粤古城大地，用她的每一片山水，诠释着美与爱。作为创建者，需要用自己的脚步与眼睛去发现她的韵味；更要用心去发掘自己对她的爱，最终实现创建境界的升华。

在发现文明后，创建的第二层境界是品味文明。发现一种文明，一种民族精神，我们需要放下看风景的放大镜，挪开看文化的显微镜，回归自己的肉眼。只有到了这个境界，创建者才能返璞归真，摆脱所有肉体与心灵的羁绊，在创建中发现真正的美好。提升自己的审美情趣和人生价值。只有在创建中领悟到一种文化的精神，山水才会更纯粹，城市才能更妩媚，历史才会更香醇，创建者才能放下一切矫揉造作，用心投入到这项活动中去。

创建文明的最高境界在于创建者如何用爱来呵护。

文明。遵守规则是一种教养、一种风度、一个现代人必需的文明素养。然而，在一些人的眼里，规矩有了无能的隐意，狡黠成了智慧的代名词。在利益的驱动下，规则成为一些人通往利益的障壁，迈向成功的顽石，于是有的人破壁而出，面对诚信的沙漠而洋洋自得。

究其原因，除了个体自身素养外，还与我们传统文化中心的瑕疵有关。我国虽然是历史悠久的文明古国，也是世界上最早有成文法的国家，发达的规则曾为亚洲其他国家的楷模。但是，不遵守规则，或者遵守与人不同的规则是隐藏在国人心中的一种欲望。在我们的历史文献和文化遗产中，制定规则玩弄规则的事例被用来证明智慧，躲过法网是最重要的处世之道。西方人用苏格拉底饮鸩自尽的故事证明他们对规则的尊重，而中国人从中看到的是迂腐。我们自豪的故事是曹操军法严明，但是可以“割发代首”，既表现了法律的威严，也开了法网一面，只有中国人才有此绝招。

在当今社会，建设法治国家、构建文明社会早已成为治国方略，但我们看到的不是遵守游戏规则，而是把规则当游戏：三个人以上的排队就会有人加塞，“闯红灯”成为经验和美谈。对没有机会从偷税漏税变富人的游戏中获得精神和物质满足的普通人来说，破坏排队或交通秩序虽然不能带来明显的好处，但至少也能满足一种心理。一个人可以不信神，但不可以不相信神圣，相信神圣的人就会有所敬畏。在他的心目中，总有一些东西属于做人的根本，是亵渎不得的。这样的人不是害怕受到惩罚，而是不肯丧失基本的人格。不论他对人生有怎样的欲求，他始终明白，一旦人格扫地，他在自己面前竟也失去了做人的自信和尊严。这就是文明的魅力和力量所在。

人间大道告诉我们，尊重和遵守规则是一种教养、一种文明、一个现代人必需的品格。没有这样的一种品格，没有这样的一种社会文明的存在，这个社会就不可能健全，社会中的人也将无法生存。

让挚爱呵护文明，让规则看守的世界，是生命的圣洁的花园，是人生之向往的天堂。而生活在那里的人，也将文明和规则时刻放于心中，心甘情愿接受熏陶、接受约束，以获得更完满的自由。相反，如果亵渎文明、无视规则，必将遭到文明的唾弃，受到规则的惩罚，甚至付出全部自由的代价。在尊重社会文明、在遵守好规则面前，懂得敬畏、懂得捍卫，才是人类崇高精神的体现。

一名作家曾在一篇文章中肯定地写道：“世界上如果真有所谓的天堂和地狱，那么，天堂的规则应该比地狱的规则更详细。”是的，心中充满对社会文明的敬畏，心中装满正义良善的规则，就如灵魂有了信仰，人的生活才会享受更多的明媚阳光，我们居住的城市才会成为人间天堂。

第12篇 画到联合国

产生写写郑文岩绘画印象的冲动，并不仅仅是因为他受邀出席联合国“70+华人当代艺术”创意设计成就展，荣获联合国“文化大使”的牌匾，更主要的是他中国画的图式语言已经进入了一个需要阐述、引人注目和思考的阶段。我从他身上感受到，他是一个衷心热爱画画的人，热爱便是他从事绘画的根本。他在绘画中找到了自己，表达自己，实现自己。

在中国美术发展史上，历来都有以地域、风格，或者题材划分流派的传统。而每个流派，虽处于不同时代，但都具有各自的特色。产生于辛亥革命后的岭南画派，主张“要根据历史的遗传，集合古今、中外画学之大成，加以科学的意识，共冶一炉，真美合一，成为自己的画；更要改进成为一种中华民族现代的新国画”（赵世尧《岭南画派的渊源和展望》）。在岭南画派中，每位艺术家都努力以自己独特的视觉和审美方式，反映自己所喜爱、熟悉的景物，抒写深藏于内心的感受。作为岭南人，郑文岩注重自己长期生活的岭南地区的花鸟题材及山水，着重表现南方的花鸟、山水世界，所以，他的作品充满了大自然生命的生机，尤其有岭南的特色、岭南的气象。

“岭南画派”的前辈是居巢、居廉，其画风凸显出清新、明丽的美学特色。虽然没有经过院校科班训练，但师承梁占峰、黎葛民、黎雄才的郑文岩，他的画没有一般科班出身的或拘谨或大胆的习气，而是自传统中来，但并不拘泥于法度的一招一式，尽最大可能地发挥意象造型的空间。多年来，他专注于描绘岭南风物，因为只有生活才能给予艺术家永恒的创作动力，只有生活才能给予艺术家最深切的感受。所以，在早春的木棉玉兰下，在夏日的荷塘鱼游中，在深秋菊花硕果间，在寒冬茶花香雪里，都留下他的采风写生的足迹。

生活对于郑文岩犹如水对于鱼那样重要，只有当他置身于千变万化的自然之中，才有可能进入创作阶段。读他的画，既感到他对于岭南画派、对古人、对前辈绘画法则的尊重和对大自然的虔诚，也同时感觉到他对自己的主观感受的重视，他是有悟性的人，他能在研究古人和同辈艺术家的作品中，联系自己创作中的困惑和苦恼，领悟艺术之理，并通过艰苦的实践加强和深化自己的体会。意境的营造，要靠性情的驱使。他在生活中如对景物有了强烈的感情，便鼓起想象的羽翼，胸有情思，注情入景，笔下韵致，创造出充满“意境”的作品。郑文岩进行绘画探索无疑是永无休止的性情探险，而且每创作一幅作品（当然除掉他偶尔的应酬之作）就是一次生命之旅。他在面对画案时从无固定的公式或观念，“吾心即宇宙”，自然不可模仿，他人更不可模仿。在对传统问题的认识上，他始终是清醒的，从不给自己套上什么枷锁，相反，他“得鱼而忘荃”。正如宋人欧阳修所说的“萧条淡泊。此难画之意，画者得之，贤者未必识也”，这是一种“得意忘形”的意境。

郑文岩的画作师法自然。自然，是他膜拜的老师。他作画与其说是用笔墨作画，毋宁说是他用心创作。正如韩璐在《砚边拾萍·画境四依》中所说：“夫擅绘事者，积厚行思，取物营境，必有四依。四依者，谓之曰：‘依物、依景、依法、依心。依物者，蒙修是也，师其物理，法其形质，静观其泽，动察其变，拢天地之形于管底，非其寒寂守者不可得。依景者，养目是也，驰目守望四时朝夕变幻之妙，阴晴雨雪，风霜云雾，自是天公巧营，造化鬼斧，非远履而弗可得焉。依法者，参道是也；矩镬于内，游刃于外，承前悟化，几道循脉，启于一而生衍无穷，鉴于古而成于自然。依心者，见性是也；感物道情，格物托志，修乎笃正而好奇务新，持恒自律，广纳兼容，澄怀攘弊，蠲浊流清，非日课明德之士不可臻朴矣。’”岭南画派的表达审美价值是多方面的，而郑文岩十分注意自己画作的精神刻画。他非常重视在自然中把握与观者心境相关的真切动人的景色，在艺术概括中，将自己的真实情感倾注进去，把客观景物的“机趣”与主观情怀统一起来。他受过爱女早逝、爱妻车祸致残的不幸，但也懂得人生苦短，唯有坚韧和乐观，才能继续自己的人生。他要将自己所受的痛楚、暗流的泪水，变成今后生活事业的光泽。他要通过自己的画作，让人们感受世界的美好、人间的快乐，故在他的画作中，尤其是在花鸟画里，不同的花草的俯仰正侧，都能体现争奇斗艳，非常阳光的视觉；花瓣飘落水中，鱼儿欢快地游来游去；凤舞飞花，活泼的紫燕翻身仰啄……每一图情趣各异，又都栩栩如生、翩翩欲活。可以这样说，郑文岩的花鸟画倾尽全力表现“美”，却执着地使“美”体现在“真”之中，而又不意“善”。有专家指出他的画：颇多情趣，不违物理，而又精求画法，时出新奇，不伤肖似，而又平易近人。我看他的花鸟画，感到他不满足于表现花鸟的形神，更力求挖掘花鸟画的境界，赋予深厚的精神内蕴，实现人文关怀。他是一位乐天派的画家，他的花鸟画中洋溢着一种明净的欣悦，他是一位本真的艺术家，他的道释景物中显然没有那些故作高深的沉思和故作潇洒的豪情；他的画不是为了呈现一种急功近利的个性表述和所谓的“视觉冲击力”。他在孜孜不倦地钻研艺术、学习传统的同时，也享受着闲情逸致的自娱自乐。

郑文岩留恋并着重传统，又努力寻求对传统的突破。他始终在这种张力中探索中国画的意象。他对传统的留恋来自岭南大地的文脉传承，来自对中国传统文化的深刻认同。郑文岩的探索着力点始终在形式语言层面：写意形式、结构、造型、笔墨、色彩。具体说，他的画是以写意性的水墨点画，进行色彩渲染与写意性的色墨泼写等。他坚持笔墨语言，力图摆脱古典模式，又力图把重要的古典因素保留下来，并努力将它们统一起来。观看郑文岩的画，恰似仲春之际，晨起而临流沐风，使人感到有些温温润润的。品着品着，又有些像于暮春的傍晚，敞襟纳风，以之散温躁的心绪，由之而感到了一种厚厚的温意，让你挥之而不得去。懂画的人知道，画能得“温润”二字，又能让人品咂出来，实在是极难得的。究其原因，一是与他久经沙场的磨砺，退却了激进与浮躁的情绪，消解了稚拙与飞扬的审视立场有关；二是与本人生活经历和生命象数的环境有关。这件温润的梦境对郑文岩来讲，是他解脱尘世烦恼，苦中求乐的一剂良方。也许他的命中五行里缺水，故他在作画时钟情于水，水浸墨、浸色，使画面湿润、尽染。

郑文岩作画最突出的成就是笔墨的运用。他体会到，笔墨只有承载艺术家注入的人生情感和生活体验时，才能获得新生。他继承传统笔墨技法并没有“泥古不化”，而看重从景观、情感出发，来寻求建立自己笔墨语言的契机，他巧妙地将岭南大家黎葛民的疏放简括与黎雄才的繁密沉重及梁占峰的水墨勾染进行磨合，茂密的丛木花草用笔繁复，工写兼用，浓淡墨色层层勾皴点染，而鸟鱼则多用简洁疏朗的笔法，或者在重重的水墨勾染的枝叶中或山体里，凸显以线条、色彩勾勒的硕大花卉，构成繁简、疏密的对比互应，展示郁郁葱葱和清朗意韵并具的双重变奏。从他的《霞光映雪》《春色》《茶花瀑洒露芳容》等作品中，我们可以看到，他将笔法、墨法、水法、设色法加以综合操作，形成变化丰富的表达形态或表现手法，既塑造出气韵生动的花鸟物象，又使笔墨自具形式美感。香雪书画会首任会长、著名花鸟画家梁业鸿先生指出，这种形式美感，既非古典的重复，也不是形式上的舶来品变种，而是颇具创新意味和时代感的笔情墨趣。在笔墨上，他没有受古人笔法所限，而从表现物象的实际出发，把古人的笔墨法则发挥得灵活生动。可谓是集合古今笔法之大成，中锋、偏锋、侧锋、卧笔、拖笔、逆笔、推笔、转笔，点、画、撇、扫擦、染等，都纵横挥洒、淋漓尽致。

郑文岩的墨法，也融进了岭南先辈居巢、居廉的精髓，尤其是居廉的撞粉撞水法，将传统的晕墨、渗墨、泼墨、积墨、破墨诸法熔于一炉，使画面墨气滃然，既具丰富层次，又显融合朦胧。广州美术协会原主席、著名画家卢延光认为，这种运墨法，善于营造虚幻的图景、抽象化的意象、淡泊优雅的氛围，使作品从景致，形成到意境、情趣，都别具新意。如《绿韵侵衣袖，清森涌多景》，山体多用晕墨、破墨法，水墨浓淡融合，多浑然之味；《明珠》里，葡萄叶子则多运渗墨法，自然洇沁而现外轮廓形态，极富墨韵；而《阿里山森林》，则采用古人宿墨，实取黎雄才之积墨法，于繁密、厚重中见清华、淡雅。他的水墨画的成功，还反映在他对色彩的运用上。其中大部分是在水墨中间以弄色，类似吴昌硕、齐白石的“红花墨叶”，墨色两相衬，形象亦鲜明，然手法较为传统，如早期作品《花鸟四屏》《英雄树》《觅》等。近些年来，他改变画风，以设色为主，则率意自由，不拘成法，如《春晖》《锦绣年华》《畅想曲》等，运设色没骨法，又融入水墨的写意法和渗墨法，使物象简洁又虚实相生，色彩灵动又变化丰富，与传统之没骨法大相径庭。又如《朝霞》，没骨、勾勒、水墨相间，线、墨、色又融合一体，凸显了鸟儿之斑斓、茶花之鲜艳和枝叶之浓密，使笔、墨、色都带上了感情色彩。

郑文岩的水墨画还有一个特点，就是将山水花鸟更有机地结合，山水已不仅是花鸟的背景，而能与花鸟组合成整体的自然空间，两者融合无间，以展示真实的大自然中的花鸟世界，并营造出较之传统花鸟画更为宏阔博大的境界。这种特征，使他的水墨画更富有意境，或诗意的，或哲理的，或美学的，从而传达出具有时代气息的“大水墨”精神。他近年来的山水、花鸟系列画，将宁静的荷塘、自由的鲤鱼、安逸的黄苇鹈或白鹡鸰，弥漫的云雾、逶迤的山峦有机结合成一幅幽静、缥缈、空旷、绚烂的画面。这是他从现代人的审美视野出发来展现的自然美，既试图揭示人类回归大自然的理想境界，又抒发了画家自身的精神追求。

遵循着“精神跃于纸上者为上乘”的理念，郑文岩的作品以“画气”不“画形”为主要特点，因此，他极力在简淡的笔墨中，强调主观的任意抒写，而不拘泥于物象。正如原广州画院副院长、著名画家李醒韬所说，其笔法、墨法、水法的互动与变化贯通，使意象在“似与不似”之间获取了抽象意味，在苍润浑然之中体现出一种形式趣味。的确，郑文岩的画，因“气”的连绵而获得“韵”的生动，加上骨法用笔的书写之笔与墨的扩散、水墨的氤氲，具象的花鸟草虫因提升为抽象的符号，这种不重其形的表现手法与结构方式，造就绘画文本的神采飞动，以及形随意出的特点，画面充溢着扑面而来的清新之气。

郑文岩的中国画，留给我们一种审美的愉悦感。在细细的品味与咀嚼中，我们品味到一种绵长的“意味”。在他的直觉中，他把自然物象仅仅作为依托，他营造的文本完全仰赖于笔墨结构的世界。在这里，笔墨是他的意念的载体，这一切，又都来自于他的艺术感受。可以说，郑文岩的中国画是一个符号的世界，在花朵、枝叶、山川、云雾、禽鸟、鱼草与笔墨、色彩、材料的综合作用中隐含着画家的诗意情怀。他在审美上的想法与突破，是要向国人、向世界表明他的观念和理念。

在郑文岩的花鸟草虫作品中，他的画面饱满，即满构图，采取一种很紧密的感觉，取局部放大、特写镜头，镜头里的东西通过实际画面构成。面对这种

《太行山大峡谷》 **郑文岩** 作

《花径春晖》 **郑文岩** 作

满构图，加之线墨色彩渲染，观者会感到一种强烈的视觉冲击力。

在郑文岩的作品中，其章法布局上下对称构图不少，如《一道霞光照眼群》里两群鱼儿的经营、《高风》中上下两头竹叶的有机布置，还有《玮瑞风姿》里鱼儿上下左右、错落有致地呈现，都符合“古太极图”黑白均衡、对称的要求，不仅画面富有节奏，上下对称，左右互赢，而且笔墨造型与虚实、墨色对比在画面上保持了一个平衡的状态，平衡是中国美术章法构成中的一个审美原则。但是，这种平衡很容易陷入呆板、僵硬的教条中。郑文岩通过画中的比较和调动，使这种平衡富于生动和变化，实现视觉上的平衡，从而丰富中国的审美理念。

中国画尤其是传统的中国画非常讲究留白，猛一看他相当多的作品饱满、密不透风，实际上这些作品都有留白，只不过“空白大小、形状各不相等而已”，有的在树枝，有的在禽鸟，有的在月亮，有的在果实缝中，有的在云雾、流溪，有的在墨色间，等等，关系到了画内画外气量的吞吐，满足了我们的审美需求。

审美观念的重大突破，这是我要特别要强调的地方。中国传统画在审美领域，有其多样性，高度概括可分为线显流畅的悦目之美和艰深内敛的耐读之美，前者是指色彩鲜艳、形态美观，但较为单纯、浅显，符合大多数人审美标准和欣赏习惯，不需要太多的专业知识和综合学养，人们在欣赏这一类作品时凭借着感性观赏，便可获得视觉上的愉悦和满足。后者是指具有较多文化内涵和精神容量的美，除了感性直观以外，还需要理性的解读。虽然两者是两种不同的艺术趣味和美学取向，但并非完全对立。在传统中国画的历史上，以及现代中国画的阶段中，都有一些杰出人物成功地整合了浅显与艰深，流畅与内敛的龃龉，实现了悦目与耐读的统一。郑文岩在长期的实践与思索中，进行了一次模糊美学的有益尝试。近些年，他潜心琢磨“泼彩”“破墨”“撞粉（色）”技法，将墨气淋淋的花鸟、山水“撞”得七彩斑斓，浑然天成。在他看来，清晰、明亮是一种美，模糊更是一种美。这种模糊，不是混淆不清，杂乱无章，而是长期磨砺出来的美学上的朦胧美。

对于郑文岩潜心营造出来的朦胧美，有些类似辛弃疾《青玉案·元夕》中的名句：“众里寻他千百度，蓦然回首，那人就在灯火阑珊处。”他就像在雾里看花，她就在眼前；他像梦里蝴蝶翩跹的飘逸，像与尔同销万古愁的洒脱，在睡眼蒙眬中发现世间的美丽。的确，通过郑文岩近期创作得很“润”、很“晕”的作品，我们确认了朦胧美是一种具有特殊表现形态的美，它存在于人们对自然界、对艺术品的感知美学中。著名美学家朱光潜在论述审美“心理距离说”时，转述了英国心理学家布劳的一个著名例子：海雾是一个绝美的景致，看这幅轻烟似的薄纱，笼罩着这静谧如镜的海水，许多远山和飞鸟被它盖上一层面网，都现出梦境的依稀隐约，它把天和海连成一气，你究竟在人间还是在天上？事实上，朦胧美在自然界中是广泛存在的。云蒸雾罩、扑朔迷离的山光水色；淡月疏星、空蒙辽广的夜晚晴空；蒙蒙细雨的清明时节，纷纷扬扬的初冬落雪，这一切显示着自然界中的朦胧美。艺术作品中所描写的朦胧美，正是现实生活中朦胧美的反映。古诗中这类句子随处可见，“草色遥看近却无，绝胜烟柳满皇都”“花非花，雾非雾”“雾失楼台，月迷津渡”等，都造成一种朦朦胧胧的美的境界，只不过，岭南人郑文岩用自己的画笔比较鲜明地展示这一审美理念。

客观地讲，郑文岩这种朦胧画法，并不是要创造出什么新画种，而是对传统中国画的一种继承和发展。他的绘画也由以玄学的妙语、泼墨泼彩的依象取意，转而进入“模糊美学”的理性自在，去表现脱却了自然客体存在的、一种恰合为之自然的状态。其实，“模糊美学”理论于20世纪80年代就有人在我国美术界提出过，一度成为学术争论的热点。郑文岩通过自己的画笔，进行了这种“有意味”的实践。只不过他理解的“模糊美学”表现主义与西方的“表现主义”有概念上的区别，其立场应是不抗拒传统绘画的构图和比例原则，注重笔墨鲜活性的强烈；强调主观感觉的表达，而不是对客观对象的追溯；强调艺术家强烈的个人情绪，尊重原始的、自然的生活观念和价值。他因循传统审美情趣中“冲淡”，甚至“中庸”的立场，表现一种含糊性和暧昧性，摒弃强悍性、极端化。欣赏他近年来的画作，实际上是欣赏着一种文化态度。可以说，他的画是传统绘画精神在当代的、别样的图像显现。

郑文岩喜欢交流、崇尚交流，多次在省内、国内举办画展和讲座活动，他还利用广东人旅居海外华侨多的优势，多次在中国港澳台、新加坡、马来西亚、日本和美国等国家和地区举办画展和讲座，并热情接待来自世界各地的艺术家。广州美术家协会副主席、画家李晓白表示，我与郑文岩相处多年，他那代表岭南、代表东方古典精神的墨韵和传统中国画所用的植物、矿物颜料相融合，再与海内外艺术家的交流碰撞后，生发出别样的色彩。的确，在不断地交流中，郑文岩勇于突破个人的局限与固有思维定式，在不断继承和创新中国画的进程中，带来新的表现方式和新的审美。

我真诚期盼，已年逾古稀的郑文岩先生在已取得骄人成就的基础上再有新的勃发，如郑老的笔墨在强调晕润之时，多一些刚健的运用；郑老能放，而“敛”还需更好的控制，往往“敛”足以表现力量，主要表现在山水画题材上。

第13篇 成功的奥妙

人成功，不一定只看其文化学习成绩和财富收入，也应该看看其心中的收获和认知有多少。上年纪的人会懂得，不要用健康去换取金钱，因为一个人这生可以用的钱是一个定数，当你以健康的身体拼命赚钱，等到老了健康没了，钱也不值钱，甚至投入大量的钱去买健康，结果只能是既费了钱，健康也买不回来。

谋取利益，需要在取与舍之间平衡，过分地谋求就会变成贪婪，而贪婪就会导致罪孽的积累，罪孽多了就会堕入深渊；世间没有美的天使，只有善良的女人，女人善良就是天使，善良是女人天然的母爱体现。没有不能在一起生活的两个人，只有靠不拢的两颗心；人与人之间的关系概括起来就是人走茶凉的工作关系，有事才找你的是利用关系，无聊时想找的乃是朋友关系，死也断不了的血缘关系，肉包子打狗的爷孙关系；现在社会没有什么是纯粹、真实的东西：真相热点是被记者作家粉饰后的炒作，民意可以是一些人来代表的，潮流是名人和明星们发起的，繁荣是可以造作出来的假象，雇佣关系是可以颠倒的，意志是可以附体的；女人再难嫁也不能当第三者插足，骗孩子的家长在孩子心中不能树立威信，装傻的人肯定不是真傻，装很聪明的人基本上都很笨；分手了才发现原来彼此深爱，这是爱情里最让人痛苦的经历。

人生在世，要学会珍惜眼前人，有时候身边对你好的人，你却很容易忽略，而经常顺着你的意、吹捧你的人，往往害你最大；所谓发展，就是在冒险与谨慎之间的抉择。敢于冒险的人才有机会谋求发展，谨慎小心的人虽然没有大的发展，但是可以得到生活的平静……

一句“机不可失，时不再来”道出了机与时的不可多得性，警示人们要把握时机，珍惜机遇，千万不要错过，否则便会追悔莫及、空自叹息了。不过，那些最有利的时机、最佳的机遇，多数情况下特征并不是很明显，也不是谁想抓住就可以抓得住的。有这样兄弟两人，遇到拆迁，各自得了100万元的拆迁费。哥哥用这笔钱投资股市，赶上大牛市，100万元变成了500万元；弟弟开始怀疑天上会有掉馅饼的好事，看着哥哥挣钱眼红，也投进了股市，偏偏遇上金融风暴，股市一落千丈，100万元缩水到30万元。两人同是一样炒股，结果却大相径庭，原因两个字：时机。

“清明前后，种瓜种豆”，说的是耕种的时机，过了就不一定是“种瓜得瓜，种豆得豆”，而可能是一堆瓜蔓豆苗。有道是，时机里面有学问，“机会总是留给有准备的人”。有的人感叹自己一辈子没有赶上好机会，特别羡慕别人运气好，他们把成败得失一概归咎于命运，却不自我反省，不善于总结经验，不懂得运用宝贵的人生经验。

大凡成功人士，都会明白人情世故的重要性，他们读懂了社会的本质和人际交往的潜规则，知道对方需要什么，知道对方脑子里在想什么——要钓到鱼，就要像鱼那样思考，无论你本人多么喜欢草莓，鱼也不会理睬它，只有以鱼本身喜爱的蚯蚓为饵，鱼才会上钩。

好东西不要一个人独吞，要分享大家一些；路径窄处，留一步与人行；在道路狭窄时，要留一步让别人能走，在享受美餐时，要分享一些给别人吃。人与人之间的相处，很多时候并不是单项选择题——有你没他，而是多项选择题，可以双赢。大凡成功的“牛人”无一例外都懂得这一点，他们大都是一掷千金，让跟随自己的人得到实惠，从而死心塌地、赴汤蹈火。即使最精明的大商人，也都奉行这一理念。事实正是如此，一个人在春风得意的时候，往往是最危险的时候。这个时候，人的头脑最容易发热，发热的时候，哪怕最基本的常识与规则，也可以给忽视、忽略掉。人在很多情况下的得意，往往会放松警惕、往往会炫耀，恰好都是要故意不把经验性的东西、常识性的东西放在眼里——用故意逾越常情常理的方式来表现自己与众不同，不同凡响、敢作敢为。这个世界上的无数人间悲剧，都是在这种情境下酿成的，包括“大跃进”“文革”等。大家都有汤喝才是王者之道，这一处世法，是中国几千年来一直奉行的“经验之谈”，是否懂得这一处世法，决定一个人或一个政党的盛衰兴亡。

成功里面有人生，有人生大道，大道涵盖人生。

第14篇 甲骨文的代言人

在当今中国篆刻界，提起苏金海先生的名字，圈里人士都会肃然起敬。他的篆刻，不以华美精巧称世，却以瘦劲朴拙动人。言恭达先生、李刚田先生、朱培尔先生等权威人士都不吝赞美褒奖之词。专家们概括其篆刻艺术："节短势险，刀刀果敢，笔笔挺特，字字精神，于遒劲处见真气，于断制处见韵致，于疏密处见心智。"一向敢于直言的性情中人、岭南印社社长曲斌先生在一次交流中"大放厥词"："要论当代中国篆刻家对甲骨文和金文的篆刻实力和江湖地位，如果苏金海老师谦虚地说自己是二流水平，那么，恐怕没有哪个篆刻家敢说自己是第一的。"而低调、谨慎的苏金海先生听到此言，十分紧张地打住弟子的高论（曲已拜苏为师）。《中国书法》副主编朱培尔先生认为，金海先生的作品是最具开拓意义、最具借鉴价值的。中国书法家协会副主席言恭达先生称苏金海是当代印坛颇具影响力的优秀篆刻艺术家，并指出他的篆刻艺术"学源于思，深悟其理，饰穿其要，意蕴万象。借形以为意，阐意而达情，唯见平中求奇，静中寓动，开拓出了无限的生命力，建构个性化的精神高原。"

篆刻艺术是以中国古文字为主要表现对象的一门独特艺术，从殷商后期至今已有三千多年的历史，它在实用印章的基础上，经过漫长的历史发展而演变成一门与书法、国画相并行的优秀传统艺术。篆刻艺术集书法、绘画（肖形印）、雕刻于一体，旁及古文字学、历史学、文学和美学等多种学科，可谓

“方寸之地，气象万千”。苏金海生长于“十朝古都”的南京，从小深受地域文化的熏陶，自幼喜爱书法。20 世纪 70 年代初期，在那个“读书无用论”盛行的荒谬年代里，他开始拜徐畅先生为师，正式学习篆刻，首先从汉印入手反复临摹，后又师从甲骨文专家秦士蔚先生，开始研究《殷墟书契菁华》《福氏所藏甲骨文字》等专业书籍，深研篆法及六书，尤爱甲骨文及两周金文。在他看来，篆刻领域虽有汉印、金文和甲骨文入印，但因甲骨文发现较晚，可识可用文字少，以甲骨入印可谓难于上青天。但他认为越是难的东西越有挑战性，如果突破，其意义和影响就会不同凡响。

当年，革命样板戏中《智取威虎山》中的一段唱腔“越是艰险越向前”，激励着苏金海“一意孤行”地选择了甲骨文入印。研习古玺篆刻，既是苏先生的知难而上，又是他的聪明所在，像甲骨文、金文这样的古玺篆刻，由于所取文字的远古，难识难作，历来少人问津。他之所以侧重于甲骨和金文，是因为他深知最原始状态的东西，往往最具有表现力，也最有艺术特征。长期不懈地浸淫在古玺篆刻的河水里，他遵循“吾印以达吾心”的理念，对古玺汉印心追手摹，潜心探究，尤以甲骨入印、金文书翰的艺术创作取精用宏。他神游千古，贯通融合，对其他方面如古文字的积累和书法创作的投入，也都服务于篆刻。刚刚拜苏金海先生为师的岭南印社曲斌社长称老师的篆刻作品“厚积薄发，倾注于方寸之间”。与苏先生颇熟的中国书法家协会篆刻委员会副主任李刚田先生披露，苏金海居室曰“三省室”，取“吾日三省吾身”之意，证明他重视自身的充盈和修炼。苏先生以“印人”著称于世，而从不以“书家”自居。其实，他的书法，尤其是甲骨和金文书法方面的造诣是相当高的。他深谙“艺贵专一”的古训，将书法，特别是甲骨文和金文书法，作为自己篆刻艺术研究之要素。美术评论家徐文景先生认为，苏金海这种明智的做法，恰恰为他的篆刻艺术打下坚实基础，也正是“印人”之道。

书法艺术本来就是书法（书法艺术）和篆刻（印章艺术）的并称。作为真正的“印人”，没有一个不懂书法。相反，大多数所谓“书家”不懂篆刻，这是书家的悲哀。篆刻艺术，是建立在古文字基础上的一种艺术。原始文字的起初，之所以称象形文字，是因为它本来就具有绘画属性。而作为书写中国文字的中国书法，又是建立在中国文字的基础之上发展而来，与中国绘画的发展，是异源同流。但是，文字只是近似于绘画的文字，却终究不是真正意义上的绘画。书法导源于文字，但不能说一切文字都是书法，反倒是书法艺术中的篆刻艺术与古文字还有着紧密的关系，与绘画也有某种相近的因素，并最大限度地保留着文字和绘画的某种原始因子。

苏金海选择篆刻作为切入点，将文字性、书法性和绘画性贯通起来。他借助甲骨文、金文的异体多变和象形，凭借深厚的学养，并通过不同艺术技巧，营造出印章的独特意境，并把语词或单字所蕴含的语义的美表现出来，从而实现了一种“印章”的自觉境界。他对上古篆文，尤其是钟鼎文、甲骨文的研究、创作都有相当造诣。他认为，书法的源头，正是中国哲学的源头，上古画卦，既是抽象，又是形象，是哲学，又是艺术。我们的祖先从造字伊始，就重视“传达信息，启迪心灵”，从而开启子孙后代的智慧之门，并保持天人合一的大境界（而不是沦为文字的奴隶）。古人云：“印虽小技，须静坐读。”苏金海铭记古训，在数十年对古文字的研究之余，他把大量的时间都倾注在研读古代文学作品上。如在吟诵先秦典籍时，他能举一反三；在熟背唐诗宋词时，他能以古喻今，每遇怦然心动的语句他会马上抄录下来，作为自己篆刻创作的题材。

篆刻是一门高雅艰深的艺术，过去一直是少数文人雅士的“专利”。篆刻作品使用的文字大多数为甲骨文、金文、古陶文、古币文及秦篆等古文字，欲掌握此道是相当困难的。一些慕名来访的学者，开始兴致勃勃，信心百倍，学着学着，就松懈下来，这些人最终熬不下去，就放弃了。曲斌先生明确指出，在篆刻艺术这条狭窄的小道上拼搏，最后拼的是学识。笔者在与苏先生的交谈中，就甲骨文印章创作中的古文字学讨教具体办法。他承认甲骨文印章创作中的最大障碍是可用文字少（现存的15万片甲骨文中，4000左右的单字不重复，被古文字学家所识读出的只有1500字左右），许多作者常会因无法集全所用文字而放弃。而苏先生则可以从金文中寻找与之具有关联性的所需字形（金文和甲骨文同存于商代），这得源于他对古文字广泛和深入的研究。他将小篆书法和汉印经典作为自己篆刻的基础，甲骨文和金文是他的重点。

在篆刻创作中，他遇到甲骨文所缺文字，主要采取通假、移植和拼合法加以处理。所谓通假，是我国古汉语和古文字中的常见现象。如果所刻甲骨印中，遇到缺少之字，可考虑使用通假字，如他在刻“神游物外”印时，甲骨文无“神”字，他用“申”字代之。所谓移植法，即指如遇所缺之字，可将与甲骨文同时代或相近时代的文字借用过来，如他刻“王师北定中原日”（陆游句）印时，没有“原”字，他将金文中的原字稍加“印化”后引入印中。而拼合法，是在既无文字可通假，相近时代文字中又无可移植之字，最后万不得已所采取的偏旁组合办法。正是因为苏先生的深厚学识，故行家们称其入印文字准确无误。印学家徐畅先生为此颇为欣慰地佐证其得意弟子不生造硬拼，用字皆有出处。对于当前甲骨文书法中胡拼乱造、东倒西歪等混乱现象，苏金海心里十分反感，但他是个内敛、谦和的人，当有记者就此现象请他表态，或者讲座时有学员提出类似问题时，他回答道：学好甲骨文书法必须具备必要的古文字修养和基础，只有在熟练准确地运用前人的研究成果基础上，才能进行一定的创造，同时也坦率告诫大家，不是什么人都能从事甲骨文书法创作的，不能爬都没能爬好，就要站起来跑，搞所谓的盲目创新，这种大胆乱为的蠢事和笑话应该制止，政府有关部门和专业协会不能熟视无睹。王冰石等甲骨文书法家也有同感，曾炮轰过这种破坏中华文字鼻祖的做法。在深厚学识的支撑下，苏金海先生的篆刻艺术创作与理论钻研同时进行。于创作，他心中始终有个明确的奋斗目标；于理论，他笔下饱蘸清醒的分析和判断，坚持本真性与变通性的结合，确保了他的篆刻艺术长期处在一流水平线上。

甲骨文、金文、汉印等，是古代经典艺术品。甲骨相对于文字，甲骨是质料，文字是形式；青铜相对于《散氏盘》《大盂鼎》，青铜是质料，铭文是形式；石头相对于《张迁碑》《曹全碑》，石头是质料，碑文是形式。在篆刻艺术里，古汉字是质料，各种篆书元素的对比、组合、空间关系等要素才是形式。将古汉字在篆刻作品中的地位明确为质料，似乎有些残酷，甚至有欠敬重，也似乎有亵渎古老中华文明之嫌疑，然而现实就是这样。亚里士多德曾经说过，质料是一种“最初基质”，是构成某一事物的原始材料，即“事物所形成的原料”。明确古汉字的质料地位，看似使“质料”退出了“形式”，实际上固化了古汉字在书法中和篆刻中的载体作用。其实文字与书法是两码事，文字史应该是早于书法史和篆刻史的，也早于绘画史。现在我们不少人欣赏篆刻作品时，不是先受到篆刻艺术的视觉冲击，而是先品评所篆刻的文字内容，先受到这些古文字内容的感染，然后再去领略篆刻艺术的韵味。这使得篆刻艺术失去了它作为独立的视觉艺术的资格，而沦为古文字表达的附庸。一般说来，凡是视觉艺术都存在着形式构成的问题，中国篆刻具有视觉艺术的属性，形式构成问题便无法回避，不可忽视。

形式构成对于篆刻的意义，关键是红白关系和边栏、边款的处理和设计，书法中的“计白当黑”“疏能跑马，密不透风”同样适用于篆刻艺术，只不过彼黑被变为此红。作为篆刻，有阴阳印文，如果是阳印文，就会以红为主题，对白的空间施行分割；阴印文，则以白为主体，对朱的空间施行分割。分割创造对比、疏密、粗细、长短等形态，形成各种对比关系。分割创造对比，对比必然产生关系。对比后产生的关系如何给视觉感受增加美感、增加联想、增加回味，这是对比必须解决的问题。苏金海深知形式美是一种创造，也显然是有这种意识和自觉的，其篆刻作品之魅力首先在于它那独特的形式，有的以局部截取方式，由形式的特定性给人由局部见整体的视觉效应；有的则以平面构成的方式去寻找变化，令人在形式中咀嚼一种宁静与淡泊的诗意。他的每一枚印章作品都是一种形式的探索。其探索形式构成的创新首先表现在阴阳印文的交换上。在《苏金海刻心经》印谱（以下简称“苏刻《心经》”）中，“亦无无明尽”“乃至无老死”两印都是以甲骨文入印，一阳一阴，阴文印用两边框，另两边残蚀，增其变化。其二，边栏变化根据形式需要而变化多端。“观自在菩萨”阳文汉印，五字分两行布白，“自”字以锈蚀法加粗竖画，“菩萨”两字左右稍空，使其空灵透气，避其板滞。在苏刻《心经》中，“空不异色”阳文印，大篆入印，“不”字取长，以立体补其空虚。“菩提萨婆诃”阳文印五字三行布白，中行“萨”字下部留空，形成倒“U”形布白，为先秦古玺的特有章法形式，给人古美庄重之感。其三，边栏与界格不拘于印章四周及印面平均分割处。“行深般若波罗蜜多时”印，其边栏与界格方格形，一字一方格；“不生不灭”印，其界格二分之一，两字一边；“不增不减”印，界格“十”字形，每格一字；“是故空中无色”印的界格呈“卅”形，一格一字；“无受想行识”印的边栏为“亚”形框，五字占据中央绝大面积，四个小角对五字相应观看；“亦无无明尽”印，只有两条边栏；“无苦集灭道”印，其边栏有朱文双栏；“舍利子”印，是椭圆形边栏，等等，真可谓五花八门、丰富多彩。其四，边款的布局因形而定。以苏刻《心经》中的作品边款为例，边款跋文多者十四字，少则

“金海”两字。楷书边款以三角形点画，斩钉截铁，沉稳坚定。金文边款两例，古拙劲健。隶书释文两例，其中“三世诸佛”长方形印是以汉简入印，边款以隶书配合，相得益彰。概括苏金海的篆刻，印章文字顺应长短线条加以发挥，形式感油然而生。印面的朱白对比往往通过残破而形成的块面来完成。有的字极其跳跃，两字逼近左侧印边的笔画残破较甚，与右侧边的整饬反差很大；有的字与另一字错位呼应。有的两字之间的不规则留红天意顺成，使全印生色。

苏先生的篆刻作品中，还具有较强的构成意识。有的印章作品中字的笔画略施倾泻，呈不均匀分割状态。有的字省略字体组成部分，强化突出几何形交叉笔画，有的字构成锐角，有的模拟直三角、半圆角，构成对比呼应。他的篆刻作品有的打破汉印的均匀布局，具有不平衡的空间分割，印面文字相互突破，然而采取留白、变形、夸张而施以巧妙安排，呈现出诗情画意。我专门看过介绍他的书和他本人撰写的文章，并有幸在广州与他有过一次深夜长谈。我感觉，苏金海在努力摆脱“质料”对他的羁绊，而心无旁骛地青睐形式，全身心地进入形式。众所周知，是亚里士多德在阐释艺术现象时首先运用了“形式”这个概念，并赋予“形式”以美学的规定。从古代希腊到今天，形式在艺术中都占有重要地位。篆刻作品的形式，既表现为具体形式，也表现为抽象的意象。用英国形式主义美学家贝尔的话说，叫作“有意味的形式”。篆刻艺术是抽象中的抽象，绝不是简单的线条、石头和刻刀等的物理状态，而是一种意象。我理解这就是贝尔所说的那种“意味”。篆刻艺术的元素诸如古文字、线条、虚实的关系与组合，或通章布局等，这些如果用印章图式表达的话，那么这印章图式就是印人的情感意象，正是这种意象构成了艺术的生命。换言之，形式的意象性是运动的、能动的、积极的，因而具有生命的意义。苏金海先生对于篆刻艺术本体的认识具有自觉性，并一直承担着一份守护的责任，他认为真正的艺术创新是灵魂的探险，是无可逃其轨辙而不可预知的自我塑造过程。基于他对篆刻艺术形式与内容的正确和执着态度，我相信更大的成功在等待着他。

战国、秦、汉时期，在实用印章制作中伴生出篆刻艺术。但是，印章术不等于篆刻艺术，如同写字不等于书法、书法不等于书法艺术一样。宋代以后文人进入篆刻领域，提出了宗法汉式的理念。清代中期的印人又提出了印从书

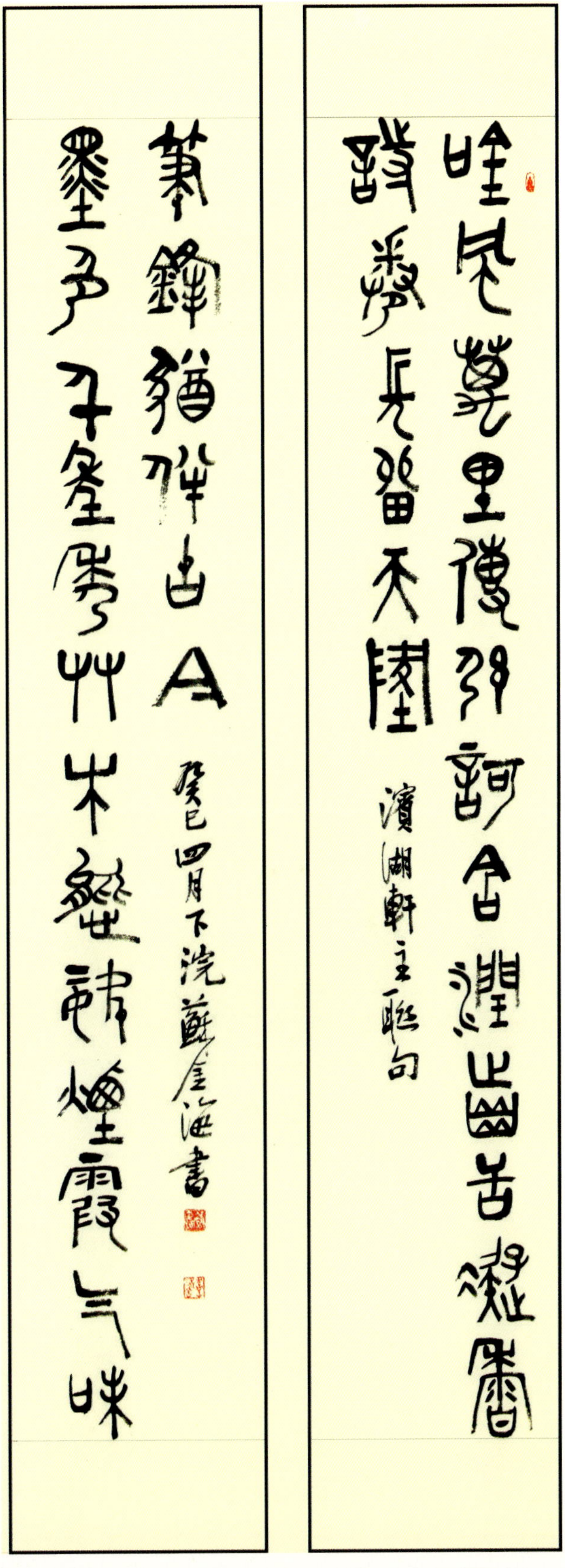

苏金海 书

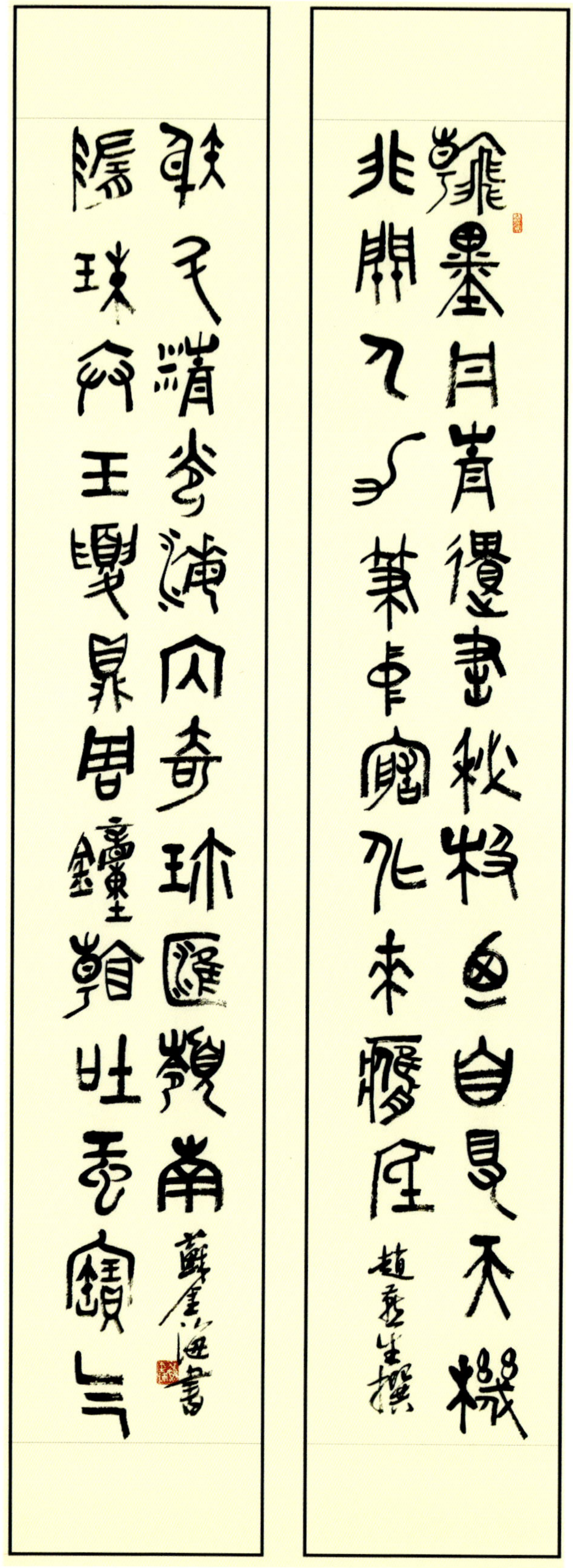

苏金海 书

出，印外求印的主张，构成对宗法汉式的强势介入。苏金海先生的篆书艺术主要取法于甲骨文、金文和汉篆。作品将古典精髓糅为一体，又在此基础上大胆借鉴并以夸张运用。在用笔、用墨上自然和谐、疏密有致、韵清神涵、恰到好处，堪称不易。扎实而充满睿智的篆书学养，为形成洒脱出尘、高古清逸、别具一格的苏氏印风打下了坚实基础，他的入印文字除了古玺文和缪篆之外，主要来源于三个方面：一是汉金文，二是两周金文，三是甲骨文，间或还摄取其他书体入印。但对创作影响最深、最具个性，给人印象最深刻的还是他的甲骨文印。甲骨文入印最突出的亮点是能产生奇古清雅的风格，然而最大障碍在于其自由天真的造型与印章方寸之间的矛盾。

概括而言，他的章法特色，一是平中寓奇。平衡是章法构成中的一个审美原则。从严格意义上来讲，篆书没有点画，只有线条，它拥有一根粗细大致相等的甚至严格相等的线条，它有两个特征：一个特点是它的线条比较长。相对隶书和楷书，篆书的线条是走得最长的，在一笔之中虽然可以有五次或更多的转折，但始终不提按，也不顿挫。另一特点是圆，起笔和收笔往往是圆实的，它把力度包括在线条里面，不让线条过分的张扬。在他的篆刻作品里，平衡是结构构成的一个重要审美原则，每枚印章作品平衡与否，取决于字体的需要，取决于这枚印章的整体需要。因而，字体的摆放、线条的组合是平衡的元素，在苏刻《心经》中，“无无明”阳文印“无”字下用重文符，依字形笔画多少使两字上小下大，布白上疏下密，上轻下重，给人沉稳挺健之感。这种平衡是有比较的，是两个或两个以上篆刻元素随机构成的，而不是要求每条线圆、结体都处于平衡状态。视觉艺术可以认为是平衡艺术，客观世界里的一长一短、一大一小、一正一侧、一虚一实，只能称作平等，我们所述的平衡，实际上是视觉平衡，这种视觉平衡最根本的是力的较量，力的较量主要来自人的平衡感觉或人对秩序的要求。苏先生深谙此道，示范了一种非常正宗、非常师古的平衡艺术体现方式，他的篆刻作品，线条干净利落，章法平正细致，如同一篇静谧的随笔，不作山盟海誓，不作声嘶力竭，作品娓娓道来，隽永悠长。他在作品中所营造的平衡关系，不但能做到印从书出、印从石出，更能做到印从道出、印从心出，人与印融为一体。二是突发奇想的险绝法。篆刻对于苏金海来说，意义重大而深远。作为“印人”的他，需要找到一种与自身情感相适应的形式，而这种形式最终又可以强化情感表现，两者相互需求、相互依存、相互生发。苏先生从一位普通的中学教师历练为当代赫赫有名的篆刻艺术家，关键在于技法上有创造性。他将其创造性说成是突发奇想的险绝法，且是由低级向高级变化发展而来的。概言之，变转为折，变曲为直，变无为有，变静为动，变横平竖直为适当倾斜，变工整守法为自由奔放，变双刀法为单刀法或单双刀交替法。在字与字、字与边的处理上别具匠心，采取借边、损边、去边、细边、粗边，大巧若拙、相得益彰。章法具有构成意识，注重虚实对比。营造“疏处可走马，密处不透风，常计白以当黑，奇趣乃出”的意境。

我认为，苏金海篆刻艺术的可贵，不仅在于他时时遵循前人“受人以虚、求是以实”的训诫，更在于他学源于思、深悟其理，重于传承、勇于创新的学术精神和做人从艺的品德。在具体的艺术创作中，其一，他敢于突出既定的模式。如长方形“无眼界”阳文印，“无”字为古陶文，“眼界”二字以大篆形体取圆转，力仿其趣，破其右上角边框，令其古拙残破。“亦复如是”阳文印在小篆、缪篆之间，“是”字则取汉金文，增加其变化及情趣。其二，善用长圆、斜线穿插。在苏刻《心经》中，其“亦无无明尽”“乃至无老死”“亦无老死尽”“无苦集灭道”“依般若波罗蜜故”等印章，可见疏密安排极其强烈。从印面可以看出苏先生敢于打破常规，善用长线、斜线，突出奇险，巧用圆线，前后呼应，保持了整个印面的和谐。其三，通过字形中的排兵布阵，大胆留白，不仅有整体上的疏密对比，更加营造出不凡意蕴。我们可在苏刻《心经》的“无无明”“三世诸佛”“是无上咒”“即说咒曰”“揭谛”等印中找到佐证。其三，刀法的创新。在解决了篆法、章法后，刀法则是关键的环节。犹如书画的笔墨，篆刻的用刀就是独特的语言功能，一件篆刻作品的成败往往以刀镌刻来衡量印的成功与否。苏先生谙熟清代篆刻大家黄牧甫用刀的奥妙，也领悟到齐白石用刀的灵动，改用单双刀混用。以往别人刻的甲骨文白文印，基本上都是用双刀法完成的，他决意丰富自己的用刀方法，运刀以冲刀为主，有单刀有双刀，后来发展到有切刀、涩刀，操作用力时手腕把握力的轻重，刀的摇摆、颤动、迟疾。就刀法而言，他的单双刀混用法，加强了长短、粗细、残全的变化；笔画间巧妙并笔，避免重复、琐碎之弊，呈现出一种欹斜剥落的妙趣。在操刀时，他还总结出一套摇摆、颤动、迟疾的运刀方法，通过笔画之间的黏连，强化疏密对比，包括字形内部的层层繁复对比，加以巧妙化解处理，这都极大丰富了刀刻的艺术表现力，其印章的书意和刀趣得到充分的展示。

艺术是无止境的，大众对艺术美的追求也是无限的。对于功成名就的苏金海先生，我们期望他在今后的创作中，在继续保持线条干净清新的基础上，能够多营造一些高古与浑厚；在行刀锲刻至拐折处能更多一些豪迈和旷达；在布篆之时能创造出一些更多的大匠妙法。这些或许对他是一种苛刻的期盼。但我们有充分的理由相信，德高望重的苏先生完全有能力建立起一座苏氏面貌的丰碑，以心驭法，指与物化、神游物外，把中国的篆刻艺术推向一个更新、更高的层面。

第15篇 群众的眼睛往往并不是雪亮的

我们常常会听到一句放之四海而皆准的真理：群众的眼睛是雪亮的。一代伟人毛泽东在一篇文章里明确过这一观点，其后通过报告、报纸、电视等各种形式广而告之，深入人心。

应该说，群众通过举报，通过上互联网，揭露出来一些黑色内幕和腐败案件，并得到认真查处的事例为数不少。但是，这种群众性的义举存在很大的偶然性和盲目性。事实上，往往一些大案要案的暴露都是自我因素或权威部门发现和掌握的，譬如薄熙来、王立军案，群众是很难掌握真实情况的。对于很多中国人来说，“人民群众的眼睛是雪亮的”是他们最熟知也最乐于接受的一个说法，也是社会追求的政治价值。

正是这个说法，使我们对一些权威机构和某些领导者的言行充满着极度的信任；正是这个说法，使我们对人民群众的力量充满着极度的尊敬，对公民监督充满信心。同时，也正是这个说法，使我们对领导干部愈来愈放松了警惕，使越来越多的领导干部丧失了本该有的“自律”，也使越来越多的公民丧失了本该有的“他律”。

现实生活中，许多人，甚至大多数群众，并不能看穿“皇帝的新衣”，其根本原因在于是否真正拥有知情权。很多事情真相大白，也只是具有局限性的。要想缩小局限性，除非是你拥有了相当规模的信息采集权和决断权。

消费市场里，知情权真是个好东西，它可以给你带来意想不到的好处，然后还可以看清商家依靠“消费者的不知情权”攫取暴利的面目，但政治领域里的“知情权”并不像购买商品那么简单，笔者给它取了一个新名词——被知情权。某市公示一位局级干部，电视上和报纸上都登了，希望有人举报他的问题。同时要求举报者留下详细的地址和电话，并且最后还有一句生猛的话：“对诬告者，一经查实，将严肃追究法律责任。”严格意义上，这就是“被知情权”，其一，这样的公示措词充满了防止人民群众“诬告”的成分，不由分说地将群众置于了对立面；其二，这样的公示语气，似乎在说咱组织部门任命干部是咱的事，你们最好不要“顺着杆子往上爬”了。于是，往往出现了非常诡异、非常滑稽的事情，一边被举报，一边在升迁的官员层出不穷。这些官员在升职前都进行了公示。但大家都明白，这种公示只是一种“被知情权”，具有恩赐性质，你即使掌握了这些干部的问题又怎么样，决定干部任免的不是老百姓，而是长官。因而，提出“群众的眼睛是雪亮的”的说法，实际上是个伪命题。

有的学者指出，只有当公民监督、舆论监督与权力监督、法制监督有机地结合，整顿治理结构才能模式化和常态化，“群众的眼睛是雪亮的”这个命题才能成立。

那么，怎样让“群众的眼睛是雪亮的”这个命题真正成立呢？

人民群众眼睛要变得雪亮，必须要有政府以及社会环境的支持。政府有义务帮助群众拨开挡在群众眼前的重重云雾，要让群众享有充分的知情权，不断健全群众表达意见的机制；同时，要把那些群众雪亮眼睛的注视权纳入制度化、法制化的轨道。没有知情权，群众的眼睛是无法“雪亮”起来的。在一个信息资源被垄断的区域内，公共资源无论如何也不可能实现“公共”，老百姓怎么去明白公共事务的真相呢？只有信息公开、表达顺畅，群众享有充分的知情权，意见表达机制健全，“群众眼睛”的存在才有意义，公民监督或舆论监督才能有效。作为群众，还必须要有一定的识别能力，要有理性思维并具有独立思考的能力，最关键的是眼睛不总是囿于自身，要注目社会，关注他人，富有强烈的社会责任感和正义感。

要用铁的制度来保证群众能擦亮眼睛，在任何民主社会里，公民监督都是不可或缺的。群众是有眼睛的，他们能够提醒和防止想要徇私舞弊和以权谋私者，能够对贪官污吏起到震慑作用。但从实际来看，群众眼睛的“雪亮”程度与防治腐败程度似乎没有多大关系。许多重大案件暴露后，往往是群众大吃一惊。无数事实证明，只有认真对待群众的“眼睛”，用铁的制度保证群众能擦亮看清事物的眼睛，才能真正算是群众的眼睛是雪亮的。

因而，在实际生活中，不能过分地相信“群众的眼睛是雪亮的”，如果我们总是用“群众的眼睛是雪亮的”作为公民监督的假设前提，或者寄希望于公民监督，那么我们的很多政策和法律只是“软约束”。在那些权力机构和部门的徇私舞弊中，如果不是审计机关的强力介入，群众的“眼睛”再“雪亮”也是无济于事的。

在任何民主社会里，公民监督都是不可或缺的。群众的眼睛是雪亮的当然很好，但如果这种“雪亮”没有相应的反应机制，则解决不了根本问题。也就是说只有当公民监督、舆论监督与权力监督、法制监督有机地结合起来，整顿治理结构才能模式化和常态化，“群众的眼睛是雪亮的”也才能更富有意义。

历史充分证明，只有认真对待群众的“眼睛”和群众的“需求”，才能真正营造“天地之间有杆秤，那秤砣是老百姓”的民主氛围。然而，在现实社会中，某些领导常怀“群众悖论”：如果群众所说所做不符合他的心意，那就说老百姓是一群“不明真相的群众”；群众所说所做符合他的心意，就会说“群众的眼睛是雪亮的”。这种为我所用的群众观，是无论如何都保证不了“群众的眼睛是雪亮的”。因此，公共权力机构的代理者要及时处理群众的来信来访，认真对待群众所反映的问题。但是，在现有民主技术条件下，群众监督只能是一种辅助方式，其主要方式还是要依赖于各级组织和纪检部门擦亮眼睛，严把考核与任用关口，加强任后监督。如果组织和纪检部门的眼睛变得比群众的眼睛更加雪亮，能先于群众发现干部任用中存在的问题，无疑说明干部任用机制的完善，群众的眼睛即使闭着也会放心。

其实历史上，群众集体的良心判断，受到野心家或精英思想家操纵的例子屡见不鲜。同时，潮流的转变也可能反倒是少数先知型人物独排众议、长期奋斗的结果。例如，韦伯佛斯和少数基督徒们，是经过了三十多年艰辛的努力才改变潮流，废除了英国的奴隶制度；还有中国的改革开放，邓小平大胆否定

"两个凡是"，开展"实践是检验真理的唯一标准"的大讨论，果断地提出"改革开放"，使之迅速成为时代潮流。翻阅历史，我们不难发现，大多数人，包括所谓的知识分子，并不真能做到完全的独立思考与判断，对于一些人的思想、观点或宏伟事业，盲目接受。这种藏在权威后面作"独立判断"的现象比较普遍，其现象可能代表思想上的懒惰，更可能代表勇气上的懦弱，无法抗拒外在的形势。更深层原因是我们对是非价值的判断，常常是因本位主义的思考习惯，我们总是站在自己（或者自己所在之群体）的利益上，或站在成见上来思考，总以为自己是公正的，别人是动机不纯，或是见识不及，这种态度推广到社会群体，就会形成非常可怕的负面的集体力量：

——1789年的法国大革命，是文明史上伟大的启蒙运动，追求自由解放的直接结果。它的理想是崇高的、纯洁的。那些追求人性尊严的斗士，也都是睿智、"眼睛雪亮"的。然而，法国大革命为何又是人类历史上最恐怖、最残暴，也最非理性的群众运动呢？

——19世纪中叶，美国南方引用《圣经》来支持自己不人道的蓄奴行为及种族歧视。从马克·吐温的《哈克贝利历险记》书中，纯洁的少年主人翁内心的挣扎，我们可以想象当年美国南方社会良心的偏差。其实，那些奴隶主们，以当时的社会标准来看，大多数可能还是心地善良、熟读《圣经》，眼睛雪亮的好公民呢。

——1933年希特勒被任命为德国的总理，获得了广大人民和教会的热烈支持，极富正义感的邦霍华在1935年的基督教大会上，呼吁牧师们不要盲目地爱国，成为纳粹的帮凶，竟遭到强烈反对。那些愤而离场的牧师们不就代表当时大多数人的良心判断吗？

——2003年3月美国宣布对伊拉克用武，布什总统民望大升，并于占领巴格达达到他个人历史性高峰（支持率超过75%），到了2004年，媒体调查又显示，美国大部分人（超过50%）又都认为伊拉克之战是错误的。人民的眼睛到底是在战胜之初是雪亮的，还是在遇到困难的时候是雪亮的呢？

看来，克服和防止上述群众的眼睛不是雪亮的现象，不仅要提高群众擦亮眼睛的基本素质，更要在体制和机制上下功夫，给予群众"睁大眼""看得清""能说话"的权利和保障机制，让群众的眼睛是雪亮的真正成为现实。

第16篇 趣味盎然塑人生

观看王增丰的漫塑作品，人们总会为其非常生动有趣的艺术造型而哑然失笑，或会心一乐。他所创造的人物漫塑艺术作品，构思奇特、形象怪异，准确逼真的夸张造型，给人带来强烈的视觉冲击，触动着喜乐的神经，丰富了雕塑艺术的内涵和外延，改变了人们对这一艺术的基本看法：雕塑艺术不仅可塑造叹为观止的艺术美，还可创造趣味盎然的快乐。

在我国根雕界颇有影响力的王增丰，后又涅槃成为我国著名的漫画雕塑艺术大师，其实他并非科班出身，这种理论上的先天不足，使得他在多年的接地气的“俗文化”中，找到一种通向真正艺术的“天窗”：万物生长靠太阳，其实也靠沃土。俗文化是贴着土地生长的，大洋若土、大雅若俗、大智若愚、大气若趣，大思想家若平常人，真知蕴藏在润物细无声中；大艺术家朴素本真，笑看人生。自称艺术家、思想家的整天演练艺术或哲学的肌肉块和健美操，而真正有“几把刷子”的哲人和艺术家却是金庸、梁羽生武侠小说中的“高人”。在他们的小说中，天天跟别人较劲的都是初出茅庐的傻小子、愣头青，那些功夫高深的高人总是心平气和，甚至宁肯吃点小亏也不轻易出手。

因为时代、家庭和个人际遇的复杂原因，王增丰没能受到所谓的正规高等教育，他的艺术成长、成熟和成功，得益于自儿时起俗文化的熏陶，得益于老子、庄子等传统文化的点化。

开始，王增丰从事喜爱的根雕艺术，其创作、收藏的千多件根雕作品见证了他的成果。然而，他愈来愈强烈感受到，根雕已不能满足他的创作欲望，限制了他的创作意念和个性。他说："我进行艺术转型的主要原因是原材料限制了我的艺术创作，根雕要以树根的形状来立意，突出树根的神与势，因此根雕创作一开始就会受到树根形态的束缚，你必须在树根的形态范围内创作。"

2000 年，与天津泥塑大师于庆成的一次偶遇，王增丰自愿跌落"泥潭"，开始了他艺术人生的重要转折——漫画雕塑。他说："漫塑最让我心动的地方是夸张幽默。"生活中的王增丰，风趣、幽默、豁达，光头、肥脸，留一小撮胡子，戴一副大框架的眼镜，既像一介武夫，又像一位学者，两者在他身上结合得似乎有些莫名其妙，匪夷所思。但凡成大器者，其外表、性格、才智均有与众不同处，否则，难成大器也。他认为："夸张是一种技巧，需天马行空，又需掌握技巧，张弛有度。我的作品都力求极尽夸张变形之能事，使人间百态神韵尽显。幽默，是诠释漫塑的关键词，幽默能使人发笑，人到中年，我彻悟，快乐是一种生产力，世界最需要的是笑声，但幽默的魅力远不仅此，它蕴藏的是一种深邃的内涵。"的确，在我们的日常生活中，幽默无处不在，对于我们大家来说，不是缺少幽默，而是缺少发现。幽默的力量是巨大的，幽默使人乐观豁达，使人身心健康，助事业成功，更让人魅力无穷。在漫塑艺术实践中，无论喜怒哀乐，王增丰都能从发自心底呐喊的创作中找到自己想要的真实、想要的情感、想要的境界，寻找精神寄托和安慰。渐渐的，漫塑创作已流入到他的精神血液，成为自己生命中的一部分了。

靠草根俗文化起家的王增丰感觉到，要使自己所从事的漫塑创作走得更远更好，必须要有相应的理论来做支持。2003 年，他成立了广东省锃凤艺术研究院，自任院长，专门发掘、研究漫塑艺术。为此，他去过很多国家和地区考察，他发现国外城市雕塑基本上都是漫塑，国内城市的漫塑市场基本上被日本、美国等国家占领，比如阿童木、麦当劳大叔、机器猫等，而有着几千年历史的中国，中国人的漫塑作品却鲜有可见。

经过历次浩劫，加之国门打开，国人越来越懂得和追求雅文化了，在现实生活中，很多时候雅士瞧不起俗者，而有些俗者却千方百计地向雅士靠过去，以沾得一些雅气。漫塑被人误认为俗类，自然在现实社会中失了宠。王增丰明白，在艺术上，有俗与雅之分；而在做人上，也有俗与雅之别，世人只道雅的美好与尊贵，鄙夷俗的浅薄与卑贱，却忘了雅与俗的本质与真谛。在王增丰看来，雅与俗只是学识、修养不同所表现的气质有所不同而已。无论雅也好，俗也罢，它们都离不开一个自身的底线，那就是所从事的艺术追求必须在真善美范围之内。雅到不真就是做作，雅到不善就是自大，这种不真不善的雅就是伪雅，等同于无德的伪善。而真俗的人，特别是从事真俗艺术之人，只要兢兢业业研究生活，脚踏实地进行创作，尤其是在众多的真俗艺术研究中，发现和捕捉到真俗里面妙趣横生的幽默之乐，给人以欣赏时的精神愉悦，其实就是一种大雅。

俗文化是营养万物的“母土”，雅俗文化其实并无高低贵贱之分，关键是要看从事这番行当人士的修炼功力。这是我在与王增丰接触中所感悟出来的。

的确，在王增丰从事的俗文化艺术创作中，我们没有看到他的作品中有血腥、暴力以及低俗无聊的题材。他的作品给大家带来一种健康向上的力量，一种快乐宽容的人生态度，不仅让人开心一笑，还使人在笑声中有思考、有反省、有回味。他在十几年的漫塑创作实践中找回了艺术的本质，超脱了世俗，将漫画创作看作是一种变理论和认识论载体——其表现论的意义在于它提供了宣泄的个体乃至集体的情绪。

在现实生活中，雅与俗是一对相互依存的矛盾。周敦颐老先生写了一篇脍炙人口的《爱莲说》，称赞荷花“出淤泥而不染”，但他老先生疏忽了一个根本的东西，光顾着说荷花好，却忘记“淤泥”与荷花的血缘关系。其实，“淤泥”者，泡水之沃土也，无“淤泥”，焉有荷花？大画家林墉曾写有《朱耶·墨耶》一文，文中写道，人生本就是朱墨交杂，忽地朱变墨，忽地墨泛朱，这变易反复无数次，没有开幕与落幕，更没有底本可依……这样想来，人生中于朱墨之间，自不免有假朱、墨泛朱、朱变墨、墨变朱，以及正在变朱变墨的半朱半墨者……于是我联想到雅俗两者之间，也存在这样唯物辩证关系。通过观看王增丰的作品让我们明白，真正的雅和俗其实是一体，是构成人生内容的两种表现形式罢了。俗是认真入世，雅是认真出世，俗到极致即为雅，雅得过头便是俗。

漫塑是一种通过裁减来形成创造力的艺术，这种裁减不仅仅是艺术家从材料中挖掘作品形态的过程，同时，也指向了对于作品主题和内容的裁减和限定。这种艺术创造首先来自于将无形的概念和事物限定为有形的形态，其关键是要抓住人的“神”。为了抓住这个神，他首先决定从生肖猪入手，他搜集了大量与猪有关的题材，借猪喻人，表达自己的思想世界。捏完了猪，他开始捏自己的肖像，天天对着镜子大笑、大怒、大悲，并用泥土捏下来。在打下基础后，他深入社会中去观察，研究各种各样的人物表情和举止。在与他（她）们聊天、逗笑和互动中，发现和捕捉到人物中最有个性、最有意思的一刹那。对于故去的历史人物，他会找来大量资料，揣摩那个人当时的性格特征；对于现实中的活人，他主动交朋友，在真诚友好的气氛中捕捉人物闪光点……从他数以千计的漫塑作品中，令人折服的是他所塑的人物平静表情中带着涟漪，随意的举动中张扬着个性。在他的手中，每一尊人物漫塑像是述说一个生动有趣的故事，而作品里有着足够让人万里策马的遐想空间和千古一叹的凝固时间。

在雕塑艺术中，崇拜情怀中至高至大而无形的力量或形象都被凝聚在一个可以观看甚至触摸的有限躯壳中。历史上的雕塑作品，大致划分为两类：神祇和英雄。所谓神祇的雕塑，包括了所有和精神崇拜有关的艺术品，观众是用自己的宗教热情与崇拜去填补有形的雕塑对无形的偶像的表现。英雄类的雕塑包含了所有纪念碑式的雕塑，包括伟人和英烈的塑像，也自然包括那些雄伟的、不朽的纪念碑和记功柱，观众是在用史诗和历史去填充英雄的雕像。

王增丰漫塑的人物，芸芸众生，包罗万象，观众可以将之看作逍遥乐观的一般民众，也可以将之看作宣扬快乐、笑看人生的形式英雄。但是王增丰漫塑作品的意义在于他将漫塑带入了凡人的时代，吸引着观众用生活而非崇拜或史诗去填写。这些普通人的形象既是生活中可见的，又是被夸张的。这些人物很诙谐，但是不矫揉造作，而是生命化、生活化和世俗化的，王增丰保留了雕塑语言的美，但他把这种美市民化了、诙谐化了。当观众看到这些漫塑时，会发出会心的微笑，会感觉这些夸张、变形、诙谐的造型是有血脉的。正是因为王增丰的作品消解了雕塑艺术的崇高和雄壮，观众才能将自己的生活体验加诸于其上。

王增丰创作的漫塑人物形象，向我们展示了人性的力量，也揭示了人性的弱点，还大胆流露出对权贵的蔑视。国内一些权威专家和学者，纷纷赞誉他将凡人的生活提升到和信仰、史诗同样的等级，他通过雕塑所表达的不仅仅是对于普通人性的欣赏，而且是对于凡人，对于生活最亲切的观照与书写。

也许正缘于此，他的漫塑往往显得奇兀和不凡，也于是被一些人目为新潮和创新——也于是无画呆子的奴气、无画贩子的流气，倒出脱得生机盎然、奇趣横生。他的可耕之处，大概也正在这“趣”的领地内。画坛中，讲“法”、讲“理”、讲“派”、讲“格”而有大成者大有人在，至于“趣”的兴发，确实还有桃花源的所在。然而，关心画趣者，未必即刻就有宽阔的欣赏群体。这原因，大概是因为在倾力于自我的发现、自我的发挥、自我的完善的同时，难得先师的留意；地上长出的苗，当然没有老树顶上的寄生榕来得轻车熟路！要走一条前人没有走过的新路，起码要有勇于淡薄的恒心和敢于吃螃蟹的精神，但艺术上的成功，往往来自于这种敢于踏出一条新路来的探险者。王增丰者，确实勇于剥出世俗的表壳，找回漫塑艺术的真核，在艺术实践上，他是个敢于独行独修的达摩。

尽管王增丰的根雕艺术、漫画雕塑艺术均取得成功，先后在全国各种工艺美术赛事中揽回六十多项金奖，他本人享受了国务院特殊津贴专家待遇，他的漫塑已经进入中小学美术教育，并被编进了教材……但他清醒地表示：我虽在中国的漫塑领域开始拥有一席之地，但也不过是因为做的人少，而我先走一步而已。我愿意作为先行者，呼吁、号召更多的艺术家参与到漫塑艺术当中，一同探索，共同前进。

人生在世，要求一个“真”字。王增丰用他的真想、真情、真做、真实的宣传表明：人只要活得真实，就无所谓雅或俗，伪雅假俗都是不可取的。只要有乐观的心态、积极向上的精神，就能活出真性情，活出生命的乐趣和意义。

第17篇

抗日战争并不浪漫

十四年抗战对于中国人民来说是一部沉甸甸的血泪史；战争的残酷和惨烈程度远远超出和平年代人们的想象。抗日英雄是时代的楷模和民族的脊梁。然而他们又是和我们一样有着血肉之躯的人，没有三头六臂，无法刀枪不入。可在相当多的传奇和戏说中，有的以绣花针为暗器、有的制造迷药“坦白剂”、有的手榴弹能炸毁天上的飞机、有的一刀能把鬼子劈成两半，还有受辱的女子从地上翻身跃起，抽出弓，搭上箭，多箭齐发，几十秒就把二三十个日本兵和汉奸全部射死，等等。

这样宣传抗日战争的神奇威力明明违背常识，多年来我们却依然津津乐道。无非因为在有些人看来，这样的传奇和戏说弘扬了一种革命的浪漫主义精神。还有的人认为，与日本等西方国家相比，这种宣传和演绎，能激发民族自豪感和自信心：军事不行看经济，经济不行看体育，体育不行看文艺。于是，这些影视剧虚构情节，夸大胜利事实，掩饰失败落后，以满足观众超英赶美、打败日本的急功近利心态，以此扭转历史的遗憾。于是，我们看到的抗日战争影视剧，清一色是人民战胜敌人，正义战胜邪恶，日本兵一而再、再而三地成为剧中玩偶和丑化的对象。

在对敌斗争中需要浪漫主义精神，它是以乐观、大无畏、对敌人在战略上蔑视为底子的，电影《铁道游击队》中战士在战斗的余暇弹起心爱的土琵琶，这是真正可贵的英雄主义和浪漫主义。其实，历史上的铁道游击队并不浪漫，我方牺牲一百五十多人，一个大队长、三个政委都先后牺牲。当抗战胜利时，这些游击队员们并没有兴高采烈，而是因想起倒下的战友而放声大哭。生活中和文艺作品中都需要浪漫主义，但这种浪漫主义绝不能建立在把敌人弱智化的基础上，否则只是一种虚幻的、自欺欺人的闹剧罢了。

以娱乐的方式去呈现残酷的战争，窃以为是对历史的歪曲，也是对那些浴血捍卫国家主权和民族尊严的先烈的不敬，更会使观众，尤其是年轻学生们将一场民族劫难看成一出险象环生的游戏，或者捧腹逗笑的滑稽剧。当我们的下一代乃至更下一代看到侵略者如此简单地被前辈消灭时，一场深创巨痛的抗日战争在他们心中将会是何等搞笑。他们看不到十四年抗战的艰辛，看不到一个民族被侵略、被蹂躏、被迫反抗的悲壮，更无法理解和铭记无数先烈的牺牲。如此戏说，其后果就是消解了民族精神的传承。这些制作单位和部门，为了收视率，竟能容许民族的血泪史被戏说和娱乐，是历史观出了问题，是丧失文化自尊的表现。其危害性并不亚于假冒伪劣的食品和药品。

稍懂一些历史的人都会明白，抗日战争并不浪漫，曾写《亮剑》出名的都梁，认真正视历史、反思历史，写出了同一战争题材的震撼力作《大崩溃》。作品在还原68年前中日生死之战的同时，更带着读者进一步深入思考中日两国的历史和未来，里面饱含着深思，更包含着叹息和反省。

抗日战争真的不浪漫。昔日参与鏖战的老兵和遭逢战火的乡亲没有体验出这种浪漫。当这些作品被津津乐道时，这种虚幻离奇的浪漫使这段血泪史与下一代乃至更下一代产生了越来越大的隔膜。为此，我们必须保持警觉，必须拿出尊重历史、尊重先烈的担当精神，让历史告诉未来的下一代不忘国耻，扎实种下“国强、军强、民强”的中国梦。

就国家新闻出版广电总局将出台新规定限制抗日剧在黄金档的播出，近日有关负责人否认了这一消息，称只整治过度娱乐化的抗日战争题材“雷剧”。同时明确要求，抗日剧播出前电视台需自我审查，播出总量也需各电视台自我调控。

戏说抗日战争，其后果就是消解了民族精神的传承。制作单位为了吸引观众眼球，将“片子”卖个好价钱，虽有可恨之处，但作为收购和播放的电视台更难脱干系。就如偷买赃物手机、自行车等行为一样，如果没有接受的渠道和平台，这些赃物就难以有市场。事实是有些电视台为了提高收视率，不择手段地迎合观众，千方百计地制造卖点，也就不难理解他们随意购买容许民族的血泪史被戏说和娱乐的抗战题材电视剧了。戏说抗日战争，是我们的历史观出了问题，是丧失文化自尊的表现。其危害性并不亚于当前让人忧心忡忡的假冒伪劣的食品和药品。

然而，当今社会诟病之虞，有多少问题是靠自身觉悟和自省得到解决的？对于存在的弊端和暴露出来的“尾巴”，就是抓到了，对方也是百般抵赖和开脱，况且像电视台这种企业化运作和管理的单位，指望他们自我审查和把控，无异于“天方夜谭”。电视台既要考虑社会效益，又要重视经济效益，况且戏说抗日战争出发点是爱国爱民的，似乎没有什么大错。现实生活中，就有不少被要求纠正和整改的单位和个人，变着法子与你玩“你有政策我有对策”的鬼把戏。对于这类正视国家历史和关乎民族命运及民族精神的传承和宣传，我们要在法律法规的框架内，出台有法可依、有章可循、违者能查、查能见效的工作机制，形成从中央到地方、从企业到政府齐管共管的局面，从源头上、从渠道上、从监管上防止此类不负历史责任的“雷剧”再现。这是一个健全社会所希望看到的，也是一个负责政府义不容辞的责任。

第 18 篇 浓妆淡抹总相宜

中国书法杂志社主编朱培尔虽身兼要职、诸事纷繁，却能以闲和简静素朴之心安于艺术，这在当今职场实属难得。就艺术造诣而言，他的篆刻和书法为行界所瞩目。通过在北京的两次接触，发现他在画画上颇有研究和创新，他给了一些山水画作品让我看，我颇为吃惊和喜悦。他的画，巧用水、敢施色、善留白、有营造，开卷展读，顿觉怡情悦性，令人产生“烟霞之侣，梦寐在焉”之感、“山光水色，晃漾夺目”之觉。

中国画的“用笔之法，从书法而来”，如作文之起承转合，不可混乱，起有锋，转有波澜，收笔须提得起。一笔如此，千笔万笔，无不如此。所谓“以书入画”，实际上就是讲究笔、线、点、画的涵养和质量，写意画中的“写”的道理无不跟书法相关联。书与画既同源亦同理，只是两个不同的艺术形式而已，而两者对“质”的要求是一致的，“形质”是一个综合概念，没有“形”就谈不上“质”，而没有“质”的“形”就意味着是一件失败的作品。朱培尔是一位“书写者”，因为他的工作与书法有关。作为《中国书法》主编的他，虽然只是当代艺术情境下众多“书写者”中的其中一员，但其生命性态与精神气质却不乏特殊之处。这里所说的特殊性，其义所指并不是针对他在书法方面的狭义的“书写”品行，而是说，他的“书写”是从书法出发，进而延伸到与“书写”相关的绘画、篆刻和诗文等多个方面。朱培尔以书法见闻于世，他的书法作品，劲猛刚直，兼或显示婉约的情愫。他的绘画作品，仰仗其书法的功力，恣肆挥洒，具有较强的书写性，其体裁多与黄公望、倪瓒、吴昌硕、黄宾虹等大家近似，风格颇具传统文人画遗韵，又有入古出新之创新。在当代相对“传统”格式的中青年山水画家中，朱培尔有着诗文、书、画、印多方面探究的修养，其综合优势不彰自显。作为艺术表现，他的用笔是中国画的基本功。由于书法上的高诣，他驾驭毛笔得心应手，这对他的作画无疑是极大的帮助。读他的画，无论是粗笔，还是细笔，是枯笔还是湿笔，都似在作书一般，也正是这个原因，他的画一无浮滑钝滞之病，皆为生动之象。看他的山石草木、茅屋幽涧，都随着流走的线条应运而生，表现出千姿百态、境由心造的画面。正如岭南书画院院长曲斌先生指出那样：这正是朱培尔作为书家作画的最大特色。

朱培尔锻造“有意味的线条”，具有两层意味：一是线条要有力度，要一波三折；二是要蕴含真气，要气力弥漫。在他看来，真正有生命的线条是西方画派所说的三维世界，而不是平面世界。黑格尔认为，绘画的二维性表明了绘画无法完全地表现它所要表现的一切，即三维的现实。朱培尔的绘画与篆刻相通，他的线条呈现出强烈的立体效果，他要表现和展示的是一个复杂、多维和立体的世界，这个世界是生活的世界。但是，我想，他理解的表现主义与西方的“表现主义”有概念上的区别，其立场应是不抗拒传统绘画的构图和比例原则，注重笔墨鲜活性的强烈；强调主观感觉的表达，而不是对客观对象的追溯；强调艺术家强烈的个人情绪，更尊重原始的、自然的生活观念和价值。

看过他不同时期的画作，尤其是近些年的创作，画面上充溢着饱满的情愫，幽幽的情愫化合成墨与线，那是真情实感的宣泄，那是一个文人内心世界的张扬，他的画由书写出发，进而延伸到生命情态中的画，高山大壑、林木流泉，笔墨放肆，一派行云流水之状耳。

当前一些人作画，几乎成为纯理性的技法操作。曲斌指出，这种追求所谓形式效果的做法，使韵味荡然无存，因为背离了中国画写心写情的本质。朱培尔的画，有一种令人赏心悦目、深深依恋、爱不释卷的情致。看他的画，总能令我们魂牵梦萦于他所表现的绘画意境。朱培尔的画韵味深长，这个韵味体现在他的用墨上。他在用墨时，注意用水的适度，让其晕化、渗透、交融，产生一种迷离变幻的华滋浑厚的效果。

从朱培尔的画作中，我感到他对宋、元、明、清各家的米芾、倪瓒、查士标、龚贤，以至近代黄宾虹的画的悉心研究，尤其在用墨上的启发和体会。杜甫诗云："元气淋漓障犹湿。"与黄宾虹要求中国画"苍润"的笔墨精神含义相通，是对水墨技巧的极高艺术要求。黄宾虹指出："墨法之外，当定水法"，水多则墨淡，水少则墨浓。而墨法中的焦、浓、清、淡等色变化又体现在水、墨相破，浓、淡相破，干、湿相破，色、墨相破等墨法运用之中，使其蔓延晕化，变化无穷，而创作中具体表现手法又有泼墨、积墨、冲墨、渍墨、破墨等丰富的用墨方法。朱培尔深谙用墨特性，他能依托水墨对自然物象进行删修提炼及至虚拟，使笔下的山水在用墨上有着很大的随机性、可变性，成为了进行自我实现心中之象的载体。此正合乎《老子》"有余者损之，不足者补之，天道损有余而补不足"之理。

我至今没能亲眼目睹他的作画过程，但从他创作的《诗意山水卷》《倪瓒诗意山水横幅》《苏轼诗意册》《吴宽诗意横幅》等画作中，可以借用朱景玄对五墨之形容："凡欲画图幛，先饮；醺酣之后，即以墨泼，或笑或吟，脚蹙手抹；或挥或扫，或淡或浓，随其形状，为山为石，为云为水；应手随意，倏若造化。图出云霞，染成风雨，宛若神巧，俯观不见其墨污之迹，皆谓奇异也。"余有幸与朱君小聚，但他不好酒，行为也不张扬，可他的画大致可以表现王墨作画的情形：巧用水、敢施色、善用色，真写意。你看他的画作，随意泼染的淡淡彩墨使构图不拘一格、生趣盎然，以墨笔皴擦勾勒的山石木叶又逸笔草草、质实通透；暖灰的色调交织鲜明的彩墨以表现丘陵的温润清新，云烟的弥漫融合水光的空明更凸显水乡的静谧灵秀。著名书画评论家楚默评论朱培尔的山水画"清新与朦胧交织，简介与深远共存"，是十分有见地的。与行业几位人士交流，大家有一个共识：朱培尔的画，立足于笔墨的根基，又不断创新求变。他把黄宾虹山水画中的笔法、墨法，甚至虚实关系引到他的山水创作中来，给人大气磅礴、厚实华滋的美感。的确，他的画很单纯，翻来覆去，就那么几块近坡，那么几抹远山，那么几棵杂树，那么几片云水，变着法子组合，营造着不同的境界。

朱培尔的画用墨得法，得法在哪里？余认为，一是墨从笔出。在他的画里，墨是笔运行的记录，“笔之所成亦墨之所在”。墨有五色：干、湿、浓、淡、黑，这五个层次变化是靠用笔来体现的，笔为之“骨”，而“墨”为之“肉”，骨肉相生，才具有鲜活的生命形象。朱培尔牢记黄宾虹所说的“墨法之外，当立水法”的举张，在用笔上避免笔力困顿薄弱、骨力全无之病，在用墨上忌讳浮烟胀墨、臃肿不堪之病。正如张彦远所说“不见笔踪不为之画”，沈宗骞说：“其随笔而至者，可谓之墨，若不因笔而薰成一片者，乃黑黝耳，乌得谓之墨哉。”《芥舟学画编》所言：“实其点笔之妙而认墨晕助之，今人为之，全赖墨晕以饰其点笔之丑，犹自以为墨气如是也，将毕生不能悟用墨之妙者矣。”朱培尔是读懂这些古训的，因而，在创作中，他做到墨由笔使、笔由墨现、笔承墨接。他用墨，浓不痴钝，淡不模糊、湿不溷浊，燥不涩滞，全在笔力。其二，用墨活，浓淡变化。朱培尔作墨法有泼墨、积墨、破墨诸法，具体创作中，或有先淡渐浓又加焦擦，或先浓后淡，再晕水墨以取湿润；有一笔落墨，浓处淡处，随笔所至；有浓淡写成，略加醒擦；有连皴数层而取深厚；有重叠焦擦以取秋苍；有纯用淡墨、纯用焦墨等的所谓“变格”，都以立意及皴法，深浅厚薄。其三，舍得用墨，又吝于用墨。董其昌在《画禅室随笔》写道：“李成惜墨如金，王洽泼墨渖成画。夫学画者，每念‘惜墨、泼墨’四字，于六法三品，思过半矣。”朱培尔能泼能惜，把握度数，气不怯而神全韵足，使其画面有骨有肉，丰腴光润，分明而不刻露，浑融而不模糊。这仰仗于他妙在用水，营造“墨彩”“墨韵”“墨气”，都是依赖墨与水的调和，从而达到“出新意于法度之中，寄妙理于豪放之外”之艺术感染力。

朱培尔笔下的水墨，隐约幽深，烟雨微茫，当是中国文人画中最为崇尚的一种境界。所谓“逸”，所谓“韵”，所谓“隔”的趣味，都能从尺幅中呈现出来。山水画显示“写真图状”，续而“写意”，到了近代它也几乎成了文人画家表现自己笔墨技巧的一种手段，这一载体又让他驰骋于书、画、印多年，具有良好的“线条意设”的朱培尔以绝佳机会而挥毫，于是传统的“画中有诗”在他的笔下又多出了一分“画中有书”“以书驭画”。

他的绘画，有一种令人深深依恋、爱不释卷的情致。看他的画，总能令我们魂牵梦萦于他所表现的绘画意境。他的画，可以说雅俗共赏，外行人来看，赏心悦目，给人视觉享受；业内人士则觉得是一种“有意味的形式”。首先，他绘画中丰富的技术性语言，是以直觉的形式迅速传达给我们的；其次，便是他的绘画中的“有意味的形式”，又是一种与中国文化息息相关的理性语言变现。

浅显流畅的悦目之美，指的是那些色彩鲜艳、形态美观，但较为单纯、浅显，符合大多数人的审美特性和欣赏习惯，不需要太多的专业知识和综合学养，便可获得视觉上的愉悦和满足。艰深内敛的耐读之美，指的是那些具有较多文化内涵和精神容量，但在形式上却又别于一般意义上的流畅和悦目，要有较多的专业知识、综合学养和较高的艺术认知能力方能够体会和领略。朱培尔努力从雅俗两极上找到有机结合点。虽然两者有着不同的艺术趣味和美学取向，但他认为并非完全对立，更不是不可调和的。事实上，不论是在传统中国画的历史上，还是在现代中国画的阶段中，都有一些杰出人物成功地整合了浅显与艰深、流畅与内敛的龃龉，实现了悦目与耐读的统一。朱培尔以齐白石、傅抱石、李可染、陆俨少等为楷模，践行着既浅显又艰深、既流畅又内敛、既悦目又耐读的大俗大雅的绘画创作。

朱培尔绘画中的技术语言丰富，犹如语言学家的词汇量，而他的绘画中的技术语言的生动性，则如优秀的文学家或诗人对语言词汇的“语用”。《赵孟頫题画诗意中堂》《王维山水诗意横幅》等作品，即是这样的在“语用”方面极为出色的代表作。这些作品中，从树笔法造型的丰富多姿、山石势态的峥嵘变化以及章法布白的奇幻有趣，似乎能使我们面对他的画作，立马感到大自然的呼吸，感到画中的山石、树木、流云、溪泉的生命流动。

尽管有“五色令人目盲”的古训，但朱培尔从大自然造化的斑斓中受到诱发——人类对自身感悟色彩的独到的能力与热情一刻也没有停止。他喜欢用色，而且是用色高手，与他的用墨一样，用色也能做到“惜”字，极有分寸。因而，他的山水画，特别是青绿设色，清润而不浮薄，沉厚严重而不晦滞，明丽而不甜俗。美术馆馆长刘海粟、著名书画鉴赏家叶鹏飞称其画作“繁中见逸，幽而不冷”。的确，他设色讲求调子，或取一色中的变化，单纯而不单调；或取复杂色处处复杂；或取调和色，统一色调。具体设色，他因画中的理念和蕴藏的沉厚、晦涩之意，又有常有变，甚至采用西洋画的色彩运用，以色助墨光，求“随类赋彩”。

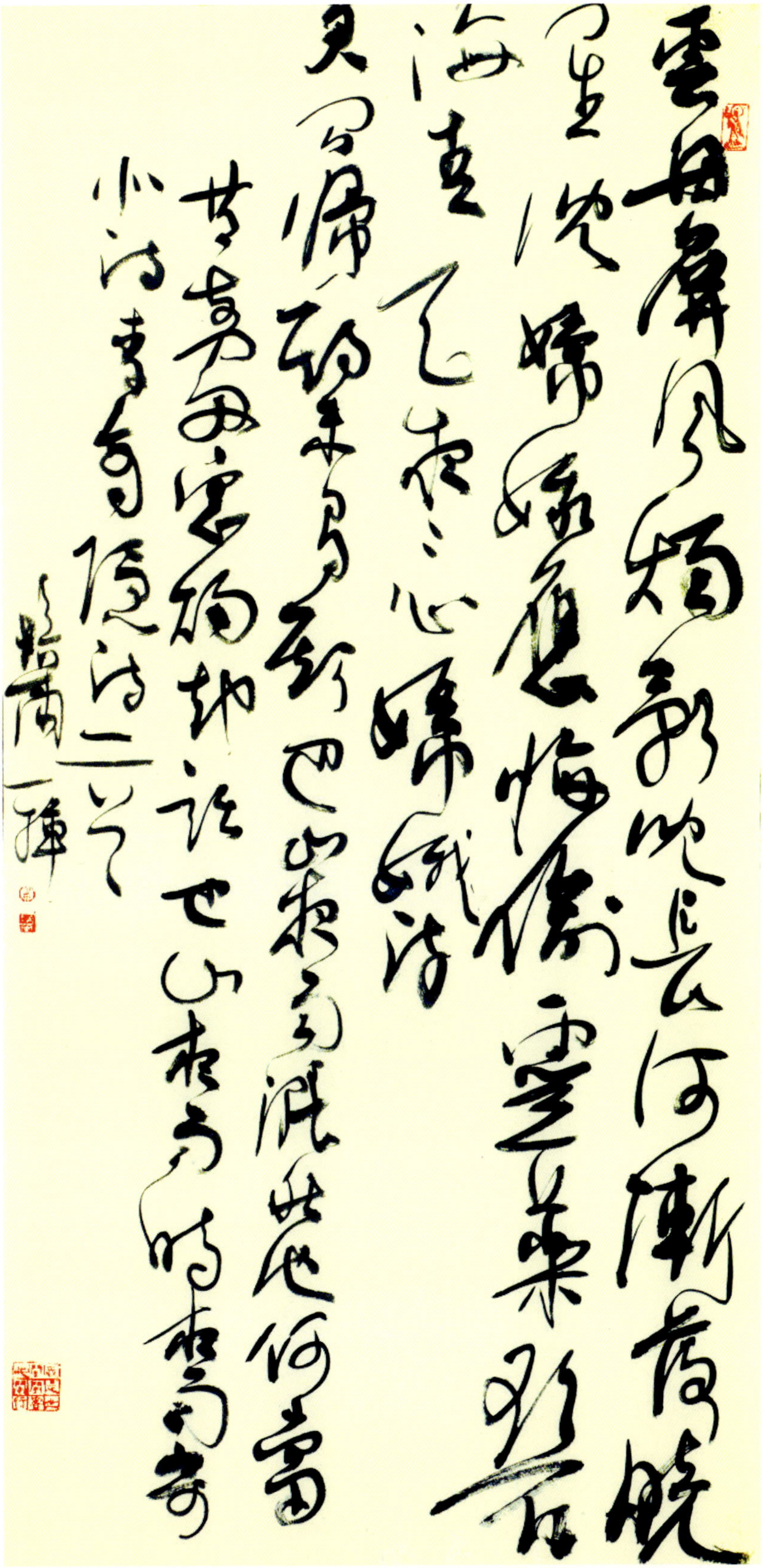

朱培尔　书

朱培尔　作

有人指出，朱培尔的山水画是逸格，这种逸格可不是简率的，而能在繁中见逸，这正是他与古逸的最大不同处。翻着他的画集，所载作品很少是寥寥数笔之作，大多呈现的是满构图，一是他的满构图又善用空白：水面、幽涧、悬瀑、断云、雾霭、天空，在这空白中不着一笔，他也是为了章法之需而留下的形式空白，以此产生画之流动之气；二是他在图像构成方面的“整而乱”“乱而整”，则构成了犹如跌宕起伏的有旋律的音响一样的美感，使我们的心灵能随着他的画面的笔墨变化，情绪上不断地掀起波澜。而重要的是，在他的山水画中，其内中的溪亭、山树、飞云、流泉、雾霭、天空，本身即是中国古典诗词中常见的意指性符号，它的本身即与中国人的“诗化人生”有着千丝万缕的联系。他们除了使我们感到亲切外，还在美学意义上象征了国人的人生观以及象征生命意志，具有绘出中国文化所崇尚的人文精神的价值与意义。在朱培尔笔下，画面中的繁木、崇岭，又都以率意之笔出之，完全是一气呵成，产生出繁中见逸的效果。读他的画，没有城市的喧闹，只有山水的幽静，没有尘世的冷漠，只有花卉的暖情，没有荒无人烟的凋零之景象，只有万紫千红的生机之景。

在如上意义上可以说，朱培尔的画，有着楚骚式的浪漫情怀，也有着汉赋式的奇魂壮丽。看他的画，我们能感到他常怀《庄子·逍遥游》所提供的解物襟怀与察物的方式。换言之，他是在以“微观察道”，是在以“以小观大”的方式调遣烟云、移山运水，他的画的章法造型，充分地展现着他的理念，他的哲学思想。

他固守着已被社会接受、认肯的自己独特的语言形式，即他立基于中国传统笔墨形式，而又吸收了西方构成及明暗表现之原理，再加上对西方写生色彩原理的有机借鉴，而形成了他自己的这种特有的个性化的风格，因而，更显出身后的文化底蕴和美术价值。

在赞叹朱培尔的艺术成就之余，我贪心地希望他的创作首先要有更多的写生体验，尤其是北方风情的写生；其次，笔墨当随时代，希望他的山水画中或多或少地有一些现代景物，因为现代社会的时代精神不是出世，而是入世。

第19篇 被新科技绑架了灵魂的我们

新科技无处不在，像个身份不清、面目不明的特工或者幕后的导演，指使我们享受它所带来的便利。每天，我们手握手机，脚踩汽车油门，眼睛盯着电子屏，在新科技的电波、声波和磁场中运转着、生存着。

新科技以无形的穿透力深深地侵入我们的体力，我们无形中成了铆在自己职业环境中的一个螺丝和机器部件，总觉得自己离不开手机、网络、车辆、磁卡。是的，你我每天依赖网络、按钮、密码，在方向盘、键盘和触摸屏组合主宰的环境中魂不守舍，乐不思蜀。《浅薄》一书作者的尼古拉斯·卡尔指出，互联网的多重任务把我们变成了能高效处理信息的人，但去失去了探究信息的能力，这让我们多少丧失了一些人情味。

新科技让我们能够展示我们的创造，与人分享我们的思想，与朋友之间保持联系，不能忽视的一点是，新科技能给我们的思考方式带来如此多的影响，正是因为它有用，而且好玩。在人生的旅途中，我们手里握着灵魂的方向盘，可就是不知道往哪个方向行驶。新科技的诞生和侵入，让我们已经没有足够的定力做到心无旁骛了。我们的肉体原本是灵魂的庙宇，因为新科技的发明、创造、功能，我们的灵魂被绑架，被奴役，整天魂不守舍。身在此处，心都被新科技挟裹着去往别处，去处下落不明，“两眼望去心迷惘”。

作为人体的我们，生命的本质是有能力选择心灵的呼喊，接受自然本真的洗礼，而新科技决定了我们的选择。因此，它摧毁了控制思维和自主思维的能力。谷歌就是一个庞大的数据库，我们可以随意地添加信息，作为交换也可以获得越来越个性化和更加适合我们喜好和需要的信息。这对消费者来说是好事。但是，我们一切的“在线”行为对企业和政府来说都变成了信息。在享受这些意想不到的创造成果时，必须面对一个严峻的人性拷问：隐私的价值何在？我们在换取舒适和商业利益的同时，到底准备作出多大的让步？人们越来越难以保护自己的隐私，已成为一种趋势。如果继续这样下去，我们必须承担和接受被控制的恶果。

纷繁的时代，疯狂的新科技。每一种新式产品仿佛都长了青面獠牙，无形无声中吞噬着我们内心宁静悠然的秩序和坚守。世界，每分每秒都在改变，而我们的心也被新科技的机器切割成一点一点的焦虑、不安和空虚，卸落在内心世界。新科技，改变了我们的初衷。原本，它是注入我们的智慧后为生活创造便利的工具，可是，由于我们长期的依赖，我们纷纷沦为它的奴隶，人的自然天性被它瓦解、分裂、侵蚀。从家庭到单位，从公共空间到私人空间，从点到面，我们的身体和灵魂的功能一年年、一天天被新科技所替代：算术不用口诀和算盘，只需按键；写字不用笔，只需敲键；打电话不用记号，只需输入姓名；做饭煲汤不用掌控时间和火候，只需手指触摸设定好档位；洗衣、上楼、降温等都只需我们动一动手指；行走、挖土、钻地等也只需我们动一动脚尖……我们无法隔离新科技，它以其强大的黏合力和吸引力促使我们成为它的某个有血肉的器官。

新科技如同一个现代巫师，它的力量让我们灵魂出窍，纵然我们有再多的智慧，长期受它的役使，我们再也守不住一块内心宁静的片瓦。新科技，让灵魂变得孱弱，它所掀起的巨大波浪、风暴随时都有可能改写我们命运的走向：我们内心的秩序失守于原本丰富、肥沃的土地，焦虑、浮躁、抑郁等不良情绪像瘟疫一样弥漫开来，我们安静、朴素、淡然的灵魂节节败退。是的，最初的清风明月、蓝天白云已被新科技产生的强大磁场胁迫着让位，逃遁到远方。

让我们回归大自然、回归生命本真。这种回归，不是与新科技一刀两断，因为它毕竟为人类的梦想插上了现实的翅膀，把人的智慧不断推向极致，推向不可预测、不敢想象的大海。这种回归，只是让我们保持一分清醒，保持做人的一分自觉，与新科技保持着一种恰到好处的距离。有了这种距离，我们就会拥有一方风清云白、桃红柳绿、人淡如菊的悠然世界；有了这种距离，作为个体的人，就会找回自己真正的精神家园，心里长出来的树叶比少女的手指还要娇嫩可爱，泛青的树皮漾着一圈一圈的绿晕，自然的芬芳氤氲着我们的灵魂，灵魂找到安宁、优美的栖息地，我们找到了起飞的支点和命运的归宿地……

新科技绑架了我们的灵魂，这是一个问题。摆脱这个问题的第一步就是意识到问题的存在。作为个体，或许我们还来得及，但作为一个社会，我认为已经没有退路可寻。

第20篇 气格统领妙书来

还不认识李世俊时，只知道他是一个文化官员，岭南书画院院长告诉我，李世俊还是一位造诣颇深的书法大家。我有幸在北京和广州和他见过两面，对其人其书法有了较为清醒的认识。

书法的经典碑帖，是古代书法大师创作的结晶，这些，对于李世俊已由主观意志质变为客观存在。他少年学书，从唐人楷则起步。“人非生而知之者，孰能无惑？惑而不从师，其为惑也，终不解矣。”李世俊明白，学者必有师，学必有良师，于是他向书法大家沈延毅、杨仁恺先生求教。沈延毅对于北碑的见地和创作实践，深深地影响和启发了青年李世俊。尤其是老师丰富的用笔方法和卓尔不群的风格取向，都在他心灵深处打下了坚实的烙印，并且腾升了向经典致敬的自觉：书法经典作品是历代书法艺术发展水平的重要标志，一部书法史是由经典书家和经典书作串联起来的恢宏画卷，承载着博大的人文内涵和鲜明的时代精神。从那时起，李世俊举凡北碑中的经典，如《龙门二十品》《张猛龙》《郑文公》《张玄墓志》等无不临习。他对历代书法经典作品尤其是碑书名作用力最深，其《嵩高灵庙碑》，以凝重典雅并饶有新意的创造性临写，获得“首届国际临书大展”的优秀奖。著名书家王登科就此指出，此碑楷法中间杂隶式，与远处云之南的“二爨”相类，在北朝的碑版中，就风格而言它却算是个“异类”。但其格调高古，奇而不怪，作为一个尚未到而立之年的青年书家而言，能于此处专注留心，则足以见其审美的品质与格调之一斑。岭南书画院院长曲斌认为，对于北碑的倾情研习，为李世俊的书法之路开启了一个重要的里程，也决定了他艺术创造的审美基调。王登科进而阐述这种基调：大朴不雕的从容与淡然，率性挥洒的激昂与磊落，拙中见奇的巧，厚里得天趣。

在繁忙的行政事务中，李世俊临池不辍，焚膏继晷，并开始上溯秦汉、魏晋，下启宋元，对历代书法经典作品尤其是“二王”、怀素书法用力最深，所临摹的作品忠实原作、形神毕肖，大多是实临、通临。如他在临怀素《小草千字文》中反复操练、不断推敲，后来入选“全国第三届书法篆刻展”等大型展事，评委评价其作品：化纤秾为劲健，取缠绕作简明。近些年，李世俊的情趣，又转回到清末民初的碑学传统。我请著名青年书法家张晓虎先生看李世俊的书法作品，他一眼看出他有于右任的影子。回来一了解，果然如此，李世俊将自己的情趣聚焦到民国大家于右任身上。于右任先生是20世纪一名伟大的书法家，他的伟大在于他的碑学书法的辉煌。其碑学生涯大概在20世纪20年代左右，取法墓志，进而逐渐接近碑碣摩崖和造像，具有开放爽朗、浑厚宕逸、灵变爽辣、纵横挥洒的特点，他那带有碑味的行草书，也是风格独具，独领风骚。尤其是他的行书，中宫紧促，结构多变，自然而然地处在一种不经意的把握之中，呈现出一种奇绝的、从容大气的效果。从研习于右任的实践中，李世俊得到了弃刀师笔、带燥方润、草情篆意、纵横捭阖的启示。

纵观李世俊的艺术历程，我们可以大体分为酝酿期、求索期、成熟期三个阶段，他的书法修炼分别以汉隶唐楷、北碑定格局，“二王”、怀素、宋人添气象，于右任风格塑气质。有研究者认为，这三个阶段的变化与转捩，其实也正是李世俊人格心智成长经历的凤凰涅槃。正如王登科先生所总结的那样，李世俊的书法立足于碑学传统，气象恢宏，并以一如既往的审美祈尚抗拒世俗。通俗地讲，他的书法，不讨巧、不造作、不炫技。然而，他的书法的路正，有根有据，正如前人所谓的“心存委屈，每为一字，各像其形，斯造妙矣”。曲斌指出，李世俊的书法正如他的为人之道，圆融无碍、率性开张，真正体现了书法艺术传统中“正大”与“光明”的人生情致与基调。

李世俊的书学之路，充满着理智的抉择和深刻的思辨，他的实践与成功说明：书法的路子要正，关键在取法。姜夔的《续书谱》开篇就说：“真行草之法，取法于篆、隶、章草”，这说明书法的取法问题古今皆摆在重要位置。书法取法变古，一般指取魏晋之法、之韵味、之格调。譬如草书，宋代大书法家米芾说：“草书若不入晋人格，辄徒成下品。张颠俗子，变乱古法，惊诸凡夫，自有识者。怀素少加平淡，稍到天成，而时代压之，不能高古。高闲而下，但可悬之酒肆，䛒光尤可憎恶也。”米芾批评了一些书法大师级的先贤，以证明自己的草书必须取法魏晋的观点。魏晋对于书法艺术而言，的确是一个“璀璨的花季”，诞生了以王羲之、王献之为代表的王家、谢家、郗家、司马家等家族性的书法群体，难怪李世俊笃信书法之本体，注重向魏晋学习，能得碑体之味，应归功于“外师造化，中得心源”的理念。这一理念虽是比况丹青，但翰墨同样贴切，帖学因循其传承侧重于法，碑学之创造其发扬主旨在心。应当说，由技法的薪传到心灵的写照，正是碑学对于中国书法的滋补之力，更是中国文化中“由技达乎道”这一伟大理想的明确阐扬。李世俊的书法理念和践行，正是沿着这一“金光大道”而踏步前进的。

李世俊的书法给人以大道为上、正气为上的气象。他对书法的理解与认识均在碑帖的规律之内，没有受非艺术意识的影响，运用的是纯正的书法语言和书法符号，作品表达的是北方人的大气和个人的豪爽。我看过他的一些书法作品，也看过电视采访录，还有几次交谈。慢慢的，他的书法印象在我头脑中深刻起来。归纳而言，就是一个“势”字。书法的势比较重要。胡抗美先生认为，势的表现直接影响着作品的格调。所谓势，就是作者情感运动的显现及运动关系产生的视觉效果。在李世俊的作品中，任何点画都是形式兼备的形，是空间关系、空间造型；势，是时间节奏，连绵关系。空间关系实际上带有绘画的效果，绘画的虚实，大小的错落，而时间节奏，则带有音乐性。

唐代以后，人们在书法创作的理论研究中，自觉不自觉地走入了误区——重形轻势、重技轻势。其实，有形必有势，没有势的形，类似于平面媒体中的印刷字体。蔡邕在《九势》中说：“夫书肇于自然，自然既定，阴阳生焉，阴阳既生，形势出矣。”这是书法史上首次专题阐述书法势的表现及作用的论著。蔡邕认为，书法的形与势产生于阴阳之气的运行。形是物的呈现，是物之存在的表征；势是力的蓄积，是物之运动的趋向。势的概念打破了以字为单位的习惯创作方式，建立了以组、以行、以块，甚至以通篇为审视对象的大局观念。书法的形式是一种意象，犹如诗歌艺术一样，高度概括和抽象的文字要表达某种生命或精神意象。李世俊的书法作品，气势磅礴，神气十足，上下流动靠笔势连贯，左右张力靠体势的呼应。在其书法作品中，抽象后的横竖撇捺点的结体最终要表达的不仅仅是汉字，而是某种意象，具有生命或精神的意象。在这里，笔墨痕迹只是一种外在形式，而势的表现才是他的心声。

透过李世俊的书法，我们感悟到，书法艺术千变万化，归根到底是形势之间的对立统一。在这里，形与势都以对方的存在为自己存在的前提，形必须靠势来激活，势必须靠形来显现，形成你离不开我、我需要你的相辅相成的有机结合。概而言之，有三个有机结合：首先，是点画的形势的有机统一。中国古代书论中关于点画的论述比比皆是，其形神论就是我们所讲的表层形式和深层形式的高度概括。比如，古人论基本点画的写法，要求写一点要像石，这是形，而它还必须具有高峰坠落之势。这种势的感觉不是“一点”与生俱来的，也不是逢写必有的，而是在点与点，点与横、竖、撇、捺，点与空白的组合中产生的。同理，写一横要像云，是其形，而它必须具有千里摛展之势。写一撇要像象牙，这是形，而它必须具有陆断斩截之势。具体到了李世俊的书法作品里，其点画形势的有机结合，就是用笔疾涩的有机统一。他在用笔上的疾主要指平面运动，纵横挥洒，控制线条的速度感，表现为势。而涩的挥毫上，主要是垂直于纸面的上下运动，控制线条的粗细变化，表现为形。概括来说，这种点画形式的有机结合或者合一，就是完整的书法运笔是纵横挥洒与上下提按的统一。按照胡抗美的话来说，即平移中有提按，提按中有平移，从而将形与势统一起来。二是结体形势的有机统一。李世俊书法结体的形势合一首先强调结体是一个创造物，是视觉世界中不存在的物体。其次，那是形与势的合一，就不能分割，分割了便形不是形，势也就成为无本之源。因而，他营造出来的势，不再是司空见惯，甚至不再是经典碑帖中的形，这种形，不仅字形不一般，而且主要是气场不一样。在他创作的《惆怅村桥·原树似吾乡》《高山流水》等作品里，有的字体表示形，有的字状表示字势，特别是整体上看，当连贯的笔势夭娇跌宕、磅礴而下的时候，结体造型随着强大的笔势作夸张的变形，作剧烈的摇摆，从而以情统篇，以意生趣，以气作魄，以势解力，痛快淋漓。于夭娇中寓沉厚，苍莽中溢磅礴，朴实自然而质朴中生奇变，笔势与体势的一致，产生了令人感撼的“妙不可言”。第三是章法形势的有机统一。所谓章法，就是点画与结体的造型及其组合。从李世俊的作品的角度来看，除了笔墨之外，还有空白。笔墨与空白同时作用于人们的感官，具有同等重要的视觉作用。这就是说，章法应当是作品中所有造型元素的组合，它包括部分内容：A 笔墨的造型与组合关系；B 空白的造型与组合的关系；C 笔墨和空白的组合关系。李世俊注重书法的图式，注重在章法上对空白的表现。笔墨有笔墨的造型，空白有空白的造型，为使空白成为一个相对独立的造型单位，他明白必须满足两个方面的条件，整体化和图形化。他将这“二化”用五种方法来实现：1. 点画多用枯笔，使切割出来的两边余白经点画内丝丝缕缕的空白，保持藕断丝连的关系。2. 结体尽量不作封闭形式，让字内空白与字外空白连成一体。3. 一行字不作一笔到底的连绵，不时地拉开字距，让行与行之间的空白左右贯通。4. 以逼边和出边的方法打破呆板的四周空白，不只是横和竖的简单造型。5. 营造周边空白，或四边皆白，或三边白，或两边白。

李世俊的书法，尤其是行草，洋溢着火一般的激情，波浪一般的豪放、浪漫，有张而不张扬。他不仅把豪放散发在笔墨点线中，而且他把这种豪情释放在读者的整个视觉空间中，能使书法进入艺术状态的，只有性情中人。李世俊的作品，是李世俊真性情的展现。他不仅倾心于传统经典的博大精深，还致力于时代精神的凸显。他将书法的本源上升到了宇宙生成的高度，同时也明确了书法内涵的哲学地位。在“形”与“势”的复杂关系里，力由势出，同时也是两者的结晶。正如他本人所言，书法技法不单单是写字，出发点是造势，因势利美。

书法在中国艺术体系中是最重要的艺术形式之一。由于书法以文明社会的重要工具——文字为载体，通过具有特殊笔情墨韵的汉字形象的创造，表现书法家的情感。中国书法艺术这一天然特性，决定了中国书法艺术无论在本土，还是在自觉接受中国文化的周边国家和地区，都是最具国民普及性、最具有广泛社会基础和日常社会生活结合最紧密、最具有国民素质蕴涵功能的艺术。然而，当下书法已经脱离了作为语言代码的实用价值，进入了审美领域。书法大家沈鹏先生在《书法，在比较中索解》一文中提出，书法是纯形式的，它的形式即内容。另一书法大家欧阳中石则认为，书法是一门很深的学问，书写只是其中的一个表现方面。我有四句话用以形容书法：作字行文，文以载道，以书焕彩，切实如需。做字是为了行文，行文是为了载道，电脑碑刻也可以载道，为什么还要书法？因为书法能使“文以载道”的“文”焕发出更好的光彩，书法还应追随时代，为时代服务，做到“切实如需”。不论“书以载道”，还是“文以载道”，它们的本身都各自包含有内容和形式的问题。但从中国文化的整体上说，书法与古文都应该是中国文化的表现形式。随着近现代中国社会的转型，特别是20世纪的五四运动以来，在提倡“科学”与“民主”，以及“提倡白话文，反对文言文”的时代潮流冲击下，传统的书法无所凭借，不免被“艺术化”和“商品化”，失去了它原有的“书以载道”的价值。

李世俊认同书法是门载道艺术的观点，是与他的导师，中国现代最著名的文博学者之一、书法大家杨仁恺的谆谆教导密不可分的。他从导师那里领悟到，中国书法界自古以来便有“书以载道”的说法，而“书以载道”又是与“文以载道”相关联的。唐人张怀瓘说：“文章之为用，必假乎书；书之为徵，期合乎道。”宋人周敦颐说：“文所以载道也”皆指此。这里，无论书法的“道”，还是文章的“道”，指的都是中国的历史文化。因此，所谓“书以载道”“文以载道”，简而言之，就是中国古人以庄重的书法和典雅的古文来表现中国文化。在李世俊看来，中国书法不仅“载文”，而且“载道”，它本身体现了中国文化的精神。那么，中国书法究竟是如何“载道”的呢？清人刘熙载在《书概》中说：“圣人作易，立象以尽意。意，先天，书之本也；象，后天，书之用也。”又说：“观物以类情，观我以通德。如是，则知书之前后莫非书也，而书之时可知矣。”此话说得很玄妙，其实就是“原大道成书道”的意思。具体而言，李世俊理解为，“书以载道”起码有两点重要内涵：一是中国书法家承载着中国社会的文化精神，儒、道文化是中国文化的主旋律，后来传入的佛教文化也对中国思想产生了重大影响。二是中国书法承载着中国社会的政治意识。中国书法从精神层面到技法层面都无不打上鲜明的社会烙印。他赞同吴冠中“笔墨等于零”的提法，认为相当一部分人包括著名的大家都误解和曲解了吴老的原意：脱离了具体画面的、孤立的笔墨，其价值等于零，正如未塑造形象的泥巴，其价值等于零。李世俊认为中国书法不仅“载技”，而且“载道”。

在中国历史上，历代统治者的“政治意志”不仅制约和规范了精神文化的发展变化，也制约和规范了中国书法的发展变化。可贵的是，李世俊把“书以载道”视为“书法的生命之本”，还将此贯穿于自己一生的人生安排与选择。当年，他想脱离行政体系的限制，一心一意地从事书法研究和创作。导师朱关田告诫李世俊：“我是研究断代史的，那么从断代史来看，书法史在历史上不是专门成立的。像王右军、颜鲁公，包括于右任都有他们的专业，也有他们的书法艺术，他们不是专门搞书法的。朱关田鼓励李世俊：我建议你回去以后还是做一些行政工作，别扔，再写你的书法，不必专门从事这个工作。”朱关田举了很多例子，佐证他的观点。他说，在历史上看，专门从事书法工作的，最多也不过王者师，也就是给皇上当老师。导师这番话，让李世俊铭记终身，使他对于书法本体的认识具有自觉性，也承担着一份国宝艺术守护者的责任。

李世俊除了是一个书法家，更重要的责任还是书法事业的行政领导者。繁重的行政服务工作占用了他大量的时间，但同时也促进了他的创作，管学相长，导学相融。行政服务，既是李世俊书法艺术的社会实践，也是提升他创作的一种特有的途径。从每天的作品选看中，从书展会上，再到经常的专家研讨会上，李世俊都会受到冲击和洗礼，都是经风雨、见世面，都是难得的交流陶冶的良机。

也许很多从事书法的人会忽略行政服务带给书法的作用，但恰恰是行政服务所带来的各种良机，让人不断去厘清书法的观念、书法的技巧和书法所要表达的道。这种社会活动和行政服务也为书法的升级注入活力，为这一传统艺术走向现代生活搭建了广阔的舞台。李世俊书法中所体现出来的那种厚度，那种游刃有余，我仔细体会，这与他的丰富的行政经验有很大关系。与李世俊打交道，你会发现他的大度、豪爽、痛快，还有他的政治嗅觉，他的把握事物的度与智慧，正所谓字如其人，人似书体。可以说，他的书法建立在对以往所有传统的继承上，也建立在对外界的沟通、交流、互补之中。多年的学习和行政事务，使得他特别注重“中国书法的本质就是文化”的理念，在他的理念中，书以载道应包括精神文化和政治意志两个内容。如今，市场的诱惑影响和侵蚀着书画的精神纯粹性，“天价”书画的背后是越来越浓的铜臭味儿。文化之真髓，才是传承之“真金”。他要为中国的书法之道鼓与呼、敏于行。

正因为他秉承“书以载道”的理念，并且与其事业浑然一体，他的位置不断调整和提升。2013年，李世俊调任至中国文联，负责筹建“中国书法出版传媒集团”，这对于他又是个机会和挑战。机会的一面是，他到这个岗位上，可以实现他的书以载道的神圣使命。他凭着多年新闻出版的经验，在较短时间内，推出了国内最具权威的《中国书法报》，他带领同行深入基层、深入部队和学校，弘扬中华民族的文化精髓，抒发国人的家国情怀，宣扬我们这个社会的核心价值观，真正做到了“文以载道”“书以载道”。他以博大而热忱的襟怀默默前行，为了弘扬中华优秀文化书写新篇。同时，挑战的一面是，作为文化体制改革的探索没有现成的参照，他“摸着石头过河”，将中国书法出版社、《中国书法报》报社、《中国书法》杂志社等新创重组，与各种社会资源进行整合利用，最大效益地传播正能量、传播“中国好书法”。

李世俊是一位“书写者”，又是一位“经营者”，双重身份让他如鱼得水，相得益彰。“书如其人”妇孺皆知，我认为，李世俊在书法艺术上的造诣，既有赖于他的学知修养和艺术灵性，更有赖于他的人生价值取向和敢于担当的人格魅力。

我相信中国书法在他的理念的支撑下，会更加风生水起，也希望他个人的书法艺术在点画的营造上更加精细些，字与字的连带更加有机地结合。

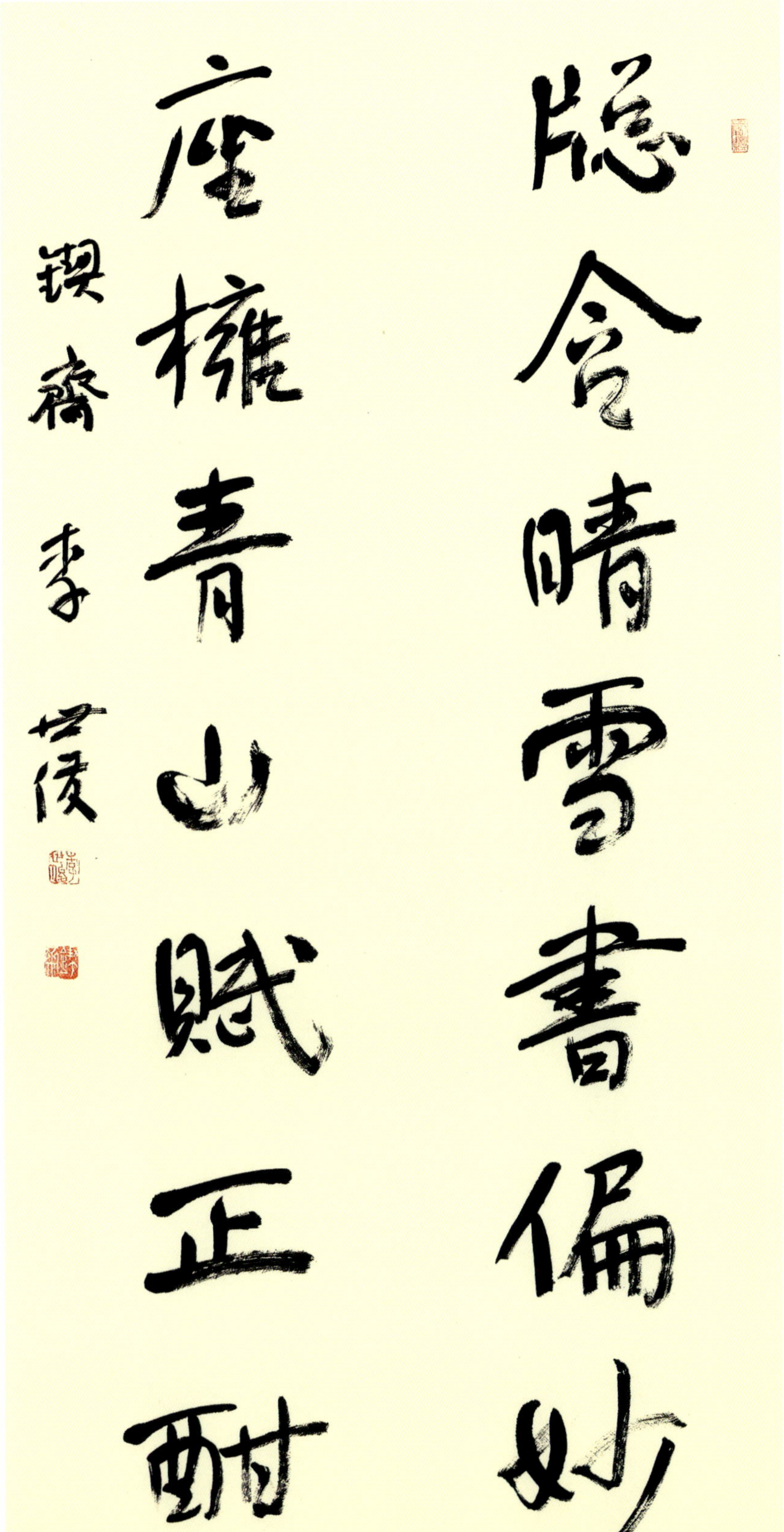

李世俊　书

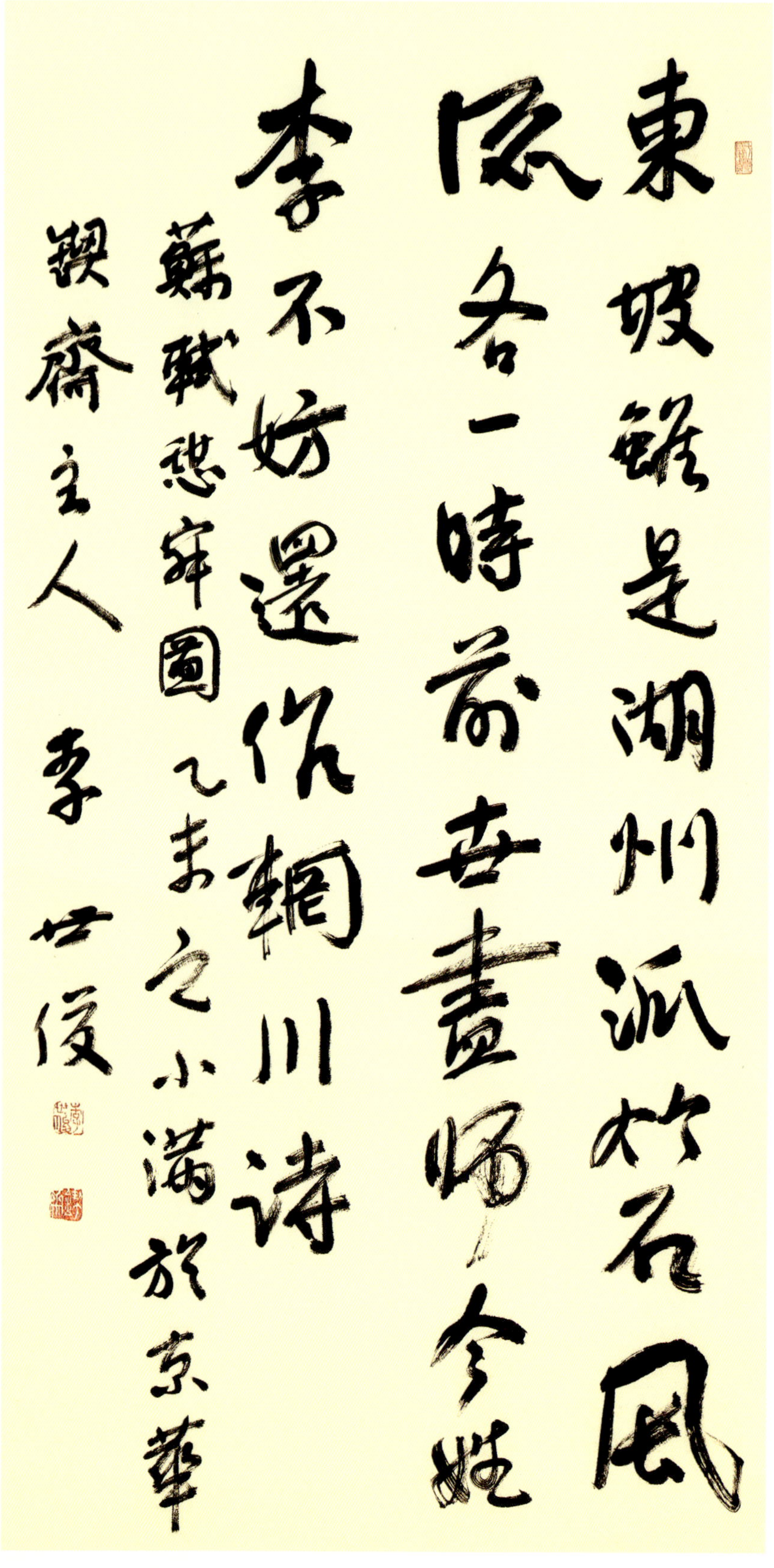

李世俊 书

第21篇 生命中难以接受之轻

“已满十四周岁不满十六周岁的人偶尔与幼女发生性行为，情节轻微、未造成严重后果的，不认为是犯罪”，这是最高人民法院日前出台的一项司法解释规定。该司法解释规定还有：“未成年人犯罪只有罪行极其严重的，才可以适用无期徒刑。对已满十四周岁不满十六周岁的人犯罪一般不判无期徒刑。”

我不知道，春节期间最高人民法院单独就未成年人犯罪问题作一具体解释的背景是什么。就算这样的法律解释没有什么错，但是在当前未成年人犯罪形势十分严峻、已成为社会普遍关注的焦点的情形下，突出解释这一十分具体的法律问题，让大多数人难以接受，似乎有一种怂恿的潜台词。事实上，采取得力措施有效降低和预防未成年人犯罪已是刻不容缓了。来自中国青少年犯罪研究会的统计资料表明，近年来青少年犯罪已经占到了全国刑事犯罪的70%以上，其中十五六岁少年犯罪案件又占到青少年犯罪案件总数的70%以上。

未成年违法犯罪是一个十分复杂而长期的社会问题，我国目前预防青少年犯罪的主要法律依据是《中华人民共和国预防未成年人犯罪法》。从实施的情况来看，这部法律尚未发挥应有的作用，立法上存在一些缺陷，可操作性不强，针对性弱，处罚力度不大，口号式、倡导式、弹性的条文多。

根据未成年人生理、心理尚不成熟的特点，应坚持治本和疏导相结合的方针，对未成年的不良行为及时进行预防和矫治。我国《预防未成年人犯罪法》

里，对未成年人严重的不良行为的矫治中，只规定了严加管教、训诫、送工读学校、收容教养、治安处罚等多种对未成年人严重不良行为的矫治方式，而在英国的以预防未成年人犯罪为重点对象的《犯罪与扰乱秩序法》中，将性侵犯行为作为危害仅次于反社会行为的犯罪加以禁止。由于这一规定，警察可以向地方法官申请预防措施，具体包括：对违法者进行必要的禁止规定和强烈措施，性犯罪者必须到警察部门登记其姓名和住址，以便警察开展进一步的预防工作；警察对违法者对社会的危险状况进行评估；一名有过性犯罪经历的人不能在学校操场周围闲逛，不能在学校上课或活动期间在学校操场上玩耍；对于违反“性犯罪令”的人，将被宣布有罪，将被警告或列入一个严重的性违法者名单中作为重点预防对象，以此达到预防他们在社区潜在的“性犯罪”的目的。可见英国的立法者意在淡化具体的犯罪界定而扩大犯罪的本质特征，即注重危害性行为。凡危害社区、危害公众，甚至危害安全意识的行为，都会由此启动相关的司法活动，注重早期的介入和制止，达到行之有效的预防犯罪的目的。

而我国《预防未成人犯罪法》中有“罪”的规定，却缺乏相应的“罚”的规定。若行为人年龄不到刑法规定的刑事责任年龄，除了“少年管教”外，几乎没有其他的处罚方法，甚至放任自流。而英国的《犯罪与扰乱秩序法》中，制定了多种形式的惩戒项目，如最终警告的补偿令、行动计划法令、吸毒治疗与测试令、拘留与训诫令、本地监管宵禁、短期遣返监狱，而且这些“法律处罚”具有明显的由轻到重的层次，既体现了对未成年人的不同情况采取不同的处罚，重在教育和制止其违法行为的进一步发展的目的，也体现了刑法改革的趋势。

在这里，我并没有打压我们的司法而助长外国人的司法之意，只是想提醒一下我们的立法者，当你出台或解释某一法则时，一定要考虑周全、慎之又慎，不要因为强调某一点而忽视了另一点，或者说是另好几点。顾此失彼的立法或解释之举是法律之大忌。不然，再怎么先进、再有创新的立法理念都会适得其反。

第22篇 茹古涵今造自我

我们正处在视觉文化时代，浮躁的社会环境使这种视觉文化变得五光十色、令人眼花缭乱，其活动形式都以理智失控或发展畸形为特征。书法在浮躁的环境下，一不小心地产生了一批又一批的书法“名家”或“书法大家”。媒体和网络成为这些“名家”或“大家”的“催生婆”，至于历史会怎样记载这些催生的书法“名家”或“大家”，笔者暂不得而知。著名书法家、中国书法家协会副主席胡抗美为此指出，如此之浩大的“名家”队伍，历史上找不到参考系数。

陈玉广没有“一不小心”，他至今在全国范围内还不是十分著名，尽管他的作品曾入选《当代书画艺术家精英大典》《中国书法名家作品选集》，但目前他的影响力还远不及他的老师启功先生。

对于陈玉广来说，书法是他一生人生意义选择的总和，无论是选择相交的师友，还是选择临摹的碑帖；无论是选择名利之途，抑或选择寂寞之道。他的书法特点是，书法创作与理论钻研不可同时进行，于创作，他心中始终有个清醒的追求目标；于理论，他笔下坚持针对性和时效性。作为一名有思想的书法家，陈玉广具备了书法文化、技法、悟性、想象力及思变求新考量的全面性：造型和组合有新意、各种元素之间对比丰富多彩、结体古朴自然、章法虚实相生，他的艺术风格被圈定在形式构成的范围之中。形式构成固然是陈玉广书法的艺术特性，但他笔下的形式构成中有一种生命的逻辑形式。因此，与其说陈玉广书法艺术的特性在于形式构成，不如说在于情感表现。

书法与写字有着一定的联系，但有着本质的区别，一个人怎么利用书法是他个人的事，但问题是，既要利用，就一定要歪曲。歪曲的最典型表现是，把写字的人当成书法家，把书法家当成不会写字的人，这世道就这么怪异。我认为，陈玉广是个老实的、有思想的书法家。我对他的了解是由人及书，再由书及人。他虽还不到知天命的年龄，但在研习书法的三四十年时间里，仰面视星空，低头探世事，沧海横流，笑看风云，追随前贤足迹，一步一个脚印地走在灵修之路上，既重内功，也重外功。陈玉广在帖学方面是个早熟的清醒者，他对帖学的深入研悟与执着探索都使他走在了书坛很多书家的前头。他年幼时就喜欢按照名牌名帖描描写写。1983 年入伍后，他有幸拜启功先生、武中奇先生为师，临习了北魏、唐楷、《兰亭序》碑帖。后他又进修于南京艺术学院书法专业，对宋、元、明书法名家进行了系统的临习。拜名师上名校，他不仅全面接受了系统规范的书法专业训练，也在帖学大家的身上真切地体会到了书法传承的生命兴味与博大精深，使他在创作上完成了一种鱼龙化变，获得了一种从专业创作的高度审视、把握自身创作的能力，从而与当前普遍存在的创作业余状态拉开了距离。

陈玉广的书法艺术以楷书和行草为主，以启体为基础，吸取了“二王”和赵孟頫的精华，初步形成了自己的风格。从他的书法艺术中，我们不难看出他的睿智和对艺术的观察力，他的行书、行草和魏碑内敛的笔势、规范的起止、明晰的线性、稳健的结字，同时也印证了陈玉广性格的执着、坚毅和严谨，字里行间传达着他对生活的体验和认识的感悟。

书法的形式是中国人的独特贡献和创造，也体现了中国艺术精神的意识符号所形成的意象世界。形式美的构成因素有两个方面：一方面是色彩、形状、线条等感性质料；另一方面是形式美的构成规律，即感性质料的组合规律。清人刘熙载的一句“丑到极处便是美到极处”，被崇尚碑学的书法家引为理论支撑，特别成为当前书法界的时尚，大家都把字往丑了写，拙得可以，丑得可以，支离破碎，率性而为，傅山的“四宁四勿论”被发扬光大到了极致。沈鹏先生指出，既然书法是一门独立的艺术，它一定有自身的形式美，有自己的美的语言。面对社会对书法艺术的误解，沈先生愤然道：“我感慨书法本体的缺失。”

陈玉广的作品，明眼人一看便能看到一种审美“纯粹”，这种“纯粹”是他对魏晋书法乃至“宋四家”长期浸淫的结果，深沉挖掘，诉诸笔端，所展现出来的是一种境界，也展现了他心无旁骛地在山阳道上漫步的一种安闲心态和自信。故其作品结体秀丽、潇洒舒畅，疏密搭配得宜，行气疏朗明晰而气势贯通。用笔上，中锋主力，侧锋兼用，方圆统施，侧露风采，转承跌宕，提、按、顿、挫泾渭分明，通过“发迹多端”实现“穷变态于毫端，会情调于纸上”的创作追求。在整体布局上，注意线条的长短、俯仰、方圆、顺逆的变化，同时注重墨色的丰富和结字的腾挪，注重情感的自然流露，或端庄凝重，灵动秀美；或粗犷豪放，气势磅礴，处处展现着一种豪放、浑朴的情致。

真正懂得书法艺术的人知道，书法艺术的审美，一般都是沿着线条进行的。线在不同空间位置运动，创造出新的结构空间。新的结构空间所使用的线，把空间事物与主题情感联结起来，你中有我，我中有你，沟通了人与自然的关系，并且赋予了线本身及新的空间结构以生命特征。而平衡与对称是书法艺术构成中的一个重要审美原则。点画、结体是平衡的元素，它们自身的平衡与否，取决于章法整体的需要。这种平衡是有比较的，是两个或两个以上书法元素随机构成的，而不是要求每一个点、画、结体都处于平衡状态。深谙此审美之道的陈玉广总结为：“势”是由“形”入神的催化剂，是书法审美由意到行的有机统一体的黏合剂，是由书写上升到书法并具有某种境界的必要条件。对于平衡原则，他从多年的实践中感受到，影响这种平衡的原因很多，但是根本的是力的较量，而力的较量主要由于人的平衡感或人对秩序的要求。

陈玉广重视技法，但不唯技法。在他的理解中，缺少艺术修养和文化修养，就不能恰如其分、水到渠成地运用技法来完成风格创造。他认为书法必须像演员进入角色，身临其境，使自己处入一种本真的状态，才能忘我地书写。这也有赖于人的积累。个人积累非一日之功，包含生活的积累、记忆的积累、情感的积累、技法的积累，积累越丰富，灵感越活跃。陈玉广入古相当深厚，远溯北魏、唐楷、汉隶，旁涉宋、元、明书法名家，追求线条质感的把握。

陈玉广在多年历练书法艺术中，出色地传承了启功先生的风格。达到了不分伯仲、以假乱真的地步。难能可贵的是，他并没有因为这种高密仿真的成果而沾沾自喜，反而陷入了一种深深的痛苦之中，现在他最怕别人说他的字太像启功。的确，写得再像，还是老师的，启功体还是启功体，并不是自己的东西，自己顶多就是个“启功二世”而已。只有使自己的书法作品具有鲜明的个性，在数以万计的作品中一眼就能知道哪件作品是自己的，那才算真正的成功。他明白，个性是天然的知识产权，不需要注册，别人是抢不走的。要形成自己的个性，就要在常人不在意的普通事物中发现事物的内涵，在一哄而起中能够冷静思考，捕捉与生命相通的种种情感。个性来自于传统与创新的统一，从审美观来看，取法高古了，还要取道高古。同样取《万岁通天帖》为师，有的人学得雅，有的人却得到了俗，这与作者的综合素质和审美观有密切联系。从陈玉广的经历和成果可以得出这样一个道理：年龄与人生感悟和审美积淀不一定成正比。一般情况下，随着年龄的增长，知识和阅历都会随之丰富，书法界“人书俱老”之说便是例证。但这并不等于年少的就不如年长的。其实那些经过历史长河汲取的精华，在后人的吸收过程中，靠的不仅是岁月的积累，还有悟性、天分与勤奋的竞争。陈玉广是深识书韵的慧心人，志气平和的处世风范保证了他能在安闲的状态中思考、创作。这一方面固然得益于他的文化修养，另一方面也得益于他对书法艺术的深刻理解。他于书法有这样的感悟：再新的艺术理念也不能替代严格的技法训练，而技法训练是一个沉寂枯燥的行为过程，应努力使自己沉入历代经典作品之中，去感悟、体验用笔技巧的微妙变化，去变化线条的当下时空。

融合“二王”与赵孟頫一路，陈玉广写出了自家路数。中锋用得多，侧锋用得少，就是在同一线条中，有时既有中锋表现，也有侧锋端倪。或者中锋后侧锋，或是中侧互换。这无论是“从技”还是“从道”而言，好像都与陈玉广的年龄不符。但在他的笔下就是这么富有变化。岭南书画院院长曲斌先生指出，没有任何一个真正的书法家会反对中锋，问题是如何能使中锋的作用在自己的作品中凸显出来。曲斌进而很有见地地谈到，笔之中锋，显示不出中锋的重要，只有施用了侧锋，方显中锋英雄本色，只有阴阳互生，中侧并存方显书法艺术真谛。

实话实说，陈玉广在艺术上的实际水准与他的名声完全不成比例。他的行楷、行草、篆书不仅具有一定的功力，而且个性突出：风格古朴而隽永、大方而清新。但如今的书法生态环境对此认可得并不到位，遗憾的是它倾斜于陆离的光环和海市蜃楼的虚拟世界里。这大概与写字等于书法、书法等于写字的大的社会环境不无关系。把写字的实用性和书法的艺术创造画等号，就丧失了艺术的标准。

对于艺术，上帝青睐的是个性。个性的形成离不开情感的融入。因而，陈玉广固执地认为情感是书法艺术的生命，也是书法与写字的分水岭。

陈玉广的书法艺术已经进入深层的对传统经典的反刍阶段，从早期追求外在表现力的书生意气，逐渐回归到对书法内涵的深层体悟。这种与书法常年厮守后的省察与自觉，意味着陈玉广的书法正孕育着一次质的飞跃。对他的为人和书法实践十分熟悉的曲斌先生说，陈玉广是一位思变的书法家，敢于否定自己，敢于修正自己，这是书法家最难能可贵的素质，因此他表示十分看好本院的艺术搭档陈玉广。

人们期待着陈玉广书法的再一次否定，再一次跨越，这是真心关心他、期待他的、我们大家的共同心愿。

第23篇 多行不义往往不会自毙

“多行不义必自毙”似乎是放之四海而皆准的真理，成为中国人的一向座右铭。无论是在国与国的外交辞令上，还是在我们电视、报纸的新闻用语中，都成为一种固定的表达方式，成为国人的一种思维定式。从古到今，人们都可以找到一个个活生生的现实实例，足以证明“多行不义必自毙”的正确性。

然而，现实社会中，许多的多行不义者，包括国外的一些独裁者，几乎没有因自己的多行不义而自毙，往往是被外在的力量，或者人民的力量而送上绝路的。

“多行不义必自毙”这句最先由春秋时期郑庄公寤生说出的话，已然成为汉语中一习见的成语。不过，笔者觉得我们今天说这句话的心情和当年郑庄公已迥然有别。庄公寤生口出此言时已是胸有成竹，他不过是在“待时而动”而已；我们今天说的“多行不义必自毙”，时常是面对“不义”无法可想、无计可施，从而只能寄希望于“天道昭彰，报应不爽”。

在今天看来，“多行不义必自毙”这句话在逻辑上和事实上都存在漏洞。从某种角度上讲，它更多的只是代表了善良者、弱势者的一厢情愿，与历史规律无关；在政治理念中，它更多地表达了当权者仁者施政的一种政治手段，就像是曾经威力无比的思想政治工作一样，其实与现实严重脱节。

这句被人们引用为金科玉律的古训，其实也有破绽：多行不义者一定会自毙吗？为什么要等到多行不义者自毙？为什么要给多行不义者“多行不义”的机会呢？

人们从古到今传诵着这句话，像是在演绎着一个童话。在一个法制健全的社会里，此话的提出表明了一种聪明的审时度势的理性之道。理性原本是不盲从、冷静思考的代名词，而在社会转型时期，或者特殊的历史时期，理性的东西往往会变成伪命题。于是，这种提法往往反映的只是一种心理期盼和愿望。因为当一个人或一类人处于弱势时，他们面对强大的黑恶势力抑或是面对高高在上的弄权者，抗争无门，感到无奈时，就不免会产生像这种多少带有诅咒性质的迷茫幻想。作为当局者，对于一些积重难返或病入膏肓的社会毒瘤，也寄希望于沿用大家认同的俗语，起到心理暗示的作用。但是，这仍摆脱不了那种一厢情愿的自欺欺人的因果报应的意识和性质。

其实，对于“不义”者，你不出手，他是不会自取灭亡的。对于这一点，毛泽东同志就非常清醒，他曾一针见血地指出，对于反动的东西，你不打，它就不倒。并比喻：如灰尘一样，扫帚不到，灰尘照旧不会自己跑掉。

关于“多行不义必自毙”这个历史掌故，现在看来，在整个事件发展过程中，郑庄公做得并不是无可挑剔，他不是完全没有责任。假如他前期的不作为不是设的一个“局”，不是为了“先叫他猖狂”而欲擒故纵，想借机除掉他这个弟弟的话，那么事情之初，他就应该对姜氏晓以母子之大义，对共叔段动以手足之真情。退一步来说，假如共叔段不听劝阻，仍我行我素，一意孤行，他庄公也应该主动地趁其初犯，恶念尚浅，还没有造成严重后果时，给一个内部警告，或者给一个“行政记过处分”，不至于让共叔段在“多行不义”的泥潭里越陷越深。如果此时大喝一声，又猛击一掌，没准姜氏会幡然悔悟，没准共叔段会洗心革面。若如此，“其乐也融融”的怕就不只是庄公和姜氏两个人，应该还包括共叔段在内的母子情。遗憾的是，庄公没有这么做，以致最后造成手足相残的悲惨局面。

在社会不断进步的今天，按说，本不该滋生“多行不义”的土壤，然而现实却常常令人失望。按理说，社会总是在不断地汲取历史经验教训。人类会变得越来越聪明，预防和杜绝“多行不义”的方法和措施会越来越科学，“共叔段式”的悲剧不会重演或少演。然而，这类式的悲剧不断上演，呈现方兴未艾之势，用“野火春风吹又生”来形容也不过分。一些高官权重者的曝光反映出些基本规律：一是拥有权力，一手遮天；二是进行权力寻租，钱权交易；三是将财政的钱用光；四是将权限内的人提光；五是生活腐败、追逐美色。

腐败问题，上下都认为必反不可。但就是无法止住它愈演愈烈的势头。为什么？因为犯了常识性错误，某些人士以为是教育的失误，还有人认为是信仰缺乏所致，却鲜有人从体制上找症结，不觉或不敢指责权力集中和特权问题。明白人都清楚，没有一场体制创新的整肃运动，腐败的狂澜就不会得到根本性的力挽，不认清这个常识理性，一切努力大多只会化为“无用功”。

“多行不义”者与现行的监管不无关系，有一首顺口溜就对此作了反映：“上级监督太远，同级监督太软，下级监督太险。”一个监督缺失的社会只能是产生“恶吏为所欲为、奸人横行无忌、良善任人欺压”的土壤。在这种环境里，能指望这些“多行不义”者“自毙”吗？岂不是天方夜谭，岂不是让老百姓靠念这句咒语来发泄心中不满，让他们生活在虚无缥缈的幻想之中吗？

别再相信“多行不义必自毙”这句古训了，倒是要牢记毛泽东那段“灰尘与扫帚”的名言，让“不义”者无行动的平台和机会，这是我们每一个公民神圣不可推卸的责任，更是党和国家顶层设计者进行顶格设计的核心内容。防止“不义”者，就要从组织上、制度上保证党风廉政建设机制的改进和落实。从工作实践看，落实好这一机制，科学分解权力、明确责任是关键，严格考核是保证，奖惩兑现是重点。还要坚持标本兼治，综合治理的方针，运用政治的、经济的、教育的、行政的、法律的、纪律的手段多管齐下，坚决把消极腐败的“不义”现象滋生蔓延的势头遏制住。在保证廉政制度落实的同时，还要加大监督力度：一是要完善监督网络，坚持党内监督和社会监督相结合，坚持多层次与多角度监督相结合；二是要改进监督方法，实践“三个转变”，即由重任期监督向任前、任期、离任前监督并重转变。由重工作圈监督向工作圈、生活圈、交际圈监督并重转变，由重查处向纠正戒勉、处分并重转变。

翻阅历史，“多行不义”往往由于外力才被毙命。实行污吏政治的政权，当时看似得了便宜，掌握了权柄，其实却加速了它的灭亡。这种灭亡，不是完全来自“自毙”的一命呜呼，而是民心的力量。蒋家王朝在败亡前夕已腐败到了不堪一击的程度，所以，即使有八百万军队，也难保其政权的稳固。由于腐败，蒋家王朝已民心丧失，而失民心者必失天下，这才是千古不变的真理。

第24篇 万千气象入丹青

在上一次的《画中涛声充满耳》的评论中，我着重写了曾嵘先生对笔墨的理解和运用，他的创作为中国画实践了一次改革创新。人民美术出版社总编辑林阳看过他的作品，称其为“大画家”；著名美术评论家邵大箴称曾嵘的画“论怀抱则旷而且真”，主要是在曾嵘骨子里的山水情结和外因作用下，恰到好处地把主观情感融入到客观物象中，努力追求客我交融的境界，并认为他是“技巧全面、有志向也有潜力的画家”。的确，曾嵘的山水画于传统程式深研脉承之后，又复归自然纵览体察、写生，以笔墨写天地山川林木，直抒胸臆，宣泄心境。对于画，他有着“笔墨既是画中的骨骼，又是肌肤”的审美理念。他所使用的“风雨皴”“繁线密点”的表现技法，使作品凸显独特的中国画风格，笔墨空灵，万千生机，既博取传统中国山水画之神韵，又深藏新风扑面之现代气息；既磅礴大气，又赏心悦目。因为曾嵘有传统艺术的深邃修养、感悟及灵气，又因他扎实的笔墨功夫，深厚积淀的师学（黎葛民、刘书民为其老师）以及现代美学观念的影响，故他的作品尺幅之间荡漾着浓郁的化古为今的时代感。

对于自己在笔墨上的成绩，曾嵘并没有陶醉，他还有渴望，不仅渴望自己的国画创作从笔墨的韵、境、情上突破，还渴望中国山水画在题材上、在气象上的突破。

“笔墨当随时代”，既是一道古训，也是一个常说常新的话题。不断发展变化的当代环境对中国画视觉冲击力的挑战，使曾嵘认真考虑自己的创作，必须创造新的绘画语言，开拓新的题材领域。

有人认为，当前的山水画创作，基本上因袭了古人的运思方式和套路，把本应天广地阔的景物描绘成了囿于丘壑的刻板复制，而且总是有气无力地兜着圈子。曾嵘跟我讲道，中国画是一种软质结构，适宜近视把玩，当今的都市建筑挤兑了中国画所附着的传统环境，因此要求中国画吸收各种艺术形式，特别是进行题材的纳新、建筑语言的吸收，以形成画面整体的冲击力，给人以瞬间的亲和力。他认为水墨为上的中国画，对于墨的研究已经很深入了，而对题材的选择、色彩与水的研究就要薄弱得多。曾嵘首先注意对传统中国画的研究，发现古人的山水画重笔墨，轻造型，推“气韵生动”为第一。原因在于传统中国画中的主流文人画，乃中国古代知识分子“游于艺”和“逍遥游”的奇异产物，有着疏离大众的贵族化倾向。于是，他们的山水画创作，具体反映到山水画领域，便是以逸品为高，疏简为妙，对于亭台楼阁之具体和精致的建筑较为排斥。他们对于附置于山水之上，诸如草亭、茅屋、小舟、小桥和渔夫、樵子之类一律视为点景之物，故而草草为之。这种现象，源于传统的山水画，尤其是文人山水画强调天人合一、意在自然的山水，不在意人造的建筑。这一理念，与中国古代农耕社会的日常形态相结合，与自然界中的山水造化天然凑泊，十分和谐，体现了中国古代文人的憧憬和理想，也造就了他们特色鲜明的审美观念，并无不妥之处。

但是，随着时代的发展和社会的变化，自然界中山水的物质形态虽然大体依旧，但附丽于这些山水之上的景物却发生了巨大的改观。昔日的草亭、茅屋、小舟、小桥难以寻见，代之以铁路、大桥、高楼、电站；渔夫、樵子少见了，满眼是穿着现代服饰的人群。这些现代化社会和工业文明的影子和具象，如果生硬地放置于以农业为基础的传统的山水画中，容易产生不伦不类的抵牾和滑稽感来。因而，聪明和明智的画家们采取了要么视而不见，要么回避的态度。曾嵘没有像他们那样或识时务地随大流，也没有学他们“大智若愚”地视而不见，他决定在“传承中创新，创作中拓宽”（岭南书画社社长曲斌先生语），践行中国山水画的新突破。

一位现场观看过曾嵘家中展览作品的朋友，感叹他的创作画是“理性的诗、感性的画、立体的艺术”。他的作品，特别是黄河系列、太行、西北及湘西古镇等系列作品，常有神来之迹与意外之作。透过一帧帧被他描绘出来的画图，我们仿佛能够感受到美丽的大自然的清新呼吸，触摸到时代脉搏的强劲律动，也仿佛听到了历史的沉重步伐，看到了对幸福生活的无限憧憬。

作为山水画的践行者，曾嵘始终面对两个课题：一是如何传承中国绘画的传统精神。中国画的笔墨也好，美学价值也罢，都是中华文化千百年的积淀和沿袭，因而，传承和弘扬是恒久的命题。二是有意义的突破、有价值的创新，没有变革，就没有生命力的续航。

曾嵘的山水画创作中，有常理而无常形，我认为这得益于他心中有气象。所谓“气象”，气者，势也，象者，景也，气象指的是山水画给人的总体观感和视觉印象。气象的营造，需由“师古人”到“师造化”的转变。曾嵘先向古人学习，即“师古人”，临摹古人优秀作品，取得一定成就后，他进而到真山真水中去写生，向大自然学习，即“师造化”。在到大自然的写生中，他不满足南方山清水秀的田园风气，更钟情于北方，尤其是大西北的地理特征，觉得北方的地形风貌更能激发他的创作热情，更能绘画出他的灵魂和思想。在到北方的写生中，他体会到一种混沌顿开、天荒地老的透彻和沧桑，自己对山水产生了或可居可游、或居高临下的征服感。于是，我们在欣赏曾嵘的绘画作品时，感受到了里面的气象，这种气象的外延要比气韵更大更广阔，不但包括作品笔墨所体现出来的气息和韵致，而且还包括画面物象所营造出来的格局和态势。

曾嵘出生在山清水秀、风和日丽的岭南大地，受岭南画派的恬美阴柔之浸淫，它的平淡、优雅、柔和、疏简、清新、婉约，是其地方自然风光和人文主义及历史沉淀的精神反映，也是一种美。曾嵘在继承这种美的实践中，感到自己的创作要有根本的突破，要形成自己的风格，必须刚柔并济，阴阳互补。为此，他每年都要安排相当的时间外出写生，除了要到珠江三角洲、广西、福建、湖北，尤其爱到北方，中原、华北、西北。他在体察景物过程中，身与心是自由的，努力使自己的心中之“道”与山水之“道”相连接、相融合。同时，他头脑里始终装着一个重大的思考：当代中国画、中国美术究竟怎么走？

该与辉煌的传统建立起一种什么样的关联？又如何使岭南画的阴柔之美与北方画派的阳刚之美联拼共驱？自己如何创作出属于今天这个时代的精品？他在创作《永恒的涛声》《生命的河》《右槽石壁》《飞越黄河》等黄河系列作品时，南墨为本，糅有北韵，把自然造化放在一种至高无上的视角来构图，把追寻黄河自强不息、博大气魄的人文精神作为主题。正是有了这种意念，他的笔墨就是浪涌黄河的一滴水、一粒沙，他用“勾”“皴”“染”“点”等手法，巧妙地留白、精细地泼墨，心中重画面境界的生发。曲斌院长评其画风清旷、冷削，于静寂中寓刚健、萧疏中见雄伟，实际上是熔阴柔和阳刚于一炉。还有业内人士认为，曾嵘的笔墨以岭南画派为基底，但其画风恣肆纵横，变化多端，气魄宏大，境界开阔，亦不乏阳刚的因子和元素。从曾嵘的绘画实践来看，淡雅婉约的阴柔之美与雄强博大的阳刚之美，二者并不泾渭分明，更无优劣之分，关键在于正确把握、巧妙结合。其实，阴柔之美和阳刚之美相互映发，并行不悖。我们评价一幅作品所表现出来的是阴柔之美，还是阳刚之美，如果就其主要倾向而言判定派别，是一种较为粗略的标准或看法。事实上，很多优秀的上乘作品往往是二者兼备的，只是某一方面，某一环节较为突出、较具代表性罢了。曾嵘早期的作品，广东、广西题材作品如《荔熟时节》《桃色连山》《在水一方》等，其笔墨、色彩和构图都较为阴柔。即使这样，他的阴柔画作只取趣味和美学取向。他用俯视的角度，擅长在习见的岭南画题材中寻找诗意，于细劲的线条里融入柔润，在传统的设色内增添明秀，先抓视觉，再依通感，从而达到情景交融之境。他的阴柔山水画，在积墨里沉淀厚度，又在破墨中闪现灵光。心中的山水密码一旦解开，艺术上苦苦追求“师法自然”的道路也就与他的内心相通了。从此，云桂、湘西大地，黄河、太行、大西北的一山一水，在曾嵘看来都蕴含着神奇的造化。他走出岭南的青山秀水，深入高山大川写生作画，构建博大恢宏的画面，他的山水画，已不单纯是自然的再现，而是形象结构的提炼和升华。业内人士品味他的画作，既有岭南画风的灵秀滋润，更融进了黄土高坡和西北大漠的苍莽凝重的气息，既有传统的功力，又融入现代意识，形成了鲜明的个人风格。

中国绘画传统，从根本上讲，就是宇宙万物之道延伸到绘画中的审美之道。人们常说：“麻雀虽小，五脏俱全。”一幅绘画作品虽小，却也像是一个微型的宇宙世界，其秩序感和整个大自然都是一样的，而画家的创作过程也就是仿效大自然秩序的过程，在仿效中不断接近大道、彰显大道，即南朝宋画家宗炳所言的“以形媚道”。所媚何道？恒常之“道”是什么？《中庸》认为：“中也者，天下之大本也；和也者，天下之达道也。致中和，天地位焉，万物育焉。”曾嵘的画，把传统文化的和谐精神引申到绘画审美上，致力于从不同角度、不同题材理解、阐释山水绘画，也接受并吸纳当今书画界的多元风格。他不流连于各种光鲜新奇的形式构成，坚定地站在继承和弘扬山水的高度，从容而自信地形成自己的风格。

人们在审美心理上常常是矛盾的，一方面，人有喜新厌旧的天性，一样东西接触得多了，看得久了，会产生审美疲劳。正因如此，曾嵘的山水画，就要在题材上、笔墨上有新的发现、新的实践、新的作为。《飞越黄河》以台湾艺人柯受良驾车飞越黄河壶口为题材，这本身就是山水画的一次探索。曾嵘在创作时，没有采用惯用俯视的角度，而用仰视描绘这一时刻，将车腾空在雾起风涌的最高处。在这里，如果把飞车定格在飞渡抛物线中途，会引起人们的错觉，担心飞跃能否到达对岸。曾嵘将飞车定格在飞跃过程中的四分之三处，飞越到对岸已笃定无疑。这反映了他的绘画理念和世界观：大胆想象，合理布局，在追求极致、极则之美时，秉承均衡和谐的中和之美。在创作传统山水画中，涉及亭台楼阁等人造景观，他也坚持科学合理的原则。不将它们画在悬崖断壁之处，避免给人一种岌岌可危的心理反应。在色彩的运用上，他在传统色彩的基调上大胆地糅用了现代绘画的冷暖变化，使画面更为明快、新颖，使色彩和墨韵达到了相应和谐与统一，传递了一种清新明亮的美感。因此，曾嵘的“新”，是题材、笔墨、色彩上的新，是美的重要属性。他一定懂得新鲜往往比陈旧更能使人产生美感。另一方面，人又有随波逐流的从众排异心理，所谓“日久生情”“习惯成自然”，熟悉的地方也能使人亲切，产生美感，虽然这种美感有时只是一种审美惰性。曾嵘通过对传统山水画大师们的研究发现，他们的画作，虽然程式化程度较高，相对变化较少，但绝不是没有变化，只是这种变化不太显著、不够剧烈罢了。在创作《黄姚古镇》时，他在题材上抉取了岭南风物景观，技巧上体现了南北交融的笔墨，用了夸张变形的手法，把原先低矮、散乱的建筑梳理完整，使之条理化。曾嵘巧妙地通过取舍与提炼，将破落的古镇赋予新的生机，风格上有西北的豪爽，也有岭南的滋润。

现代中国画在艺术本质上的最重要特点是个性化，而个性化的最大特点是要有着与众不同的、独特的精神面貌和形态体格。因而，独辟蹊径的变异之美，几乎是现代绝大多数画家们的共同追求。曾嵘在这方面的探索和实践，给予了现代中国画画坛不可忽视的贡献，我们应对他的变异之举、变异之美，给予更多的关注。

曾嵘的画，属于大美的作品。大凡大美的东西，都有一个品质，就是有文化、有思想的人能欣赏，普通老百姓也喜欢，就是我们常常提到的雅俗共赏。有的大美作品，可能当时做不到，但总有这一天，要让老百姓看得懂，接受、提高审美水平，这本身就是美术作品的一个特性。当然，大美的普及和被广泛接受，要靠老百姓不断提升文化素养和艺术修养，同时也要靠画家用自己的笔来引领观众审美层次的提升。

曾嵘的画好看，令人震撼或联想、回味。在他看来，岭南的农村很美、西北的地平线很阔、都市的变化很魔、北方的山水很酷，它们本身就是一幅幅画。画家运用传统技法将脚下、眼前景象稍作处理，再加以诗意表现，就成了自己想要表达的作品。所以，在曾嵘的绘画创作中，他秉承了两个想法：一是排除传统上概念化、程式化的手法；二是坚守中国画笔墨的底线。同时，他在创作画时，要求自己要“画外求画”“象外求象”。“象外求象”前面一个“象”是包含有传统法度、有造型本领支撑的图形，而后面那个“象”，是“气象”“气韵”。有了品格上的高要求，好画也就不期而至了。

从《永恒的涛声》《紫气凌霄》《九曲黄河万里沙，浪涛风簸自天涯》《云湖碧水》《镇海雄风》《湘西凤凰古镇》等作品中，我们可以看出曾嵘画作中那些色彩鲜艳，那些形态美观和壮哉，其直白、单纯、浅显，符合大多数中国人的审美标准和欣赏习惯。乍一看，这些作品通俗易懂，一目了然，仅凭浅层次欣赏，就可获得视觉上的愉悦和满足。然而，凝视良久，你会从这些作品中看出更深层次的含义和内容。《黄河魂》和《洪流铸古今》画作中，曾嵘选取了壶口瀑布的动感画面，以李白“黄河之水天上来”的气魄构思，汹涌的波涛，升腾的水雾，黄土高原上牧羊人脚下的巉岩……大河、大水、大气，酣畅淋漓地表现了母亲河的胸怀，注满了中华民族的精神和性格。他的《念秋》《大野》，除了视角独特、笔墨精湛、意境深远以外，展示了一种混沌初开、天荒地老的苍凉感和山水生命亘古不变的大道精神。

从曾嵘的大量作品中，特别是近十年来的画作中我们发现，他的作品，具有浅显流畅的悦目之美和艰深内敛的耐读之美。他作品的题材、内容和笔墨所流露出的书香品性和文化精神，会让你有一种怀古抚今的情怀，你会感受岁月的流痕和人间的沧海桑田，你会对美的事物有一个互动的、共鸣的、不断熏陶、上升的精神体验。

雅俗共赏是一个艺术家永远要面对的问题，古今中外，概莫能外。过往历史中，往往一个年代当中，艺术从业人员很多，从事美术的人也很多。为什么有些作品能够留下来，为什么一些作品得到不同历史时期人们的一致推崇？这些作品除了具有多重价值特性外，雅俗共赏是一条重要因素。就画家而言，他不能够孤芳自赏，不能持有玩艺术的态度，只表现自我，不关心世界。雅俗共赏的关键在于作品的创新，以体现时代性。曾嵘的作品，秉承"入古论"，不光体现了时代精神，而且用新的艺术形式、新的美术语言进行了探索和实践。雅俗共赏有个前提，就是把艺术里面真、善、美的东西传达给观众。作为画家，曾嵘除了把视觉上的美传递给大家以外，还要传递精神力量，使人明亮、振奋、向上的精神力量。为什么叫美术，而不叫丑术呢？就是要把美的东西传递给观众。曾嵘自觉而坚定地遵循这一原则：努力而善于挖掘真、善、美的内涵，呈现山水画崭新而美好的精神风貌和人文精神。

曾嵘心无旁骛地追求艺术，也修为自我，求得"人画合一"，求得绘画创作的"大气象"。苏轼对中国画有过论述："余尝论画，以为人、禽、宫室、器用皆有常形，至于山石竹木、水波云烟，虽无常形，而有常理。常形之失，人皆知之；常理之不当，虽晓画者有不知。故凡可以欺世而取名者，必托于无常形者也。虽然，常形之失，止于所失，而不能病其全。若常理之不当，则举废之矣。以其形之无常，是以其理不可不谨也。世之二人，或能曲尽其形；而至于其理，非常人逸才不能辨。"苏轼的这段话内涵丰富，起码包含有这样几层意思：1. 不同的表现对象有不同的形态特点，有的有"常形"，有的无"常形"，但不论有"常形"者还是无"常形"者，皆应有"常理"；2."常形"之失，容易分辨，"常理"不当，难以察觉；3. 无"常形"者对于造型的要求不高，易为欺世者混进其间；4.“常形”之失，其失仅在于“形”，不能全盘否定，而“常理”不当，则是废品；5.对“常形”之失，其失仅在于“形”，不能全盘否定，而对于“常理”的把握，则需要较多的知识和学识，“非高人逸才不能辨”。苏轼所谓的“常理”，从字面上看似乎指的是“物理”，即指自然界山石竹木，水波云烟的结构、态势及其相互间的关系等山水的一般规律和物质属性；而实际上所谓的“常理”除了“物理”之外，还应包括“画理”，即中国画关于笔墨、造型、色彩，尤其经营位置等方面的诸多技法原则和艺术规律。曲斌先生说，这些“画理”和“物理”一样，都是不可违背的，若违背了，即属失效之作。他还说，曾嵘的画作，严格遵循了这些技法原则，且在气象上独树一帜。曾嵘的为人真诚、自然、大度、豁达，他的画作永远弥漫着一种大气，从而也形成了他独特的艺术风格：多样而生动、妩媚而大气、静谧而骚动、大胆而精湛，有韵致、有格调，茂密深邃，沉稳雍容，吸纳传统，独创大气。

我认为曾嵘心中的气象，既是过去光顾的山山水水，也是还没有去的平原和河川；既是这些真实的景物，又未必是实指——天空、旷野、田园、村舍、河畔、夕照、沙溪、拦洪坝、电视塔、大道小路、高速公路、高速铁路、新建的市镇、连山的桥梁、核电站、风铃叮当的屋檐……总之，举凡我们眼前的一切，都纳入了曾嵘的画作的视野，都是他创作的源泉。曾嵘的湘西系列和描写陕北高原村落、黄姚古镇等作品，用层层叠叠的笔触把山村描绘得错落有致，表现了清新之景、清新之物和清新之境。他的山水画作景开阔、深远，气势宏伟、雄健，兼有力感和美感；凝练简约的笔墨，又有一种独特的韵味。这些村景、大树、小桥、庭院和门帘，彰显着岭南派山水的特色，又糅合了北方山水的形式和技法。还有，他对传统与现代、东方与西方艺术的审美思考，也自然地流露在画面中……

我们期待万千气象，在曾嵘的手上描绘出一幅幅既有传统风韵又有崭新姿容的山水画作，会无羞无愧地展现在更多更广的世人面前。

第25篇 让所有劳动都是光荣的

众所周知，世界上的一切财富都是劳动创造的。因而，各级领导在报纸上、电视中的讲话中，特别是在五一节纪念活动的讲话中，在庆祝劳动节的晚会上，在作家、作曲家创作的作品中，都强调劳动都是光荣的。

然而，现实生活中，一些劳动者并没有产生光荣感和自豪感，这些人基本上从事搬呀、抬呀、扫呀、挖呀等简单、机械而繁重的工作。我常常碰见一些父母教育他们的子女，一定要好好学习、好好读书，否则就会像他们那样吃苦受累。

今天，我们的社会已经进步得昭示天下：所有的工作者，包括教师、医生，包括钱学森，都是劳动大军的一员。在邓小平“科学技术是第一生产力”的点拨下，劳动不仅仅是干农活、抡大锤、流大汗，不仅仅是用四肢的力气，更重要的是用头脑思索，也就是智慧性劳动。虽然从大道理上来讲，劳动没有高低贵贱之分，但劳动所产生的价值却还是有大小之别的。一个扛锄头种地的农民所创造的价值与袁隆平所创造的价值，一个抡大锤的工人所创造的价值与钱学森产生的价值，都是无法比拟的，但是，他们在政治上都是平等的。

应该说，一切劳动都是光荣的，只要你尽心尽力干好本职工作，就应该理直气壮地感到自己劳动所产生的光荣价值。从政治理念上讲，尽管劳动产生的价值会有较大甚至巨大的差异，但在现实生活中不要戴着有色眼镜看待体力劳动个体，把体力劳动狭隘地看成简化劳动。而在某种场合和时间节点里，故意把这种劳动形式高喊为光荣，实际上产生了一种反作用。

现实生活中，一些劳动者并没有感到自豪和光荣，有的表情平淡甚至麻木，还露出一丝苦笑，他们真实的感受是平凡而繁重的劳动并不光荣——有的盖了一栋栋高楼大厦，自己却没有一个像样的栖身之所；有的到了谈婚论嫁的年龄，却因自己所从事的工作，常常陷入被动失恋的困境；有的工资得不到按时领取，被无故拖延。特别是一些农民工工伤后得不到相应的医疗救治和经济补偿（就有农民工拇指被钢筋钢管打断，工厂老板推脱不管，自己无力负担就医费用，不得不捧着断指黯然离开医院）；有的农民工被工厂拖欠工资后据理力争反被开除，并遭辱骂，最后酿成命案，等等。所述种种，劳动者能感受到劳动的光荣吗？

的确，在一些单位，普通劳动者收入偏低，不仅买不起房子，买不起车子，连平常过日子也很困难，而换一个岗位，能做一个中层或高层的管理人员，收入就能几倍、十几倍地增长。在这种劳动普遍贬值的情况下，谁能感受到劳动的光荣？

名义上，普通劳动者也是国家的主人，与其他人有平等的权利，但在相当多的单位里，普通职工根本做不了主，即使召开职代会，也只是一种形式，走走过场而已。即使有工会组织，顶多安慰一番，替管理者做做疏通、缓和工作，因工会也得看老板的脸色吃饭。你说，工友们有光荣的感觉吗？

如果多数人感受不到劳动光荣，特别是平凡的劳动光荣，那将是非常可怕、非常危险的一件事。因为感受不到劳动光荣，家长拼老命要孩子上大学、不要上技校，而我们每年都出现因大学生过剩而找不到工作，需求量大的技校又面临生源不足的窘境。初、高中学校也不希望其学生从事平凡的劳动（中考和高考好坏直接与学校、老师的评议、绩效、评职、晋级挂钩），青年学子自己也不愿意从事平凡的劳动。这不仅会让社会变得非常浮躁而功利，让社会缺乏活力，还会让更多的人找不到工作，形成恶性的社会问题。

然而，要让平凡劳动也光荣，这不是喊口号喊出来的，也不是唱歌唱出来的，只有在政策体制上寻求突破，在建立健全相关制度措施上下功夫，保证普通劳动者的权益得到保护，他们的收入能维持体面的、有尊严的生活，他们才会真正感受到劳动光荣，平凡的劳动光荣。

第26篇 吸古铸今书意浓

据岭南书画院院长曲斌先生介绍，人民美术出版社总编辑林阳先生不仅把单位的工作搞得风生水起，成绩斐然，而且还写得一手卓尔不群的好字。仲秋时节，林阳先生应邀到岭南书画院做客，并当场挥毫，我有幸见识了他的书法艺术。他的书法性格明显，与我们经常见到的书法不太一样，曲院长评价林阳的书法："不说漂亮、好看，只说有味道。"好看是一眼望去的视觉感受，味道却是需要放在嘴里细细咀嚼，细心品尝的。总的感觉，他的书法拙中藏巧、平中见奇，骨法浑厚、天趣自得。

从古至今，任何一名书家，都离不开临帖或临碑，或两者都学。临帖是书法家进入书法艺术殿堂的必经之路，帖类风格有帖样之"形"、有"二王"经典、怀素的《自叙帖》、董其昌等人的作品，它们记录着几百年、几千年前的情感。黄庭坚曾说："古人学书，不尽临摹，张古人书于壁间，观之八种，则下笔时随人意。"优雅、秀丽的帖字是宝贝。它的线及线的运用渗透着书家的宇宙意识和生命运动意识，其风格是绝美的典范。帖学和碑学的行笔方法不同，表现效果也大相径庭。帖学提笔运行的效果是清挺遒劲，适宜于写小字，且雅俗共赏，容易得到圈内外认可，比较"卖乖"，因而受到绝大多数爱好者和书家的追捧。而碑学逆顶运行的效果是浑厚苍茫，适宜于写大字，业外人士觉得缺少线条变化，显得呆板，且易写得丑拙。所以，一般书家不会自讨没趣或自找苦吃。林阳则钟情碑学，其楷书熔铸汉隶、魏碑，他的书法继承了魏碑的结构而参以明清书法家黄道周、沈曾植用笔的使转方法，书法结体横向取势，宽博开张，造型左右欹侧，点画圆浑苍厚。他的书法追求朴拙、奔放、厚实，有意突出线条中段的张力和能量。

北魏的诸多碑刻多为楷书。这种被简称为“魏碑”的书法深得北方之气，兼呈山石之力。帖学强调笔势，讲究线的长与短，笔墨的断与连，追求的是一种飘逸之美、潇洒之美、妍媚之美。而碑学则主张一种质朴之美、刚健之美和雄强豪放之美。如果说，帖学派书法属于“优美”风格的话，碑派书法则属于“壮美”风格。林阳的碑学书法，内圆外方、侧峰转折、撇捺郑重、钩跃施力、点画爽利、结构自由，书写起来干脆迅捷。总体审美风格，是雄峻伟茂、高浑简穆，用口语话来说，是“越看越耐看，越看越有味道”。的确，他的碑体所体现出来的艺术生命的情态、趋向和力度，是书法作品生命的姿势，基于有形而不滞于有形，通过书法创作的有限感性形态引而不发，表现出无限的生机和活力，具有独特的个性风采。

书法作品除传统经典的继承之外，更重要的是书者心灵的自由遨游。林阳的书法取法汉隶、魏碑和他的父亲林锴。他对此进行认真的解剖，解剖中既着眼于大的构架，更注重细枝末节，甚至末梢神经。他在解剖汉隶、魏碑、黄道周、沈曾植的同时，还认真地解剖那个时代——解剖传统和背景。被他解剖的东西，作为一种章法、一种方法、一种启示吸收进来。在创作中，他没有依葫芦画瓢，更没有生搬硬套，而是在传统的框架下，认真寻觅黄道周、沈曾植及他父亲没有走过的路，并把这没有走过的路作为自己艺术追求的方向。在帖学大热的浪潮中，林阳选择和坚持碑学，崇尚浑厚、拙朴之风格，这就是个性。个性总是在常人所不在意的普通事物中发现事物的内涵，在一哄而起中能够冷静思考，捕捉到独特之美。

书法的形式美是中国人的独特贡献和创造，也体现了中国艺术精神的意识符号所形成的意象世界。林阳明白，甲骨上的卜辞在当时几乎主宰着人们的生杀结果，而今天这些已无关紧要了，人们欣赏的是其线条错落、造型精美的空间感；铜鼎的大小多少，铭文的歌功颂德，在当时被视为身价和生命，而今天人们关注的是金文字形的厚重与朴拙，线条的律动与变化。因而，他在创作时，考虑作品内容的可识、可读性，注重作品的艺术感染力在识读过程中逐步打开。且这种可读性没有千篇一律的同质化，放在成千上万件作品中，一眼看去就知道是他的。他的艺术个性是他用极为认真的态度铸就的，是建立在文字发展、书法本体意识提高及审美观提升的基础之上的。因而，他的书法既突出可视性，将其作为自己的情感图示，同时考虑到受众面，可谓雅俗共赏。

在林阳的作品中，各个局部的相似程度有助于确定它们之间的亲密程度。他的笔法看似没有多少粗细变化，没有什么提按，其实他的每个字由不同的点画组合而成。点画与点画，字与字的组合主要通过连续书写来实现错落有致的整体变化。在其“知钱君匋为人民美术出版社刊刻‘人民美术’有感”的书法中，他一方面增加对比的量和对比反差的质，另一方面扩大体势组合的范围，每一行都有一两个大字，又连续几个小字，有意识地留出几处空白，参差错落，组成一定的图形。观看他的书法作品，首先是笔墨与空白的构成，然后是行与行、组与组的构成，再然后才是字与字、点与点的构成，所有的造型元素都冲突地抱合着，离奇地纠缠，不可分割地浑然一体，让观者在上下左右四面发散的观看中体会到空间的展开和平面的构成，具有绘画的效果。

林阳在处理作品的造型元素时，将它们按照一定的方式展开，或长或短、或上或下，即使字体之间没有笔势映带，也会产生连绵不断的感觉，将空间造型转化为时间节奏，实现时间节奏与空间造型的统一。以作品《西湖印象》为例，第一行开始的“接天水色还”为碑学写法，点画的中段跌宕起伏，沉雄而凝重，后面的“山无坐拥才”逐渐变小，运笔速度逐渐加快，整行字走出从松到紧的从慢到快的渐变过程。第二行的“知视觉”至末尾呈梯形呈现，“西”字更明显往右靠，“湖”赶紧往左拉，给人平衡感，末尾的“气”在快收笔时，刻意将书法中的“气”和“米”作为主笔加墨，特别是在竖钩向左外提按，形成一个半弧线，中间还形成一个月牙形的“留白”，不仅美化了“气”字的书写，还给第二行梯形加注了稳的结构。第三行又将第一行、第二行的节奏，尤其“象元人写意晋行书”中的“意”与“行”，将整幅向右梯斜的书法形成向左倾斜，满足了人们视觉上的平衡。

就林阳的书体而言，字体的运笔和结体的基本造型要求它有一个最美的组合形态，而造型方法将这种结体看作是章法的局部，为服务整体需要而必须改变它原有的外貌特征。在具体的组合中，由于空间位置不同，必然产生不同的连接方式，或长或短，或正或斜，或收或放，最后形成自己独特的风格。

书法作品中的气韵，作为一种风度和神采，通过感性形态得以表现。这种感性风采是笔墨律动和精神韵味的统一，体现作品的外物与主体情趣的融合。书法艺术中所表现的气韵不仅仅“曲尽其态”，还要“曲尽情性”，是内在气度的表现形态，是作品的风神。林阳书法作品中的气韵，是通过富有魅力的感性风采体现内在之神，是寓于形之中的传神。其实，气、韵的关系是种形神关系。气韵寓于作品本体之中，当以形似为基础，从而以形传神，形神兼备。

林阳的气韵首先是章法的形势合一。章法就是点画与结体的造型及其组合，他在章法上高度重视空白的表现性，书法的迷人之处在于黑白构成，不仅是它的各自的造型，更是它们之间的关系，在他创作时，空白与笔墨相构成，成为一个相对独立的造型单位。笔墨与空白同时作用于人们的感官，具有同等重要的视觉作用。因而，他将章法贯彻到自己的书法创作所有造型元素的组合实践之中，其书法章法包括三部分内容：笔墨的造型与组合关系、空白的造型与组合的关系、笔墨和空白的组合关系。其二，点画的形势合一。我认为，林阳的书法作品中的点画、结体、组、行、块、面等要素属于空间，但并不等于就是书法艺术空间本身，因为书法作品的空间是书法艺术各要素在相互作用的过程中构成了空间关系。林阳书法中关于点画、结体的作品告诉了我们，他书法中的一点像石，这是形，而它还具有高峰坠落之势，这种势的感觉不是“一点”与生俱来的，也不是逢写必有的，而是在点与点，点与横、竖、撇、捺，点与空白的组合中产生的。在他的作品中，写“色”的一捺，像浪卷，但又具有放飞回展之势：写一竖，像“行”，而“半”字的竖，又像刀剑之形，具有斩截之势；他写的转折，如草体的“花”，像画圈，具有旋转之势。至于“翠色池塘点点霞”“玉兰楼下试新茶”“燕低贪雨色、树志待秋风”等，都是点画对比产生的生命感和运动感。其三，结体的形势合一。林阳的书法另一特点强调结体是一个创造物，是视觉世界中存在的物体。其实，就是“形”与“势”的相互兼顾，就是形神兼备的关系。从林阳的书法作品中，我们会觉得他以这种“形”不再是司空见惯的形，不再是经典碑学中的形，而是因势创作出来的。这种“形”，不仅字形不一样，主要是气场不一样。这个“形”，只有形势合一、形神兼备才能酝酿、发酵出来。如果单独或者孤立地来看其字形，就会失去那种和谐之美、那种蕴藏之道，从而容易陷入形式主义的泥潭。

林阳的书法作品中的气韵，首先得自他的学养。林阳出生书香世家，从小受到严格的教育。他爷爷在历史博物馆工作，负责写展牌说明。其父林锴，是潘云寿、黄宾虹的学生。当年，林锴拿了很多古人碑帖让他挑，林阳选中了黄道周书的《孝经》。在草书上，林阳更多的是取法家学。同时，他也时常向沈鹏请教。因而，和时下书法界名家相比，林阳在知识学问以及修养见识上都有相当优势。作为出版人，职业给了他得天独厚的机会。正因为他的学识，他知道什么是书法艺术的本真，了解书法的历史、懂得书法自身的形式美，掌握书法内在的发展和创新规律，明白书法怎样才能有自己美的内容语言，如何才能形成自己的书法风格。见多识广的林阳心里非常清楚，书法家之间的竞争最终是素质修养的竞争。尤其是书法水准达到一定高度后，谁要前进一寸、一分，靠的是思想与感悟，是创造力和想象力。

林阳的书法作品中的气韵得法，是在合乎书法法则的基础上得以表现出来的。在他的创作过程中，气韵体现于立意之中，通过书体笔法而得以体现。章法、笔法对于气韵的表达效果有着重要的影响。气韵表现了书家高超的艺术水平，高水准的笔法为营造生动的气韵提供了必然的条件。两者具有既相互依赖，又相互促进的辩证关系。只有在遵循技法的基础上，随心所欲不逾矩，方能创造出气韵生动的作品来。有气韵的作品既要基于技法，又要超出一般的技法，才能达到出神入化的境界。林阳通过自己的艺术语言，获得了气韵生动的效果，使作品更彰显了艺术活力。

林阳的书法，行内人士认为，以行草成就最高，楷书、隶书、篆书同样令人回味。有评家说，林阳修身洁行、心正笔正，其书法“字内功”“字外功”均显扎实深厚，二者相得彰。其作品一方面法度森严、朴拙内敛，充满天然真趣，一方面匠心独运，以画入书，饱含诗情画意。就他的“字外功”而言，不能不说到他对古体诗词的创作。他的古体诗曾受父亲指导，再加他勤学苦吟，已经格律入轨，平仄相谐。前几年，他出版了《林阳诗草百首》，近日在北京，他又送我一本《诗笺——林阳诗书欣赏》的小册子，里面全都是他自己创作的古体诗，并自己一一书写出来。书法、诗词，两者均为中国文化艺术最具代表

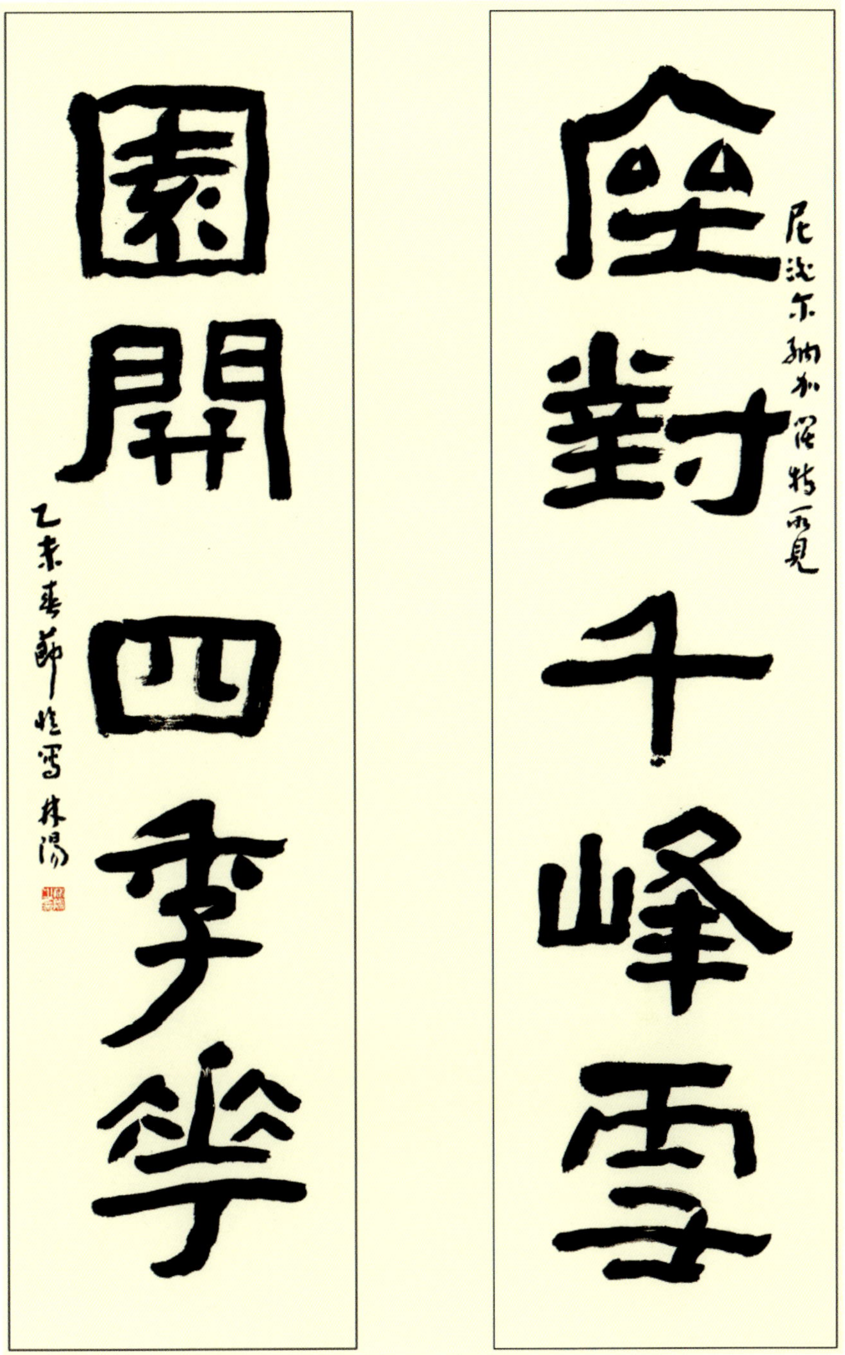

林阳 书

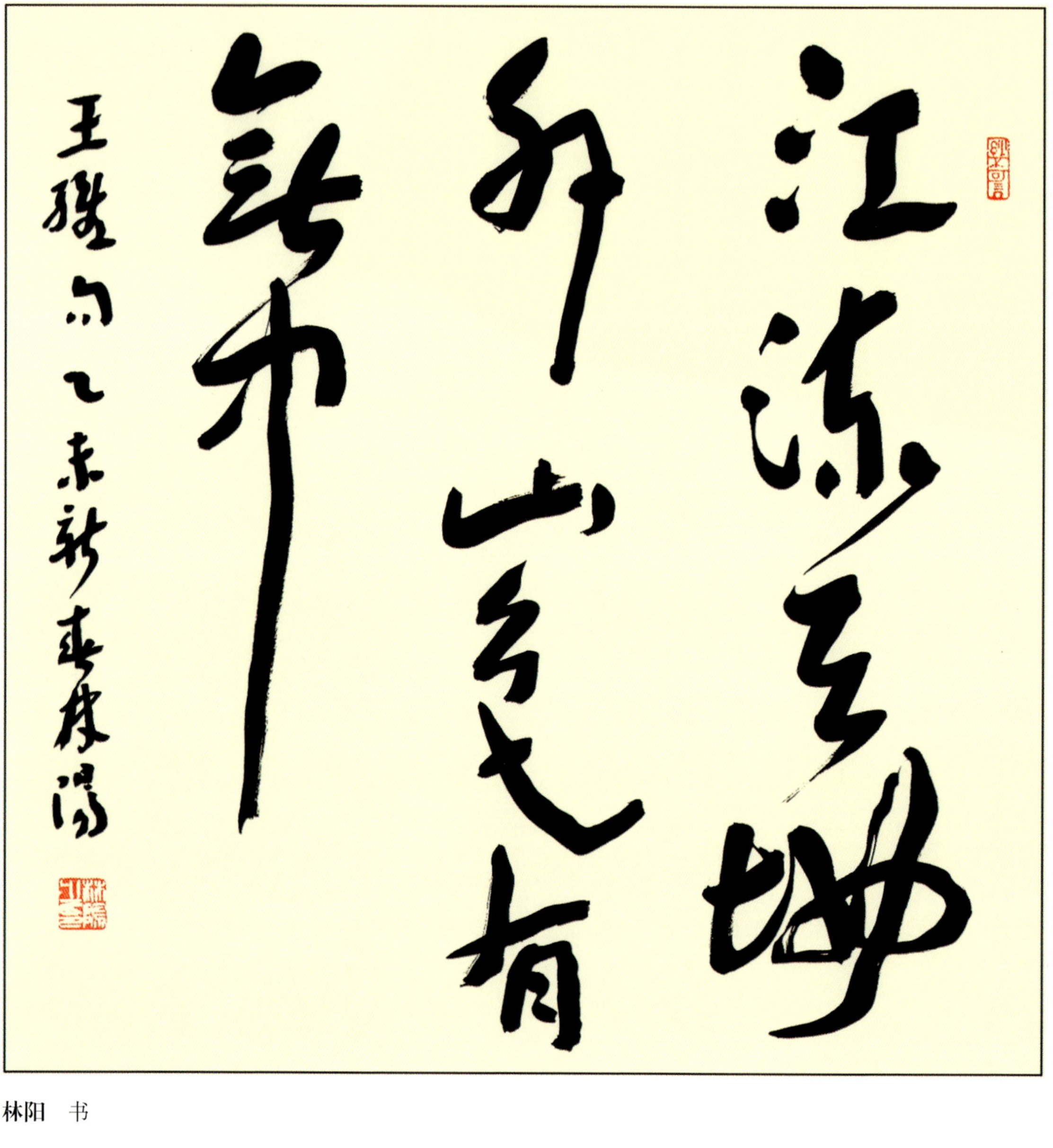

林阳　书

性的文化样式。它们既独立存在，又紧密结合，琴瑟和鸣，自古是美满的联姻。书法，特别是行草书，与古体诗词在音乐性和抒情性上尤为接近。古体诗词的音乐性主要通过音节表现，书法的音乐性主要通过点画表现；诗词的音乐性诉诸听觉的平仄，书法的音乐性诉诸视觉点画的长短肥瘦；平仄声如同书法中直画和弧形的线条，平仄在诗词中的作用是构成节奏，诗人按照汉语声调的特点，安排高低长短互相交错的节奏，就是所谓“声律”；线条的长短、粗细，弦弧交错，构成书法的节奏。林阳通过这种实践，既是回归书法艺术传统的本真，将书法的趣味生机焕发出来，同时，从书法的静态中调动优美的动态韵律，将视觉享受与听觉享受结合起来，使人们在欣赏书法艺术中，调动起多种身体器官，从而获得身心的超越享受。

林阳力倡“以画入书”，强调以审美眼光观照书法，以绘画的造型观念、构图技巧对字体结构、篇章布局，精妙设计、合理安排。他曾撰文道：“书法界曾流传着一种说法，说书法中有三种字：书家字、画家字、学者字。意思是说，书家字是传统的书法继承者，画家字在用笔和字体结构上多注意画意，学者字是指不常习书法而又有修养的字。这样的说法在今天已不被注意了。……画家字的特点就是以画入书。我认为，以画入书在今天仍是书法创作的一个途径。”孙晓云在《书法有法》一书中，就书画同源一说，引用多个朝代的著名书画家之学说，归纳《历代中国画论》的结论，画之用笔乃书法用笔。书法用笔即笔法。事实上，“书画同源”一说古已有之，“书画一理”“须知书画本为同”“字画本同工，字贵写、画亦贵写”“书至画为高度，画至书为极则”等表意大同小异，书、画之间应取长补短，相互促进和借鉴。

在明确了“书画同源”的理念后，林阳自觉以画入书，以画家的眼光看待字体的结构美，篇章布局的美，将自己对以画入书的独特理解运用到书法创作中。其一，加强势的表现。在点画运作中注意“逆入回收”，所谓“回收”，即上一笔画的收笔是下一笔画的开始，所谓“逆入”，即下一画笔的起笔是上一笔画的继续，注重了笔画与笔画之间的连贯，如同中国画中的线墨的连带照应；在结体中讲究“字无两头”，一个字只有一个头和一个尾，且一气呵成。如画中某一物体，清晰可辨，交代清楚；在章法上遵循“一笔书”，作品通篇的第一笔到最后一笔，前后相属，气脉不断，画面呈现和谐统一之体势，使其风格既融理入趣，又化理为趣，将本是趣理两者看似矛盾的事物，处理为自然之道。有名家指出林阳的线条缺乏提按变化，而在我看来，他的提按顿挫，正好体现在他这笔的轻重快慢、离合断续及一笔行走中的转折之中。在他的作品中，一切变化都根据整体需要，给予最充分最合理的表现，从而创造出了别具风格的节奏感和旋律感。其二，加强了形的表现。从他的作品中，可以看出，他的碑体书法与传统书法相比，强化了造型变化，每一笔的粗细方圆，每一字的大小正侧，实际上多姿多彩、富有变化，各种对比关系也非常丰富。这种对比反差，又相反相成地组合在一起，使得书法画面丰富多彩，相映成辉。只是他的这种表达方式不像帖体那样轻快明亮，不像一名善于舞蹈的女子尽展婀娜多姿，风姿绰约，而像一名习武者，在庄重、威武中施展自己的拳术。所以，他作品中所有的造型元素都冲突地抱合着，离奇地纠缠着，不可分割地浑然一体，让我们的视线在上下左右四周发散的观看中，体会到空间的展开和平面的构成，具有绘画的感觉。其三，强调形势合一。林阳的书法风格明显，将形和势、空间造型和时间节奏有机结合起来。一是他在书法创作时，兼顾空间造型，强调大小、正侧、方圆、收放等各种变化。二是借鉴帖学方法，使之有机结合。他的碑帖结合，因考虑两者个性很强，很难合二为一，就在结合时采用梯度变化的方法，让结合的表现有一个渐变的过程。我们看他的书法作品，往往第一行，或者开头开始采用碑的写法，强调造型，接着逐渐注重线条的流畅，增加帖的韵味，然后又逐渐变粗，成为碑字线条，苍茫厚重；有时在第二行的根字又逐渐流畅，第三行、第四行呈现轻灵舒展的态势，体现出帖学的时间节奏。他的这种空间造型与时间节奏的并置性综合，提高了对比关系，视觉效果强烈。其四，注重留白表现，营造黑白构成。林阳倡导“以画入书”的理念，强调图式，从图式分析入手，笔墨是正形，留白是负形，正形与负形同时作用于人们的感官，具有同等重要的审美价值。在他的创作中，我们可以看到黑与白，正形与负形成为作品中最基本和最重要的阴阳对比。在他的作品中，有的白留得那么多，而且完全打破了字内留白、字距行距留白和周边留白的壁垒，让它们或大或小，或方或圆，组成一个图形。他注重营造深度空间和强调黑白构成，强化了其作品的视觉效果，将书法艺术从读的文本转变为看的图式。这也与沈鹏先生在《书法，在比较中索解》一文中的一个划时代的论断不谋而合：书法是纯形式的，它的形式即内容。沈先生继而指出，既然书法是一门独特的艺术，它一定有自身的形式美，有自己美的内容语言。看着林阳长大的沈鹏先生的这番话，无疑对林阳书法的审美创作，起到了潜移默化的影响，并使他找到了权威的理论支撑。

回顾林阳的书法作品，人们首先看到的是别具一格的碑学风格的书体，接着是行与行的构成、组与组的构成，笔墨与留白的构成，然后才是结构中点画与点画的构成，点画中起笔、行笔和收笔的构成。总体看，他的作品给人的第一感觉是章法，是整体效果，因而实现了从文本向图式的转变。把哲学灵魂注入书法主要应关注摆兵布阵、谋篇布局。林阳先生说他自己写字时“乃无意所为”。如苏东坡说自己写字时“无意于佳乃佳”同源。其实，并不是“无意”，是意在书外、功在字外，意在其中，又出乎意外。

展望书法前景，林阳认为，本来几十年的中国书法，以画入书一定能够起到开拓和引领书法的作用。我们翘首以待！

第27篇 人生淡定是金

近日，万分有幸地在广州市委礼堂听了前中国入世首席谈判代表龙永图部长的一场报告。关于中国经济、国与国的关系、国人的担当精神，他侃侃而谈、娓娓道来。他率真的、掏心窝的真话、实话，深深吸引了在座的每个讨厌开会的入会者。他谈到，做人做官或经商，一定要淡定。这引发我的一点感慨。

当今地球人怎么了？心浮气躁是当今地球人的心态世相。平民是这样，领导人也是这样。上上下下，易喜、易悲、易怒、易狂。儿童妄想成为神童；年轻人梦想一夜成名；穷人想一夜暴富；富人想猎取更多的财产；即使领导人也想获得更大的甚至理至高无上的权威！这些，都是浮躁使然，是与淡定格格不入的。

我认为龙永图所欣赏和倡导的淡定，是一种“稀有金属”。这种淡定，有着深秋的味道，是北方成熟的玉米地里赭褐的色彩，也有着南国冬季树木旧叶被新叶替掉的神情。

胸有成竹才能淡定。眼里无数却把算盘子拨得“噼啪”响又响，心中无底却要执意飞天，这不仅与淡定背道而驰，简直就有些滑天下之大稽了。淡定是建立在对征服对象透彻准确了解的基础上的。我们知道庖丁解牛的掌故：庖丁19年不磨一次刀，能到“謋然已解，牛不知其死也，如土委地”的境地，哪是见牛只是全牛的人所能企及的？“以神遇而不以目视，官知止而神欲行”，是他“提刀而立，为之四顾，为之踌躇满志”的前提。呜呼，两千多年前的庄老先生对对象的了解何止于成竹在胸？要是摸着石头过河，对情况若明若暗，大而化之，何来“为之四顾”的得意淡定呢？

量力而行才能淡定。没有金刚钻，却硬要揽瓷器活，是断然得不到淡定的。胆小就不要骑虎，量大才能贪杯，这就是生活教给我们的常识。常识的东西不可轻易蔑视，往往是用无数人的生命代价换来的普遍的共识。我们看惯了这样的情景：瘸腿面对崎岖山路，却硬要信誓旦旦充满自信。其实，除了添一些虚张声势、自欺欺人的热闹以外，还会得到什么有意义的东东呢？天知道，有一条路走到黑的，的确也谱写了动人心弦的悲歌。但淡定呢？淡定之树干枯了，淡定哪是竭尽全力、捉襟见肘、疲于奔命、全身心投入所能留住的呢？我们奉劝瞎子安心练琴，就是提醒他不要冒充千里眼，自不量力挑战那无解的题来做。无眼人操持有眼人才能做的事，不出淡定，只出窘迫。我们能养公鸡来打鸣儿，叫我们按时起床，却千万不要指望它能给我们生出太阳——前者是它力能及的事，它能够胜任；后者，无疑就是强人所难了。即便它修炼三生也没有这个造化呀。故心有余而力不足，哪还谈得上什么淡定呵。

淡定是一种境界。人的伟大，就在于他的心能装下整个世界。但人的伟大还在于他能把一根针看成擎天大柱，将一盆水看成一片海洋，甚至从中去见到太阳，没有前者，他会被自己的自卑所淹没。没有后者，他会被自己所吞噬。我们所说的淡定之心，何尝不是指我们在这自大与自卑之间的认知调节能力。在现实生活中，我们可以看到一些匪夷所思的现象：腰缠万贯甚至亿万者，常常在几个小钱面前拿不起放不下；手握党和人民赋予重权者，也屡屡在金钱和美女面前折了腰、当了俘虏。这些商人和官员把个人利益看得太大了。把钱看得太大，也就把自己看小了。小在大的面前，当然也就没有淡定可言了——检讨我们的作为，多少本该淡定的人为什么活得拘谨？多少能够淡定的事为什么做得呆板？不是我们没有能力，不是我们力不从心呵！我们缺的是心，缺那无所谓的境界。我们的淡定，大都被我们永无止境的贪欲，还是换个好听的字眼吧——进取心蚕食了。如果我们把我们所求的看得淡些，再淡些，我们将会减去多少踌躇，增加多少淡定呢？

作为淡定的死敌——浮躁，就容易冲动，就容易盲动。浮躁者眼里充满好奇，血液里洋溢激情，头脑发热，急功近利，急于求成，不计后果，不顾长远，损人利己，其结果是损人不利己。

其实，浮躁是主体意识的高昂和自身素质的粗糙。于是，如今的地球村，除了枪炮子弹，除了恐怖袭击，除了侵略与争斗，除了特权与霸道，除了金钱与贫穷，除了污染和噪音，还有什么东东呢？

其实，真正淡定的人生，就是不要给自己太多的要求，不要给自己太多的压力。追求淡定的人生，更多渴求的是平安健康。所以，当你拥有健康而平安的人生时，千万不要埋怨自己的人生很平淡，因为你已经拥有了幸运的人生了。

所以，当今世界，领导人需要静思，平民也需要静思。静思下来，好好思考，好好学习；静下心来，感受涓涓流水的美妙音符；静下心来，感受自己的心跳；静下来，才能反省与觉悟……

第28篇 用蚂蚁安顿世界之心

人特殊，画才能特殊。我认识多年的陈训勇有些与众不同。他长发、蓄小胡子的外表，常歪着脖子，似乎总在思考着什么。他的画画题材颇具个性——以蚂蚁作为创作的主题。其意义在于此题材是开拓性、哲理性与传统笔墨的有机结合，审美的艺术性与画以载道的思想性的完美融合。他奉行“精深、精湛、精良”的精品理念，通过最为巧妙、独特且个人风格符号的表现形式，传达作品所需承载的思想内涵，用艺术去打动人、寓教于艺之中。

陈训勇以蚂蚁为主题的创作实践的特性是以“写生”作为他艺术思考、继承与创作及艺术感悟的切入点的。这种写生行为是基于他对明清以来传统中国画发展中出现“公式化”泛滥猖獗和现代人利用相机、手机拍照现象的病症的根本认识。即“师造化”不能停留于古代有杰出成就的作品中，“原创元素”也不能用现代科学技术来代替写生，因为画画毕竟不同于摄影。人的审美眼光和艺术认知能力是不同的，故而罗丹说“不是缺少美，而是缺少发现”。而能否发现美，如果能发现，那么这种“发现”又能达到何种程度，则在很大程度上取决于一个人的写生能力。写生的重要性在于，自然为我们提供了一种永不重复的“结构”和永远鲜活的情绪，陈训勇称之为“风景不老”“花鸟无同”。这是前人的范本和高科技器材“实验”都无法解决的。

陈训勇在广州美院国画系国画研究系统的浸泡下，完成了重基础、重写生的工笔画创作中需要的艺术原始积累。由于对当代中国花鸟画形态发展的认真思考，因而他的“写生”实践具有感知世界、开阔心智的作用。他的写生实践中最突出的成就之一就是将对“基本功”的认识操练直接融入到“创造”过程之中，把“基本功”的内涵方向零距离地同创造活动糅为一体，这使得他的创作进入了成熟期，也使他尝到了成功的喜悦：1994 年，他的工笔画作品《国色》入选第八届全国美展；2004 年的全国十届美展中，他的水彩《花》被选中，大型工笔画《春、夏、秋、冬》等作品敬见于《美术》《画廊》《南方航空》《广州美术研究》等主要杂志报纸；2003 年中国首届礼品设计大赛，布艺《黑白圣诞系列》获金奖，《乡村系列》获银奖……这种把“基本功”与“创作”一体化进行的理念认知与实践活动使陈训勇坚信，只有当“基本功”始终是创作的一个组成部分时，对其意义才能成立。

细读陈训勇的作品，处处生机勃勃，情趣盎然，几乎没有前人的样子，也很难说太像谁谁谁的风格。他把原创性理念贯穿在扎扎实实的艺术实践活动中，体现出陈训勇“实者慧”的品格特征。传统中国画艺术的产生、形成和发展都是前人切身实践体悟的真实写照。诚然，间接地获取知识是一个人学习成长过程中必经的阶段，而获取真知灼见，一定是与个体的切身经历、实践体悟、环境社会、人、动物、自然万物等直接相关。翻阅中国画史，早期的绘画理论基本都是作者出自自身的艺术实践及同大自然的真情互动中的体悟心得。充满了“第一手”的情感信息诠释意味，所以读来原创性很浓。陈训勇“写生”艺术活动所体现出来的“实者慧”，正是其在真实可信的情感付出、智慧发挥中显示了它的品格的原创性价值，这也为他大胆选择题材、勇敢地由习惯于工笔转为写意，打下坚实的基础。坚持重基础、重写生的作风和习惯，形成了陈训勇式格物致知的写生风格，也才有了他后来写蚁的“以书以意、以意象入”的现在走红的系列蚂蚁作品。岭南书画院曲斌院长指出，正是陈训勇践行的“写生”观念为他另辟蹊径提供了可能。坚持写生的经验，不仅为他的基本功提供了帮助，也为他在艺术困境中找到了一扇窗户：发现了人们习以为常、熟视无睹的微小生灵——蚂蚁。他时常蹲、趴在草丛中或墙角旁，细心观察蚂蚁的生活习惯、了解它的历史。早在六亿年前，微乎其微、渺乎小哉的蚂蚁的祖先就曾与庞然大物的恐龙为伍。由于天灾，恐龙早已灭迹，蚂蚁却靠体积小，索取微，群体协作力量，生殖繁衍，组成遍布世界各地的蚂蚁王国。陈训勇在2003年因要办个展，在挖掘表现题材时，偶然与蚁“神遇”而一发不可收，从而为蚁痴，为蚁醉，为蚁狂。由古及今，各大名家均有一门看家本领，如张善孖画虎、齐白石画虾、李可染画牛、黄胄画驴、徐悲鸿画马、李苦禅画鹰等，但他们多为一专多能，而陈训勇则以蚂蚁题材作为专题研究，他不是单单表现蚂蚁，任何题材，不论山水、花鸟、人物均可与蚁成画，而且毫不牵强，因为蚂蚁的确无处不在。由于在历史上还没有现成的表现蚂蚁的技法和范例，所以他运用学院学到的创作方法，回到生活的源头，写生、读书找资料：一只长仅0.25厘米的普通蚂蚁，蚂蚁头、腰、腹三部和六肢符合杠杆定律的省力原理，可举起超其体重数十倍至四百倍的物体。有人推测，假若五磅重的蚂蚁，就能举起一吨重的物体，堪称世界举重冠军之最。除此之外，蚂蚁本身是一个微型营养库，所产生的高度热能，使其肢体成为一座超常的“微型发动机”。据科学分析，即使是现代最先进的航空发动机也难以与其匹敌。陈训勇发现了蚂蚁身上所蕴藏的自然之美、力量之美、艺术之美，具有很强的可画性，这个发现为他的艺术创作打开了一片新天地。

中国文化崇尚生命、气象，中国画在漫长的历史演进和丰富的文化意蕴中，以传神、写意、取韵为终始追求，写“心目界之所有”，形成艺术的独特光彩。虽然陈训勇绘画水平及工笔画创作取得相当大的成功，数次入选全国美展。但他清楚，这主要得益于程式化。“有程式”是没有问题的，问题是一味依赖程式就很有可能为程式所拘，就会题材千篇一律，画面缺乏新意、笔墨缺乏灵气和更为自然的情致和情趣。如果说传统中国画在形态上的特点是强调程式，要求要能够做到渊源有自，那么现代中国画在形态上的特点则要有个性，要求要能有独特的面颜。陈训勇联想到自己多次写生遇到的蚂蚁，决定经此作为突破口，打造自己的品牌。这是有相当难度的：一是蚂蚁的审美形象能否被人们接受？二是如何表现自然界的这种微小生命？智慧的选择也就是成功的一半。当然，“选择”靠卓见，卓见又靠文化和理论基础。陈训勇不是理论家，但却具有理论的修养和天生的悟性。他知道，以蚁入画，不能单凭儿时的印象和一时的冲动，要由发现蚂蚁的自然美到从揭示其审美价值上找规律、寻突破。在具体创作时，陈训勇遇到了一个棘手的问题，如果仍用工笔来画蚂蚁，虽然逼真，但未必能达到理想的审美效果，因为在人们，特别是在中国人的文化认知中，蚂蚁仍是上不了大雅之堂的。花鸟大师潘天寿的一句话启发了他："艺术不能为自然所囿。对自然作艺术处理是艺术家的责任。"他将娴熟的工笔造像转为写意创作，为了让他的蚂蚁造像立得住，他不追求有形的充实、完美和逼真，而追求"有无相生"的意境，借"形"写"神"。曲斌先生对其转型大为赞赏，并指出，在花鸟画的表现语汇发展上，"工"与"写"伴随视觉审美观念的时代变迁而不断变化，从"技"的多元到"境"的扩容都依附着时代新的气格而发生着蜕变。著名画家、广州美院研究生导师，也曾是陈训勇老师的刘书民教授谈到，传统花鸟画审美样式中工与写的双重性与互补性关系在技近乎道、天人合一的哲学思想涵盖下，不断拓延着其新的审美格局，在矛盾对立中寻求新的视觉和谐，这是历史发展的必然。

陈训勇致力于写意水墨蚂蚁创作，并摸索出一套新的水墨技法。正如他自己总结："余以前人罕以入画之蚂蚁，以中华笔墨之精神为载体，用传统笔墨寄媒于蚁，以诠释墨分五色七彩之韵致。用笔取中、前、侧、扁、破、逆锋之趣，将蚁之身微力大之智慧，以及族群灵魂——利他利族主义精神进行'卡通式'的放大发扬。用浓、淡、干、温、焦、宿、破与撞水（粉）之精妙，独立体现于蚂蚁专题作品之中……"

在对传统的选择中，出于他自身的秉性、气质、生活感受和审美理念，他对北宋大画家崔白和近现代吴昌硕、齐白石特别倾心。他笔下的蚂蚁，既有八大山人之奇特、李鳝之纵恣、又有吴昌硕之深邃蕴藉、齐白石之简练拙趣、潘天寿之恣肆挥洒，还有李苦禅之夸张、卡通画之变形，有时还带有装饰性、图案性的民间艺术因素。他手中的蚂蚁各异奇趣，纷呈自然天性，并融入画家自身的体验。经过他演绎出来的蚂蚁，其姿态、表情、意趣，既是客观对象天然而具的本性，又是画家着意感受到的主观意向，两者融合起来，塑造出似与不似之间的形象，既富自然天趣，又具抽象意味，既继承了传统的水墨写意花鸟画"不求形似求生韵"的创作法则，又赋予了现代人观察自然生物而强调个性感受的审美情趣，使作品从造型角度审视具有新意和时代感。

笔墨只有注入艺术家的人生情感和生活体验才能获得新生。他学习和运用传统笔墨技法并没有"泥古不化"，而是着重从景观、从情感出发，来寻求建立自己笔墨语言的契机。他巧妙地将八大山人的疏散简拓与黄宾虹的繁密沉重进行磨合，如茂密的丛木花草用笔繁变，浓淡墨色层层勾皴点染。而画蚂蚁他则多用简洁疏朗的笔法，或者在重重色墨勾染的树叶摇动中、在草丛中，凸显以线条、色彩勾勒的硕大蚂蚁，构成繁简、疏密的对比呼应，展示浑厚和清朗意韵并具的双重变奏。在蚂蚁作品中，他的墨法也融传统的晕墨、渗墨、泼墨、积墨、破墨于一体，在创作中常常运用多重水墨反复勾染，层层叠积，使画面墨气之滃然，既具丰富层次，又显融合朦胧。陈训勇的蚁画也体现了他运用色彩的特色。在作品《万众一心》中，用红、黄、蓝、绿等浓色表现切叶，而“切叶蚁”用墨色，类似吴昌硕、齐白石的“红花墨叶”，其画作墨与色两相映衬，形象亦鲜明，然手法较为传统。他将笔法、墨法、水法、设色法加以综合操作，形成变化丰富的表现手法，既塑造出气韵生动的蚂蚁物象，又使笔墨自具形式美感。这种形式美感，既非古典式的重复，也不是形式上的舶来品变种，而是颇具创新意味和时代感的笔情墨趣。

陈训勇画蚁，笔墨兼取岭南画派鲜艳甜恬之长，吸收吴昌硕、齐白石等大师笔法运转之变及墨色五彩之幻，以写入画，一笔下来枯湿浓淡自然淡化，无经营痕迹，倒凸显纸笔水墨几者之间互动嬉逐时的“天趣”。美术评论家孙晓枫称他的蚁画，看似随意几笔，蚂蚁之神韵风采跃然纸上，憨憨然灵动可爱，墨团团中充满生趣、情趣，间有几分童真般的狡黠和顽皮。

陈训勇的蚂蚁写意的创作有三方面的意义，即视觉审美样式上的意义、绘画表现语言上的意义、创作心境状态上的意义。这三个意义的关系都围绕着一个中心环节，或者说是终极目标：“审美”，用南齐谢赫六法中的言辞章条来讲就是“气韵生动”。气韵生动作为中国画品评的最高标准，自始至终左右着中国画的创作实践。千百年来，花鸟画一直就是在工形和写意的问题上不断徘徊与思变，从而丰富了花鸟画的表现语境，拓展了题材和体裁的视觉审美空间，形成了蚂蚁画系列样式，有助于现在和以后从中提炼和发现花鸟画自身所包容的美的理念，并从哲学美学发展的层面去深究、探讨存在于工写表象背后的深层人文内涵。刘大为认为：“陈训勇和蚂蚁画，在题材上拓宽了中国画的表现领域，而且，如何以传统笔墨去表现一个前人几乎没有表现过的对象，这本身是具有一定的挑战性的。他在两者的结合方面作出了卓有成效的探索……他的蚂蚁一族系列作品，缘心所发，言之由衷，形之于笔，神在笔外，达到了一定的艺术高度和思想高度，在中国画创作日益多元化的今天，开创了一个新的创作思路和表现形式。”

唐代张彦远云：“夫画者，成教化，助人伦。”在傅雷与黄宾虹学术交谊断想中，傅雷认为：“精神与技术，‘一物二体’，培养技巧与磨炼思想，是一切艺术家应做的工作。”此也，一画二功也。比兴是我们老祖宗的好传统。有兴比之，无兴术之。陈训勇从蚂蚁之中看到生命朴素的意义，看到世事纷繁喧嚣背后的生命“本相”。著名学者王鲁湘在指出古今中外的怕蚁、畏蚁、敬蚁和赞蚁后，写道：“‘上善若蚁’，陈君训勇之嘉言也。屑小之虫，命同苍生。训勇以忠勇勤义礼王德观之，泼之以浓浓淡淡之墨，写之以刚刚柔柔之笔，出之以儒家之仁，佛家之慈，道家之通达，此乃以身家性命与蚁为一。悯蚁乎？悯苍生乎？亦师蚁者也。”从他的系列蚁画中，人们感悟渺小如蚂蚁者，顺“道”而变，守“道”而行，各司其职，各施其是，最终的目的是为了保持一种生命质地的存在权利。遵循“精神跃于纸上者为上乘”的理念，他的蚂蚁作品以“画气”不“画形”为主要特点。因而，他极力在简淡的笔墨中，强调主观的任意抒写，而不拘于物象。笔法、墨法、水法的互动与变化贯通，使意象在“似与不似之间”获取了抽象意味，在苍润浑然之中体现出一种形式趣味。蚂蚁，在历代画家描写对象中较少有被关注，在汗牛充栋之历代画册中也罕见其成为角色，更别说是主角。陈训勇却认为：“蚂蚁相对于人类而渺微；人类相对于宇宙而渺无。芸芸苍生无分巨微，各为生存而奔波，各为精彩而存在。蚂蚁，小而不弱，骨头敢啃，以小博大，力可移山。蚂蚁，微而不卑，协力尽责，默默耕耘，顽强生存。”陈训勇用自己的感知感悟探索艺术新视界，他将蚂蚁作为自己新的起点，主要缘于他对人生充满善意、对世界怀抱敬畏的情怀，他从道家、佛学的淡泊、静无与返璞归真中汲取养分，从唐诗、宋词中探寻传统文人画的精髓。老子以“上善若水”来表达道家谦下灵动的智慧，孙子则以“兵形象水”来阐述兵家出奇制胜的谋略，两者皆以水喻道。陈训勇别出心裁地在自己创立的蚂蚁画上，提出“上善若蚁”的宗旨，将蚂蚁的特性、品德、美德作了精彩的阐述，且自称为“蚁民”，并用画笔写之、颂之。既然先贤喜欢以水喻道，陈训勇的“上善若蚁”也可谈为“上蚁若水”。有专家指出，

《读蚁图》 **陈训勇** 作

《堪为人师》 **陈训勇** 作

这“上”非上下尊卑的“上”，可解释为整体或“形而上”。在陈训勇看来，一只蚂蚁，也许微不足道，但密密麻麻的蚁群，会营造出令人深思的景象和令人震撼的奇观。由此，我们会联想到“芸芸众生”，联想到“载舟覆舟”，联想到“神谕”和“敬畏”等。

在《蚂蚁一族》系列作品中，他笔下的蚂蚁比原型放大几十或百倍，甚至千倍以上，但观者备感亲切传神。作品中除了那些笔简意重的精彩小品外，还有几件逾丈巨画。《蚁·颂》《蚁·魂》《蚁·衍》展示了蚂蚁传奇一生三部曲，是作者自身“求生存、求温饱、求发展”的三部曲的写照。如果说“三部曲”是《蚂蚁一族》自我奋斗，自强不息的明志歌的话，那么《智慧之舟》与《万众一心》则是合乎大道的生命进行曲。这两幅巨制，前者寄寓了一种与遭难搏斗、同舟共济的团队精神，后者描绘了切叶蚁结队积粮的沸腾的劳动场面。他以咏蚁入画，以蚂蚁这种草根精神说“道”，启发人类的心智，唤醒人们的麻木的神经。真正求道的是人，得道的是人，失道的也是人。受人尊敬的蚂蚁做到“吾道一以贯之”，纯粹而专注，呈现生命的极致。道家提倡的是一种红尘中的道德理想，一种人文构想。陈训勇试图通过大写意的蚂蚁，给尘世中的人们以迷乱中的告慰，通过诠释蚂蚁的生命图景映照在困于功名利禄的众生上，构建一种驱人内省的动力或者催化作用。他以写蚁之精神，以感蚁之厚德，假小蚁求“大道”，实践着心灵修炼中的“四两拨千斤”，实践着求于生命根本的心灵博弈。中国美术家协会主席刘大为认为：“陈训勇笔下的‘蚂蚁’，在寓意方面集草根意识、求生意识、集体主义意识、奉献意识于一身：一方面，它们似乎只是下意识地完成基因中早已先期输入的生命密码，但另一方面，这种先天注入的秉性在现实中又给予我们以极大的震撼和启发。面对它们，我们不能不以一种新的角度去思考人生，去观察社会。”

对充满诗意的意境的营造，一直是陈训勇蚂蚁画创作的第一要务，其写意蚂蚁画的诗性主要体现在两个方面：一、通过对画面构图的经营布置和笔墨的情趣来营造虚实结合，生机勃勃的诗性意境；二、通过直接的题诗来映衬画面的内容，这一点，在其蚂蚁画中可以看到大量的款识。如在大画《蚁德》中，就写有洋洋大篇款识：“蚂蚁五德颂——上苍之造万物也，皆有其奥秘。乃至细如蚂蚁者，亦有其妙焉；吾乃谓之五德：曰义、曰礼、曰忠、曰勇、曰勤。

扶老爱幼、济弱救危，则义也；粮食相让、道途相揖，则礼也；各诚其守、各尽其职，乃忠也；以小博大、无所畏惧，是勇也；芸芸熙熙，劳作不怠，则勤也。嗟乎！一微芥物，尚具五德之美，况乎人哉！”在题为《巢》的画中，他款识“蚁小知凝聚，一巢合力营，挖穴择日丽，运料趁天晴，出入分前后，拉推共重轻，筑城求稳固，忙似采花蜂”；“蚍蜉有道，力可移山，别是一般滋味在心头，淡淡蚁杯”；“浑沌伊始，天降斯灵。我今非蚁，不知其境。野豆绘摹，警之众生，赞其五德，涕其可悯，天下熙熙，上苍冥冥，三千大千，蚁国是镜”；“一匹蚂蚁，托起一个春天，大千已去，桃花依旧”；还有“蚍蜉有道，物微德巨，堪为人师”；等等。陈训勇对印文的内容，朱白纹的应用，以及印的盖落位置都极为考究，这是他对文人画“诗书画印”的构成关系有他自己深刻的理解。这种关系是大写意作品构成中不可缺少的部分，运用得当能使画面更具文人画气息。

纵览陈训勇的蚂蚁画，直接题诗无处不在。这大概是基于诗画天然的互补性。陈训勇写意画的诗性就是对这种诗画一律的文人画传统的一种继承与发扬。很明显，有了诗的映衬和补充，画面就超越了物象的局限，进入到一种空灵雅致的心灵世界。这些题画诗不但补充了画面的意境，还展现了画家浑厚的文化底蕴和高尚的精神追求。通过画面的题诗，既体现了物象形与神的统一，又实现了客观再现与主观表现的统一，或者说物象的品格与画家的人格通过画面题诗达到了和谐与统一，给观赏者提供了潜移默化的认知影响力。

陈训勇开发的水墨蚂蚁创作课题，不仅取得很高的艺术审美价值，在中国最高美术殿堂举办了《草间品墨——“蚂蚁一族”水墨艺术作品展》大获成功，其中九幅蚂蚁作品被中国美术馆收藏，而且也在广东美术馆、香港大会堂举办了大型展览。王鲁湘、梁江、朗绍君、薛永年、刘曦林、陈履生、许钦松等30多位美术理论大家参加了在北京举办的陈训勇的蚂蚁艺术研讨会，均对他的蚂蚁艺术及其精神给予充分肯定，其对蚂蚁题材的专题研究被誉为“前无古人”。他还赢得了深远的社会影响——他的蚂蚁作品《万众一心》被编入全国小学生九年义务教育《美术》教科书，部分作品先后被列入高等艺术院校教材。

可以这样说，陈训勇的蚂蚁画倾尽全力表现“美”，并执着地使“美”体现在“真”之中，而又不忘“善念”之存在；颇多情趣，不违物理，而又精求画法；时出新奇，不伤肖似，而又平易近人，这是他的蚂蚁画在花鸟体系中脱颖而出的主要原因之一。不论是陈训勇的这种草根情结，“艺以载道”的艺术取向，还是“我自用我法”的“机趣天然”的创作追求，还有致力于真、善、美的统一，对雅俗共赏的融合，以及“文质相兼而又超乎畦畛之外”的艺术品格，对今天的画家们能否起到某些启示呢？

陈训勇以孤注一掷的精神，在花鸟画中杀出了一条血路，取得了令人瞩目的成就。但我以为，他还要往前走，首先就得在题材的多样性上赶路。齐白石以画虾闻名，但他在别的题材上同样出类拔萃，陈训勇的作品虽然万变不离其蚁，但希望能挖掘出更精彩的相关题材；其二，中国画还是以笔墨见功夫和学问的，好的画，应是技法与意韵的完美结合，还期盼他在骨法用笔、气韵生动上，特别是笔墨运用上有进一步造化；其三，希望他在坚持画以载道的同时，在趣味性的营造上多做一些尝试。

第29篇

卅载回眸春意闹

在我们读中学的时候，流行着列宁的一句名言：忘记过去就意味着背叛。在纪念改革开放30周年的今天，我觉得列宁的这句话有着很强的现实意义。作为我国改革开放以来的见证者，我们感受着这30年来的变迁和进程，特别是在这个历史进程中所伴随着的一句句流行词语，让我们感到历史在头上呼啸而过，转眼就是30年，一个比时间更坚硬、比生命更迫近的哲学命题，拷问了一个刚刚苏醒的民族。于是，一个时代结束了，另一个时代开始了。从而，这些流行词语改变了中国，也改变了世界。

第一阶段：思想上的拨乱反正，体现了一个“破”字。

【实践是检验真理的唯一标准】它是针对“两个凡是”提出来的。随着这一观念的成立，中国人民得到两种最为宝贵的财富：一是务实作风，恢复实事求是的优良传统；二是解放思想，敢于打破各种不利改革的禁锢。

【平反】命运被扭曲的人们终于得到一个说法，国家、民族遭受的苦难终于被遏制。平反，这个沉甸甸的令人悲喜交集的词，拉开了改革开放新时期的大幕。

【包产到户】18双长满老茧的大手举起了挑战人民公社僵化体制的大旗，黎明的曙光让8亿农民看到了希望。中国的第二次革命开辟了一条“农村包围城市的道路”。

【万元户】是指在“先富起来”的政策下受益的一部分人。尽管时下万元户已不复荣耀，但在人们记忆中，其含金量仍不可小觑——在谨慎的年代，它使我们第一次启动了致富的理念。

【一包就灵】打破了僵化的国有企业体制，扩大了企业自主权，体现了国家、集体和个人三者利益关系的变化。“交够国家的，留足集体的，剩下全是自己的”成为激发企业活力的动力。

【端掉“铁饭碗”，打破“大锅饭”】企业内部改革的核心，实现了真正意义上的按劳分配，调动了职工的积极性和创造性。“多干多拿、少干少拿、不干不拿”的差别观念和公正观念在人们思想中开始形成。

【中国特色】党的十二大为我们调制出的一种混合色。任尔赤橙黄绿青蓝紫，咬定“中国”不放松。从此这一特色备受青睐，被广泛应用在多种新生事物上。

第二阶段：第二次思想解放，体现了一个“闯”字。

【摸着石头过河】这是“不争论，重实践”的最通俗解读。这句话让老百姓失去了“条条框框”，但过河的信心却树立起来。

【敢闯】改革的代名词。学习外地改革开放经验的第一要素，发展滞后地区的最大遗憾是不敢闯。

【下海】当大多数人还在计划经济的温室里观望时，最先从国有单位辞职、从事商业活动的“下海”者确实有一番“弄潮儿”之雄风。当今天的人们都投身于市场经济的海洋中，“海”与“岸”难以区别，又有什么区别的必要呢？

【一国两制】总设计师的大笔一挥，便在辉煌的共和国大厦旁建起了一座西式小楼。“小家”也学会了“大家”的治国之道：一人在机关图个稳定，一人下海大赚钞票。多样化已不再是国家和家庭构成的禁锢。

【商品经济】十二届三中全会提出建立有计划的商品经济，为1992年社会主义市场经济的登台做了平稳铺垫。对当时的老百姓来说，看得见的“商品”确实比摸不着的“市场”更易接受，但市场的作用已悄悄进入了人们的生活。

【资本主义也有计划，社会主义也有市场】为姓“社”，还是姓“资”的争论盖棺定论。计划多一点，还是市场多一点，不是社会主义与资本主义的本质区别。老百姓忽然眼前一亮：原来如此！

【三个有利于】观察事物要有标准，有了标准就能识别对错。“三个有利于”成为改革开放的试金石，使人们的方向感大大增强。

第三阶段：从改革体制入手，体现了一个“创”字。

【社会主义市场经济】从“有计划的商品经济”到“以计划经济为主，以市场经济为辅”，再到“社会主义市场经济”。社会主义市场经济地位的确定，使中国的改革站到历史的前台，完成了几次“惊险的一跳”。

【股份制】它不仅改变了所有制结构，而且也使不少人成为投资者、拥有者。更重要的是使人们意识到，市场经济不仅有回报，还会有风险，因而人们的心理承受能力大大增强。炒股者渐渐明白：没有相关的投资技巧，没准儿把自己炒掉。

【下岗】有人说下岗是结束，有人说下岗是开始，也有人说是被老板炒了，还有人说是炒了老板，全在你怎么看。但有一点是明白无误的，下岗是每个人都可能遭遇的事。

【再就业】下岗工人多了，再就业成了举国关注的重要工程。需要提醒的是，再就业不仅仅是下岗职工的迫切需要，更对社会所有成员的能力、勇气和信心提出新要求。

【农民工】这是一个特殊的群体，有工作无岗位，人在城市家在农村。他们的诉求应该得到重视，他们的权益应该得到保障，因为社会的发展已经离不开他们。

【民工潮】成千上万敢于离开祖祖辈辈耕耘的土地，向命运挑战的农村剩余劳动力，如浪打浪般地涌向各个城市，渐成民工潮，春运便成了上上下下关注的大事，城乡的壁垒开始松动。

【发展是硬道理】对于致富的渴望，对于改变落后面貌的期待，快速发展成为最硬的道理。但是硬发展就会没道理。协调发展、持续发展开始提上人们的议程。

第四阶段：树立新的发展理念，体现了一个“民”字。

【奥运】是一个变成现实的梦。它是一个台阶，可以提升我们所有落后的东西：环境、国民心态、公民素质、文化水平……我们会发现，原来人们可以更文明、更有素质地生活和面对世界。

【希望工程】希望工程在改变贫困地区180万失学儿童命运的同时，也让更多的人发现了自己的良心和正义，而这正是社会的希望所在。由于它的巨大影响，“工程”一词开始流行，出现了“再就业工程”“小康工程”“民生工程”等。

【以人为本】从改革到发展，从经济到社会，从立法到执法，都要坚持以人为本，这标志着执政理念的重大改变。人们对人权虽然没有那么多的关注，但越来越多地感受到自身的存在和应该享受的权利。

【和谐社会】资本主义社会追求的是经济公平，认为这是基础；社会主义社会追求的是社会公平，认为这是目标。和谐社会是什么？是理解？是包容？是公平正义？人们正在慢慢地体会它的内涵。

【关注民生】民生就是人民的生计，所谓民生就是让老百姓有活干，有学上，有饭吃，有房住，病有医，老有养。

【科学发展观】在发展上，我们不能以长远的悲剧代价换取短期的利益。与人类整体发展历史相比，这种追逐短期利益的行为是不可取的。在某种程度上，经济增长是贫富问题，而生态环境则是生死问题。科学发展观是发展理念的根本转变。

我们在浩如烟海的资料中，策划出以流行语为纲的回顾，以期达到纲举目张的效果，以期过来人更加珍惜今天，放眼明天；以期后生者，懂得历史、懂得生活、懂得社会、懂得中国，从而将我们伟大的祖国建设得更加繁荣昌盛。在此，我们不禁赋小诗一首：拨乱反正新纪元，卅载回眸春意闹，人间正道是沧桑，壮志凌云人未老。

第30篇 绽放的世界

看了梁如洁的画作，会颠覆我们对岭南画和女性画家的印象和看法。岭南书画院曲斌院长就是这一观念的鼓动者，他直言今天的不少花鸟画学术探索性不强，有萎靡柔艳、玩浮小趣的囧态。然而，梁如洁的画作令他为之振奋：没想到在广州的这块土地上，生长出了“心如洁莲画如铁”的一朵奇葩！的确，她的画勤于思变于法度之中，而视造型经营、用笔用墨于法度之外，在规范中见方圆。在程式中求自然，在限制中求舒放，在笔墨的追求中求形式之美，并以自己独特的花鸟画文本，暗示着精神的灵性表现。

在中国传统文化的观念中，和谐主要体现着宇宙大化的生命精神。《庄子·天道》曰：“吾师乎！吾师乎！齑万物而不为义，泽及万世而不仁，长与上古而不为寿，覆载天地刻雕众形而不为巧，此之为天乐。故曰：知天乐者，其生也天行，其死也物化，静而与阴同德，动而与阳同波。”此文以造化为师，以为其生命之道化生万物，覆载天地，是最高的和谐。梁如洁绘画艺术的根本特征在于它体现着和谐的原则，在她看来，和谐是宇宙之道的体现，其中反映了天地万物的生命精神。天地间的生命现象是最高的艺术，造化便是最高艺术的创造者。她潜心投入到师楷化机的创作之中，体验自然万物的波动和韵律，获取身心的愉悦。一方面，她在形态上和谐反映了杂多的相辅相成。传统的花鸟画以至现在仍热衷的表现方法，往往会作出高度提炼，使其要表现的物象具有突出感。这种悬置感的艺术处理有利于强化写意，有利于挖掘本质，但千篇一律式的这种提炼、悬置处理就会陷于刻板，也与大自然本来属性不相符。梁如洁将大自然的本来元素有机统一纳入自己的画作中，体现出一种协调相生的韵律感。她的这种思想源远流长。《左传·昭公二十年》以羹作喻，谓五味相调，故能和，并说："一气、二体、三类、四物、五声、六律、七音、八风、九歌，以相成也。"《国语·郑语》："夫和实生物，同则不继。以他平他谓之和"，"声一无听，物一无文"。《周易·系辞下》："物相杂，故曰文。"都是强调和而不同，由杂多统一获得平衡，反映了事物杂多的有机统一，杂多的事物共同组成了和谐而有机的整体。看她的画作，如画菠萝，并没有只画菠萝，或者几片叶子陪衬，而是有茂密的树叶，透露几颗全脸、半露脸或者小露脸菠萝，不仅如此，菠萝树干上还停留几只小鸟。她画秋季的荷叶，既画金黄的荷叶，也画垂下的莲蓬，还画荷塘旁贪睡的小猫，将自然生态的和谐机智地反映在自己的绘画理念中。另一方面，她在内在精神上主张阴阳、刚柔、天地是生成万物的对立统一因素。这些因素相互消长，相反相成，缺一不可，构成有机统一的感性形式，寄寓着自然大道的和谐。在她的绘画作品的节奏中，常常看到虚实相生和动静相成。这种虚实相生体现了生命运动的和谐节奏，她所描绘的实是生命所依凭的本质。但这仅有实，还无法使生气流通，还兼有虚。她的虚别具匠心，体现在桑田的枝干上，海岛的潮涌中，茂密枝叶的缝隙间，地上的白鸽里……如此的枝干、潮涌、缝隙和白鸽，顿使画面"灵气往来"(周济《宋四家词选》)，使作品充满生机，富有无限的生命力。

道家倡导太和、至和，儒家在艺术观上也强调中和，这种思想反映到梁如洁的绘画作品中，则体现在她主体情感都发乎自然。在她看来，无论是道家的太和、至和还是儒家的中和，都是要求主体的情感要体现出和谐原则，体现出造化的生命精神。在传统思想中，艺术是人心感于物的产物，梁如洁的作品既是外师造化中得心源的产物，还体现着主体情感的和谐——物我同一，形成作品的内在生机。她本人对禅学情有独钟，敬重释迦牟尼佛在灵山的说法，那手拈一花，一语不发，众人面面相觑，唯有摩诃迦叶发出会心的微笑的场景令她神往。"一花一世界，一叶一菩提"，是禅宗对自然万物本体的认识，也成为她入画的座右铭。在她的作品之中，渗透了她对自然的尊重和热爱，对生活和生命的热爱。她的作品以大幅的花鸟画为主，其主题、题材和整个作品的意境，充满着时代的气息。

中国艺术研究院理论专家陶咏白评价梁如洁：“她的画的确崇尚自然，人和自然的和谐，高扬生命的精神，流淌着自由宽敞的生命情调，把内在的、荒凉的物质世界提升到一个美好的，情感的精神世界。”在梁如洁的作品中，其和谐原则体现在刚柔相济的艺术风格上。她的艺术风格，其阴阳统一又不是绝对的均一，往往有偏刚偏柔，绝对的均一是一种理想想象，现实情况正如刘勰所说：“盖人禀五材，修短殊用，自非上哲，难以求备。”因而，刚柔相济就是一种刚柔偏胜的表现形态。就她的艺术风格而言，偏刚偏柔，是相对的偏胜，而不是绝对的偏废。她的画柔中含刚，刚中寓柔，其根据来自中国画遵循的一种既反对“过”，又反对“不及”的二元化逻辑，不论在画面形象上，还是在创作理念上，皆持一种阴阳互补，允执其中的立场和态度。事实上，梁如洁的很多作品都是中和之美与极则之美二者兼备的，只是在有的作品中，某一方面、某一环节较为突出，较具代表性罢了。例如她的人物画，用石鼓文勾勒轮廓，古厚、朴质，表现出一种极则之美，但在面部涂墨时，则用淡墨，呈现柔和效果；她的花鸟画设色清丽，笔致秀雅，所表现出来的无疑是一种中和之美，但她的构图尤其花果叶瓣的姿态位置却常常打破常规，颇为奇特，又追求的是一种极则之美。因而，我们在欣赏她的画作过程中，对于一幅作品所表现出来的究竟是中和之美还是极则之美，就要具体情况具体分析了。从美学原理和欣赏角度上说，梁如洁的中和之美与极则之美，二者春兰秋菊，并无轩轾之分，关键在于她营造出一种别样的美感。她用和谐平衡的哲学思想表现自然物象，从而达到对“实相”世界——她所追求的意义世界的把握。

中国传统的书画本体，不只是指静态的作品，而是将其放在一个动态的生成活动的过程中加以理解的，包含着作品创构、本体结构和欣赏生成诸环节。章法构图牵涉置景造境，中国画在这方面有着既定的程式化，如传统的山水画在构图上筑基于“三远法”和“气势、龙脉开和起伏”等原理逐步形成了低视点的封闭式结构，高视点的开放式结构，上留天位下留地位的大结构，一河两岸式的小结构，一角半边式的局部结构，以及树石云水相互穿插式的结构、偏正式的结构、全景式的结构等不同的类型。这些程式化，皆为总体原则上的程式化，而在造型状物方面，还有具体细节上的程式化，如山水画对山石、云水、泉流、树木、舟桥、屋舍皆有各种不同的描绘程式，仅表现山石质地纹理的皴法，就有披麻皴、牛毛皴、解索皴、乱麻皴、卷云皴、折带皴、马牙皴、刮铁皴、芝麻皴、两点皴、拖泥带水皴等一二十种。而在花鸟画中，则有表现花木枝叶的各种点法，像胡椒点、鼠足点、介字点、个字点、菊花点、梅花点、松叶点、柏叶点、椿叶点、梧桐点、刺松点等；还有人物画中人物衣褶的各种描法，不一而足。

解析梁如洁的花鸟画作品，能感到她对黄宾虹“太极图”的领悟和对八大山人“道”的应用。黄宾虹说过：“太极图是中国绘画的秘诀。”太极图是由两条一黑一白、阴阳相生的鱼形组成的圆形图案，两条鱼相峙、相对，但二者又互补、相连、相生、相承，阴阳合体成为太极。八大山人所表现的一切物象中均包含了太极图黑白对比的比例结构，这种对比是自然、协调的，一条鱼，背黑腹白，这种对比是一个非圆形的太极，是脱离了古太极的一个异样的新太极图，因而显得更加自然、生动、妙不可言。

梁如洁的构图章法，表现出一个显著的特点就是对称式的构图方法，这种对称式的构图也源于古太极图的变化。如果说古太极图是360度的圆的曲线对称、均衡、虚实相间的图式的话，梁如洁则把这种流动的、带有运动状态的平面图式借鉴到自己的创作章法布局之中，其智慧超出了其他画家的所思所为。通过对她作品章法布局结构的分析，我们可以概括为这几种：

在梁如洁的花鸟作品中，她的画面饱满，即满构图，采取一种很紧密的感觉，取局部放大，特写镜头，镜头里的东西通过实际画面构成。理论专家陶咏白称：“她的造型特点，是抽象结构形式和特写形式相呼应的精神图像，突破了原来传统绘画程式化的道路。”面对这种满构图，加之线墨色彩明朗有力，观者会有一种强烈的视觉冲击力。从她的《木棉颂组画》《新绿》《棕林》《空山松韵》等画作中，我们均可感受到饱满式构图，当意象主体支撑在整个画面时，视觉上造成了强大、强势的冲击力和震撼力，“看她的画我好像受了重重的拳头一击”，“是美和力的交响”。

中国画，尤其是传统的中国画非常讲究留白。从理论上讲，留白是从书法的“知白守黑”和“计白当黑”引申出来的。有着深厚书法学养和扎实书法功底的梁如洁非常明白“黑白韬略”，懂得留白在作品中的意义。猛一看，她的作品饱满，密不透风，实际上每幅作品都有留白，只不过“空白大小、形状各不相等而已”，从《南国木棉红》《金柿融融》《夏荫》《田园之春》《晨熹》等大量作品中，均能找到“留白”的妙用，并从中看出她的笔墨结构观念和黑白虚实的审美能力。从她的“留白”运用中，我们可以强烈感受到在黑白对比、黑白塑形中，空白本身有形，同时又决定着画体的造型，其中空白的实虚也是关键，实空白决定形体分割，虚空白决定形体的虚实、厚度和丰富性。同时，空白还关系到画内画外气量的吞吐，从而满足了我们的审美需求。

梁如洁的作品乍一看，满构图式，好像堵得密密麻麻，仔细一看，里面存在对角关系。从作品《皓月清辉》里右下角对左上角，《丰年》里左下角对右上角，其主体结构处在对应角度，给人仰起的力度与气势，好比我们看到最高的建筑一样，靠上小下大，金字塔式造型，沉稳、大气，使人仰望而观之。当这种视觉方式出现在梁如洁的创作之中，自然就有了非同凡响的画面效果。

在梁如洁的作品中，在章法布局上用上下对称构图的有不少，如《菠萝蜜》里上下两头菠萝的经营，《淡淡花香风缠月》中月季花上与下有机布置；还有《爽爽金椰风》里挂满的椰汁果上下左右，错落有致的呈现，都符合“古太极图”黑白均衡、对称的要求。不仅画面富有节奏、上下对称、左右呼应，而且笔墨造型与虚实、墨色对比在画面上也保持了一个平衡的关系状态。

梁如洁花鸟画最突出的成就应是笔墨的运用。中国画的技法，即笔墨技法，中国画的表现，即笔墨表现。笔墨既是手段，同时又是目的。岭南书画院院长曲斌谈到，笔墨的审美高度反映了中国人独特而高超的创造能力，体现着人性的自由和自觉。他同时指出，画画的笔墨功夫关键来源于书法的笔墨要高于画画的笔墨，因而，他在多种场合强调书法高于画画的论调，鉴于市场上较普遍存在画画的价格和行情要远远高于书法的现象，他提出了“雅俗难以共赏”观点，并撰写了专文，阐述自己的主张。但从每年书画拍卖会上的行情来看，真正好的画，能让收藏家心甘情愿掏钱购买的作品，基本具有形料兼备、笔墨功底深厚的特点。所谓的笔墨功夫，其实就是书法修养和磨砺。

大家都说梁如洁的画非常有震撼力，她的笔墨粗狂、厚重、刚正，完全是“美和力”的交响。稍一了解，我们就发现她的绘画起点就是书法入画。她从小就在父亲那里打下了良好的书法基础。后来，她从人物画转到写意花鸟画教学，并从历代写意花鸟画大家的作品中发现，他们的书法形体与画面笔调都是非常的协调统一，题跋、印章是画面构图的重要部分，缺一不可。一般人开始学书法都要临帖，但她却鬼使神差地临碑，并选择了《爨宝子》《爨龙颜》碑，这些碑字体大且有张力。她还临汉简牍帛书，欣赏他们各自的趣味；并追逐隶书，如《张迁碑》《泰山金刚经》《西狭颂》《石门颂》《开通褒斜道刻石》等，喜欢它们的深厚、凝重、天然古秀。

在掌握了书法，尤其是碑学的书法造诣后，她的书法入画不是以南帖的秀逸摇曳、含蓄潇洒的优美点画，而以古拙、厚朴、粗犷的北碑入画。其特点，一是结构性的笔墨超越了书法性的笔墨，具有碑学基质的一种新笔墨，既不是传统意义上的工笔重彩，也不是那种“逸笔草草”的文人画写意。有专家指出，梁如洁在具有碑学基质的笔墨与素描的融合中创造了一种具有严谨造型的现代形态的新笔墨。二是“宁方勿圆”的笔墨运用。在实际创作中，她把碑学中“南帖为圆笔之宗，北碑为方笔之祖”的精神发挥到了极致。在她的画中，如果实、花朵，与她的柿子一样，是方形的，不是圆形的，形成了一种刚正的质感，使画面具有雕塑感，给人一种立体的感觉，这与她选择用碑学、隶书入画有相当关系。梁如洁的花鸟、墨戏，取法甚广，题材高雅，变化丰富，尤善木棉、菊花、兰花和树干。她工写兼用，创建了工笔画的写意性风格，实现了“情志里”的形式。

梁如洁的作品在以形写神中体现气韵。其气韵通过富有魅力的感性风采体现内在之神，寓于形之中传神，使其充满生命活力，从而体现出一种弥漫生命精神的“势”。这种“势”，是她作品生命的姿势，基于有形而不滞于有形，通过艺术作品的感性形态引而不发，表现出无限的生机和活力，具有独特的个性风采。她的这种“势”首先给人一种全局的能力感，饱满的生命力正是因为“势”有一种全局整合的作用，将零散的细枝末节全部划归到“势”的统筹之中去。其次，势是力的表现。在她的作品中“势”表现了物的生机勃勃的律动和活力，是力度的体现。这与势的本义是联系在一起的。所谓“势恒伤浅薄”（包世臣《艺舟双楫·历下笔谭》），就是强调势的力度和深度。第三，势具有动态特征。势在梁如洁的绘画的动感中得以显现和展示，势潜在她的作品当中。这种势从意象的动态中得以表现，使意象生动传神。势化静为动，引发联想，显得灵动，因而势是活泼灵动的。第四，势遵循和谐原则。书法艺术通过快速缓急表现势。梁如洁的画则通过构图的大开大合和笔墨的浓墨重彩来予以表现。她的风格虽别具匠心，但总体上都体现着和谐。第五，势具有感染力。艺术作品中旺盛的生命力以气势体现着感染力，在梁如洁的作品中，势对欣赏者心理形成冲击，气势震撼人心，传递出神韵来。在笔墨结构中，她成功完成了意象形象的笔墨点线组合，运笔运墨时的气、势、力的起、承、转、合，即完成画面内外整体格局，使真体内溢于画外。她的花鸟画，因“气”的连绵而获得“韵”的生动，加上骨法用笔的书写之美与墨韵的抄散、水墨的氤氲、具象的花鸟提升为抽象的符号，这种大张大合的结构方式和表现手法，造就了绘画文本的神采飞动及形随意出的特点，画面充溢着扑面而来的清新之气。她的一些画，如《涛声》和《桑田》，虽为花鸟画，但其另类的写实风格，已涵盖了花鸟画、山水画，尤其结构性笔墨取代了传统的书法性线条，实际吸收了西学及日本近代绘画元素，在审美品位和视觉模式方面实现了新的超越。

看梁如洁的画，我们会觉得她的绘画不是一般意义的写生画，不是一种风景画，或者花鸟画什么的。有人认为这是一种精神图像，我表示认同，并感叹她的画：画中有诗，诗中有画。

观赏她的画，我们会油然地与大自然交流，感受大自然生生不息的运行，窥探大自然变幻无常的奥秘，触发心灵的激动；那月光里绽放的木兰花，似乎散发着阵阵幽香；夕阳下沙滩上踽踽独行的海鸟，在静静地思索什么；一枚孤独的荷花立在涟漪中央“顾影自怜”；两片落叶随流水逝去，如一对凄伤的恋人；沉重的巨石底下，流水边萌发出两株小小的嫩芽；深秋的蜻蜓，紧抱住干枯的荷梗，与寒风作搏斗；汹涌的海涛上，一对鸥鸟逆风而飞；暴风摧残之后的蝴蝶兰，依然繁花怒放……

她的画或是娴静、幽怨和悲悯的诗，或是赞颂生命奋发的力量以及弱小者无畏抗争的格言。

对充满诗意的意境的营造，是梁如洁花鸟画创作的鲜明特点。纵览她的花鸟画，诗意无处不在，主要体现在三个方面：一、通过直接的题诗来映衬画面内容。如作品《跋涉者》里，勾勒出一头巨象正面走来的形象，在画的右

《土地》 **梁如洁** 作

《菩提钟声》 **梁如洁** 作

上方，提携了屈原的“路漫漫其修远兮”，让人领悟大道的艰辛及坚定的信念。《橘颂》中，画出具有方形橘子的写意，在其上方，留出三分之一的地方，书写了屈原的《橘颂》全文，借诗人以橘树为喻，表达自己崇尚诗人追求美好品质和理想的坚定意志。在作品《土地》里，她画了一雄一雌两头狮子，它们并卧一起，向前方眺望。她在两头狮子的上方，写了四句诗：“王地玄黄，晨宿列张，土地寒暑，阴阳化育。”既表述了关爱生命、谐乎自然的天人观，还揭示了天地万物阴阳两极相互依存、共同繁衍的生命之道。画作中的狮子睥睨如王者，静修如雕像，从中感悟到生命的伟岸和岁月的沧桑，腾升出深刻的精神图像。这些题诗，直接把物象与背后的寓意结合了起来，起到画龙点睛的作用；有的画题就是诗情画意，如作品《梅影和月眠》《王莽柳今夕》《醉秋》等，就直接为画面营造了意境，展现了画家的“画为诗之象”的浪漫情怀。这些题画诗不但补充了画面的意境，还展现了画家深厚的文化底蕴和高尚的精神追求。二、通过对画面构图的经营布置和笔墨的情趣营造虚实结合，生机勃勃的传性意境。在她创作的“木棉颂”四季组画里，她先创作了《告别冬季》。冬季的木棉树，老树苍劲盘曲、拙拔向上的自然生态，寓意着国家改革开放的春天像木棉树在严冬的孕育之中的期待。花苞刚刚要吐花还没有盛开，这是顶点前的顷刻，是一种期望中的美。之后，她又创作了《秋日之歌》，借绘秋天的木棉，倾诉心声，诉说改革开放的故事和新旧交替、生生不息、变幻着的“大道”现象。后来创作了《春意盎然》和《夏絮绿荫》，借木棉老树的春花烂漫、盎然盛放和夏日飘絮、绿荫层层，鸽子飞翔其间，象征改革开放的大好时光。本来，按照自然规律是春夏秋冬，但她将自己的思想赋予木棉题材，因而特地倒置错排顺序为冬秋夏春，给人以联想回味的艺术空间。三、梁如洁的诗性还变现为对“生于象外”的“诗性”的意境追求。“意境”最初是由唐代诗人王昌龄等人提出来的对于“诗”的审美规定，后来刘禹锡进一步把意境定性为“境生于象外”，说的是诗的意境不能局限于孤立的、有限的“象”，而必须超出“象”，表现造化自然的气韵生动的图景，表现作为宇宙本体与生命的哲学观。她创作的花鸟写意画《故土》，有感于土地乱开发把本应该建设美好家园的土地和传统文化破坏了，她画了一棵大橡树，其身被拦腰锯断，树杈还在发芽，来回盘旋的鸽子找不到自己的窝了。有感于2008年的汶川大地震，她用手中的画笔，在题为《长青中国》的一幅画里，塑造了一枝枝像蜡烛一样的松花，期盼它们照耀着遭受不幸同胞好好上路，并营造一棵常青不倒的苍松，希望在塌陷的地面上空盘旋的生灵能如鸽子那样停留，她用饱蘸深情的笔墨为多灾多难的祖国和同胞祈祷。有感于当代人的信仰危机，现代人浮躁张狂，她画了《菩提钟声》，在画中，她塑造了一棵寺院的大菩提树，绿荫层中落满了一组组聆听“钟声”的白鸽，犹如参禅的善男信女，她期盼无声的画面，敲响“菩提钟声”，震荡尘世中的人们觉醒。

中国的文人画习惯于诗画结合来共同营造意境，这大概是基于诗画天然的互补性。宋代《宣和画谱》里写道，绘画“殆与诗人骚客命意相表里”，“正合骚人诗客之赋诗”等句子，说的是都是画与诗共同组成意境之表里，诗画一律。梁如洁的写意画诗性就是对这种诗画一律的文人画传统的一种继承和发扬。有了诗的映衬和补充，画面就超越了物象的局限，既体现了物象形与神的统一，又实现了客观与主观表现的统一，或者说物象的品格与画家的人格通过画面的诗情画意达到了道与美的和谐统一，这与中国哲学上的“天人合一”的审美境界完全吻合。

梁如洁作画精神最宝贵特征：载道畅神。其包含两个方面，一种是“载道”的，是对群体的，有其认识客观世界和道德教化的作用。还有一种是“畅神”，是对个体的帮助，陶冶性情，实现精神超越，精神提升。她的代表作品之一的《桑田》里，有序排列的一行行幼树，很有气势，树干桑枝编成层层空间。在画的上方，她仅写了一行现代诗句：“在沿海的桑田上，不难发现那一个个带有历史印迹的小贝壳，从而使整个画面空间丰富而厚重，赋予了画作茁壮成长的深刻寓意。”另一代表作《涛声》，虽然画面没有题写诗文，但画面中呈圆弧状的海鸥群，不就是一首无字的团结如坚的励志诗画吗？还有《丰年》中铺天盖地的金黄色玉米、雀跃的鸟儿，不就是歌颂劳动、歌颂好时光的欢歌吗？观者在这些充满诗意的画面中，还会联想到更多的感慨，更多的想象，更多的情怀。这也是梁如洁的高明之处，许多画作不用题诗，用画面、画意去触动观赏者的灵魂，使之形成与画家的心灵沟通。

梁如洁以自己独特的花鸟画样式与独特的美感形式，给我们大家展现了生机勃勃、充满诗意的造化自然，其画面的诗性追求是对“诗情画意”文人素养的继承，也是画家内在生命活力的必然展现。诗性使她的花鸟画充满了文化气息，诗性，也使她的花鸟画具备了超越一般生命的内涵。她的作品大多是充满正能量的中国形象，图像背后的自信精神、审美取向、民族情怀，以及自尊、自强、宁静、踏实的心境都得以充分体现，其花鸟画善于表现人与自然、生命感悟、永恒轮回及真善美等主题，使人们通过画面感受到美和力、情与智的交响乐章。

梁如洁的写意画对于当前的岭南画派和全国的画坛的影响绝非一般，我衷心期盼她继续给新时期中国画发展带来新变化的过程中，其题材的开拓更为广阔，在保持刚健的笔画时，有一些对帖学和草书的借鉴，多一些化理为趣的经营。

第31篇 心存感恩

也许是由于年龄的增长、心态的变老，我对唱歌和欣赏歌曲的兴趣也逐日减退。然而，李宗盛创作的歌曲《感恩的心》却让我情有独钟，难以忘怀：感恩的心，感谢有你，伴我一生，让我有勇气做我自己，感恩的心，感谢命运，花开花落，我一样会珍惜……

科学调查表明：有宗教信仰的人，一生感受到的幸福多于没有宗教信仰的人。心理学家们认为，之所以有宗教信仰的人感受到的幸福更多，其中一个重要的原因就在于，几乎所有宗教都强调感激之心的重要性。宗教信仰要求信徒们感激生活中的一切：空气、水、食物、亲人、朋友以及一天的平安。

我们应该感恩大地，因为它为我们开满了野花，生长着让我们生生不息的粮食；我们应该感恩天空，因为它给了我们阳光和雨露；我们应该感恩自然，因为它给了我们山川河流、森林、绿草；我们应该感恩亲人，因为他们给了我们快乐成长的环境和条件；我们应该感恩母亲，因为她给了我们生命和慈爱；我们还应该感恩老师……感恩所有在我们人生关键点上给予我们支撑的人……

懂得感恩，学会感恩，是一种生活态度，一种道德情操。懂得感恩你就会从平凡中感受美丽，就会理解幸福中的点点滴滴。当我们获得掌声时，我们感恩别人对自己的肯定和赞美；当我们遭人白眼时，我们同样感恩他们促使我们反思自己的不足；当我们成功时，我们感恩那些帮助我们的人；当我们失败时，我们也感恩上苍给我们一次总结经验教训的机会。

对父母心存感恩，就会常怀孝心、有孝行。常言说，父母的恩情似海深，是说它的深广厚重。我觉得把父母的恩情比喻为长江、黄河、珠江发源地的小溪更为贴切，那么若有若无，若隐若现，源源不断，清澈透明，平凡不起眼，只有当它流过八千里云和月，流过一天一天的日子，最后才能成其深、成其大。许多人对父母的真正爱心往往是产生在父母离开他们之时，望着那空了的病床，才更加真切体会到父母是我们的来处。没有了父母，我们就像迷路的孩子找不到家。对父母要心存感恩，就是要唤醒沉睡的良知，在自己的小家庭装饰得富丽堂皇时，去看看父母的房子漏不漏雨；在外饮酒作乐、遥远旅游时，想想父母在家是否孤独寂寞。《常回家看看》的歌声就是对父母要心存感恩的心灵呼唤。

对他人心存感恩，就会常怀仁爱之心、慈悲之怀。荀子曰："积善成德，而神明自得，圣心备焉。"人生的最高境界是，为他人付出得越多，他的心就越富足，胸怀就会更加坦荡。得到别人帮助时心存感恩，就会让自己在别人遇到困难时伸出援助之手；与人发生矛盾时心存感恩，就会让自己想起往日他们对自己的关心帮助，化解心灵隔阂，让友谊常在。心存感恩，就必须宽容。宽容是一种高级境界，是通往我们精神和灵魂成长之路的钥匙，能够宽容的人就能获得力量的循环增长。学会宽容，首先要宽容自己的一切愚蠢和错误行为，不要让忧伤和懊悔折磨自己，我们就会从错误中吸取力量。其次要宽容他人，要爱邻居、街坊、村民，爱同事，爱亲朋。宽容他人，就能够享受到生活的美好，不会让别人的错误来惩罚自己。

对事业心存感恩，就会忠诚敬业。想想那些莘莘学子寒窗苦读十几载，怀揣滚烫文凭，却为就业排在长龙般的队伍里的窘况；看看那些金融风暴下因公司或企业倒闭而失业的迷茫者，我们就会倍加珍惜手中的这份工作，就会把单位、把企业、把公司当作自己的家，因为它的命运与自己的命运是紧紧拴在一起的。持久的感动和感恩会凝结成对事业的执着，忠诚加执着便是敬业乐业。只有将个人的前途和团体事业交融在一起，每个人才会对团体心存感恩，事业才会有发展，个人才能成功，这便是双赢法则。即使是为单位、为部门作出了巨大贡献，也不要居功自傲、目中无人，我们要心存感恩，感激为之效劳的单位和部门为你提供了施展才能和抱负的舞台，感激领导对自己的信赖重用和同事对你的大力支持。在自己向着既定目标努力奋斗的过程中，只有心存感恩，才会对事业忠诚，才能获得继续前进的内驱力。

对生活心存感恩，你就不会有太多的抱怨。不要看到社会上的某些不正之风或有些当权者无能，你就变得怒不可遏，否定全社会。冷静想想，如果没有从政人员，我们就会落入无政府状态，就会像当今的索马里，海盗横行、民不聊生。无政府所造成的灾害，就会侵蚀我们的社会，毒害我们的生活，甚至影响我们的生存。世界上没有十全十美的事物，许多事情往往都是一把“双刃剑”，若只看到刀刃的一面，受伤的永远是自己。人生的哲理告诉我们，比抱怨更为重要的是自己为改变这一切做了哪些努力。生活是什么？生活就是那河中水、指间沙，我们必须健康快乐地活着，这虽然平凡，甚至有些平庸，可对于那些病入膏肓的人来讲该是多么珍贵啊！

对大自然心存感恩，就会以朋友的身份、和平共处的心态去呵护大自然。你看，姹紫嫣红的花朵是对冲破寒冰的第一缕春风的感恩；金秋的丰硕是对融进风雨镀亮赤日的汗水的感恩；众生纷繁是对绵延在家族中的一线血脉的感恩。

对一切美好的事物心存感恩吧！心存感恩会使你的心和你所企盼的事物联系得更紧。在盈满你眼眶的、感恩的泪光中，花朵般温馨绽开的将是一个春光明媚的世界！

第32篇
指染乾坤

刘书民教授是一位颇有理论造诣的学者型画家，作为学者型画家，他用“俯仰自得”的精神来欣赏自然、宇宙，并跃入大自然的节律中“游心太玄”。他提出并力图回答中国画创作中绕不过的问题：是秉承“传统山水画”，还是担着“山水画传统”？文人画的当代意义和价值是什么？笔墨如何当随时代？中国画的出路和未来在哪里？中国画画家的精神塑造和当代使命是什么？等等。他从课堂到画室，从画室到野外，再到画室，再到课堂，都在探讨中国画的重大问题，并用辛勤的笔墨抒写自己的答案。

他的山水画，既有传统程式化的语言符号之美，又有现代化、个性化的图像技法之美。学习山水画需要从学习传统开始，刘书民教授也不例外。生于河南洛阳的他，“九朝名都”的山川风物文化不可能不给他留下艺术迸发的最初“原感受”。考入西安美院后，他又勤奋临习宋、元、明、清诸代山水，尤其以元明清代画家对他的影响最大。以赵孟頫为代表的元代、董其昌为代表的明代、八大山人为代表的清代文人画风靡，山水画勃兴，水墨写意画法盛行。作为元代绘画的杰出代表赵孟頫，他所画山水，追求广泛的古意，追求集大成者的古意，力图以深邃、沧澜、含蓄来改变南宋刘、李、马、夏以斧劈皴、墨块为特征的挺拔刚健的画风。而明代的董其昌、仇英等人的画作，大多表现文人士大夫的林泉诗酒生活和清新旷远的自然景色。特别是董其昌的作品，总在重复一些画面、一些景物，云林山景，他无数次地画，自娱自乐，在变化中找乐趣。清代的八大山人、石涛等人的绘画是贵族意识之下的艺术，如八大山人作品中的虚静中和之美。石涛广泛师法历代画家之长，注重师法造化，在技巧上运笔灵活，在当时即名显于世。以王时敏为代表的“清初六家”致力于摹古，强调笔墨技法，追求蕴藉平和的意趣，在士大夫中影响大，其艺术旨趣又受到传统法者赞赏。这些传统程式化的语言符号，以其丰富的文化内涵和超脱的艺术品格，彰显出一种高洁和典雅的形式美感，与中国人的哲学观念、思维方式和审美习惯水乳交融。传统程式化的语言符号，最大的特点是成熟和稳定，刘书民教授从中受益颇深，并解读出它的规律及特点。善于思考的他认清了在山水画中继承传统点的弊端，作品大多单调、空洞，缺少生气和新意，其信奉者存在两大误区：要么全盘复古，画得跟古人一模一样，要么将临过了古画跟继承传统化符号画等号，认为临过了经典名作就有了“传统”。他不作这种“传统山水画”，而要“山水画传统”。所谓“传统山水画”指的是一个静态的概念，其最大的特点是程式化，不论在科目设置方面，还是语言形式方面；不论在章法构图方面，还是在造型状物方面，皆有着强烈的程式化倾向和程式化表现。虽然程式化成熟、规范、稳定，但死板、重复、千篇一律、匠气十足、艺味匮乏。而“山水画传统”，则指一个动态的概念，其最大亮点是“变态化”，既要有程式化，又不拘泥于程式；既要守法，又要变法。在刘书民教授看来，这种辩证法是中国画的二元化逻辑所决定的。因为没有了程式，便割断了历史，无以显示传统中国画作为主体的存在；拘泥于程式，又没有个人的追求和面目，无以丰富和发展传统中国画的本体。

元、明、清的山水画，或是一层山、一层树，树石夹杂，或是近景巨石，巨石之上有树，远景亦为巨石。刘书民教授则将树木与山丘迥然分为两个层次，我们可从他的《烟树叠嶂》中的峰、《溪畔山居》中的远山，看出其表现手法与古代山水画的明显区别。他一改“传统山水画”的表现程式，于书法意趣之中另辟蹊径，气象局量皆迥出时流。传统的山水画以皴法为核心的符号体系，是一种类型化的程式，其技术要领和形态特征较为明确和规范。而刘书民教授探索出来的现代化山水画，重点则在于用墨上，岭南书画院曲斌院长称之为“兼工带写”。笔者钦佩刘书民教授敢于用墨、大胆泼墨。他的这种现代山水画与传统山水画在画学理念和艺术追求上是不同的，非常有个性，非常独特，他一改早年作品的风貌，自开先河，当作美术界表现风格之新门户论。刘书民教授早期作品有元、明、清之矩度，信为不可多得之佳构。2008年后，其作品一变昔年面貌，光以幽谧之境开局，复以浑朴之境合之，嵚崎磊落之中，融以冲和纯粹之妙。一开一合，由生活转入文化，由气象转入精神，由精致转入境界，情景交融，引人入胜。

其二，刘书民教授这种现代化山水画，虽然强调个性，追求创新，不再像传统山水画那样讲究渊源有自，笔笔有来历，但他的这种个性和创新是有边界的，有底线的，而不是凭空臆想、信手拈来的“闪念”之作。这种边界和底线，就是业界所说的“山水”形态规律的“物理”和中国画艺术的“画理”。或换言之，一幅山水画作品再怎么强调个性，再怎么样追求创新，也必须有“山水”最基本的形态上的依据，也不可违背中国画的本质属性。事实上，刘书民教授将传统中国画与现代中国画进行了有机结合，成功地整合了浅显和艰深，流畅与内敛的龃龉，实现了悦目与耐读的统一。他的骨子里，对传统中国画的因循守旧、装腔作势、孤芳自赏，有一种天然的不满和抵制。刘书民教授认为，传统山水画里，在“物”与“我”的表现上，一直依赖于散点透视的法则，把自然空间与心灵空间有机结合地连在一起，创造了山水画的构图特性。可是，面对现代生活的日益多样化，人们内心世界更加丰富，散点透视一贯体现的两度空间，就显得苍白无力。他主张在审美形式上，打破原有的和谐——使不规范成为新的规范，不完美成为新的完美。在他的艺术创作中，最能张扬其个性和最感动观者的视觉和魂魄的，便是丰腴而不失骨力的团块结构，积点成线，点、线、面组合成苍润厚重的视觉效果。他的山水画满而不闷，密而不乱，于狂放中有含蓄，于艰涩中有滋润，并有着只属于他个人的主观世界与客观世界之间引出的一股汹涌而美丽的激流。熟悉他的朋友和学生透露，他常常饱蘸着对生活、对生命热爱的激情，扑向所描绘的北山南水之中，营造自然川岳之势、之气、之韵、之情和灵魂。刘书民教授作画，在题材的选择上，从不挑三拣四，坚持从生活中来；在表现的手法上，深入浅出，清新自然，既夸张想象又真实可信，有着一种迥异于传统文人画家的纯真和自然。从表面上看，刘书民教授的作品是写实的，或者说是倾向于浅显流畅的悦目之美的。然而，由于他的作品概括、写意、老辣、灵动，“妙在似与不似之间”，极具文化内涵和笔墨审美价值，却又是高雅的，或者说是倾向于艰深内敛的耐读之美。刘书民教授的这种既浅显又艰深，既流畅又内敛，既悦目又耐读的、大俗大雅的绘画风格和艺术成就，堪称精美化和大众化相结合的典范，其启示意义颇值得关注。

他的画作，南北兼具，雄柔共容，形成融刚、健、蕴为一体的独特风格。清人沈宗骞在《芥舟学画编》中写道：“天地之气，各以方殊，而人亦因之。南方山水蕴藉而萦纡。人生其间，得气之为正者，为温润和雅，其偏者则轻佻浮薄。北方山水齐杰而雄厚，人和其间，得气之为正者，为刚健爽直，其偏者则粗粝强横。此自然之理也。”沈文概括了南北两大流派表现形式及其成因，是十分有见地的。千古作画，宗南宗北，各有所承，虽面目殊异，风骨不出南北宗之门墙，出其樊篱，另辟蹊径者甚为寥寥。刘书民教授既想要雄壮，亦想要柔美，这种都想要的心理倒也给他开辟了一条新路。他的出生，他的迁徙，为这种奢望提供了客观条件和外在因素。早年他就读于西安美术学院，深得陇秦文化的陶冶，养成了犷悍豪爽的性格气质，于画中表现出一种下笔重拙带涩、大方而不屑机巧的秉性，特别是在“长安画派”石鲁、赵望云、何海霞、方济众、刘文西等人指导影响下，他的人品、画风获益匪浅。“文化大革命”后的1979年，他最早考取了广州美院国画系山水研究生，在关山月、黎雄才、陈金章的指导下，悉心掌握岭南画派的各种技法与表现形式，并开始探索如何将“长安画派”与“岭南画派”相融相和。南北画风融合，在理论上讲并不难，实际做起来，有相当大的挑战。它涉及异地文化的冲撞与兼容、结构特点与方式、水墨符号转化与再造、技法运用干湿皴擦与氤氲幻化、境界的苍莽悲凉与清新秀润及气候条件的南温北燥对绘画材料的影响等。粗犷厚重的“长安画派”，其技法运用干湿皴擦与氤氲幻化，境界苍莽悲凉；而清新秀润的“岭南画派”，其技法风格在于笔法变化繁复、赋色艳丽，注重背景着色渲染、营造气韵生动的境界。

在近二十年的时间里，刘书民教授对这些问题反复思考、不断试验。为此，他勤奋临习了宋、元、明、清诸家山水画，广采博收，他发现，翻开山水画的发展史，其不同时代、不同流派、不同面貌大师们的“创新”道路历历在目。范宽，北宋画家，“始学李成，即悟。乃曰：前人之法，未尝不近取诸物，吾与其师于人者，未若师诸物也。吾与其师于物者，未若师诸心。于是，卜居于终南太华岩隈林麓之间，而览其云烟惨淡，风月阴霁难状之景，默与神遇，一寄于笔端之间……”自创一体的范宽无外乎入门路子端正，学法精深，化法得益于终日观察体悟自然，物与心合，成为一代大师。元代画家黄公望，为了化“法”，常于“皮袋中置描笔在内，或于好景处见树有怪异便当摹写之，分外有发生之意”。他的惊世之作就是在心想手追，明透了“画理”“物理”“情理”的情况下产生的。

刘书民教授决定以“写生”作为他艺术思考、艺术实践及艺术感悟的切入点。他壮游南北山水，寻觅自己对大自然的感受。在雄关大川中，他品味、咀嚼、思考着古今和南北山水表现符号，并注重外来艺术的元素与传统中国画的元素融合，吸收了列维坦的色彩与意境，还借鉴西方现代油画和版画的效果。当然，这些实践和尝试会饱尝失败的苦果，他曾经无不感慨地说自己：“废画何止三千，几乎有三万！”2008年前，刘书民教授的水墨世界，既有北方山水《太行侧影》的壁立千仞，又有南方山水《南岭初秋》的柔美秀丽；既有奔腾咆哮黄河的《黄河激浪》，也有细雨绵绵的《岷江暮雨》。他时时尝试着将南北异质文化进行碰撞，北方的厚重凝练和南方的灵秀华滋在他的水墨律动中，已经融合得别有一番生机。刘为民的“南北兼具”及“写生”理念的可贵之处，是体现在他的实践行动之中的。这种实践精神正是现代多元文化语境中极具价值的品格特征之一。它体现了艺术家独立承担，挑战自我既有经验，勇于尝试，不怕失败的精神。刘书民教授执着于南北兼具的理念与实践，绝不是单凭一时冲动或单纯“尝试”碰运气，而是基于他对南北派山水画形态发展规律的认识，对中国山水画形态发展的思考。因而，他在“写生”实践中的忍耐毅力、刻苦磨炼、精益求精的全身心付出都渗透着其坚实理念的认识智性。他的写生实践中最大、最突出的成就之一就是把对“基本功”的认识操练直接融入“创造”过程之中，把“基本功”的内涵方向零距离地同创造活动糅为一体。于是，就有了介于南北之间的第三种艺术表现形式，岭南书画院曲斌院长将之称为“新岭南画派”。曲斌进而解释说，所谓“新岭南画派”，既有南北传统，又有个人创造意识；既为社会群体接受，又为学者称道，属于审美领域的一片新天地，应该是当下艺术创作备受瞩目的现象。

被称为“新岭南画派”代表人物的刘书民教授，其画风就是融刚健、蕴藉为一体，以柔蕴刚，兼得南北之风的一种表现方法。首先，他在大构图上进行突破，针对南派画中下部近景情调优雅，往往与北派上部山川高大形貌不太协调，给人头重脚轻之感的问题，刘书民教授选择扩大画面下部的表现面积的处理方法，有时占据画面三分之二之多。同时，上部远山采用简括之笔书写，弱化其气势，却压缩表现空间。这样，详略对比，上下呼应。其二，他注重造型。南派画面下部因写屋宇、树木等小景而易被人因琐碎诟病，北派大面积的林木表现意趣又易呆板、雷同。针对这些问题，刘书民教授对云水山石使用不同的色调设色，更以不同的造型将其穿插掩映，从而使画面显得活泼灵动，趣味横生。其三，针对南北画派的通病：上部景象单调，下部景象纷繁，刘书民教授使用了一种过渡性笔墨，先将画面下部近景在精致之笔后，使之渐入苍茫。然后，又使苍茫的中间景象衔接上部恢宏的山川。如在作品《山岩临溪》中，上部起伏的山体与下部茂密的树林之间有一片若隐若现的云层，这个好像不太经意的云层，成为他上下有机过渡的神来之笔。倘若少其笔墨，整个画面将会显得非常生硬、不和谐。

一切艺术的境界，不外乎写象、传神、造境，从而形成对自然的模仿、生命的传达和意境的创造。艺术的根基在于对自然万物的研究、探讨、理解、认识和热爱，在这其中触及它的灵魂，而这灵魂就寓于线条、色彩和体积之中。深谙画理的刘书民教授在山岳中盘桓，他顿生纵浪大化、与物推移之感，领略造物的奥妙与中国画表达天人合一的生生之气，并且倾心于一种具有音乐的节奏与和谐的世界。在其《林间清秋》《远峰黛色》等作品中，他将南北画派有机融为一体，增加了画面的韵律和节奏感，使画面产生了黑白之间、疏密之间、奇正之间、虚实之间的对比，从而显得跌宕起伏、呼应有致。就笔墨而言，刘书民教授显然留恋“长安画派”的苍润厚重之风，这在他的作品中，不论大小都随处可见。但是，他同时又自然贴切地融入了“岭南画派”的平和温润与清丽秀美的特点，颇有些“新岭南画派”的兼容气度。因而，我们在欣赏他2008年以后的作品时，就有了总体把握：全图采用刘氏泼墨点染云山的画法，看上去林木苍郁、烟云卷舒，大有一种滋润奇幻的美感。画中的山峰纵使高大宏伟，可笔势却不像北派山水画派的峻拔斫削，显示了一种南方山水浑厚华润的气度。刘书民教授把自己对岭南山水领略想象的美感，推向到了一个表现的极致。推而概之，他将“崇高”与“优美”有机结合在一起，将南北画风融合成一体，将苍莽悲凉与清新秀润进行了互补互渗，构造了一个天风猎猎、海山苍苍、元气淋漓、氤氲幻化的“新岭南画派”气象。

在当代，画家很多，研究者、教授也很多，但既能做理论研究和教学，又能画画的人就少了。不谈理论和实践的水平高低，就理论和实践的统一来看，做到口手一致、言行对等的人，更是微乎其微。作为学者型的画家，刘书民教授确是用“俯仰自得”的精神来欣赏自然和宇宙，并跃入大自然的节律中去“游心太玄”，达到了“日月之行，若出其中，星光灿烂，若出其里”的境界。中国民族绘画风格及美学理论，是经过漫长岁月发展建立起来的，经两千余年的历史，到今天在世界上独树一帜，自成体系。刘书民教授认为，中国画并非水墨画，继而表示，中国画是中国典型文化类型的集中表现形式，诗、书、画、印、词都在中国画中有充分的体现，只有“五味俱全”，才是真正的中国画。北宋的郭熙、郭思在《林泉高致》中写道：“前人言，‘诗是无形画，画是有形诗’。哲人多谈此言，吾人所师。余因暇日阅晋唐古今诗什，其中佳句，有道尽人腹中之事，有装出目前之景。……思因记先子尝所诵道古人清篇秀句，有发于佳句而画者，并思亦尝旁搜广引，先子谓为可用者，咸录之于下……”就山水画而言，虽在唐以前就有“写意”之说，但在艺术创作主流方面，唐宋两代尚形似重于神似，状物高于达意，真正能够状物，以神写形，还是元代以后的事。中国的“文人画”是尚意、尚趣的主要流派，“人品”与“画品”统统通过笔墨来表现，笔墨又以线条来达意。清人石涛就提出“一画”之说，线条已成为中国画语言的主要特色，线条已离开状物，用于表现作者的精神世界，有其相对的独立性。清晰的定位，显然源于刘书民教授对元、明、清代人绘画的本质认识，也基于他对南北画派的潜心研究。他深知山水画精神价值定位，也特别领悟到“神”与“气”在山水画中的作用。在理论上，他主张“精气为物，游魂为变”。在实践中，他大胆用墨，或暖或冷，皆喜重而浓，吸纳西方厚重用色，重在写山水物象之魂。在他黑白分明、大气磅礴的作品中，蕴含着深厚的人文精神，画面中没有唐突粗糙的涂鸦，看似信手挥洒而得，其实每笔都注精凝神，率意之中流露出自然与自信，这是中国文人独有的自律与精神，这种自省与尊重的精神也是学者型画家独有的气质。

现代的中国画是个全新的概念，审美意识有着鲜明的时代烙印。刘书民教授认为，形式和语言是绘画的灵魂，画好一张画可以靠一时的聪明和灵感，一辈子画得好就要靠学问和修养。由于现代物象的丰富多彩，直接感观物象早已被日益更新的电视、影像、摄影、电脑等所代替，绘画原本依赖的直观物象来表达内心的方式已经过时。艺术家的创造性能力显得越来越重要了。因而，艺术观念的转变更新尤为重要，这种转变和更新，就是对艺术的解构和反叛。做好这种转变和更新，关键是要有学识、要有修养。只有知其然，才能知其所以然，才能古为今用、推陈出新。不然就会闹出东施效颦、邯郸学步的笑话。

学者与画家，似乎两轨之车，并不相配。学者重理性思考，画家重感性直观。两者的智性方式各有侧重。所谓学者型画家，即理性的直观。理性与感性，思考与直观相配相得，这本身就是学问。擅长书法且颇有理论造诣的曲斌先生谈道，光会画画，但没有理论的画家走不远，画着画着，就会成为画匠了，书法也一样。因而，学者型画家成为一份憧憬，这一憧憬表达了对学者型画家的尊重和认同：好画的背后必定有想法，赏心悦目之余应是发前人所未发，应有思想、有内涵、有讲究、有道理，应有独到之处。在刘书民教授的山水画中，我看到了一位沉潜于艺术实践的学者，在学术艰辛之余努力探索山水画的各个门类、题材、技巧的诀要。他的画，他的笔墨，首先有学问的支撑，这是许多只埋头画画的画家们所不具备的意蕴和书卷气。言之无文，行而不远。书画家的学术水平会影响他创作的深度和可持续度。理论指导实践，这也是古人要读万卷书的一个原因。要做一位具有“潜力股”的画家，就要有自己的理论修养和一套理论体系。东汉的赵壹当年揭露杜甫、崔瑗成功的秘诀时，说他们是“博学之余，游艺于斯”。“新岭南画派”的主要贡献就在于“水墨形式美”的开拓。在教学和学术专题会上，他就“形式美”提出了一系列自己的见解和看法：“艺术的形式美是没有固定格式的”“艺术理论在很大程度上都有个人主义色彩”“抽象美是形式的核心，人们对形式美和抽象美的喜爱是本能需求”“形式是美术的本身，要在客观物象中分析构成其美的因素”等。在刘书民的作品中，每幅山水画都是一种形式的探索。画作《山梦》以强烈的黑白对比及丰碑般的形体，演绎出造化之梦，令人遐想的首先是它那种独特的形式；《静谷》则一扫古人的“三远法”，而以局部截取的方式，由形式的特定性给人以由局部见整体的视觉效果；《岷江暮雨》则以平面构成的方式去寻找形式的变化，令人在形式中咀嚼一种宁静与淡泊的诗意。

学者型画家，不仅需要具有过硬的笔墨功夫，还须具备相当的文思素养，所谓的笔墨功夫，即用笔、运墨、书法功底、丘壑经营、结构程式、画理画法、构图造型、线形笔势的功夫；所谓的文思素养，是指诗文、学养、品格、胸襟、哲思、情趣、心境、感悟等素养。一幅优秀的山水画中，意境的有无取决于文思境界和笔墨境界的张弛，有文思无笔墨，其意境生涩无味；有笔墨无文思，其意境苍白无力。因而，文思与笔墨必须双修，才能达到完美合一的境界。在刘书民教授的山水画作品当中，画内题诗或题跋的，如画作《溪树含春色》《道由白云尽》《亭立云山外》等；画外题诗或题跋的，如《远山春溪图》《江山万里水云阔》《山水揽胜图》等；上述二者兼有的，如《江畔人家》《岸枫红隐时》《空青浮林端》等。在刘书民教授看来，诗与画既有相同相因之处，又有不同不尽之处。这与石涛“诗中画，性情中来也，则画不是可以拟张拟李而后作诗；画中诗，乃境趣时生者也，则诗不是便生吞活剥而后成画。真识相融，如镜写影，出何容心？今人不免唐突诗画矣”的意思正好相凑拍。在刘书民教授的画作中，诗与画之关联既不是诗为画解、画为诗设的，又不是诗意即画意、画意即诗意的。有学者把刘书民教授的山水画中的“画中有诗”区别于较为普遍的“画与诗的表面结合，即用画描写诗所述的境地和事象”。不是只是加上几句说明式的诗句，那样未免落入肤浅和牵强俗套，而是将“诗与画的内在结合”，既有画的设想、构图、形状、色彩的诗化，更有画外的联想、诗意的营造。对于山水画而言，由诗歌而引入了意境的概念，但并不等于懂诗歌的就会画山水画，或画山水画的一定会写诗。原因在于山水画自有其规律所在，自有其不同于诗歌意境的地方。写诗的不会画画，却一定能看懂画，方称为好诗人；画画的不会作诗，却一定能读懂诗，才能是好画家，二者之间的共识就是“意境”二字。刘书民教授既能画画，又能懂诗作诗，根本原因在于他是学者型画家。真正的学者型画家，会重诗文、重学养、重品格、重胸襟、重哲思、重情趣、重心境、重感悟。

刘书民教授集多种文思气质于一身，他深谙画理，研究、撰写和主编多部学术著作，其代表作《刘书民水墨山水教法》被列入高等美术院校基础教学教法，也成为广州美术学院十多年来的主讲教材。在教学中，他强调学生应对不同时期不同的绘画技法有所了解和掌握，传承以“笔墨”为体系的绘画传统，提高学生的鉴赏水平和审美能力。在创作教学中，他倡“要多些逆向思维，少些顺向思维”，强调艺术个性化的建构，注重书法对绘画的重要性。他的教学方法和教学思想在其书中是以“课间画语”的形式传达的，一句一个法则，一句一个境界，一句一个顿悟，学生和听众普遍认为其论断精辟，言简意赅。然而，他终归是一位书画家，他的学问、才情、人生都融入画中。已过花甲之年的刘书民教授，正值中国画创作的成熟和旺盛期。在岭南书画院组织的一次沙龙活动中，健谈的刘书民教授认为中国绘画自元人始即进入了艺术自觉的时代，而明代以沈周、文徵明为代表的苏州文化复兴，使元人艺术自觉的思想最终在晚明得以确立。曲斌先生认为，尽管岭南画派已诞生百余年，但刘书民教授所形成的“新岭南画派”的贡献，可以被称为自 17 世纪以来，中国文人山水画的一次非常成功的继承和发展，他不仅造就了自己，也让岭南画派涅槃新生，为中国画走向世界打开了一扇窗户。他的得意弟子，著名画家曾嵘先生充满自信地说：“时间愈长，会有更多的人关注和研究老师的作品，真正的有识之士都会被他的艺术感染力所征服”。

作为喜欢他、关注他的我们来讲，期盼他在保重身体的前提下，在作品的创新上多一些清新空灵的营造，在色彩的运用上再丰富些，在趣味性的构思环节上多一些关注。

《轻舟动摇山水影》 刘书民 作

《白云深处水石间》 **刘书民** 作

第33篇 物与人语感悟录

世界是物质的，人生与物质息息相关，这我知道。我想要说的是，作为人类的我们，从赖以生存的物质中，收获哪些有益的人生启示呢?

一、良药与糖衣

我一直将“良药苦口利于病”奉为金石之律。然而犬子患病吃药的经历，颠覆了我这一看法。儿子自小得病，最怕吃苦药，即使勉强吞咽下去，稍后又会呕吐出来，所以他的病每次治愈的时间较长。以至于儿子一得病，我们最紧张的是他的吃药问题。有一回，儿子患病后，我们慕名去看一名年轻的医生，当我们将儿子害怕吃苦药、不能吃苦药的苦衷告诉他时，他轻松一笑：“我开的这种药你儿子会喜欢吃的。”果真如此，儿子像吃糖果似的按时服药，病情明显好转。

发明“糖衣”的医师是聪明的，他深通人类生理的缺陷：嗜甘甜而厌苦涩。现实生活中，忠言理应笑纳，却常因“逆耳”而被拒之千里。因此，仍有生命的行星撞响脱轨的丧钟，仍有人生的车轮翻入失败的壕沟。鉴于此，疗救人们灵魂的工程师，应明了人类心理的缺陷：悦于顺而拂于逆。因而加紧研究心理疗救的艺术：良药既能医病未必苦口，忠言又何尝不能顺耳以进呢?

二、摩擦与润滑

中年学会开车，从司机那里，懂得既要会开车，更要懂得一些基本的维护车辆的知识。在学习中，知道了一些基本原理，进而产生了联想。

如果说从用石斧砍制第一架轮轴起，人类就已经认识并开始克服摩擦力，那么，现代机械的高速轴承及润滑技术，应该说是人类对物的契合研究达到了至善的境地。

令人遗憾的是，对于人类个体在共存中存在摩擦的认识和克服这种摩擦的努力及成果却大大落后了。当然，人与物不能简单比较，人生境遇不同，百人百性，不可强求一律，总不能用刀斧砍削使之契合无隙。尽管有教育、法律、道德之类加以规范，亦只能造成大概的规矩。所以，人类不得不正视的事实是：人总得和许多心性不同的人相处，所以，裂隙摩擦，将像影子一样和人类共生共灭。

其实，办法也不是没有，人类既可以发明润滑剂使物与物间摩擦系数大大降低，何以不能找到人类社会的润滑剂呢？我想，那就是在非原则性问题上要有一种雍容大度、宽容和谅解的精神。

三、传导与绝缘

老实说，在中学时期，我的物理知识学得相当糟糕。现在负责的行政工作包括广播电视，逼着自己要了解一些基本东西。在努力学习的过程中，自己还悟出了许多人生感想。

可以断定，如果没有传导技术的发现与应用，现代能源工业乃至整个工业革命都是根本不可能的。那么，如果没有语言文字这种传递手段的形成与发展，人类的进化及社会的进步也是根本不可能的。

同样可以断言，如果没有绝缘技术与传导技术的同步发展，以电力工业为核心的现代物能传输也同样是不可能的。试想，如果没有绝缘技术，电能必将成为人类最可怕的自然灾害。那么，人类社会如果只有信息的传导手段，而没有必要的“绝缘”措施，是否也会带来灾难性后果呢？今日的人类，离“大同”的境界尚远，所以，生活中存在许多不和谐，是正常而且不可避免的。但许多矛盾之所以激化到势不两立，甚至酿成悲剧，不正是由于某些习惯上被誉为“包打听”“小广播”“地下组织部”之类物从中传播或挑拨造成的呢?

所以，建立人际之间必要的信息“绝缘”意识，也同发展信息传导手段一样，应当成为人们共同努力的目标。人们在彼此充分沟通思想，互相学习的同时，还要学会无论对组织、对个人，都必须秉承忠诚、守信、负责的观念。这是建立一个安定团结、和谐文明的良好社会秩序所需要的。

第34篇 追求本真的展示

张晓虎的书法特点，是书法创作与理论钻研同时进行。于创作，他心中始终有个清醒的追求目标；于理论，他笔下坚持针对性和规范性。这在当今年轻一代书法家中实属难能可贵。

书法创作一直是有规矩、有法度的，真、草、隶、篆、行各种书体自有其点画结构、行笔规范和布局章法。张晓虎的书法用行内人士的话说，就是书法的路子正，没有不良习气。与中国历史上的许多书家一样，张晓虎学书始于蒙养，幼承家学。书法的经典碑帖，是古代书法大师创作的结晶，这些对于张晓虎来说，它已由主观意志质变为客观存在。他在帖学方面是个早熟的清醒者，对帖学的深入研悟与执着探索都使他走在书坛很多书家的前头。当年，在华南师大附中读书时，他就刻苦用功，游学于容庚、曹宝麟、李跃年等名家。在暨南大学求学期间，又拜著名文学家陈初生教授学习金石考证、文言训诂，对金文大篆进行了系统的学习与研究。在他看来，书法的路正，关键在取法。姜夔《续书谱》写道："真行草之法，取法于篆、隶、章草。"宋代大书法家米芾说："草书若不入晋人格，辄徒成下品。张颠俗子，变乱古法，惊诸凡夫，自有识者。怀素少加平淡，稍到天成，而时代压之，不能高古。高闲而下，但可悬之酒肆，謽光尤可憎恶也。"可见，书法的取法问题自古以来皆摆在重要位置。书法取法高古，一般指取魏晋之法，张晓虎深谙此道，他自幼钟情于颜真卿的作品，不仅全面接受了系统规范的书法专业训练与学习，也在王羲之、张旭、怀素、米芾诸名帖中用功尤勤。他对帖学的认识与把握是深入三昧的。他不仅能够自如地活用孙过庭的《书谱》风格进行创作，还将颜真卿风格与《兰亭》笔法打通，在笔法风格上加以整合，笔法纤毫毕现、姿致夭矫。

对于书法界存在的盲目创新、大胆妄为的现象，他心里十分气愤，但他是个内敛、谦和的人，即使有的人当着他的面狂舞挥毫一番，他也不动声色，不会义正词严地“亮剑”，只是找个理由离开。当有人幸运地拿到那位狂舞挥毫“大师”的作品请他予以评论时，他会笑笑说自己才疏学浅，最好请“大师”自我导读一下。果然有一位领导级的人物，有一天将以前“大师”赠送的作品再解读一遍，没想到戏剧性的一幕出现了，这位“大师”看着自己的作品说：“是我写的吗？怎么没印象呀？”原来，他自己对自己写的内容也不认识了。此事可以看出张晓虎的性格和为人：平和中蕴藏着狡黠。这一点，他与同为湖南人的岭南书画院院长曲斌先生的性格有天壤之别。这也许与他从小生活在广东有关吧，或许与他长期浸淫的体制内的氛围有关吧。性格决定命运，决定一个人的为人处世态度。

张晓虎的书法艺术以行草和篆书最为抢眼。行草以帖学为旨归，长期沉潜于王羲之、颜真卿的韵致及宋四家的天真烂漫与放逸生奇，故其作品结体宽绰，潇洒舒畅，疏密搭配得宜，行气疏朗明晰而气势贯通。广州市白云区书法家协会副主席程磊时常现场观赏张晓虎即兴作书，他感慨张晓虎的落笔抑扬顿挫，节奏分明，能清晰地体会到其笔毫起承转合的脉络，若行云流水，洒脱飘逸，爽爽有种风气，并称这风气既是一股清逸萧散的气息，又令人绵延回肠，入骨切肤。

在我看来，书法虽然是写出来的，但功夫却在“读”。在与张晓虎的接触中，特别是在他的办公室，或者会议室里，常常看到他在读帖，或者临帖。有些字帖，尽管字迹洇蚀，黑白交映、星星点点，有如老者寿斑，但在他看来，觉得有一种浸润着文化色调的温煦。读着，读着，他在这些字中隐见几个青衫长发的身影在黄灯宣纸前飘然而至。他仿佛穿过千年时空隧道，和这些先人交谈、漫步。他说自己常常沉醉在一种艺术的快感和美不胜收的境界中，常常是“静听不闻雷霆之声，熟视不睹泰山之形”。他说读帖似在读史，帖子的许多内容本身是当时社会的一种原始记录和真实写照。仅就帖子本身——那散溢着那个时代陈年墨香和书写习惯的各类手札，那斑驳不清，风格迥异的各种字迹，让他仿佛徜徉于历史的长廊——经历了篆隶纷呈的先秦，再经历简牍双星的两汉，经历了“二王”雄起的魏晋，人诗双旺的盛唐、辞藻瑰丽的两宋，以至倾覆交变的元明清时期，林林总总，历代更迭，都在帖子里找到某种踪迹、闻到墨宝之香。他还能用哲学眼光读帖，认为书法是中国哲学思想最为形象的艺术体现形式。书法中的大小、长短、松紧、宽窄、正斜、枯湿、断连、方圆、粗细、偏正、正欹等辩证关系的运用，构成了字与字、块与块、组与组、行与行，经纬出一片片、一幅幅神奇的审美世界。在他的行草中，我们既看到了正斜变化、阴阳向背、枯湿断连，又不失中轴线偏离，显得摇曳生姿、错落有致，好像放出的风筝，可随风左摆右动，千姿百态，但始终离不开牵动它的那根线。

张晓虎重视技法，但不唯技法。在他的理解中，缺少艺术修养和文化修养，就不能恰如其分地运用技巧来实现风格创造。书法的内容，到底是书写的文字内容，还是书法点画表达的感情个性，一直有不同的说法。在张晓虎看来，一篇好的书法作品，其实是文学与书法的统一。在我与他的接触中，我发现他不但对书法艺术痴迷，对金石考证、文言训诂、金文大篆和唐诗宋词也情有独钟。他明白，古代和前辈书家，之所以能够实现书法和诗词的两美俱，除去学养之外，还在于自觉的认识。在古代书论中，书法与诗歌的内在联系就已受到重视。唐孙过庭的《书谱》即指出：“情动形言，取会风骚之意，阳舒阴惨，本乎天地之心。”风骚之意，就是国风楚骚之意，就是诗意。如果说，书法艺术的内涵，是人品、天地之心与诗意的话，那么诗意——诗人的思维可能是联系人品与天地之心的纽带。

在书法学习和创作中，张晓虎注重追根溯源，在篆书上下功夫。他认识到篆书点画的意义十分重大，如果没有篆书的线，就没有中国书法的线，也不可能表现中国书法的点画。因而，他的篆书取法高古，在《毛公鼎》《散氏盘》等经典上勤作舟，再参以诸青铜铭器文字为调，风格朴茂与纤柔相生。如他在篆书的创作中，遵循章法，讲究龙门对的形式，或竖式长方形，或上窄下宽，或上紧下松，或笔画弧形对称，或精细匀称，都体现哲学中对立统一的审美意义，增加作品的视觉冲击和对称和谐的艺术享受。通过张晓虎的篆书创作，我们感到篆书虽只是一根粗细大致相等甚至严格相等的线条，但它有两个特征非同寻常：第一是圆，篆书的起笔和收笔往往是圆实的，但表现出隐含之意。它把力度包括在线条里面，不让线条过分张扬。篆书的线形往往不是直线，其质感是圆弧和圆转。从字形的发展来看，圆弧和圆转都来自于金文的影响；第二是它的线条比较长。相对于隶书和楷书，篆书的线条是走得最长的，一笔虽然可以有五次或者更多的转折，但始终不提按，也不顿挫。其表现的是一种力量在平面上行走的均衡感。行家评他的篆书，古意悠远、沉稳大方、意韵绵长。

担任广州市白云区文联主席的行政职务后，他对书法的认识与理解已不单纯仅仅立足于一个书家的立场，而是以一个书法教育家的眼光，全方位地观照认识书法，时常应邀讲学书法之道，组织各种文化联谊活动，把书画等各类文化送到镇村和社区基层，并培养和发掘书画等方面的人才。在他的感召和精心组织下，文联所属的美协、书法、摄影协和作协等群众性团体纷纷参加全国、省市的艺术展赛活动，均有作品入围折桂。对于他来说，文化属于他的行政事业，书法则属于他的贴心朋友。

我认为张晓虎是一位有思想、有前途的书法家，是因为他的作品有自己的想法、自己的追求。读者读了之后会产生一种想象，当然也会有相当多的读者接受起来有一定困难，尽管自古以来，“书画艺术就存在雅俗共存，但难以雅俗共赏”（曲斌先生的观点）的客观实际，但他表示愿意在雅俗共赏上做一些有意义的尝试。有责任感、讲良心的行业人士认为当前的书法欣赏、鉴赏、判断缺乏标准，有一些弄潮者，或套用连自己也不知从哪里听来的有关写字笔法的只言片语，或仿学领袖人物的挥毫派头，将书法艺术进行随心所欲地创新，使国宝级的书法艺术处于任凭蹂躏的可悲状态。这既是书法批评的缺位，也是书法话语权的错位，更可悲的是，我们的书法批评家们要么睁只眼闭只眼，要么揣着明白装糊涂，更有甚者，拿了别人的好处，把明明黑的煤球说成雪白的玉石。

既然张晓虎是位有抱负、有潜力的青年书法家，那么他会在成绩面前保持应有的清醒。我也相信他在今后的书法创作中，进一步加强章法的变化，进一步丰富笔墨的形式与内容，特别是在气势的修炼上期盼力透纸背的力度。这些苛刻的“大师”级要求，相信他会作为目标和动力来欣然接受的，因为他还年轻，他还想走得远些，更远些。

第35篇 安于拙进

我天生木讷迟钝，与所处的时代总不能同频共振，总是慢半步。我所处的年代，总是洋溢着高歌猛进的旋律，不是多快好省的“大跃进”，就是与时俱进的“大跨越”，我这个落伍者总是赶不上趟。记得小时候，因没有眼色，不会讨大人喜欢，舅舅骂我蠢，我痛哭了一个晚上，难过了好几天。上小学时，不喜欢我的语文老师（也是班主任），在课堂上讲笨鸟先飞课文，我一下子来了精神，好像自己就是那只笨鸟。既然是笨鸟，就得下苦功、下笨功。我想，既然自己没有别的什么特长，只是爱好写作，那就坚持写东西吧。

我庆幸自己很小的时候就悟出了属于自己的人生要道：在平庸中找到热爱，在热爱中且学且行。《菜根谭》里说：“文以拙进，道以拙成。”一个“拙”字有无限意味。我所处的小中学时期正是轰轰烈烈的“文革”时期，尽管那时没有应试教育，没有家庭作业，没有测试排名，没有中考、高考，但我冥冥中感到自己应该要学点什么，应该有一技之长。我喜欢音乐、画画和写作，自娱自乐几番后，感到音乐和画画的成本较高，又没有正规的培训条件和环境，只有写作，一支笔加上几张纸就可以操练起来。放羊式的教育使我的语文基础相当差，至今连汉语拼音还不过关。但是爱好写作成为我人生中的一种生存方式，且写多于读。我的语文知识和文字功底都是在写作中得以进步和提高的，这得益于我对写作的喜好和那么一点点的文学想象力，更得益于安于笨拙的心理状态和乐于拙进的学习精神。看来，无论是学本领还是做学问，都要以质拙的方法才会有进步成长。有人把质朴诚实看作是拙，拙是进步的基本，玩弄机巧，就会成为一个有名无实的空架子。中国人爱在这方面自作聪明，要“投机取巧”的把戏，如明明有红停绿行的交通规定，即使没有车，也要自觉遵守，可就有聪明者不吃这一套，甚至笑话严格自觉遵守的外国人“洋派”“死板”，还有留学者乘国外地铁，看无人看管，就无票穿越。更有一些学生，平日不努力学习，溺爱的父母竟在高考时出高薪雇请“枪手”替考。现代社会，拙与巧的反差尤为突出，努力进修是“拙”，造假文凭是“巧”，这里的拙与巧如同实与虚，在聪明人流行的今天，安于拙进的老实人实像大熊猫一样稀罕。农民种田靠的是拙，一撅一锄，待机守时瓜熟蒂落，如果“拔苗助长”就成笑话了。如果急功近利，施了化肥，庄稼长得快了，对人体却有害了。禽畜有自己的生长周期和规律，激素喂养，出栏越快，利润越大，食用越不安全。

我们热衷于快马加鞭和立竿见影，我们有的是高投入、高效率的热情，雄心壮志和奇思妙想，鄙视愚公，缺失的是笨功夫。大学者季羡林认为学习外语最好是聪明人下笨功夫，他说：“如果说聪明人下聪明功夫，那肯定学得不扎实；如果是笨人下笨功夫，那起码还能记住好多东西；如果是笨人下聪明功夫，那就完蛋了，什么都学不到。好多人为什么学不好外语，就是因为太想找诀窍、走捷径了。学习外语没有任何诀窍，不管是谁，只能下笨功夫，多读多背多记。季论精当，不仅学习，做人做事，也需要笨功夫。”

古人曰：“读书千遍，其义自现”，这是过去的教育和学习方法，现代人不屑这一套，觉得这个方法太拙。胡适先生曾说过一句名言：这个世界聪明人太多，肯下笨功夫的人太少，所以成功者只是少数人！这世界的确有那么多的聪明人，那么一批又一批的“投机取巧”者，他们从没有笨的感觉，也不下笨功夫，浮夸、浮躁、浮泛、粗制滥造、滥竽充数，不成文化，却成垃圾，物多而质次，速成却速朽；耍酷、装酷、玩儿酷，光怪陆离，喧嚣一时，终是过眼云烟；无滋无味烧白开水，改头换面炒剩饭。影视圈里“话说”“戏说”层出不穷，蛊惑误导，捞了银子，掉了价值。即使少量的“正说”，也是东拼西凑、生搬硬套，虽交了差，却少了观众。因为急功近利，“技巧”和“捷径”成为热门。前者机关算尽，以作弊为能，后者玩弄技巧，华而不实。这种舍本逐末、以逸待劳的聪明，在食品药品造假方面以巧祸害，在社会秩序上取巧成乱，成为祸国殃民的公害。

安于拙进，就要读懂世界，读懂根本。农民种田，靠的是拙，一撅一锄，待机守时；人吃饭，要一口一口地吃，还要细嚼慢咽，如果囫囵吞枣式地大吃海喝，不但没有了品尝美食的享受，还会出现健康问题，甚至危及生命。安于拙进，就要经受诱惑。人生有许多诱惑，名利、官职、金钱、美色……许多绝顶聪明者都栽在这些诱惑上。安于拙进的人多也需要钱，却信仰“君子爱财，取之有道”的人生信条；虽也喜爱美色，但懂得“弱水三千，我只取一瓢水”的道理，对配偶之外的一心，永远止于精神上的欣赏。

安于拙进的人，相信科学技术的神奇，承认日新月异的创新发展，但他认准一个道理，“粮食是不会从天上掉下来，飞机不是吹的，高铁不是推的”。因而，他不会跟潮，是否响应，取决于这件事的价值大小，而不会什么时髦就追逐什么。做这样的明白人，也许会贻误创造辉煌的最佳时机，但他心里踏实，这就像在城市里开车，为抢绿灯、抢时间，往往会一念之差酿成终身悔恨。而在十字路口的“一停二看三通过”，则是安全驾驶的经验之谈、鲜血之训。

没有人不想获得人生的辉煌，得到幸福的生活。安于拙进的人也如此。他们之所以安于拙进。是因为知道世界上没有什么捷径可走，更不愿搞一些投机取巧的“把戏”。比如他想当官却羞于请客送礼，常望出名却忌讳媒体炒作，梦想发财却不屑坑蒙拐骗、偷税漏税。安于拙进的人只是想一步一个脚印地为自己的梦想一点一滴地付出汗水和执着，该播种时播种，该浇水时浇水，该施肥时施肥。安于拙进的人认定此理：脚踏实地的成功才是真正的成功。

我喜欢这种拙进，崇拜这种拙进。我知道这个世界往往是由投机取巧的聪明人上蹿下跳，成为时代的宠儿，但真正支撑这个世界的都是绝大多数安于拙进的人。没有这一批批安于拙进的人，我们就不会有“坐地日行八万里、巡天遥看一天河”的神奇创造，不会有一个个梦想变成现实的今天。故聪明人下笨功夫，绝非真笨，乃成功大道也。正如有人所说：“天赋需要漫长的过程才能启发出来，要有足够的笨功夫去支撑。”

的确，拙，不是傻，不是真笨，不是不开窍，而是做人做事真切实在，本分而负责，务实而致远，枝繁叶茂，是会常青的。

古往今来，凡能成大器者，均安于拙进。不信，查一查，就能找到答案。

第36篇 狂生意气书生胆

在岭南书画院曲斌院长多次鼓动下，我自觉不自觉地开始关注到朱培尔的书法艺术创作。在北京的相识中，方才得知，他是一位诗、书、画、印兼擅的全能型艺术家，所取成就不分伯仲。

书法的形式美是中国人的独特贡献和创造，也体现了中国艺术精神的意识符号所形成的意象世界。而之于三代金文、秦汉石刻，祖先们未必存在主观的艺术创造动机。甲骨龟板上的卜辞、铜鼎上的铭文、石刻上的碑记等，出发点都是满足实用而不是为了自觉艺术创作。但艺术来源于生活和自然，历史的进程也在自觉不自觉地提炼艺术经典。本属于实用范畴的东西，经过大自然和岁月的陶冶，逐渐游离了初衷。于是，物是人非或者物非人是，物质的提升为精神的显现，从而使人们对它产生审美情感，即形式美感。朱培尔的书法创作强调图式，观赏方式不是上下阅读，而是上下左右观看的，先整体，再局部，一层层整体式推进的。如在其《行楷书菜根谭册》《草书古人诗册》作品中，首先进入视觉的不是一个个单字，而是章法，即通篇的黑白构成，或者黑红白，笔墨是一个图形，余白是一个图形。然后进入视觉的还不是字，而是字的组合，如“菜根谭”里，第一行为“有”和“浮云”两个组，第二行为“岩栖穴”一组，第三行为“之癖”和“而常自醉酒”一组；再如《古人诗册》里，第一行“春洲”和“菰蒋绿”一组，第二行“自空虚”和“望山”一组，每组都是相对独立的造型单位，先于结体进入感官。再然后，才会进一步去分析结体，去分析点画，最后去领会通篇的文字内容。

这种先整体，再局部，一层层整体式推进的观看顺序，决定了朱培尔书法创作在结体上首先强调的是造型方法，然后才是结构方法，正如他自己所言："字与形的支离乃至变形，从某种意义上讲，正是对文字实用意义的淡化和对形式美的突出。"我也认为朱培尔不以单字之美取胜，而是以整体之和谐见长。曲斌先生指出，这里的奥妙，就是内与外的统一，虚与实的统一。

沈鹏先生在《书法，在比较中索解》中，通过对诗、书、画的比较，提出了"书法是纯形式的，它的形式即内容"的重要论断。就书法艺术的表现形式来说，分点画、结体和章法三个层次。具体而言，所谓点画就是粗细方圆，轻重快慢；所谓结体，就是正侧大小，收放开合；所谓章法，就是疏密虚实，离合断续等，这些表现形式都是各种关系的对比关系。在朱培尔的书法创作中，形式能够表现情感、情感与形式的关系就像《周易》中理与象的关系。《周易》深奥的义理存在于纷繁错综的卦象之中，即"理在象中，即象识理，离象无理。"汉代蔡邕在《九势》中说："夫书肇自然，自然既出，阴阳生焉；阴阳既生，形势出焉。"他所说的自然，就是书法艺术所要表现的内容，包括自然万象，也包括人类的情感。蔡邕所说的阴阳就是书法中笔墨结体和字组的对比关系，所说的形势就是对比关系的变度概括。点画结体和章法中的阴阳和形势，就是书法艺术的表现形式。

在他的书法作品中，明显感觉到线条形态的粗细长短；他的书写速度的快慢、疾涩，他的造型的大小、正欹；他的运笔的提按、顿挫；他的布局的疏密、虚实；他的墨色的浓淡、枯湿等对比关系的建立，都孕育在他的这种理念之中。在他的理念中，对比是形式存在的基础，制造对比，就是创造形式。朱培尔坦言，制造对比并不太难，难就难在对比之后产生的审美关系。很多人都知道对比，但不知道如何把握对比关系。曲斌指出，对比是"形而下"的范畴，不是有了对比就一定可以产生书法艺术。《易经》告诉我们的："形而上者谓之道，形而下者谓之器"，这里的"道"，就是"天人合一"，具体到朱培尔的书法创作中，这种对比关系是反差强烈、关系和谐、自然的视觉效果，提升到哲学中，对比既是对立又是中和的，一分为二，还是在对立统一基础之上的相互依赖、互相衬托的，协调共存的。

朱培尔善于组合点画和结体。他的作品无处不组合，包括点画组合、结体组合、组的组合、行的组合、篇的组合等。本来，点画和结体、组与行都是造型元素，更是组合元素。朱培尔深谙此道，只不过他把组合理论自觉运用到自己的创作之中，并将此做到极致罢了。本来，组合分为竖向组合和横向组合，但朱培尔的这种组合，一般都是以竖向组合为主，这更符合书法高古的传统，更能体现书法本真的审美规律。但在调节字间距时，他得以构建竖组，调节行间距以构建横组。当字与字间距小于结体内点画之间距离时，他便将两字或数字连接起来，成为一个长短距离各异的组合。这种组合对朱培尔来说，好像只是信手拈来的寻常小事，好像他随时都可以魔术般地变出不同的样式来，犹如审美眼光高超的厨师，几乎平常的菜蔬，也搭配得花样翻新。组合的审美价值很关键，它通过字的组合变化，从而减少造型元素的单调重复，增加了组合后新的造型元素的表现力。如其作品《行草书古人山水诗册》中，通过组合连接，组合后的字形不再是单一的方形，还有方有圆、有大有小、有宽有窄。结字，位置随意派遣，如雪飞舞、如风追逐的线条顺笔势而下，这种创造性的组合关系，构成了有意味的形式。

朱培尔的点画线条的扁平与立体，笔法应用的纸面与空中，连绵线的强调与重复，都含有空间性与时间性。作为一个有思想的书家，朱培尔讲究造型与空间的构建，注重体势位置关系，从他的创作作品中，我们感觉到他在追求以一种不确定性来构建每个新的空间关系，使得造型元素的上下左右得以呼应、顾盼，以整体为基础，追求大平衡的审美观。从他的《草书（楷书）题砖铭册》中，他尽量使每个字的造型不稳、不到位，再通过上下左右的呼应、修合、填补，最终建立起大的平衡形态。因而，他的大平衡不是独立而行的；而是相互联系的、整体协调的有机统一体。

综合传统，创造自成一体风格。就朱培尔的创作风格而言，具有帖学的上下连绵的书写流动性，但又有碑学营造空间造型的张力追求。观赏的书法作品，应用对比与顾盼的呼应，营造出了一种空间美。而他注重碑帖结合，风格多样，诸体合璧，他将帖学上下流动的时间性与碑学的张力空间美的并用，就是形式构成的具体运用。

朱培尔的这种以造为先的书法实践，概括起来有三大特点：第一，强调体势，打破每个字的结体平衡，使其左右摇曳，不得不依靠上下左右字的配合来寻求平衡；第二，强调对比关系，点画的粗细长短、结体的正侧大小、章法的疏密虚实、墨色的枯湿浓淡，通过它们之间的对立统一相辅相成的内在联系，将看似独立的结体和点画联系起来；第三，在对比的基础上，根据视线扫描是由相似性因素引导的原理，利用各种造型元素在墨色和形体上的相似形，来加强它们之间的亲和力，使相距遥远的、分散的各个相似部分相互呼应，建立起整体关系。就结体来说，基本形状就是结体方法，变形就是造型方法。就章法而言，作为一个整体，积点成线，垒字成篇，追求通篇的平衡和协调。结体和章法既各具特色、又相互兼顾，成为朱培尔书法形而上的审美特征。

在朱培尔的书法作品中，其神采主要表现在气势、风骨和趣味之中。他的书法作品生机盎然，充满韵味，从其作品中表现出超越文本的势，并且在体式和风格方面打上时代、地域和艺术家个人的烙印。朱培尔书法作品，注重形式的构建，他的书法形式是一种意象，如诗歌般的味道。这种书法形式抽象后的点画结体最终所要表达的不是汉字，是某种意象。意象往往具有生命意义，它来自于各种元素的对比与组合。这种“有意象”“有意味的形式”，不仅是这个构图，而且是这个构图传达作者的内心之感情，他既强调外在的“形”，也强调内在的“神”，从而营造一种“形神兼备”的境界。相对于他的“形”，这种“神”就是势。近来，我找来他出版的书法作品，以及他时不时发于微信上的新近作品，他的书法印象在我头脑中逐渐深刻起来，体味也呼之欲出，就是一个字“势”。书法的势比技重要，譬如一代伟人毛泽东的书法，那种气势、那种气场非一般书家所有。朱培尔书法的势，尤其是草书和行草的势的表现直接影响着作品的格调。虽然技在创作中同样十分重要，技通过勤学苦练可以练就；但势不仅需要勤奋，更需要天分。朱培尔的行草、草书感悟能力强，往往以势取胜。这种势，就是他情感运动的显现及运动关系产生的视觉效果。在他的书写中，任何点画都是形势兼备的。在这里，“形”是空间关系，空间造型；“势”是时间节奏，连绵关系。空间关系实际上带有绘画的效果，绘画的虚实，大小的错落，而时间节奏实际上带有音乐性。

朱培尔书法中的气势神韵，通过寻找符号和创造不同形式来表现自己，表达之象能使人联想。如他在创作《行书市忪道人诗直幅》中，正如他的创作手记那样：圆劲有力，来自于王铎；流畅奔放，来自于傅山；提按与使转，显然带有“二王”与米芾行书的特征。而这一切，又力求和谐地融合在线条的流动与飞舞之中，融合在整体意境的显现与转换之中。从技法运用层面上说，最令人觉得畅神的乃在朱培尔的书法作品的形式上，往往表现一种“大巧若拙”的艺术境界。同时，精熟于心而后的“熟后生”的变化，是促使其艺术作品最终具有新意的根本，从中人们可以看到一个求道者经历长期磨砺以后对艺术本质的神游之迹。

蔡邕在《九势》中说：“夫书肇自然，自然既出，阴阳生焉；阴阳既生，形势出焉。”这是书法史上首次专题阐述书法势的表现及作用的论著。蔡邕认为，书法的形与势产生于阴阳二气的运行。形是物的呈现，是物之存在的表征；势是力的蓄积，是物之运动的趋向。在“形”与“势”的复杂关系里，力由势出，也是二者的结晶。朱培尔作品中的力度，是笔势的展现。这种力度，固然有力学原理的因素，但又不是单纯的力的物理属性，最根本的是来源于势，来源于形与势的相互关系。他的系列作品，尤其是草书、行草，对比关系内容丰富，表现生动，以势贯通通篇，给人以气势飞动之感。比如行与行之间，有涨有枯、放与收、实与虚的对比；字与字之间，有大与小、正与欹的对比；在用笔方面，有方与圆、藏与露、疾与涩的对比等。

神韵是抽象的，但又是不可以意会的。换言之，神韵就是一种形神关系。朱培尔书法创作的气势神韵寓于作品本体之中，当以形似为基础，从而以形传神，形神兼备。认识到了他用笔造势的意义后，我们发现他的气势神韵有点画之笔势、结体之体势、通篇之气势。

势是抽象的，形态夸张之后产生的美学效果当然是抽象的。在朱培尔的作品中，形的态、夸张的度，势是决定和检验的标准。形态的质感和形态夸张的效果都有相对的参照物，只有通过比较才能产生感性认识。在他的作品中，我们发现，作品的各种关系是势的栖息地。与传统书法相比，他特别强调造型变化，每一笔的粗细方圆，每一字的大小正侧，多姿多彩，极尽变化，各种对比关系非常丰富，且对比反差的程度较大。它们相反相成地组合在一起，相得益彰。这样的表现方式不像时间节奏那样上下绵延，有一个历时的展开过程，而是将作品中所有的造型元素都冲突地抱合着，离奇地纠缠着，不可分割地浑然一体，让观者的视线在上下左右四面发散的欣赏中体会到空间的展开和平面的构成。这种绘画的感觉，使作品中蕴含的气韵，通过书法作品的整体体现出来。他作品中的气韵，基于感性的形态又超越于感性形态，体现内在神韵的超凡脱俗，神闲气定，又有情韵，显精妙，加强势的表现。从朱培尔的作品《行草题佛造像印长卷》中，我们看出他的书法襟怀洞达，意趣豪逸，则下笔如天马行空，洒脱无碍，体现出独特的气势：一是在点画上注重“逆入回收”，这里的“逆入”，即下一笔画的起笔是上一笔画的继续，而“回收”，即上一笔画的收笔是下一笔画的开始。他在书法创作中，注重笔画与笔画之间的连贯。二是朱培尔在结体上讲究“字无两头”，即一个字只有一个头和一个尾，要求自己一气呵成。三是在章法上力求“一笔书”，他的作品从第一笔到最后一笔，都前后相属，气脉不断，从他创作的这幅 22 厘米 ×396 厘米的长卷中，朱培尔通过提按顿挫、轻重快慢和离合断续等各种变化，来营造节奏感，使他的书法创作带有一种音乐感觉。我虽然不知道他爱不爱唱歌，但我想象得出，朱培尔在挥毫时很有可能哼着他喜欢的歌，或者自己即兴创作的旋律和节奏，边哼边写着。或许是在饮酒后，半醉半醒中进行书法创作。他曾吐露心声：好的作品都是在半醉状态下产生的，并认为半醉状态是一种无意识的体现，清醒的意识退居幕后，浮现出来的是本真的“我”，于是情感的流动变成一种随意的挥洒。沉浸在这种晕眩、轻飘而自由的音乐旋律之中，我们可以享受在它的动感节奏的张扬快感之中，甚至不太在意它的细微毛孔，不必拘泥于每一笔怎么写，每个点画怎么着墨，笔法是否高古。在他的挥毫中，他将笔法、字法和章法所产生的节奏、韵律和空间变换，全部纳入到一个时间展开的过程之中，该长的长、该短的短、该轻该重、该浓该淡……一切变化都根据整体需要，给予最充分和最合理的表现，营造出鲜明的节奏感甚至旋律感。

朱培尔的书法艺术是形势兼顾、相互渗透、相互依存的，如果片面强调一个方面而削弱或者否定另一方面都会失之偏颇。他在作品创作中所注重的形的表现和势的营造，其实都是在形式兼顾的基础上，就其侧重而说的。强调形势合一，也就是将形与势，空间造型与时间节奏结合起来。从朱培尔的作品中，我们看出有两种形式：一种是在连绵书写时，兼顾空间造型，强调大小、正侧、方圆、收放、枯湿、浓淡等各种变化。另一种是帖与碑的结合，帖学强调时间节奏，碑学强调空间造型。他在创作《行楷欧阳修〈六一诗话〉册（部分）》时，写下手记：由于“碑”与“帖”属于两个截然不同的风格体系，无论在用笔，还是结字方面，都大大的不同。故与其执着追求那种虚无缥缈的“合一”，不如踏踏实实精研其一，以求作更大深入的突破来得现实与合理。朱培尔在碑与帖的结合上，采取沉着痛快的态度，借用帖学的纵横挥洒之力和碑学的入木三分力，按照阮元在《北碑南帖论》中所要求那样“短笺长卷，意态挥洒，则帖擅其长，界格方严、法书深刻，则碑据其胜”，他挥洒自如地协调碑帖之力，恰到好处地张显各自的优点，把碑帖进行了完美的结合和运用。

朱培尔十分重视墨在作品中的作用。浓墨在他的作品尤其是行草、草书中，主要起到点缀和对比的功效，且浓墨笔沉墨酣，富于力感，能表现出雄健刚正的内蕴气度，当他的情绪进入激越、高亢时用其进行表现，增强了线条的表现力，视觉效果强烈。而淡墨清雅古逸，空灵幽远，迷离朦胧。朱培尔强调墨色变化，浓墨凸显在前面，淡墨退隐在后面，从《草书题汉画像石》里，可以看到墨色从浓到淡、从湿到干、从灰到黑、从枯到浓的变化。且这种变化根据类似组合法，既强化了书写的节奏，又丰富了作品的内涵。在朱培尔的手中，涨墨处线形变幻莫测，节奏感强烈，分割性强烈，视觉效果强烈。由于注重墨色的灵活运用，其结果在原有表现的基础上营造出了空间和深度感，强化了气势神韵的艺术表现。

一个好的书法家，首先要书法的路子正，取法高古了，还要取道高古。同样取《万岁通天帖》为师，有人学得雅，有的人却学得俗，这与书家的综合素质和审美观有密切联系。但是，年龄与人生感悟和审美积淀不一定成正比。中国书法协会副主席胡杭美先生认为，正常情况下随着年龄的增长、知识阅历都会随之而丰富，书法界“人书俱老”之说便是例证。但这不等于年小的就绝对不如年长的。其实，那些经过历史长河萃取的精华，在后人的吸收过程中，靠的不仅是岁月积累，而是悟性、天分与勤奋的竞争。朱培尔的书法是从高古的传说中脱胎而出，这从他笔下的线条质地和弥漫充溢于字里行间的那种古雅气息便可看出。但他这种学习古人、吸收传统决不是刻舟求剑式的，我个人认为属于青出于蓝的那种。许多人想在朱培尔作品中查找传统，我觉得他们会比较失望，因为朱培尔的传统已被他化为因素，流淌在血液里，散发在情感里。对待传统，相当多的人顶礼膜拜、俯首称臣，甚至喊出了“中国书法已被‘二王’、颜、赵、米等人推到了极致，已无创新的可能”之言。朱培尔对待传统的旗帜是积极而理性的，他认为既要继承传统，又不要墨守成规，因而他采取了尊重的态度。“继承”与“尊重”，虽词义相近，但内涵不尽相同。继承传统，有主动与被动之分，其中包括不得已而“继承”和不自觉的随大流而“继承”。而尊重则是对传统的信仰、渴望与追求，并且在此基础上勇于创新、完善，使之与时俱进。书法创新，不外乎外因和内因两个方面。所谓外因，无非是书法工具及纸张的革新和改造。今天的毛笔与秦汉时代完全一样，宣纸亦与晋唐时代一个样。笔与纸的性能已被充分开发，各种表现应用都趋于极致。作为一介书生，一生研究书法理论，勤于书写的朱培尔，自然而然地在幅式、章法、结体、点画乃至空间展示上作一番改变，寻求新的突破。

书法艺术有帖学和碑学两大学派，书法本体又分为楷书、行书、隶书、行草、草书及篆书等。它们各个的规律和风格打造了中国书法艺术的瑰宝。传统的书法艺术也需要随着社会的转型发展，进行一些出乎意料又符合情理之中的创新和变化。在朱培尔的作品中，常常会出现几种字体的相互借用，如在创新行草时，其主笔当然是帖学的行草，但其点、撇或捺，往往借用隶书或碑学的笔法。在他的《行草欧阳修〈六一诗话〉册》里，他将“碑”与“帖”两个不同体系加以“合一”运用。在他的篆书作品中，往往大量使用行草为主的长款和题跋，使粗与细、圆与方、厚重与峻爽的分野出现交互与转化。在作品《草书禅诗长卷》里，朱培尔在草书笔法的继承与转换上，可谓一变而又一变也。相对细劲的线条绵密乘势而下，它们如风的追逐，如雪的飞舞，时而松挂绝壁枯藤、时而花开上林春树，还有文字义的暗示、线条相的暗示，让人开卷如见故人，心旷神怡。

传统书法是文本式的，偏重于点画和结体，偏重于笔墨部分的表现，对余白不太关注。朱培尔注重图式，从图式分析入手，笔墨是正形，余白是负形，正形与负形同时作用于人们的感官，具有同等的审美价值。我们从他的《行楷禅诗书印合册》《草书（楷书）题砖铭册》等相当多的作品中看出，白留得那么多，而且完全打破了字内余白、字距行距余白和周边余白的壁垒，让它们或大或小、或方或圆，组成一个圆形，与笔墨相构成。计白当黑是中国的传统哲学思想、古老的太极图看似黑白双鱼的图形转换，实则包含着黑白中的相反相成、虚实相生、对比变化、彼此和谐的朴素的辩证法思想，但长期以来，人们却把书法中的“白”排斥在视觉形式之外。朱培尔书法作品中的余白，内涵丰富，意境高远。清代大书法家邓石如指出“疏能跑马，密不透风”。疏与密都离不开“白”，没有“白”的舞台，何以跑马，没有“白”的追位，怎么可能“不透风”？其实朱培尔“余白”的意义远不止造型构图之功能，更不是“墨黑”的陪衬，它的真正价值在于“无”。在他的作品中，“无”无处不在，在点画间、在结体间、在字与字间、在行与行间、在作品与环境间、在平面与立体之空中，因为有了这种“无”，才有了势，它是势的大空间、大舞台。

前面我写过，朱培尔的书法不以单字之美取胜，而是以整体之和谐见长。这里的奥妙，就是把书、画、印、款的合一表现得淋漓尽致，他经常在拓有印章的册页上配上潇洒的行楷或草书。在《行楷禅诗书印合册》和《草书禅诗书印合册》里，他的慧心加上他对笔、墨、纸特点的把握，注重印境与书境的结合，也是黑白和红色的新世界，大大深化了作品的表现力，具有独特且强烈的视觉表现力。朱培尔的书法作品之所以被称为艺术，是因为它的点画、线条、印款等以特殊方式进行组合，其组合过程及组合的形式之间产生关系，这种组合将书、画、印、款合一为整体作品的有机元素，具有书法表现形式，与人们的感觉形式具有同构性，调动或引起人们一种特殊的审美情感。

平衡是章法构成中的一个审美原则。点画、结体是平衡的元素。但这种平衡是有比较的，否则就会陷入僵硬、呆板的形式主义泥坑。从《草书辛弃疾词长卷》《草书杜牧、李商隐诗长卷》和《行楷欧阳修〈六一诗话〉册》中，我们均可以看到朱培尔斜势书法的运用，他喜欢黄庭坚的“三反斋”——鲁直以平等观作欹侧字，以真实相出游戏法，以磊落人书细碎事。因而，朱培尔的草书结字有令人击掌称快处，短长肥瘦、欹正歪斜，他的绘画与篆刻，在斜式方面均有突出展现，其书法也不例外。小楷写出变化难，写出气势尤难。但朱培尔在写小楷书法时，也能运用斜势，其翻飞的笔法，并以其层次丰富的墨色，在连续不断的转换之中，尽现笔墨烟云变幻之能事。从他的斜式创作中，我们可以感到，影响平衡的原因有很多，但最根本的是力的较量。这种力的较量，主要来自于人的平衡感或人对秩序的要求。深谙此道的朱培尔还懂得视觉艺术从某种意义上就是平衡艺术。而字体的长与短、大与小，结体的正与侧、虚与实，只能称作平等，朱培尔追求的平衡，实际上是视觉平衡，那么，他们斜式平衡就需要营造出一种旋律感来支撑视觉上的平衡。他的斜式作品，以力度变化来表现节拍的强弱规律，以速度变化来表现节奏的时值变化，并且以斜式变化来表示音的高低走向，为力度和速度变化加上一种方向性，上行即对比的力度逐渐加强，节奏逐渐加快；下行即对比的力度逐渐减弱，节奏逐渐减慢，并以此打破传统点画和结体的局限，将作品中所有的造型元素都当作一个有机体来处理，将所有的变化都纳入到一个逐渐展开的过程之中，给作品带来旋律的美感。

遥想当年，大诗人李白描绘自己观看怀素草书的感受“飘风骤雨惊飒飒，落在飞雪何茫茫”。另一唐代诗人戴叔伦亦写下对怀素书法的印象：“一一花开春景迟，忽为壮丽就枯涩。龙蛇腾盘兽屹立，驰毫骤墨刷奔驷。”这是真正的君子之见，英雄之识。今天，我们要理解朱培尔的书法，应一头扎进他线条奔腾的笔墨天地和变幻莫测的神韵世界，才能体会和认识到他的书法创作的意义和价值所在。本属于湘西楚狂人的岭南书画院长曲斌直言道：“打破框框的人，逆向思维的人，一般与‘狂’字有缘，更与大有作为结缘。”他认为，朱培尔属于穿古人的鞋，走自己的路，让别人来找鞋的“真狂人”。

我对此表示赞同。

第37篇 时间拷问

在“时间就是金钱”观念下所促成的现代节奏中，文明走向烦琐，物质走向奢靡。城市和乡村天天变样，城市的楼越盖越高、越盖越密，农村变得越来越像城市。大城市上班的人，有的路人要花费三四个小时；私家车比当年的自行车还多，大小道路车满为患。相当多的人开始疏离，或者讨厌这种追赶时间又被时间折磨的泛滥的物质主义。

有人开始懂得了人生更重要的意义——时间就是生命。有智慧且有一定经济能力的人考虑设法躲开省会以上的城市，为什么？因为耗不起，人生其实很短暂，能够真正享受生活的时间非常有限，正所谓“来也匆匆，去也匆匆”，故而时间是生命，而生命不是无限的，是有长度的。何必待在大城市里长期受煎熬？若长此以往，身体和心理难免会出这样或那样的毛病，要么受到病痛折磨，要么缩短自己生命的阳寿，就会应了社会上广为流传的那句“钱有了，自己却没了”的俚语。

在现实生活中，因为生命需要金钱，结果金钱重于生命。因为金钱重于生命，就有了为金钱不惜损害别人乃至丧失自己生命的人。在这些人看来，命是未经过自己的任何努力就有了的，所以体现不了价值，得来全不费工夫。过去为了自由而不要命的，今天已不时髦了，今天时兴的是为了钱而不要命，既有为了钱铤而走险的亡命之徒，也有为了钱而不惜自己生命的成功人士。在这些人看来，生命是别人给的，金钱是自己挣的。父母给予的东西被视为必然、应该的，自然不会在意，自己挣的东西倍觉来之不易，故格外珍惜，这也符合人是以个体为位的秉性。

的确，我们崇拜金钱，就像不懂事的小孩崇拜自己屙出来的屎一样，我们不珍惜生命，但我们却贪生怕死，我们以自私为核心、以自利为目标，但我们常常向别人屈背弯腰、投其所好，活得辛苦、活得猥琐。人生是没有陆地的泅渡，人只有不停用脚用手划动自己，才能保证自己不会沉入水底。人在不断追赶金钱、梦想时就会穿上奋斗的鞋子，且永远也追不上。因为鞋子总要比脚大一点，脚在鞋中追赶鞋，鞋随脚动，鞋总在前面，就像一个人追赶自己的影子，影子是追不到的。因为脚而产生了鞋，因为鞋的重要性而使脚忘了自己，最终为了鞋子而丧失了自己，这也是一种“忘我”（周涛说）。周涛还说，人应该珍惜的本来是脚，脚代表生命，但人之所以与兽区别，在于唯有人的脚穿鞋子。对于脚这个生命来说，鞋不仅仅是金钱，也是整个人类的主旋律，以金钱为基本要素的经济成为时代的宠儿，成为各国执政者的中心工作（目前仅朝鲜例外）。

金钱鞋成为一只上了发条的机器，人类在追赶自己梦寐以求的金钱鞋的运动是迫切和紧张的，像马拉松长跑一样，人人争先恐后，个个舍命相拼，没有人甘愿退下来坐在路边的草坪上，去平静地欣赏周围优美的风景。

时间与人，犹如水和鱼的关系。时间的流水作业，往往让新的生命一茬一茬地从虚无中生长。然而，时间闪电一击的“短暂”的另一属性，比一切猛兽凶猛，这位快捷的剑客，它的暗杀从来没有失手和落空过。这位从不露面，且与我们朝夕相伴的神，操纵着所有的生命，也是历史的最终的裁判。这位神变幻莫测、复杂难辨，对小孩，它像老人，慢吞吞地难熬；对成功的男人，它像女人，可以让男人使她怀孕，在历史上复印出自己的影像；对漂亮的女人，它像负心的男人，可以轻易地摧毁美、抛弃美；对老人，它像顽皮的小孩，转眼就不见了，怎么抓也抓不住。的确，时间就像《西游记》里的孙悟空，那么难以驯服和驾驭。时间比包公更加坚持原则，更加不近人情：对排队的人，它磨蹭着；对有急事的人，它拖延着；对“找时间”的人，它躲闪着；对“赶时间”的人，它飞跑着；对没办法打发时间的人，它恶意地空洞着；对美妙幸福的事，它吝啬着；对辛酸病苦屈辱的事，它长久发酵着。总之，时间如此直接、迫切、强大地面对地球上所有的生命，但是作为最有思想、最有智慧的人类，为什么却最容易被忽略？尤其是经济高速发展的现代物质社会的生活里，人们为什么对它熟视无睹？两千多年前的孔圣人就曾经面对时间发出深刻而伟大地感叹：逝者如斯夫。

也有极少数明白人看重人生的时间。在海外有位佛学大师，她有很多钱，发展了很大的医院和大学，还盖有星级宾馆和高档场所，但是无论物质搞得多么好、多么丰足，她都尽可能不为物质所累，每天坚持体力劳作，起早诵经，种地制茶，享受自己的人生。同时，将赚来的钱投资慈善事业，还办了一个很大的出版作坊，自己印刷，自己发行，把向善的精神传遍世界各地，像贫穷落后的非洲，都有大师援建的项目。时间对于大师十分仁慈，大师对于时间也非常从容。大师的体会就是在有限的时间尽可能多地做有意义的事业，将一切耗费时间的无聊之事都尽力地压缩掉。其实，人间最大的浪费和奢华就是把时间稀里糊涂地打发掉，把时间贡献给不值得的事物。作为生命之本来讲，时间哪里是什么金钱，时间是更重要的东西，是生命。不要时间，就是不要命。

在人变得愈来愈猥琐，愈来愈物化为非人的噩梦时代，“脚”与“鞋”本末倒置的怪异言行就不足为奇了。脚这个生来的血肉之体，被鞋子捂得又臭又酸，它被熏得晕头转向、利令智昏。脚对自身的意义和自身的使命的背叛开始了——它只忠实于鞋而不再忠于自己的内心，不去尊重时间这尊神。

时间是神，是帝王，是最后的裁判。无情的事实是，当时间作出最后裁判时，也是人的生命走向终结的时候。

第38篇 千姿百态卷轴中

李晓白留恋并看重传统，又努力寻求对传统的突破。他始终在这种张力中探索中国画的意象、中国画的精神。他对传统的留恋来自岭南大地的文脉传承，来自对中国传统文化的深刻认识。李晓白的探索着力点在于始终在形式语言上下功夫，寻突破。他力图摆脱古典模式，又积极把重要的古典因素继承下来，努力将继承与创新统一起来。

中国画的表现内容极其繁多，有着山水、人物、花鸟等不同画科，而不同画科在语言形式和表现手法上又有着不同特点。成名较早的李晓白先主攻山水，靠着自己的勤奋与著名山水画家黄云先生的点拨，较早弄明白了中国山水画与西方风景画的区别：中国画基于华夏民族传统的山河之恋，将山水画作为超越尘世困扰，摆脱功利羁绊的精神园圃，表现为或完善人格或抒发情志的需要；而西方风景画，则致力于细腻的官能感受，旨在营造某种逼近于自然的幻想，满足其或占有客体对象或展示主体力量的欲望。随着阅历的丰富，实践的积累，他感到所谓山水、人物、花鸟的画科区别，只是一种不尽严谨的粗略划分。通过 1993 年他进入广州美术学院国画系高研班的回炉深造，2006 年至 2009 年赴京求学，先后进入中国国家画院李延声工作室和刘大为工作室课题班，他悟到，不论在历史上还是在现当代，将山水与花鸟、山水与人物或人物与花鸟相结合的作品都多有所在，关键在于作画者境界的需要，在于审美的需要。

李晓白的绘画，追求天人合一的境界。首先他绘画中丰富的技术性语言，是以直觉的形式迅速传达给我们的；其次，便是他的绘画中的心物交融，又是一种与中国文化息息相关的理性语言变现。那么，李晓白图式的意义表达是什么？我臆度，其一，他是在当代合中西美学观念渐求为一体的、价值观渐求愈合为一的“大盘美学”的感召下，去表述了自己的均衡和谐中的和之美的独立情怀；其二，它的绘画属感发式的，往往随着一个念头的产生而去完成画面的结构；其三，坚持“书写”的状态，体现出自身充实的“书写性”能量，专注一次性的绘画过程体验，摒弃技术制作对主体感情宣泄的滞碍；其四，它的创作处在一种游弋不定的状态，但能对有优雅古典修养的，有抽象艺术情怀之人提供在视觉和趣味上的审美享受。

李晓白在构建追求天人合一境界中，具有两层意思：一是画科的结合、渗透，要择其大端而言之，重于意境；二是画面要蕴含真气，要气力弥漫。通俗说来，他不是眉毛胡子一把抓，虽然他是多面手，山水、人物和花鸟都有两下子，但也逐步确定了自己的绘画风格，如果硬要加个帽子，可以将他提名为山水人物画家。他的山水人物绘画的技艺和造境能力是成熟和高明的，人物形态与自然的物理是相互融洽的，比如他的《知音》《姜太公钓鱼》《板桥观竹图》《酩酊山水间》《松下对弈图》《听泉图》等，就是他这种理念的最好诠释。我们如何去理解他这种天人合一的艺术境界？天人合一既是中国哲学的基本精神，也是一种美学境界，更深一步说是审美的诗学境界，是刘勰《文心雕龙》中“神与物游”的境界真正呈现和生动展开。李晓白追求天人合一的理念，源于当下人与自然与社会的失衡，抑或人与自然相存意识下降，生存环境令人担忧。我想，李晓白更大可能是在彷徨中，去暗示当下人与人、人与自然、人与社会间存在的莫可名状的神秘感，让这种困惑用理想的美之观念，去相互审视你我他，去凸显自己对良知的呼唤，对真善的追求，寄寓出一种纯真的期盼。他是以一种游弋不定的托物观，宣泄自己的主体感情，表达自己在中国山水人物画领域中具有的主体性意义。

李晓白构建的这种有意味的视觉形式，培植出了一种能承载自己精神期许的平静观。他并非一定要求自己的作品有什么样的说服力，只是试图在传统的色彩观、图样形式之外，寻找新的、能表达自己欲说还休的身世情怀，或栖息自己灵魂的一席之地而已。于是，我们从他“天人合一”的平静观里，看到了清澈的安寂性的平静；看到了致远志而宁四海的平静；看到了笑时坎坷韧如水的平静；看到了鲲鹏展翅万里后浩瀚的平静。对他而言，由这种平静观照而出的作品应当更有说服力，远比我这里饶舌的文字表达得更单纯、更直接、更有力量，也更能显著体现出他自身充实的能量。他这种“天人合一”的“平静观”里，展示了三种境界，其一，是审美的“有”之境：“物色之动，心亦摇焉”；其二，是审美的“无”之境：“万涂竞萌，规矩虚位，刻缕无形”；其三，是审美的“有无”之境，即刘勰所言“神与物游”。李晓白认为，在艺术创作中，刘勰所言“思理为妙，神与物游”最能代表天人合一的境界。从他的山水人物画作品中我们感悟到，这种和谐不仅体现了造化的生命精神，同时，还体现着主体情感的和谐，正如著名美术评论家邵大箴所言：“物我同一，方能形成艺术作品的内在生机。”

李晓白提供给我们的宝贵经验是，他没有把文化传统看作是一个自然过程，而是在尊重传统客观规律的基础上，把握智慧的创造火花与历史偶然性的碰撞；在生命觉醒中，眷注生命激情和精神无限可能提供的内在公理；在“体物言志”中获得升华；在精神开放的状态中，去抵进“乘物游心”的自由状态和高度，最终升华为“居高声自远，万物与我为一”的创作境界。始终与李晓白不离不弃的是他紧紧与永恒文化的精神的拥抱，坚守纯正美学形态追求的人生理想与艺术情怀。在由传承向现代演进中，在“我用我法”的书写和营造中，创造并衍生出意象和结构本身的内在张力，并在将其外化的过程中，演绎贴近时代精神，穿越历史时空的、充满想象的、虚拟的审美空间。他的山水人物画，体现了他“天人合一”的思想情感和“本心”。他的绘画也从客观的“图真”上升为表达情感的“真意”。对艺术的理解自然是仁者见仁，智者见智，更多言表亦要通过画者的本心映射到画面之上，诚如陶渊明诗云：“此中有真意，欲辨已忘言。”八十年来，李晓白一次次邂逅自然、亲近山水、进入人群，观者或许能够想象到，面对山水草木，穿越历史人物，叩问当代众生，他坦然而向，素心朗朗。在从容舒缓的描画中，令人的精神抵达淡定与深远之境，尤其在浮躁喧哗的当下，克制内敛，平实叙述表达出的情感维度，肃然而真挚。在他的笔下，无论山水还是人物，必是精思入神，独契灵异，不滞于思，不失于法，通融于天地万物。

“形”是绘画的基础，它在绘画的过程中占据极其重要的位置。中国画传统中最本质的东西是审美，中国古代杰出的画家多为耽嗜老庄思想之高人逸士。彼等忘情世俗，于静中观万物之理趣而已。现代哲学家、美学大师宗白华解读为“理者物之定形，趣者物之生机”。表明形与生机的辩证关系，关键是如何活在传统里，同时又使传统活起来的问题。中国画的笔墨传统不是一个直线下来一成不变，一以贯之的现象，至少它是“一而二、二而一”，是不断消长、矛盾，不断否定补充，再否定，再补充，再丰富的这么一个过程。人物画以线造型为主，所以对笔法的体现也最充分，古人将笔法总结为“十八描”，如唐代吴道子的“兰叶描”，宋代李公麟的“行云流水描”。元明清后，线的形象越来越丰富，流派越来越多，转折处的方圆变化也越来越随心所欲。然而，就笔法的骨血精神而言，虽然画笔都是出自晋唐以降的书笔，但以李成、范宽为代表的宋画的舍弃小趣味，完全服从于画幅气局建构的“隐笔”法和以“元四家”赵、王、倪、黄为代表的强调彰显笔法的抑扬顿挫，强调独立审美价值的“显笔”法便形成了截然对撞的两大派系。

李晓白显然走了一条继承创新、中西结合的折中的路子。由于历史的延宕，人物画的发展没能像山水画那样，在理论上和实践上都达到完备的境地。笔墨可能是山水画的全部，对于人物画来说却不是。今天，人们大谈笔墨的独立审美价值。在他看来，笔墨至上不可取，其独立审美价值是有条件的，应有度控制。只有在种种复杂多样的情景中去考研笔墨的生命力，去锻造笔墨的表现力，才能到达山水画似的画法大备。这就自然涉及一个“写”。这个“写”是一种画法，是一种有书法意味的画法，它在描绘对象的同时，在起笔、行笔、转折、收笔、顿捺、提按的控制中，要体现书法运笔的韵致和审美规范。然而，这种画法体现在绘画中，特别是人物画中，是变形了的，或多数情景下是一种意象化的，胶柱鼓瑟地去理解又是行不通的，尤其是人物画。这种“写”的画法通于书法，但画法又不等于书法，王蒙山体上的牛毛皴和米芾笔下的米点，形态方法各异。赵孟頫《竹石图》石头的侧锋勾勒和吴昌硕顽石的涂抹，都很难切实地从书法的笔法中去对号比附。但是，他们一下笔就已是中国的了。这里的领悟，只有在书法的学习中获得。精深的人物形象，常常需要精当的刻画、塑造，才能胸有成竹地“以形写神”。为此，李晓白北上求学，让他触动最大的是刘大为工作室课题班的“精微素描”训练：在一尺见方的素描纸上，对着一顶旧军帽写生，要求不用明暗地将帽子上固有的褶皱及帽檐上微妙起伏的结构都充分表现出来。这种“精微素描”的训练，其目的是把人这个对象的结构、形体，以及他的运动规律了如指掌，从而懂得平常写生，观察对象时，容易流于表面，而观察不到人物内在微妙变化。中国画主要靠看得见的凹凸阴阳结构来表现物体，叫体积感；而西洋画则强调看不见的内在体积，用线条、色光来表现物体，叫主体感。由“精微素描”所延伸出来的凹凸，往往会入木三分，栩栩如生。他创作的《安居乐业》《边区老哥三》《物阜年丰》《陶瓷泰斗王锡良》《大凉山汉子》《醉笔写者汉》《爱笑的农妇》等，展现的不是一个平面，他表现和展示是一个复杂、多维和主体的世界，尤其是线条表现人的形象，更是千变万化、丰富多彩，表现人的喜怒哀乐。通过线条的变化我们可以感知生命的呼吸以及身体内灵魂的脉张和律动。而他创作的《酌句图》《王维诗意》《唐人诗意》《山中聆泉图》《莲之爱同予者何人》《姜太公钓鱼图》《屈子行吟图》《古人梅、兰、菊、竹诗意四屏》《山中会贤图》《竹苑清风图》等，则依据具体的表现对象，通过线条的长短、粗细、曲折、起按的变换，通过墨的浓淡、干湿、皴擦的变换，运用白描的飘逸、飞白的动势、亦工亦写，形成自己独到的、有意味的线条符号表征体系。他的画的章法造型，充分地展现着他的自由、奇幻的想象，从《山鬼图1》《山鬼图2》《达摩面壁图》《醉仙图》《八仙过海图》等作品中，通过泼墨的淋漓来展现线条丰富的内涵，通过中西结合、古今融会，体现了李晓白的创作带有比较强烈的人文色彩和抽象派画风格。它们有逆反于传统文人画的崇古与遁世，与西洋表现主义绘画相结合，表现出对现实中人的生存状况和心灵困境的思考：有的强化了主体精神的展示，寻找自我在现代生活中的意义定位；有的则在探索自然与生命的意义；有的则在追寻灵魂的安顿。

自古以来，“师古人”与“师造化”就是中国画家人人都知道的求道之路。但我们注意到了其中一个非常有趣的现象，往往那些成就卓然的大师又会在言辞中对比他们更早的传统和大家的不以为然。苦瓜和尚石涛就是典型，他曾写下“万点恶墨，恼杀米颠，几丝柔痕，笑倒北苑”。其实，石涛不全认为米芾和董源的笔墨恶俗到一无是处。他口出狂言，一是他的性格，“语不惊人誓不休”；二是他有权表达自己的好恶。那么，作为我们后人，却不能仅凭他的只言片语而误解误读。明白人知道，石涛要反的是那些泥古摹古低能儿的恶俗与可笑。岭南画派的鼻祖高剑父是一面旗帜，其在近代绘画史上影响力可圈可点，同时他又是反封建的革命党人，被人尊为反古革新的领袖。当时“四王”、吴、恽一统天下，泛滥的狗尾之作又使画坛弥漫了一种霉腐之气，加之西洋画的影响已初露端倪，故注重创新的高剑父便以清新、明媚又意趣盎然的面貌抓住了人们的视线，形成独有风格的岭南画派。

李晓白在这方面，头脑是清醒的，他知道无本之木必死，复古也死路一条，必须“借古开今，中西融合”。其一，所谓借古开今，在李晓白看来，无论美学精神方面，还是笔墨语言方面，他始终秉承着一种与传统相互对话、不断生发的立场。用现代阐释学的观点来论，他并没有把传统当作一个固定的存在，传统是灵活的、变通的。它在当代人的视野中生发出意义。同时，当代人对于传统的认识通过求证于古代杰作的证明，用古人的话讲是叫“意取”，用现代阐释学的术语来讲就是“视界融合”。其二，所谓中西融合，在李晓白看来，中国画这个大传统，不论从美学的角度，还是从技巧、技法的角度，已很难用“笔墨中心”来概括它的基本特征，尤其是人物画。中国画要走入“现代化”，其主要步骤之一是采纳科学的西画造型。“中西融合”的笔墨规范有其恒定的一面，也有自律变化发展的一面。在“借古开今，中西融合”的理念下，李晓白的山水人物画走的是一种改造的路径。因而，他使作品在表现语言、体裁等方面具有非常大的弹性空间。就造型来说，传统的中国画并不注意造型，甚至非常轻视造型。而以徐悲鸿为代表的显示主义水墨却又过分夸大了造型的因素，出现了为造型而造型，速写加毛笔的异化现象。相比较而言，李晓白山水人物画，固然也是以写实为主，强调物象结构合理性，但并不拘泥于形似的相像。就中国画的本质规定来讲，他的这种做法又是对传统神似观念的一种最好的运用，即造型的问题融入中国画的主体之中，能够为传神达意服务。这不仅化解了形神问题的争议，且将形神问题上升到了一个总括性的、“意”的高度来对待，以非常实际有效的处理使形神的对立转化为形神的沟通。

美是主观的，又是客观的，主观与客观二者既是相互作用，相互交叉，又相互制约，相互印证。绘画欣赏是人类的一种高级精神活动，带有很大的主动性，这种主次形式因人而异的。因而，人的主观差异性，或者说人的主观差异性在中国画欣赏过程中的作用，既关系到人的自然属性，又关系到人的社会属性；既涉及符合目的性的伦理学范畴，又涉及符合规律性的认识论范畴；既有美学原理的普遍性，又有中国画原则的特殊性；既是一个心理学问题，又是一个哲学问题。

由于自幼酷爱绘画艺术，李晓白深知艺术志在表达一种情感、一种精神、一种责任。他懂得绘画合为“人”而作。群众是文艺创作的源头活水，一旦离开群众，所画作品，就会变成无根的浮萍、无病的呻吟、无魂的躯壳。他以充沛的情感与生动的笔触，秉承写生为大的理念，坚持每年用半年左右的时间到农村、学校、企业、社区，甚至外省、港澳等地，描绘和记录“人”的伟大实践；他懂得绘画合“时”而作，为“时”而作，就是要通过创作体现对时代的一种关注，对现实社会的一种关切，对改造社会、促进社会进步的一种责任和任务。为此，他积极投身于广州亚运会的创作活动、投身到地方民俗活动的创作之中、投身到太行山革命征程的创作活动、投身到广州这座千年商都的发展变化的历史长卷的创作之中……在合为“时”作的绘画创作中，他让一幅幅画作所秉持的理念和价值观充满时代感、体现社会性，展现出现实社会、文化思潮的进步与波澜，创作出了“有温度、有热度、有高度”的精神力作。他懂得绘画合为“旨”而作，就是要将绘画写意之美，让普通群众所理解、所接受，实现阳春白雪和下里巴人雅俗共赏之目的。

凡致力于“为人生而艺术”的作品，往往表现出一种旨在服务于教化功能的意义之美，李晓白奉承的“为人生而艺术”的创作，结合传统中国画追求的“明劝诫、著升沉”的理念，旨在服务于教化功能的意义之美，但也并非没有立足于怡情的状态之美。同样，他作品里继承传统中国画的“畅神”“适意”“墨戏自娱”和现代中国画中致力于“为艺术而艺术”的创作，虽然表现为一种立足于怡情目的的形态之美，但也并非没有服务于教化的意义之美。

李晓白承认绘画能赏心悦目，也认同“画以载道”。西方学者鲍桑葵在其所著的《美学史》中提出“浅易之美”和“艰奥之美”的概念。鲍桑葵认为前者人们一般仅凭直观，即对之作出反应，产生愉悦，而后者则要复杂、深奥和广阔得多。对这种“艰奥之美”的欣赏和领略，不仅需要智慧和想象，而且需要学习和训练。他愿意担当起启蒙和指导的责任，尽管这要耗费掉他大量的时间和心血，甚至直接损失掉他的切身利益。这对一个靠自己创作卖画维生的画家来说，是个艰难的选择。但他太挚爱绘画这份事业了。当年，为了这份炽热的爱，一心一意从事自己喜爱的绘画创作，他毅然决然地砸掉了铁饭碗。现在，他不仅要自己热爱，还希望有更多的人喜爱绘画艺术，享受绘画艺术。为了让更多的人懂得绘画艺术，热爱中国画，他愿意贡献自己的光和热，于是，他心甘情愿地当上了广州市美术家志愿者协会主席，义务为广大美术爱好者和老百姓传授中国画的形态之美和意义之美。他筑基于“志道，据德，依仁，游艺”的人伦本位，秉承“文以载道”理念，向人们解读“真、善、美”的人生真谛，让视者的心灵获得修复，还原人心应有的温软和澄澈。

为让中国画活起来，他将传统文化知识与当代社会紧密关联，以研究传统中国画起源、中国画历史、中国画概念、中国画的分类、中国画的特点、要素，以及欣赏中国画的准备和条件、欣赏的标准和方法等方面循循善诱、苦口婆心，并通过自己现场讲述故事、现场创作，让视者很容易进入古代的生活场景，让那些原本硬邦邦的知识马上变成了活生生的体验；为让中国画活起来，他告诫大家传播传统文化需要新形式，但也要防止内容的“江湖化”，不能在不知不觉中变得媚俗，引导视者传统文化是厚重、智慧、有趣的，回应今天的现实，要在与现实社会的碰撞中实现拓展，让我们每个人都在这种碰撞中寻找到文化归宿，使生命在层次上开始丰富起来；为让中国画活起来，他秉承“始则转俗成真，终乃回真向俗”，要有学问底色，积极影响社会。他自己与观者共勉：要用美的眼睛去发现，用美的耳朵去聆听，用美的思想去塑造。

当今中国画坛正面临着一个民族振兴、全面发展的有利时机。我们期待着，正值收获季节的岭南画家李晓白，能够以他深厚的文化底蕴和坚韧的创作态度，通过自己睿智的构思和独特的视野，在已经取得令人瞩目的成绩面前，继续用“道”的哲学思想变现自然物象和社会中人，善于借用“太极图”的黑白均衡表现构图，在水墨上，其作品华润有余而浑厚略欠，用水的功夫明显多于用墨的功夫。

我们有理由对他提出更多的要求，也充满信心地期待他有更多超越自我、超越时人的优秀作品问世。

嶺南三傑
高劍父陳樹人高奇峰是嶺南畫派的創始人曾追隨孫中山參加革命活動民主革命思潮和日本明治維新後成功地開展美術革新啟發了他們革新中國畫的熱情他們認為藝術關國魂非改革不可他們先後東扶桑留學學成後回國以折衷中西融匯古今雅俗共賞的方法創造了嶺南畫派爲中國美術史添上了光輝的一頁
曉白並記

《岭南三杰》 **李晓白** 作

《物阜年丰》 **李晓白** 作

第39篇 登高难得是精神

秋高气爽，丹桂飘香，菊色暴涨。值此良辰，若不去登高放目、驰骋神思，实在是辜负天地、有愧人生。恰巧，聪明的国人找到了一个充分的理由，即九九重阳的登高节。

登高，除赏秋，亦有惜时别离之意。九九乃秋之尾，尔后草木情事凋零，虫声偃息，万象复苏要等来年了。此时登高，将谢幕前的风景尽收眼底，将天地之思默涌于心，颇有依依不舍和立此存念的意思。故有人称九月登高为“辞青”，与三月“踏青”相呼应。

登高的去处，一般是山、塔、楼，所以，在一座古城，大凡能将风景揽入怀中的高处，几朝下来，皆成了名胜。古时九月九，“三山两塔”必是糯酒飘香、万物攒动罢。据记载，至清末，各地的“登高会”依然盛行，长沙的岳麓山、广州的白云山、武汉的龟山、南昌的滕王阁、西安的雁塔……都是著名的雅聚地。连素无丘山的上海，也把沪南丹凤楼及豫园的假山作为“高枝”来攀。当今重阳节，百姓登高热情更盛，只是这盛情的内涵和外延有了改朝换代的味道。据观察和了解，新时期趋之若鹜的登山者，几乎都是怀抱着仕途上求得更大进步、经商博弈上求得更大利润的心态，就连莘莘学子也乞求金榜题名。一句话，都带有强烈的急功近利的个人实惠主义色彩。有的地方还将重阳节繁殖出了一个新解：除凶秽、招吉祥，延年益寿，祈福求安，甚至于将重阳节改为“敬老节”，这种改动让它的美折损大半，伤了筋，动了骨。

其实，从前人登高，是心目中的高，是一种精神的高，尊高、尚高、仰高。“高”对其人生步履和精神移动有股天然引力，有种欲罢不能、鬼使神差的诱惑。而且先人所涉者，多为在野之高、山水之高、天赐之高，不仅慕之趋之，也忠实地护高、养高，捍卫身边的高物，不敢随便削弱或降低这种高，不敢做出有损崇高尊严和荣誉的事。

的确，与先人相比，享受先进文明、拥有高科技知识的现代人，在对时间的敏感、光阴的怜惜、与大自然对话的天赋以及能力上均要逊色得多，也猥琐得多。不仅迟钝，而且寡情。当沥青覆盖了旷野，当台阶变成了电梯，当天然之巍被夷为平地、化做了砖头水泥，当世人和媒体眼中只剩下了“珠峰”……登高，只剩下了一个遥远的背影。正如作家王开岭所指出那样，我们的刻度变了，视觉和灵魂的刻度都变了，我们所有尺码和欲望一样，肥大而粗陋；我们睥睨天下，肆意规划任何想要的海拔。欲望与疲于奔命，成了现代人的高度浓缩的生活写照。

因为欲望与奔命，我们和大地错过。和岁月错过，和时间错过，和幸福错过，最终与生命错过。

我们需要真正意义的登高，它能给我们内心一个安顿。这种安顿需要我们与天地合一，去敏锐地感知自然节序的变化，感知四时，感知山水，感知风月，感悟人生，感悟世界，感悟万千。明白和懂得思想的力量，是这个世界上最巨大的力量——现代人所要的并不是一种物质生活的奢侈，但他们一定要有精神上、心灵上悠游的奢侈。

登高难得的是精神。这种精神的热度，源于内心的情感和对社会、对自己生命的忠诚。无论你的理想是大是小，实现理想的基础，在于找到内心的真正感受。既要有一股逢高即上、遇巍则攀的人生冲动，更要有一种放牧视野、孜求彻悟的心智洞察力。理想和行动的关系，就如同引线和风筝的关系，这个风筝能飞多远，关键在于你手中的引线。而这条线，就是你的内心愿望。你的内心越淡定，越从容，你就会舍弃那些激烈的、宏观的、张扬的、外在的形式，而尊重安静的内心的声音。这时候登高，就会超脱、大度，看清尘世，明白方向；就会自省那些人生大道、社会理想得以实现的内在基础。一个人如果没有内心的这种从容和对自我的把握，在他的职业角色中，只能任职业摆布，而不会有对这个职业的提升。现实生活中，每个人都有自己的“达·芬奇密码”，每一个人的生命链条中都有他最在乎的东西。只有脱离纷繁热闹的环境，通过登高这类的形式，方能找到一个自清、自省、自醒之后的一个寄托，给自己继续人生找到一个依凭，找到自己内心的根据地。

登高难得的精神，这种精神的硬度在于自己对人生的坚定信念，对未来敢于担当的勇气。屈原在其《离骚》中说：“阽余身而危死兮，览余初其犹未悔。”意思是告诉世人，面临重大挫折时应坚定信念而义无反顾地走下去，这样才能过险关、战挫折，使人生更加光明。每个人都有自己的理想和信念，但往往在现实的残酷中和困难的环境下，放弃或打折了初衷，变得“成熟”起来、“老练”起来、世俗起来。在一个突变的情形下，一个人怎么样坚定信念、能够有所担当，其实是一个真正成熟的人，在职业角色中所要受到的一种考评。人怎么样可以变得坚韧不拔，可以变得淡定而不仓皇，这需要在心中找到一个精神符号的寄托。所以，理想之道是什么？就是给我们一个淡定的起点，给我们一点储备心灵快乐的资源。只有登高之后，人们才能穿过历史的风雨。登高者才能把山魂融进心胸，心胸才能变得宽广，正如一首诗中写：“……人类要登高，心灵求远望／我沿着诗人的哲思登楼／诗行为我搭起登天的云梯／诗人高举用诗句燃烧的火炬／把我人生登高的激情点燃……”

登高难得的精神，这种精神的高度，依靠宁静致远、修炼提升的品质，提升人生的海拔线。两千多年前的春秋时期，孔子登上东山，就觉得鲁国变小了；登上泰山，就觉得整个天下变小了。所以，观看过大海的人，便难以被池水所吸引了。在圣人门下学习过的人，便难以被其他言论所吸引了。观看水有一定方法，一定要观看它壮阔的波澜。太阳和月亮有光辉，不放过每条小缝隙；流水有规律，不把坑坑洼洼填满不向前流；君子之志于道，不到一定的程度不能通达。在今天这样一个后工业文明的社会里，《孟子·尽心》所述这段文字里，传递出这样一种博大、深邃、简明的思想：要站得高，才能看得远、悟得透、放得开，并且明白，只有不断登临高处，才能渐渐感悟人生的一览无余是多么地让人追索永世、大悟大彻。

“欲穷千里目，更上一层楼。”登高的禅玄也许就在王之涣的这首诗中。

第40篇 领略黄山云海

人们常说“观景不如听景”，但只要是真正去过黄山的人，恐怕都会发出“黄山归来不看山”的感慨。

黄山距海遥远，可它的几个著名风景点都以海命名，北海、西海、东海，甚至还有天海。谁人给取的名称，“妙在非海，而确又似海”，置身现场，就会感到海的浩渺、海的迷蒙、海的色彩、海的呼吸、海的瞬息万变。

黄山是一座神山，云环绕着山蒸腾着、翻滚着、涌动着，在谷底上演着一场大戏；山宛如玉皇大帝，在他的神谕下，仿佛天神和众精灵都出动了，开了一个盛大的舞会。似乎是要在神山面前展现自己的功夫和拿手绝活儿，这云一会儿涌上那深渊般的峡谷；一会儿又平铺开来，抹了山头。一会儿，那云又柔曼着，舒卷着，好像大家闺秀，不急不躁、轻轻挪动，悄悄隐退下去……于是，一座座山头慢慢显露出来，像一座座岛屿，而那浓厚的云就浮在山腰。此时此刻，世界顿时寂静极了！其实，这种安静只是一种假象，或者说一种小憩，它在酝酿一个更大的玄机。果然，又一场表演开始了：但见山谷中又涌动起来……像万马奔腾，又像有一面巨大的旗帜在挥舞，那云滚着，涌着，奔腾向下，奔腾向上……

这是云的海。云本来是以山为家的，五百里黄山聚合着世间多少烟云。雪白的纱裙，皂黑的长袍，袅袅婷婷，跌跌撞撞，蹒蹒跚跚，急急忙忙，忽然间都齐心合力来推波涌浪，松林被淹没了，峰壑被吞噬了，只留下点点峰尖，星罗棋布，成了顶出海面的岛群。随着太阳的腾升，云海也变得透明了，原来的岛群已经披上玫瑰色的晨曦，海天相接处绽露的一个红点，伸出一柄金色利刃把紧裹着它的黑色云衣切割得支离破碎，奔跑着、跳玩着，璀璨艳丽，带来生命的光华。天红了，海红了，掩藏在海中的峰壑松石闪烁着晶莹的色彩，争先恐后地涌上前来。

这是峰的海。那一个接一个的峰，一条连一条的巨壑，在烟云中隐现着，晃动着，如同一座座汹涌的洪峰，如同洪峰过处留下的一道道浪谷。镶嵌在峰壑上的粼粼怪石，似人似物，似禽似兽，又如同潜伏着的、危险的暗礁。郭沫若在《黄山之歌》中写道："奇峰虽云大小七十二，实则七十二万尚有奇。"人的审美能力比奇峰更为丰富，想象力比实景更为奇幻无比。我感兴趣的是，谁是黄山群峰的最显赫的代表，论险峻，无疑当首推天都峰。站在峰脚仰望，那座望不见尽头的、陡达85度的石阶像垂直的绳梯，从1500公尺斧劈刀削的石壁上直挂下来，看一眼也觉得头晕目眩，令人胆寒。

这是松的海。悠悠白云间，危崖绝壁上，一棵棵青松，一层层绿荫。久负盛名、挺立在玉屏楼前的迎客松，枝干苍劲、形态高大，天海海心亭前的凤凰松，枝干奇特，高仅一米许。严酷的自然条件给黄山松的庞大家族成员打下了深深的烙印，黄山松的体态很不规范，有的根比枝高，有的伸出一条长臂竟是身高的两倍。有的昂首仰望有一席之地，有的只能俯着身体腾空蹲坐。怪石压顶，它能绕石而过，穿石而出，只有一点沙土，他也能生根发芽，从石缝中不屈不挠地生长起来。

云海、峰石、奇松，相得益彰，形成了黄山的独特之美。

置身这如诗如画的仙境中，我常常发呆。那云、那峰、那松，我的眼睛漫无目的、应接不暇地盯着它们，渐渐地我的整个身心，都会呆呆地进入一种物我两忘的境界，紧接着，我那种平时沉睡得很深的、隐藏在大脑沟田深处的灵思就会眨眨眼，会心一笑，翩翩而起。黄山妙在非海，而的确又似海，这种动与静、虚和实结为一体的景致，表现了宇宙的勃勃生机，审美空间拓展了，人的目光突破了松石峰壑的有限形质，伸展到远处。由有限而把握到无限，引起对宇宙、历史、人生无穷奥秘的思索。

黄山上任何一片云朵、任何一座奇峰、任何一棵奇松、任何一块奇石，都具有让我立刻陷入到发呆状态的神奇魔力！如此高频率地发呆，如此高频率地灵魂出窍，如此高频率地若有所思和若有所悟，必然给我带来精神上的洗礼，思维上的通透，智慧上的飞跃。当然，也会带来身体上的疲累，肌肉的酸痛，冒险之前的心惊，冒险之后的后怕，但这一切都是值得的。

回家后我给儿子讲，黄山真是个很让人发呆的地方，被学业负担压得有些喘不过气的儿子积极响应："向往、向往，向往到黄山去发呆！"我本想告诉他，黄山云海的千变万化、千姿百态，它频频发出的审美信息，要窥视它、捕捉它、摄取它，似乎没有捷径，只有不辞劳苦、永远不辍跋涉攀登者才能获取。但我没有说，怕因我空洞的说教引起儿子的反感。"还是等有机会让他亲自去感知，去体会，其意义和效果反而大得多。"我这样想道。

第41篇 非人类的家庭成员

在至今仍靠夫妻双方公积金供房的中山四路的那套八十多平方米的空间里，生活着我、妻子、儿子，还生活着点点。

被我们一家亲切地称为点点的，是我们抱养的一只家猫。几年前的某一个冬天，当时点点出生还不到一个月，就被我和儿子抱了回来。叫它点点，一是它幼小，巴掌大一点；二是它右眼圈上长着一点黑。

我和家人每天下班或放学回来，掏钥匙的时候，就听到屋里的"喵喵"声，或轻轻的"悉悉"声，打开门，点点会在鞋柜上或直饮机的水桶上欢迎我们。吃饭的时候，点点会蹲在桌子上菜碗旁看我们吃饭，非常馋嘴的样子，弄得我们吃饭都有些不专心，常常忍不住将没吃完的鱼或烤鸡腿、鸡翅什么的，放在铺上一张报纸的地上。点点就会跳下桌子，专心致志地吃起来，有时还会发出"嗯嗯"的声响。

这就是我们家的点点——一只抱养的土猫。

在那一窝五只猫崽中，点点长相并不出众。其中，有两只比它漂亮多得多，令我们爱不释手，但是我们还是选择了点点，因为儿子挑猫有一个重要原则：一定是母的。这个原则的根源非常简单，因为他要观察母猫怀孕、生育的过程。如何识别小猫的性别呢？这家猫的主人说："这很简单。"说着分别将五只小猫四脚朝天躺好，肚子靠近尾巴处是冒号的，是公猫；是惊叹号的，是母猫。

去抱养点点之前，妻子开导我这个一直反对养猫主义者。我之所以反对，是因为家里本来就忙得拉不开栓：我和妻子除了为生存而努力打拼之外，还要照料儿子的衣食住行和学习（当然，主要是妻子来伺候我家的“小祖宗”）。如果再伺候一个“小祖宗”，对于身心疲惫的我们来讲，无疑是雪上加霜。现在，既然儿子铁心要办，那就一定要高度认真对待：我们中年得子，三四十岁才生下这么一个宝贝儿子。另外，妻子还这样做我的思想工作：儿子孤单寂寞需要一个小伙伴。我想想也是，儿子与我们毕竟有年龄上的代沟，如果有个哥哥姐姐或弟弟妹妹的，他的这个需求就不会这么强烈；现在没有，只能满足他的需求了。就这样，我同意了。

接着，妻子放下了几句要命的话：“你不能把我一个人累死吧。这样，儿子，我全管了；猫，就交给你了。”我只能无言。

这些年，儿子不以我们的意志为转移地逐渐长大了，已经有自己的思想、自己的语言、自己的爱好了，已经渐渐离开我们的怀抱、我们的视线、我们的教育了。在我们的意识深处，孩子永远是幼小的好、幼小时的可爱。老舍曾在一篇文章写到，希望他的孩子永远不要长大。就在这个时候，点点适时地出现了，正好满足了我们“孩子永远不要长大”的心理需求。就这样，点点顺理成章地成了我们家的第四位成员。

现在，我将买回来的干猫粮喂它……它只是闻一闻，或者用小舌头舔一舔——妻子判断可能它太小了，嘴还吃不下那么大的猫粮。于是，我就试着将原来颗粒状的猫粮碾成细末……果然，它“哧哧”地吃了起来。妻子怕它营养不够，又拿来奶瓶，冲进奶粉……这下，它吸吮得非常欢。妻子感叹地说：“我们体会到当年喂养儿子的感觉了。”

点点是家猫，算不上“贵族出身”，全身灰黄白三色，五官端正，美中不足的是右眼眶旁有一块黑毛。如果左眼眶也有一块黑毛，那就对称了。可惜……一不对称就是不顺眼了，就是怪异了。妻子常常说它是“眯眯眼”（北方河南的一种说法）。到宠物店打预防针的时候，有人说点点长相有些恐怖。我听了心里不大舒服，觉得他们少见多怪。

点点的确其貌不扬，与宠物店里那些被抱来治病或整容的美女猫们比起来，它堪称“乡下姑娘”。但是，它周身油光光的三种毛色，四蹄雪白脚掌软软的粉红色，我还是觉得有几分天生自然的美。点点的可爱不在外表，而在它的内涵，它的善解人意。另外，点点有一双炯炯有神的眼睛，遇到什么东西都会好奇，买回的食品和特产，购置的衣服和日用品，它都会积极主动地靠过去，或用鼻子闻闻，或用爪子摸摸，甚至用耳朵和尾巴蹭一蹭。它虽然长着一副老虎的模样，也是食肉动物，但是有一双蓝宝石般的大眼睛，还有一个红扑扑的鼻子，非常乖巧驯良。

它除了玩耍外，就是睡觉。它喜欢卧在沙发上、席梦思床上，把自己的头和尾巴缩成一个半圆形，半眯着眼睛大睡。睡足了，它就会跳到地板上练“猫爪神功”……我家的沙发上、电话柜子上，甚至连妻子的挂包、儿子的书包上，都留下了它的猫爪印子。对于它的破坏活动，妻子会训斥它，儿子会教训它，而我却表现出连我自己都难以想象的宽容和大度：我觉它太幼小了、太弱势了，也太无邪了。点点在我们全家三口人呵护下成长着，真是一把屎一把尿把它拉扯大。为此，妻子相当地闹不明白，当初我是极力反对，现在却是百般溺爱，对儿子都没有这么疼爱过、迁就过，对点点太娇惯了。我也闹不明白，我怎么就那么娇惯它？每当它做错事，或者调皮捣乱，心中不由得升起无名火，自己虽然想发火，可一看见它那么弱小的样子，特别是它那一双闪都不闪一下的大眼睛正怯生生地凝视你，你会油然生出一些怜悯、怜惜之情。你会感到，人最能被打垮的并不是强权、强势，而是善于示弱、示真、示纯。它非常容易击中人的软肋。

点点有着人类的文明修养。比如说睡觉，一直不睡猫窝，只选择席梦思或沙发来睡，还喜欢钻进衣柜里休息。不管是什么毛料丝绸，它都会随意躺在上面，甚至会将挂着的高档衣料抓下来，游戏一番。白天，它会选择有阳光的地方，四面朝天地躺在那里。妻子常常说它有失斯文、有失雅观，但是它我行我素，怎么舒服就怎么睡。一般来说，猫们都是白天睡觉晚上活动，越到晚上越精神（因此，人们常称整夜工作的人为“夜猫子”）。而我家点点却如我们一样作息：你睡它也睡，你醒它也醒。

晚上睡觉，它喜欢跟我们一起睡。它最喜欢跟儿子睡，其次是妻子，最后才是我。也许是它认为儿子年龄小，跟它年纪差不多。在和儿子睡觉的时候，它会选择儿子的脚不会蹬到自己的位置躺下（或许它曾经吃过这方面的亏）。有时，儿子不想跟它一起睡，就把它关在房门外……它会非常伤心地守在门外。下次一有机会，它会悄悄潜进儿子的房间，或床下，或窗帘后。等儿子入睡后，它就一声不吭地轻轻地爬到儿子身旁。儿子睡觉常常蹬被子，容易感冒。有一段时间，妻子和儿子睡在一起，点点也挤了进去，把身子窝在妻子与儿子之间。进入初中后，儿子的身子像浇了粪的长豆角，“噌噌”直往高长，睡觉的活动范围越来越大。这时，点点十分理性地跳到儿子所睡的高低床上层。

点点天生爱整洁，几乎到了洁癖的地步。它天天用舌头舔洗全身，就是如厕它都有讲究。它先拉尿，等我换完猫砂后，它再拉屎。它的这个习惯很像汪曾祺的小说《异秉》里的王二那样，大小便分清，先解决小手，再解决大手。解决了内急，它才开始大快朵颐地吃起猫粮。如果便盆的猫砂湿了，它就不肯如厕。一次替换猫砂，起码需要四张报纸……一天下来，就是二十来张。每天傍晚，我回到家，点点便缠着我的腿，意思是它要换猫砂。刚一换上新的猫砂，它就在上面打滚儿撒欢儿，一派欢欣鼓舞的模样。我刚刚换猫砂，它马上撒尿，立马拉屎……这么折腾二三回，它才肯罢休。我常常指责它：“你这么讲究，是从哪里学来的？如果不给你换替，你岂不憋坏？”它望着我，要么闭着眼，要么置若罔闻地走开，一副你说你的、我做我的漠然态度。每天一大早，它总跟随我去厕所，意思是要我给它找吃的。它“喵喵”地望着我轻叫。那叫声，没有猛兽的气息，倒有邻家小姐的娇憨韵味。

点点向往户外活动，看见我们开心，往往会情不自禁溜出家门。但是，妻子认为外面情况复杂，如果跟流浪猫接触容易染上病毒，不同意它出去。有几次趁妻子外出，我富有同情心地放它出去。有一次，我忘了时间，三四个小时后到楼下找……十来分钟后，它不知从哪里冒了出来。还有一次，我早上放它出去，因单位有事，到了傍晚才开车回到地下车库……准备倒回自己的车位时，点点“喵喵”地出现在车头前。

终于有一次，点点外出遭受了险些送命的身心摧残。那天，妻子带儿子到国外她哥哥家休假，我照例将点点放风到楼下。三四小时后，同楼小朋友按响我家门铃，说：“伯伯，有人欺负你家的小猫！”我赶紧下楼……不远处一个胖墩墩的男孩撒腿而逃。旁边有人告诉我，刚才，就是那个男孩拽着点点的尾巴使劲转圈……当时，点点惊恐地嘶叫着，男孩却非常开心地尖叫。在旁人的指责下和我下楼的时候，男孩慌张地扔掉了点点。点点落魄地往围墙上逃……它太惊慌了，以致被围墙上的铁栏杆卡住了：头过去了，可身子却怎么也过不去。

我愤怒地朝那个男孩追了几步……听到点点被卡在铁栏杆上“嗷嗷”惨叫，赶紧跑过去解救。我试图帮它推过去，可铁栏杆太窄，怎么推都推不过去（毕竟它的骨架是不能像海绵那样可以挤压变扁、变小的）。

我决定帮它慢慢退回来。旁人劝我小心：“猫急了是会咬人的，会抓人的。”我说，没关系。我一边喊它的名字，一边抚摸它的头，示意它将头退回来。我一度担心它会反抗，因为它毕竟是畜生呀。但是，我从它那惊恐的眼神中感到一种信任感……我没有再犹豫，一手摸着它的头，一手轻推着身体，并不断说着“点点退回去，不怕，慢慢退回去”。开始，它不太明白地号叫，声音变大并扭头望着我。我耐心地边说，边轻拽它回撤。慢慢的，它的情绪稳定下来，并配合我努力往回退。大约过了七八分钟，它终于退了回来。我抱起它，直接回了家。一到家里，它十分害怕地钻到沙发底下……不论我怎么呼唤，怎么引诱，它就是不肯出来。

难怪，它刚才受了太大的刺激和伤害！当然，也怪我们一直从小把它娇生惯养，疼爱有加。它从小就对人产生了信任和依赖，就有了盲目的安全感。它可能中《三字经》的毒太深了，太相信“人之初，性本善”，从来也不会想到有如此蛇蝎之心的胖墩墩男孩，它一定没有读过“人之初，性本恶”……同时，我也暗暗责怪点点的性格太善良、太软弱，如果当初它稍作一些反抗，或者表示一下自己的愤怒，那个野蛮的胖小孩就不会那么肆无忌惮了。

那次被蹂躏，在它的心里留下了阴影。以后，凡有人来到我家里，它都会避而躲之。真有人类那种“一朝被蛇咬，十年怕井绳”的余悸。

一天天的，点点长大了，再也不是刚来我们家的那个害羞的小花猫了。只要拿一条小绳子在它面前轻轻摆动，它就会猛地扑过去，然后就用小爪子来回拨弄着绳子，像一个顽皮的孩子。如果丢下一个乒乓球，它会高兴地追过去……像逮到战利品那样精神抖擞。为调剂紧张、枯燥的学习生活，儿子特别喜欢跟它玩。他会在点点兴致浓烈的时候，往它身上洒点水或者弹几个饭粒……点点会落荒而逃，极不高兴地一边擦拭，或者摆脱身上的水或饭粒，一边“喵喵”地表示不满。这时候，妻子就会跑出来，替它打抱不平，责怪儿子不对。有一次，儿子恶作剧地弹饭粒，点点竟然跑到妻子面前“喵喵”地投诉……直到妻子批评了儿子，它才有些解气地卧在沙发上清理自己身上的饭粒。有时候，点点也会小小地报复一下儿子的戏弄。比如，它会用爪子抓弄他挺像样的书包，想让他不太像样的书包出现在同学面前丢面子。又比如，它会趴在他正在看书写作业的书本上，让他无法进行正常的学习。儿子把它抱开，它又跳回去……儿子气得找来水或者饭粒，点点“突”地一下子就跑开了。

来了七个月后，点点开始发情了，它“嗷嗷”直叫。我们只好带它去翠园小区找性伙伴交配。两个多月后，它就要临盆待产了。以前爱管我要吃的、要拉的点点，这时候只找妻子寻求帮助了。它怀着大肚子卧在待产的猫窝里，用它轻轻的叫声呼唤妻子，它很痛苦，妻子轻声地安慰它。点点用嘴咬掉自己奶头周围的毛，好让出生的宝宝衔住奶头吸吮奶汁。

“呜哇哇——呜哇哇——”几声刺耳的怪叫，将我们三个从睡梦中惊醒。“是点点在叫，它在叫什么呢。”儿子跑到大纸箱前。妻子把他推开：“点点要生小宝宝了，你在这里会吓着它。”点点从箱子里跳出来，一边“呜哇哇”怪叫，一边弓着身子从纸箱前拉了一些水。妻子悄悄地告诉我们父子俩：“那是点点快要生小猫流出来的水，相当于人的羊水。”点点又跳回纸箱。“呜哇哇——呜哇哇——”尖声叫一阵接着一阵……忽然声音没了……一会儿，它身边有一只像小红薯一样的小猫在蠕动。过了一会儿，又有一只……七个小时后，它先后生下 6 只宝宝：黑色的、灰色的、黄色的、黑白色的……妻子和儿子轻轻地抱起点点和它的小宝宝。我把窝全铺过了，换上了新的布块。点点衰弱的鼻唇失去了红色，却仍像平常那样用舌头舔着妻子抚它的手。妻子非常受用地对点点说：“乖，点点，你非常了不起，一下子生了 6 个宝宝，你是伟大的妈妈。”点点对视着妻子，没有发出什么声音，也没有什么表情。过了一会后，它全心全意地舔着刚刚出生的 6 个小宝宝。

当上妈妈后，点点一下子变得稳重起来，很像年轻人一旦有了孩子，就变成大人的样子。点点有 6 个乳头，却只有 4 只的乳液比较充足，靠近上胸的两只比较干枯。于是，宝宝们争抢不断。一只灰斑色的宝宝常常抢不到奶吃，一周后夭折了。剩下的五只幼猫中，还有一只个子较大的黑猫，四肢较长，总也站不稳，却特能抢奶吃。起初，我们以为它稍大一点会好些，谁知道站不稳成了它的顽疾。点点对它也不嫌弃，尽可能让它多吃些奶。在五只中，最能抢奶吃的两只宝宝，我们叫作“小奶牛”和“小黄牛”。“小奶牛”“小黄牛”长得最健康、最漂亮，也最活泼、最调皮，常常钻到沙发缝里或者其他旮旮旯旯。为此，一向温存慈祥的点点会对它们发脾气似的发出“喵喵”的叫声，有时候还咬着它们的脖子往外甩。当时，我们还不理解；后来，我们明白这是出于一种母爱的担心，怕它的小宝宝发生不测。果然，经过几次教训，那两个小家伙变得老实多了，都能在点点的视线范围内活动。点点教子有方，懂得疼爱归疼爱，但绝不溺爱。有一天，它突然拒绝为子女喂奶。妻子一算，宝宝们正好满月。过了哺乳期，幼猫们不甘心，想缠着点点使点小性子吃奶。没门！点点吼叫，咬它们，逼着它们吃猫粮。

我们的房子不是很大，我们的精力也有限。另外，经济上也不允许我们养这么多猫。于是，我们考虑只留“小奶牛”陪伴点点，其余的都陆续送人……幼猫少了，点点发觉后会到处找，以为它们躲藏到什么地方。没有想到，连我们存心保留的“小奶牛”也莫名其妙地失踪了。点点连续几天怅然若失，叫几声绕绕圈……

现在，我们满足了儿子对猫生育过程的好奇了。为了减少点点与它的孩子们以后感情割舍的问题，我们为点点做了绝育手术。

不知不觉中，点点融入了我们家的日常生活。每天的家庭活动总离不开点点。比如点点如何爱清洁讲卫生啦、饭后它会用前爪擦擦胡子、小便后用舌头舔舔肛门、被人抱过会用舌头舔舔毛……我们也渐渐弄懂了它这样做的原因，是为了除去身上的异味和脏物。它的舌头上有很多粗糙的小凸起，是除去脏物最合适的工具。我们也渐渐读懂了它的肢体语言，比如用耳、尾、口、身子来表达自己的感情和欲望。如果它腻在你的身旁，用头蹭你的话，是亲热的表现；如果它把从嘴边分泌出来的一种气味蹭在你身上的话，就表示它想把你占为己有；如果它的喉咙里发出“咕噜咕噜”的声音，就表明它心情好；如果它像鸭子孵蛋一样前脚往里弯的话，就表示它的安心和依赖。

点点从不认为自己是家臣，它只把自己当成家里的一员。它从不将我们视为君王，绝不会唯命是从。有时候，你怎么叫它，它就像是没听见。但是，家里任何一点儿动静常常都会受到它的关注。每天早上，它都会准时跑到你床头，“喵喵”地叫你起床。冬天了，天亮得迟了。有一次，它“喵喵”叫我们起床。我一看床头钟，果然到了该起床的时刻了。还有一次，点点叫我们起床的时候，我们以为它饿了，或者要求换猫砂，就没怎么理它。它竟跳到我们头边，用身子蹭我们的脸。我们硬着头皮起床，一看手表才发现床头钟坏了。有一天晚上，妻子和儿子都睡了。我回家匆忙洗完澡后，正准备去洗衣服，点点缠着我去给换它尿湿的猫砂。我匆匆将换下的猫砂扔到楼梯旁的垃圾桶里，然后赶着到晾台上洗衣服。我洗完衣服回到房间，妻子睁大眼睛问我：“刚才的大门是不是你开的？”我若有所思：“好像是……对了，我忘了关大门。”我想出房间，妻子叫住了我：“我已关上了。”原来是点点跑到房里，用与平日不一样的叫声和磨蹭弄醒妻子……妻子起床后，点点立刻带着它往屋外跑。在门口，妻子发现门开着……点点见到关了大门，马上乖乖地回到儿子的高低床上层休息去了。

点点还是喜欢睡懒觉，但任何时候它都不会睡得太死。只要有一点声响，它的耳朵就会动。任何异常的声响，它都有可能“腾”的一下子跳起来。自从它进入我家以来，我们家里就没有老鼠的踪迹了，但是蟑螂仍然神出鬼没，特别是在夜晚。于是，捕捉蟑螂成为它的一项重要任务。它常常守在蟑螂出没的洞口，实施“抓捕行动”。为了抓住敏捷的蟑螂，它时常搞的动静较大，甚至把厨房的用品都打翻。抓住了蟑螂，它也不吃，只是玩弄到死而已。但是，蟑螂太狡猾了，有几次竟然从它爪下死里逃生。

它从来任性，历来我行我素。但是，有时候把我和妻子看作父母，像小孩一样撒娇、投诉。虽然儿子的个头跟我差不多，但是它知道儿子是我们的孩子，因此，它会常常与儿子打玩，比如轻轻地咬儿子的腿，或翻弄他的书包，或窥视他洗澡。当儿子报复式地往它身上洒水或弹饭粒，它还是像以前一样，非常委屈地跑到妻子面前“喵喵”地投诉。妻子当面批评了儿子以后，它走到一旁，舔干自己打湿的毛须，或者踢掉黏在身上的饭粒，然后趁儿子在妻子面前做作业时，公然蹲在儿子的书本上，让儿子无法学习。这时，妻子就会边说好话，边轻轻抱起它……它有时候不依。这时，妻子会给一包它爱吃的猫罐头……这时，它才善罢甘休。

点点完全成为了我们家的一员了，尽管它没有户口。为了让它享受自由生活，我们多次“放风”式地放它出去……但是，它都不会走远，因为它抱定了“生是我们家的人，死是我们家的鬼”的信念了。再后来，妻子强调说不能再这么放它外出了，它说广东人喜欢吃猫肉，说不准被哪个馋嘴的家伙煲了。于是，我警惕起来，再也不敢放它出去了。它似乎也很适应了“宅猫生活”……宅居男女已成为现代都市的社会现象，在物质条件极大发展和改善的现代社会里，人们的精神世界开始发生变异：怀旧缺失、交流尽失，即使面对面，也是形同路人，往往近在咫尺，却如远隔天涯。不管成年人还是青少年，同一屋檐同一课堂，有多少心有灵犀？在分数就是标准、排名决定荣辱的应试教育中，学子们的善良开始倾斜、功名开始膨胀、童真开始退化……儿子年少早熟，他当然需要自己的朋友圈，但他又不愿牺牲自己的做人原则去迎合别人，他需要一种相互平等的朋友关系，他与他们保持一定距离，有了这种距离，儿子就会拥有一方清淡如菊的自我世界。本来这很好，但从小就种下世俗种子的学子们不会理解，他们形成了一股焦虑、浮躁且自以为是的势力，让朴素、善良的他陷入孤立冰冷的境地。点点成了他的忠实伙伴，它会依偎在他身边，默默无语，有时会用身体摩挲儿子的腿或胳膊，有时会幽幽地望着他，甚至用它有些粗糙的舌头舔着儿子抚摸它的手。点点的这些本真、善良之举，让他寂然而痛楚的心田有了许些温暖，尽管它不是人，但它的举止，又胜似一般人的情感支付。这些年，我们也适应了“宅人生活”。我和妻子下了班，就回来；儿子放了学，也就回来。现在，儿子已经是一个高挑英俊的美少年了，一进家门放下书包，就抱着点点玩。有一天吃饭的时候，儿子忽然对我们说：“爸爸妈妈，我要和点点结婚。”我们当时一愣，儿子一定是在学校或者外面受到了莫名的委屈或者冷遇，心里有着自己说不出、道不明的痛楚。儿子虽然高大，但秉承了我们夫妻俩内向、不善讲话的基因，喜欢想事，有时想到发呆，外人和班里有不理解的同学会取笑，本来他可以或听之任之或一笑了之，但他天生敏感，自尊心极强，又不忍对伤害他自尊的人予以还击……这一点像点点，太像点点了。我的面前浮现了那个胖男孩子拽着点点的尾巴使劲转圈的画面，它本来完全可以给胖小孩予以颜色，可以竖直毛发，发出恐怖的声音，然后伸出双爪，还击对方……我流下了眼泪，抱着儿子和点点，想说什么，嗫嚅了半天才说出一句：“你们都太善良了。”人本善良，但在功利面前却放下善良。每个人生来都有善良的基因，只是生活的不如意，让这种基因发生了病变。有些人在善良付出遭到恶意的欺骗后，便改变了初衷。其实，善良是区分好人与坏人最初界限，也是最后界限。善良是一生的功课，有一所学校，我们要就读一生，要陪伴我们一生。这所学校叫社会，这门功课叫善良。“天虽宽不润无根之草，佛门虽广难度不善之人。”我们夫妻仍固执地教育青春期的儿子：善良是人生之根，根深才能叶茂。

作为我们家一员的点点，已完全融入到我们的家庭生活中来了，我们和它已是“两个离不开了”。我们在享受这份独特而稀有的情感资源时，也会暗生一丝忧虑和担忧。在故乡武汉，生活着我的兄弟。其中，我二弟养着一只名叫“丝丝”的牧羊犬。二弟曾对我说，养宠物是一件残酷的事。当时，我也没有问为什么。现在，我想，宠物的寿命都要比人要短得多。如果和主人建立了独特情感的宠物，一旦撒手去了西天，主人该有多么惆怅和伤痛啊！

点点虽为异类，但与孩子有惊人的相似，它与狗比起来不分伯仲，而且作为品性来讲，点点除了乖巧外，还有人都难有的富贵、清高和矜持，这与狗的一味讨好、愚忠的德行相差甚远。作为高级动物的人类，有品位的男人一般不会，或者说不会太长时间地喜欢太顺从自己的漂亮女人，有魅力的女人就要有猫一样的禀性。

这些年，“第三地”作为一个舶来词，逐渐进入我们的生活。现在，人们常用“第三地”指区别于工作和亲情之外的、不可或缺的第三种生活常态。在某种意义上，“第三地”是我们维系精神之所在。如果丝丝是二弟的“第三地”，那么我们一家三口的“第三地”是点点吗？为什么人们的“第三地”不是酒吧、咖啡馆、私人俱乐部，而是宠物呢？

——谁能告诉我？我抱着点点苦苦地思索。

第42篇 风骨价更高

书法艺术风靡中华大地，欣赏并收藏书法艺术令人趋之若鹜。书法的路正，在于取法。书法艺术包括两种形态，一种是具象的，即笔墨的“技术含量”。另一种是抽象的，即书法的空间关系，即书法中的精气神，还有书家所具备的操守。

有朋友传来康生的书画。这位曾大名鼎鼎，担任过中共中央副主席等要职的特殊人物，在诗词、书画、金石、文物鉴赏、戏曲等方面有相当高的造诣。他的书画水平也有相当的高度，他的特色书体是带章草味道的行书，称为康体也不为过。行业人士普遍认为，康生的书法水平非常高，甚至对他所说“若论书法，我用脚趾夹根木棍都比郭沫若写得强”的狂言，表示一定的理解。狂言者，自有过人之处。然而，整个收藏界，对于康生的作品，大家并不买账，更不看好。个中原因很简单，与康生的德行操守不好不无关系。

翻阅历史，发现其中竟有惊人的相似之处。明末的王铎，既是大书法家，又是朝中大臣，但其操守就遭人诟病，他在明末乱世的所作所为，于朝廷也好，于百姓也罢，都算得上是一个罪臣。崇祯皇帝在煤山殉国后，王铎辗转来到南京加入了弘光朝廷。弘光帝朱由崧是个典型的花花公子，在清军随时可能将其政权吞噬的危急时刻，朱由崧的要务还是吃喝玩乐和广选美女，为了迎合他的欢喜，王铎书写了一副献媚的书法对联，悬挂在内廷里：“万事不如杯在手，百年几见月当头。”清军还未渡过长江，王铎就投降了。投降清军后，他仍做礼部尚书，这般没有风骨，没有气节的大书法家，并没有得到喜爱书法艺术的乾隆皇帝的尊重，乾隆将王铎列入《贰臣传》，而且是等而下之的乙编，大有永远将他钉在历史的耻辱柱上之意。王铎的这般人品必然会影响到其书品，尽管王铎在书法艺术上有相当高的造诣，并且具有一定的“人气”和“热度”，但仅限于书法本身的“技术层面”，而一名真正的收藏家，会认为他的作品“艺精而节亏”，故而弃之，如果说他是一位书法大师，也只能是一位“跛脚大师”。

继而举出秦桧、严嵩，这两名同样是中国历史上颇有功底的书法大家了，其书法艺术与王铎不分伯仲，也可称为各有千秋。到过山东曲阜，在孔林园内，便可见到“洙水桥”三字，这是严嵩所题。懂得书法的人一眼就能看出其书法功力了。但是，这两个臭名昭著的书法大家，没有人去临摹他俩的字，很少有人去收藏他俩的作品，他们的“粉丝”们几乎为零。

欣赏并收藏好的书画艺术作品，可以梳理和总结出这么三个基本点：一是要有一定的书画学术价值；二是要有一个科学的收藏观点；三是要考虑书画家的人品价值观。学术乃天下之公器，所谓书画学术价值，是指书画创作和实践的积极作用，其最基本的要求和特点是书法创作和实践是否在传承中创新、在创新中发展，是否提出了新观点、新理论和新发现，是否发掘新材料和新论证。就其书法来讲，它是一种线性艺术，它的结构之美、笔墨之美、气韵之美，具有十分重要的学术研究价值。好的或优秀的书法作品，都会有很强的艺术欣赏性，并具有很高的艺术学术研究价值。所谓科学收藏视角，就是要从中国书法的历史来看，其书法作品是否有其一定的历史地位和时代贡献。那些有名的书画家留下的作品，都既有一定的历史价值，又有难能可贵的艺术价值，从收藏角度看，经过历史筛选出的作品，才能断定其含金量。至于书画家的人品价值，就显得更为难能可贵了，不仅体现在做人、做事、作画上的德行和操守上。苏东坡曰：“古人论书者，兼论其平生”是颇道理的，的确，人格的高低、气质的雅俗、为人的正邪、人品的优劣，对于书画家来说绝不是无关轻重，它简直决定了书画家的成就和地位。

当代杰出的大写意花鸟画家李苦禅有句格言：“必先有人格方有画格。”

1937 年，正当他的画艺日趋成熟，成为“创造派的先锋，异帜独标”之时，北京沦陷日寇之手，他毅然放下画笔，参加了地下抗日运动，实践着他爱国第一的誓言。启功是公认的大书法家，他的书法艺术作品成为收藏界的标杆，人们认可和追捧他的书法艺术，既着眼了他精湛一流的书法造诣，也与他为人做事的高尚品格和操守息息相关。据他的弟子陈玉广先生介绍，对于各级政要登门求字，他都尽力推脱，从不向任何衙门的任何领导赠字。他的身上，始终保持着一位知识分子的尊严和风骨，他不仰视权贵，不俯看百姓。人们从他的书法艺术中不仅看到美的艺术，也看到美的人格，人们收藏他的书法艺术，也收藏他难能可贵的风骨和操守。

书法艺术是人的艺术，有人的气息、人的精神、人的生命。他所表现的作品是否有价值，关键在于他进行书法行为的外在操守。只有将艺术与人品有机结合在一起的作品，才具有真正的生命力，才具有广阔的文化市场。从某种意义上说，书法人的品行就是一种价值的体现。对于有作为、有价值的书家来讲，做人也是一项重要的修行和历练。

第43篇 《唐山大地震》的成功给予我们的几点启示

故事影片《唐山大地震》一公映便引起观影热潮，成为人们街谈巷议的热门话题，出乎包括我在内的许多人的预料。

山崩地裂、房倒屋塌，通常是灾难大片刻意追求的视觉效果。然而，《唐山大地震》的编导不以渲染地震灾难来寻求感官刺激和视觉冲击，而是别具匠心地选择了从物性到心性、由客观到情感的创作思路，将灾害重现让位于灾民心理重建过程，竭力展示人类在灾难面前所爆发出的坚忍毅力、顽强意志和自我拯救、守望相助的温情。从中，我收获了几点启示：

启示一：增强文艺的核心竞争力，必须坚持富有感召力和生命的主流价值观和审美观。该片之所以震撼无数观众，在于它的想象力穿过了表面的刺激，冲击了观众的内心世界。也许我们每个人都可能走过很长很长的心与心的距离。在这部影片中，由于地震造成的母女情感的隔离、疏远，到最后母女的重逢，我们才知道这对亲人的两颗心曾经不应该地离开了多远的距离。这是好莱坞电影写不出来的故事，这是西方文学难以表达的有中国特色的情感：母亲带着悔恨一直生活在自虐中，亲手毁灭了自己可能通往的幸福之路……中国女性悲剧的美让人动容，这样的悲剧这样的美在中国伦理亲情中是常见的。近年来，一些伤口影视让人看完后感觉价值观混乱，失去了感情的归属感。《唐山大地震》是一部向亲情致敬的电影，在骨肉分离中开始，在亲情回归中落幕。令人称道的是，该片把这部灾难故事作了有益的调整，把老百姓的心灵创伤放在重心，将历史事件转化为家庭的悲欢离合，这是中国现实主义电影的一次突破。

启示二：积极贴近观众观赏需求，不掩饰现实生活当中的矛盾，不掩饰自下而上的道德困境，探索现实主义文艺在产业化、市场上、国际化背景下的多种实现途径和实现方式。一个母亲面对一块楼板两头压着自己一双儿女、眼下只能救活一个的残酷事实。这是个残忍且无解的人生难题。获救的方达似乎时刻提醒着母亲曾经的选择，强化她的负疚；而死里逃生的方登又为那句“救弟弟”而不解和怨恨，32 年的不原谅，更是加剧着母亲心灵的磨难。影片以母亲李元妮无边的执着和坚守，以养父母对方登无微不至的呵护和关爱为主线，特别是汶川救援中亲历过母亲对子女撕心裂肺的亲情之后，水到渠成地为两颗深受创伤的心灵捕捉到疗救的契机，搭建起情感弥合的平台，使 32 年痛苦的心结得到合理合情的化解。

我们除了对这部电影的商业价值肯定之外，它的思想导向、对人心的感化、对人性的确认，对人道主义的肯定，都是当代文艺工作者应当遵循的文化价值。片中，社会矛盾、人与人之间的矛盾都被轻轻带过，理解和原谅作为桥梁，成为弥补心灵创伤最有效力的良药。

启示三：要充分吸取国外先进的叙事智慧，同时有机结合本土文艺优秀传统和经验，把资源优势转化为文化产业生产力。观摩好莱坞大片，凡成功的影片，多少都得反映一些人性的洞见：荒诞尘世中的一缕温情，卑微人间小人物的痛与挣扎或是经过漫漫长路才最终完成的和解。源自生命体验的思想之光照，才能赋予影片以活的生命和灵魂。《唐山大地震》之所以成功，正与此相关。“情以物兴，物以情观”，情者，文之经也。真正的艺术唯有以情感为中介，才能跨越感性的自然王国，进入趋于无限理性的社会王国，实现审美的情景一体和情理交融。像《唐山大地震》这样小切口、大主题的表述方式，更容易为观众理解和接受。其实，比起片首天崩地裂的地震场面，影片更强裂的震撼，是两个小时里那些用朴实无华的电影语言再现的灾后心灵重建的故事。影片的平民情结与观众心心相印，平实中蕴含着力量。具有强大亲和力的作品价值传递方式往往更能深入人心。

启示四：要运用高科技手段满足当代观众视听需求。像唐山大地震、汶川大地震这样的重大灾难，对于绝大多数人来说，他们获得的感知，基本都是来自书本上的材料和数字、电视里灾后的场景片段，还有幸存者的只言片语的回忆。关键是，这些所谓的第一手材料，对于未曾经历者来说都是间接的、抽象的，虽然它是内容大于形式的灾难。《唐山大地震》获得成功，首先要归功于它的文学性——灾难不但造成物质废墟，更会带来难以弥合的精神创伤。我们应该更加关注那些受到心灵伤害的同胞，给他们实实在在的帮助。但是该片的成功，离不开想象力，离不开高科技，因为对地震的表现必须到位，才能让观众身临其境，感受到毁灭。文学艺术的表现离不开丰富的想象力和逼真的表现力，这就离不开高科技的帮助。现在观众到剧场看演出，相当一部分因素是去看剧场的包装，包括灯光、音响和舞台装饰效果的。一台戏、一部作品的成功演绎，除了它的内容上的保证，形式上的匹配也是不可缺的。这就不难理解冯小刚动用上亿元资金，分别引用了新西兰、韩国、英国的专业技术制作 23 秒的灾难重现的良苦用心了。难怪投资该片的华谊兄弟传媒股份有限公司总裁王中磊感慨："拍这部电影，我们使用了所有能用的、世界上最先进的东西。事实上，《唐山大地震》成为华谊兄弟有史以来单片投入最高的一部影片，我们没有请大明星，几乎所有投入都花费在了影片的制作上。"

第44篇 阳刚豪雄铸国魂

古文基础甚差的我，为与尚在读中学的犬子抢夺话语权，开始了囫囵吞枣式地恶读古文行动。在所读的古文当中，我最属意《诗经·秦风·无衣》，读后只觉快意无比。正值今年征兵改为夏季，但愿此心得能与报名参军的热血男儿共勉。

> 岂曰无衣？与子同袍。王于兴师，修我戈矛，与子同仇。
> 岂曰无衣？与子同泽。王于兴师，修我矛戟，与子偕作。
> 岂曰无衣？与子同裳。王于兴师，修我甲兵，与子偕行。

翻译成现代白话："谁说我们没衣穿？与你同穿那长袍。君王发兵去交战，修整我那戈与矛，杀敌与你同目标！谁说我们没衣穿？与你同穿那内衣。君王发兵去交战，修整我那矛与戟，出发与你在一起！谁说我们没衣穿？与你同穿那战裙。君王发兵去交战，修整甲胄与刀兵，杀敌与你共前进。"

这首激昂慷慨、同仇敌忾的古诗，以复沓式的形式，表现了秦军战士出征前的高昂士气和友爱精神，反复吟咏，一股英雄豪迈之气便会自心勃勃而生。我仿佛回到古老的两周之际，看到边地的烽火，听到遥远的号角，见到一群热血男儿披盔贯甲，手执戈矛，奔走呼号，互相激励，同仇敌忾地奔赴火热的疆场……《秦风·无衣》像一曲雄壮的《马赛曲》，回荡在三秦大地。

《秦风·无衣》无疑是我国时隐时现的军旅诗之一，它弘扬的主旋律是雄性、阳刚，豪壮奋发而富有金属撞击之声。虽然《诗经》中还有《豳风·东山》《小雅·采薇》等与战争有关的优秀诗章，但其鼓舞性和感召力均不及《秦风·无衣》直接和强烈。进而认为，这首诗不仅是军旅诗作，更是一首爱国主义佳作。从《秦风·无衣》中，我们可以读出中华民族源远流长的爱国主义的精神传承。由此联想到战国时期屈原的《国殇》："操吴戈兮被犀甲，车错毂兮短兵接。旌蔽日兮敌若云，矢交坠兮士争先。凌余阵兮躐余行，左骖殪兮右刃伤。霾两轮兮絷四马，援玉枹兮击鸣鼓。天时怼兮威灵怒，严杀尽兮弃原野。出不入兮往不反，平原忽兮路遥远。带长剑兮挟秦弓，首身离兮心不惩。诚既勇兮又以武，终刚强兮不可凌。身既死兮神以灵，子魂魄兮为鬼雄。"屈夫子给我们描绘了何其惨烈、何其悲壮的古战场情景啊！看呀，手持戈矛身披甲胄的士兵，乘着战车策动战马驰入敌阵，敌军如乌云般压顶而来，互射的箭镞如急雨般纷纷坠落，士兵争先恐后地冲杀，人喊声、马嘶声，兵戈撞击之声交织在一起，震耳欲聋……敌人扑杀过来了，战马倒下了，士兵倒地了。但奋进的鼓声依然在激烈地敲击……"身既死兮神以灵，子魂魄兮为鬼雄！"纵然命归黄泉，依然英雄本色。

国家兴亡，匹夫有责。从《诗经》的《秦风·无衣》、屈原的《国殇》，到李白的"愿将腰下剑，直为斩楼兰"、陆游的"夜阑卧听风吹雨，铁马冰河入梦来"、辛弃疾的"金戈铁马，气吞万里如虎"……我们都可以感受到以身报国的慷慨情操和昂扬的爱国精神，这些优秀的军旅诗章，无一不充满了对祖国、对民族的深沉情感。这种宝贵的爱国情感，是构筑在中华民族的历史长河里的万里长城，是一笔千金难买的精神财富。

《秦风·无衣》不仅是中国军旅诗大全的卷首篇，而且可称为中国最早的国歌，激励着我们炎黄子孙怀揣爱国热血，继往开来，披荆斩棘，早日实现中国梦。

第45篇
“小奶牛”失踪的最后线索

“小奶牛”不是一头牛，而是一只黑白小花猫，它背上的黑白毛色，酷似缩小版的“小奶牛”。对于它的这个昵称，在我们三口之家是有争议的，我称之为“小熊猫”，妻与儿叫它“小奶牛”。按照少数服从多数的原则，后来统一叫“小奶牛”。

“小奶牛”的妈妈叫“点点”，是我和儿子从别人家抱来的。自从懂事以来，儿子就有养宠物的愿望，进入小学五六年级以后，这个愿望就更强烈。本来妻子是反对养宠物的，如她所说，现在养人都很艰难，很纠结，还养什么宠物？我多次做她的思想工作：儿子一定是孤单寂寞，养养宠物有利于儿子的身心成长。基于儿子的成长大计，妻子妥协了。但在是养狗还是养猫的问题上，我和妻子又有分歧，最后，妻子以猫天生爱干净，身上没有狗的尿骚味，又不需每天外出“放风”的理由统一了一家人的意见。

儿子坚持要抱养母猫，是想了解动物孕育小生命的过程。点点来家不到7个月就开始发情，嗷嗷直叫，交配两个多月后，它就一下子生下了6只幼崽，有黑色、灰色、黄色、黑白色。儿子给每只小猫都起了好听的名字。一只灰斑色的，由于常常抢不到奶吃，一周之后就夭折了。剩下的5只，就数这只黑白色的“小奶牛”最会抢奶吃，个头儿也最大，样子可爱极了：可爱得让人心疼，让人感慨，让人恨不能是自己亲生的，让人心甘情愿地当它的父母。

因精力和场地等客观因素，我们决定将其他四只幼猫分别送人，只留下我们称为“小奶牛”的女儿陪伴着它的点点妈妈。

“小奶牛”被我们全家三口人捧在手心里照顾着，可以说是抓屎抓尿把它养大了。“小奶牛”比它的妈妈更依偎人，更会讨人喜欢。只要我们一在沙发上坐下，它就马上过来，依偎在人的胸脯上，仰望着人，用眼睛跟你说话。它那么干净，那么天然，那么饱满，展示了一个幼小生灵对这个世界的信赖。每天，给它换上新猫砂的时候，它表现得最幸福，它会兴高采烈地躺在里面滚圈圈；要是喂它猫粮，尤其是罐头食品，它就会拿头拱人的腿，像狗一样摇尾巴，活蹦乱跳地围着你转，就差不会喊口号了。它的睡相你完全可以看作是天使的睡相，纯真无邪，憨顽圆熟。和其他小猫一比，简直超群脱俗，我几乎怀疑它就是熊猫的嫡传子孙。它看人，总是略歪着小脑袋，斜着大眼睛看，眼睛里尽是娇嗔，妩媚至极！

妻子常说，“小奶牛”都被我们惯坏了。惯，我们从小就是父母惯的，这么着，它也叫“惯”这一字，突然使我意识到这只小花猫在这个家里的重要地位。当你抱起它搂在怀里，它身形柔软收复两只前爪，面貌乖巧地摇动着小尾巴，细声细气地微眯着双眼看着你。因为它习惯被人抱，常常依偎在人的怀里，有时它高兴起来，还舔我们的手，甚至想跟人接吻。但它不知道，这世界每时每刻都是动荡的、变化的，危险的因素随时存在。它更不知道它所依托的人类本身就是最不安全的因素，处在各种恐怖的威胁之中——这一切“小奶牛”定然是不会知道的，所以它睡得香、吃得欢、玩得野。因为无知，所以无畏也无邪。

自从养猫之后，我回家的第一件事就是要见见它。夏季的一天下午，我出差回来开门只见点点妈妈，以为“小奶牛”躺在床上或是躲在某个地方睡觉。我找遍了屋里的边边角角，赶紧给妻子打电话，“小奶牛”不见了。妻子说：“不会吧，昨晚我还抱它玩了一会儿，今早匆匆上班，没注意。你再看看，是不是藏到衣柜什么地方了。”我又将衣柜、冰箱打开，没发现踪影。

晚上，妻子和儿子回到家，大家先前前后后又找了一遍。我家住 9 楼，顶楼 22 层，我先乘电梯到 22 楼，然后从楼道一步步走到 9 层楼，回到家擦擦手，喝几口水，又从 9 层走到 1 层。因为住的楼道每层有两个，我走过 A 道后又走B道，边走边喊着“小奶牛”的名字，搜遍了每个楼层角角落落，全忘了它是听不懂人的语言的。

妻子回忆，今天早上她是最后一个离开家，中午“钟点工”阿姨来打扫过卫生。打电话给她，她也说不知道，妻子持怀疑态度，因为她也对“小奶牛”爱不释手。妻子跑到管理处，连续两个晚上调看录像，看看阿姨是否因太喜爱而“偷走”了“小奶牛”，看看“小奶牛”是否自己走出了大楼，看看是否因“小奶牛”太招人爱怜，走出家门后，被人抱走了，儿子在大楼附近张贴了附有“小奶牛”照片的“寻猫启事”，可是全都没有结果……

“小奶牛”是否跳到阳台摔了下去？我赶紧打着手电，来到一楼围着阳台可能掉下的位置反复搜索，到附近的店铺、住户询问“小奶牛”的踪迹。几个保安也帮着找，但都“没听见、没看见有小猫摔下来”。

一连几天，我像掉魂似的，一回到家便打听和寻找“小奶牛”的下落。点点在“小奶牛”丢失的那天嗓子都叫哑了，不知道是因为失去爱女的悲切，还是在与女儿作最后的道别。

我们百思不得其解，“小奶牛”到底去哪儿了呢？这活不见影，死不见尸的，难道它人间蒸发了？

“小奶牛”的可爱超越了猫，扩展了人类的审美和良知，它的完美震撼了我的全家，因此，它的失踪对我们打击不亚于失踪了一个亲生的孩子。“小奶牛”的失踪让我很纠结，我一直想寻找“小奶牛”失踪的真相，却一直找不到答案。

有一天，碰见一位养猫的阿姨，我向她讲述了“小奶牛”失踪之谜。她听完后，问了几个问题后，便说：“难怪。”我问其原因，她解释说，猫是个独立性、自立性较强的动物。如果要养两只猫，不能母子（女）型，不然，不是母猫出走，就是子女出走。她举证自己家养了三只猫，曾有母子型的，结果有一天，母猫想从阳台上跳出去，不幸一声惨叫摔到地上，死前还与主人见上最后一面。

阿姨的话似乎为“小奶牛”失踪指点了迷津，也是“小奶牛”丢失的最后线索。

阿姨的解读令我心中的敬畏之情油然而生，对于猫的生存之道，我为当代某些“啃老族”感到汗颜。

第46篇 在“适度”的航程里泛舟

“度”本属于哲学范畴，被认为是哲学的“逻辑起点”，也被认为是“质”与“量”的统一。自古洎今，人在与自然界、社会打交道和自觉修身的过程中，真切地认识到“度”的普遍性和重要性。

人的一生，无时无刻不与“度”打交道：理想目标要适度，标准低了，变成鼠目寸光，高了，成了好高骛远的空想；工作强度要适度，低了无法完成任务，高了人会晕倒，进而无法再工作；营养要适度，高了，营养过剩得不偿失，低了，人会营养不良无法健康生活和工作；锻炼要适度，运动量小了，达不到锻炼效果，大了，反而对人造成伤害……世间万事万物的存在都有两个极端，或为阴阳，或为高低，或为大小，或为利弊。对于一个具体事物而言，通常处在两个极端之间的某个点上，保持着稳定的“度”。“度”维系着事物自身的平衡和良性运行。小时候，常听大人讲，“吃饭只要八分饱，凡事只求八分好”。年逾五十的我，逐渐领悟这句话的内涵。从生理养生角度看，“凡事只求八分好”符合人体健康的需求。人体是一架科学而精密的机器，需要一些舒缓的空间和休整的时间，器官得到适当的休息和调整，才能保证正常运转。如吃饭八分饱，胃才能更好地吸收消化。从医生那里得知，人的心脏每0.8秒跳动一下，每分钟75下左右，才是人体循环的最佳状态，锻炼使出八分劲免得精疲力竭，这样才能起到健身的作用。从心理养生角度看，“凡事只求八分好”，体现知足常乐的思想，为什么有人会有“心比天高，命比纸薄”的苦恼，就是缺乏知足常乐的心态。更主要的是，体现一个“度”字，凡事不要过激过度，但求舒缓适度；凡事不过激、不极端、不偏执，才能以适度的方式应对世事。用禅宗来解读凡事在不尽处——势不用尽，话不说尽，福不享尽，事不做尽，则意味最长。作为官场、职场和江湖人士来讲，凡事留有一点余地，留有一寸心路，才会有耐力把路走得更好更远，才能有能力把事业做大做强。

与生活对比，“甘苦”应适度，苦茶啜后，再饮白水，水是甜的，啖过苦瓜，再嚼白馍，馍也甘甜爽口。蜜水饮多了，不仅没有甜意，反会生出涩味，食盐过量，齁住嗓子。热恋中人，过度的耳鬓厮磨，会生出厌倦。小别之后，才会找回对方的可爱。严寒之下，金属的表面结一层毛茸茸的细霜，手摸在上面，会“唰”地缩回来，那感觉不是冻，而是烫。在黑夜里站久了，眼前有了光亮，田野都有轮廓，像行走在白天里；雪光盈眼，跨进门槛，便一片漆黑；大旱的土地顿遇大雨，会生板结之态，反而拒绝渗透；大饥之后，反而饱，没有进食的欲望；大富贵者，往往淡化物欲，心存朴素；贫寒之士，反倒张嘴是钱，追慕奢华。生活是一望无际的大海，人是航行海上的小舟，大海没有风平浪静，小舟也不会一路顺风。生活的航行给了每个人一支橹，但不同的航行决定了不同的归宿。有风浪的航程既正常也考验人，有风险、有挫折、有困苦的才是真实的生活，只有划到彼岸才能感受到搏击的欣慰。生活就是一张网，打捞起来的有幸福也有痛苦，苦与甜是推动人前进的两个轮子，只有善于把握航向，善于把握“进退”的度，才能长久航行在水里，不被覆舟，领会到“度”的本质、“度”的奇妙。

与自然共存，“进退”当适度。自然界处处绽放着和谐带来的光彩。浮云掠过天空，排遣了天空的空荡，拓展了浮云的空间；百合绽放于山谷，增添了山谷的生机，弥散了百合的幽香。天地万物都以不同的身姿勾勒出自然的和谐画面。人类是自然界的高智能动物，是地球生物圈造就的一个巧合，一种适宜人类生存生活的环境和一些自然的机遇，使其在其他生物中胜出。人类自诞生以来，在利用自然界、改造自然界的漫长历史中进程中，逐步学会就地取材、趋利避害，依托自然获取延续生命、养育后代的基本物质资料。据《逸周书·大聚解》记载：“禹之禁，春之月，山林不登斧，以成草木之长；夏三月，川泽不入网罟，以成鱼鳖之长。”为保护山林草木、川泽鱼鳖等动植物资源，大禹时代就规定了春季三个月不允许带斧头等砍伐工具上山、夏季三个月不允许带网罟等捕捞工具下河。作为中国文化重要源头的《周易》，认为凡事应以“中”为度，反对走极端，强调事物的平衡。《周易·彖辞》指出：“时止则止，时行则行。动静不失其时，其道光明。艮其止，止其所也。”倡导人运用自身能力，知行知止。《周易·蒙卦》指出：“以亨行，时中也。”主张人立身行事应该权宜时中。正确的事，由正确的人在正确的时间和场合来做，就可以达到“时中”状态。孔子阐明了“过犹不及”的人生观和世界观，认为做事须适度，既不能“过”也不能“不及”，盛极必衰，否极泰来，物极必反。

与他人相处，“智愚”需适度，人置身于社会之中，必然要同其他人打交道，交往的深与浅，待人的宽与严，处事的方与圆，利益的取与舍等，都存在着是否适度的问题。事实上，通常自然事物的“度”有量的表征，而社会事物的“度”则有较大的模糊性。毛泽东是这方面的高手，他不仅有丰富的实践经验，更有极高的理论造诣。如“团结、紧张、严肃、活泼”，还如“政策和策略是党的生命”等，告诉人们既要坚持原则性又要兼顾权变性或灵活性，需要根据时间、地点、对象的不同而有所变化。人这一生其实是一个不断走向群体、寻找朋友的过程。近愚者蠢，近智者慧。成功的朋友给你带来积极的情绪动力、资讯、成长和失败的经验，而负面朋友则反之，决定一个人成功的人是这个人身边最亲近的几个人，要是这几个人都和自己相比是弱势群体，那你也会成为弱势群体，多数是添乱的那就更难成功了。现实生活中，许多家长将自己的孩子选送到一流学校读书，并不完全指望到一流学校真能教授到的学识，而看重的是一流学校的同学间的人脉和人气。

“难得糊涂”历来被推崇为高明的处世之道。只要你懂得装傻，你就并非傻瓜，而是大智若愚。其实，“难得糊涂”，难在真正地懂得糊涂，知道在什么时机、什么场合下不该卖弄聪明；难在大智若愚，大巧似拙，把握好糊涂的“度”，在适度糊涂中保存本质、内在的聪明。作为一个人，尤其是作为一个有才能的人，要做到不露锋芒，既有效地保护自我，又能完全发挥自己的才能，不仅要说服、战胜盲目自大的病态心理，更要养成谦虚让人的美德，即达到一种“花要半开，酒要半醉”的状态，其关键是要把握住智与愚的度。

的确，人的一生无时无刻不与“度”打交道，工作的成效、事业的发展、身体的好坏都离不开对适度准则的认识和运用。在现实生活中，要将“度”的哲学活学活用，概括起来就是“不养之养”“不成之成”“不教之教”，就是做到目标适度、发展适度、管理适度、劳逸适度、举止适度、心态适度。只有有效运用适度原则，人生才能有和谐、优美、有序、健康，人生方能出彩。

第47篇
插柳不叫春知道

当代书坛，还在坚持走碑帖交融之路的，我不知道有多少，我所认识的青年书法家刘广文在这方面进行的探索和所取得的成就无疑是有代表性的。三十岁出头的他，作品已十多次入选中国书协主办的作品展，还荣获全国第十一届书法篆刻作品展优秀奖（最高奖）、首届“魏碑圣地”全国魏碑书法大赛一等奖。

我们一直关注刘广文，时常谈起他的书法路径和特色。他作为一名有思想的青年书法家，具备了书法文化、技法、悟性、想象力及思变求新考量的全面性，但我们认为，他的书法特点，首先在于他对书法形而上的洞察和把握。看刘广文的书法作品，会强烈感到书法的形式是一种意象，如诗般的味道。抽象后的点画结体最终所表达的不是汉字，是某种意象。意象往往具有生命意义，它来自于各种元素的对比与组合，尤其是对比组合中各种力的支持配合和对立抵消。形式美的构成因素有两个方面：一是色彩、形状、线条等感性质料，这种质料存在于美学上被称为形式符号，是书法的直接性物质存在。刘广文书法创作中的墨色变化和布白形态，以及作品装饰的色彩变化具有丰富的情感表现性。在他看来，书法的线，一般情况下是直线、曲线和斜线。直线表现力量、稳定、生气、坚硬；曲线表现柔和、流畅、轻婉、优美；斜线表现变化、转折和突然。在字体造型上，正方形暗示公正、大方、刚劲和固执；三角形暗示安定、平稳；倒三角形暗示倾危、动荡、不安；圆形暗示柔和、完美、封闭等。二是形式美的构成规律，从刘广文的书法作品中，我们感悟到，书法形式美的产生主要靠各种感性质料的组合。但是，感性质料组合后产生的关系也不一定都美，因为组合本身还要受到美的检验。在创作中运用中和与参差、对称与欹侧、重点与一般、节奏与韵律、渗透与层次、质感与肌理、调和与对比、多样与统一及黄金分割律等法则，目的是对意境的多角度追求。在他的作品中，形式应用于符号层时，负载的意象功能远远大于其独立的审美价值。它是引领接受者进入客体的第一步，审美价值则蕴藏于形式符号背后的意象世界中。

言恭达先生认为，中国书法艺术创作心理体验是书家心灵与人类原始精神的交融，是对宇宙生命与自我生命的双重感悟。它是以中华人文理念为根本支点，从技法体系到内在精神都具有深厚的文化内涵，是引导创建集体人格价值与生活方式的精神诉求。刘广文深谙此道，他的书法创作追求在于“思以其道易天下”，将思想、精神、品格、信仰，构成了自己“书道”的内涵。他的书法创作，旨在澄怀，意在明志，不求闻达，更无关涉利。尽管只有三十出头，刘广文的书法创作却具有相对超功利的纯粹性。对“道”的追求，无疑是中华传统文化的最具特色的价值取向，也决定了他的艺术审美品格的高贵性，尽管他出身布衣，无任何显赫背景。

刘广文崇尚中国文化“道中庸”而“致中和”以达“极高明”，更明白中国书法“执中致和”的哲理思辨必须首先靠笔墨本体来实施。沈鹏先生提出一个划时代的论断：书法是纯形式的，它的形式即内容。既然书法是一门独立的艺术，它一定有自身的形式美，有自己的美的内容语言。文学作品的意象是形象、客观物象的提炼升华；而书法的意象既然是书法元素对比和组合后产生的关系，那么，它不仅具有偶然性，而且具有不可重复性。这即是说，书法的意象一般依靠感性认知。刘广文的书法创作离不开感性。只有跟着感觉走，他才能走入某种意境，也把我们带入一种书法唯美的天地。从而让我们懂得把象形文字如“水”“火”“山”“石”“田”等，在书法创作中写得像“水”“火”“山”“石”“田”的物体一样，并不是书法，书法本体强调的是作品丰富的对比关系、灵活的组合关系、通篇布局的构成关系，而这些关系是刘广文情感的形象反映。他的书法作品给人的第一印象是形式；人们通过这个形式进入对其内容的体验。

在常人眼里，刘广文性格内向，沉默寡言，不爱张扬。然而，与他特别熟悉的人谈到，偶尔他在书写得意之作时会激动得像个孩子，会兴致勃勃地谈他的心得。他内心的激烈与性格的压抑形成一种张力，表现在他的作品上，每个字的结体仿佛受到外空的巨大压力，向内收缩，然而点画转折，既彰显一种不屈的抗争，也表现出超脱与率真。刘熙载《艺概》曰："书者，如也，如其才，如其志，如其学，总之曰如其人而已。"看到刘广文作品有其字如其人之感觉。

书法艺术的意境不是一个单一浮面的文字再现，而是一种深层的意态创建，从直观感觉到最高灵境，如古人评画一样，"始境，情胜也；又境，气胜也；终境，格胜也"。终境，则是作者气格升华的表现。刘广文从古代哲学思维活动中的"物我交融"的认识，领悟色相联系微妙至深的禅境，结合现代哲学的理性，追求灵动中心极静，也是静中的极动，直探生命的本质与律动。

书法艺术，承载着五千年的历史文明。刘广文作为一名有思想的年轻书法家，很早就有对碑帖认知的正确态度。一是对古典碑帖的认知，他坚持不懈地对古典碑帖下大功夫，临过的碑帖有《石门颂》《好大王》《宣示表》《郑文公碑》《孟敬训墓志》《李璧墓志》《崔鸿墓志》《龙门二十品》《黄庭经》《乐毅论》《怀仁集圣教序》《爨宝子》《雁塔圣教序》《大字阴符经》《多宝塔》《麻姑仙坛记》《游包山集》等。他谈到，科学地临碑帖要做到眼到、心到和手到。"入古"深浅是一个书法家水平高低的表现，刘广文的体会是：临不如读、读不如背。临只得形质，读和背却能得神采。夜深人静，他会品一杯香茗，敬对古贤，对他们进行膜拜和剖析。他背碑帖要过三关：先过单字关，背结构、大小、粗细、长短、曲直、斜正点画的形态、线条和方向、排列的疏密；再过"群组关"，选择一个精彩的片段，然后去背，关注字和字之间的关系，虚实映带；再过"章法关"，背一篇的整体章法，弄清轻重缓急、起伏、错落、跌宕，总体把握空间与布白。

刘广文重视碑学，认魏碑作为自己书法的切入点。我们对广文有一个共同的评价，就是他的书法路子正，没有歪门邪道。所谓书法的路子正，关键在于取法。姜夔的《续书谱》写道："真行草之法，取法于篆、隶、章草。"其意说明书法的取法问题古今都摆在重要位置。书法取法高古，一般指取魏晋之法、韵味之格调，宋代大书法家米芾说过："草书若不入晋人格，辄徒成下品。张颠俗子，变乱古法，惊诸凡夫，自有识者。怀素少加平淡，稍到天成，而时代压之，不能高古。高闲而下，但可悬之酒肆，䛒光尤可憎恶也。"米芾直言不讳地批评了一些书法大师，来证明自己草书必须取法魏晋的观点。魏晋时期对于书法艺术而言，的确是一个"璀璨的花季"，在这个花季里，诞生了以王羲之为代表的王家、谢家、郗家、司马家等家族式书法群体。难怪沈鹏先生再三强调书法之本体，强调向魏晋学习。

当代书法重表现、重形式，作者们对表现强烈且不失传统意蕴的明末清初书家倾注了较大的热情，形成了以明清书风为参照的创作风气。刘广文重视碑学，取法唐楷，故而，他的书法既不株守一种碑帖或一种流派的既成样式，也不趋附探索性极强的"前卫书法"，而是依据体现传统书法典则的历史遗存进行创作，以新的形式传达古典的意蕴。

欣赏他的书法作品，如《满庭芳·秦观》《西江月·苏轼》《观沧海·碣石篇》《龟虽寿·曹操》等，我们可以判断刘广文的基本笔法特点。从宏观表现看来，以碑、楷笔法交融相参，迂回映带，交接明朗，干练果毅，笔笔不苟，刚柔互济。从微观内质探析，亦见其正锋取质、侧锋取妍的用笔技巧，运笔疾徐有度，提按层次灵便，于平面之中营构万千气象和层壑奇势。在其基本笔法基础上，综合分析其作品的笔法、结构、章法、气韵等艺术特点，刘广文书法作品，大致可归纳出这么几个特点：

驭笔方折遒劲，且肥而不滞，如抛砖落地，他的书法以方笔居多，方圆兼用，运笔坚劲，行笔方角转折处常呈翻笔之势，逆势斜出，方棱折锋外显；撇捺钩提顿挫回旋，顺锋自然，骨力贯穿始终。特别是他的平勾笔法最为典型，或以碑体，或以唐楷，还有隶书，但共同特点都是行笔至出钩处侧锋铺毫，捻管向外平出，出钩处尖锐饱满，棱角分明。平勾笔法强化了其结字的欹侧之势，也增加了其雄健、刚毅之意态；结字中宫紧缩，而主笔放长，趋四面开放，错落参差，稳实有力且生动多姿。刘广文的书法，字态大小参差，张弛开阖，破整舒势，巧置欹侧；笔画虚实互结，实多虚少，笔笔直贯到底。他重视通过翰墨神采表现金石意趣，以笔的自然挥运节奏塑造线条的金石感，塑造金石的神韵。

刘广文的字，字字依序独立排序，而气通神连，重整体结构，韵脉畅达，情致绝妙出字外之功。与“二王”字法偏重精巧、讲究细微处承接呼应的特点有所不同，刘广文书法在结体上注重宏构，讲究整体的统一和均衡。这使得其书体气象巍伟，基调高亢古雅，字与字间距较大，少以游丝连扯，而皆以意连暗渡，势韵相接，行气流动鲜活，章法组合布局匀齐，排列有致，且不失灵动，其情致自溢。

刘广文之书法，可用“势合形离”来概括，所谓势合，即从总体来看结构完整；形离，即各个字的形体又自相独立。每个字都起笔扎实，行笔饱含情感，既稳健又略带波澜，欲弛又控，转弯处浑然天成，不露痕迹，在智慧中得情趣，收笔又似乎不太经意，但正在火候处带有几分消闲。这种结字运笔时笔锋的前后左右不同方向的变化而产生的立体动感之美，在他书写《般若波罗蜜多心经》中尤为明显，起笔、行笔、收笔都有一种情绪在驱动，观之令人动情。通篇而论，他不求姿态纵横的张力，而求沉静内敛的含蓄，又通过自上而下过渡的笔意，把一个个看似独立的字串联成阵，左顾右盼，彼此关照呼应，有着“凌波罗袜势轻轻”的婀娜之美。

从刘广文的书法作品来看，他的书法是扎根于魏碑，但又非仅仅止于魏碑，他同时注意帖学上的吸收，为我所用，尤其是他吸收了唐楷行书的笔法和结体，来丰富自己的碑法，以开放的眼光，走着一条以碑为主，以帖为辅，碑帖相融之路。因而，他的书法，有着龙门造像的峻峭、挺拔的特色，又有虞世南的平正俊朗、风姿绰约，褚遂良的精工秀雅、形瘦实腴之貌和何绍基的变化多趣。令人震撼的是，他的行楷打破了传统碑学中的结字形态，渗之于帖式的行笔方法，形成了气势开张、深厚多趣的形式。

刘广文书法的结体和谋篇是他圆浑的点画用笔的自然延伸，自然到几乎没有用心、不经意的地步，乍看之下，似乎他笔下的每一个字都没有预先布置和计划，全部心思只是在点画上。他力求每一个点画都要保持自己的完整与独立，下一笔总是在避让上一笔，而再一笔，自然更要谦让。因为每一笔都在相让，在构成一个字时，往往整体呈现出相互谦让的统一与协调、停匀。贯气则是他谋篇章法的根本。刘广文尊重点画之间的关系、关联，尊重字与字之间以唐太宗御撰王羲之傳曰善隸為古今之冠或疑羲之未有分隸其實自唐以前皆稱楷字為隸如東魏大覺寺碑題曰隸書是也郭忠恕云八分破而隸書出此語可引作羲之傳注正書雖統稱今隸而塗徑有別波磔小而鉤角隱

近篆者也波磔大而鉤角顯近分者也楷無定名不獨正書當之漢北海敬王睦善史書世以為楷是大篆可謂楷也衛恒書勢云王次仲始作楷法是八分為楷也

節錄劉熙載藝概 丙申 廣文

刘广文 书

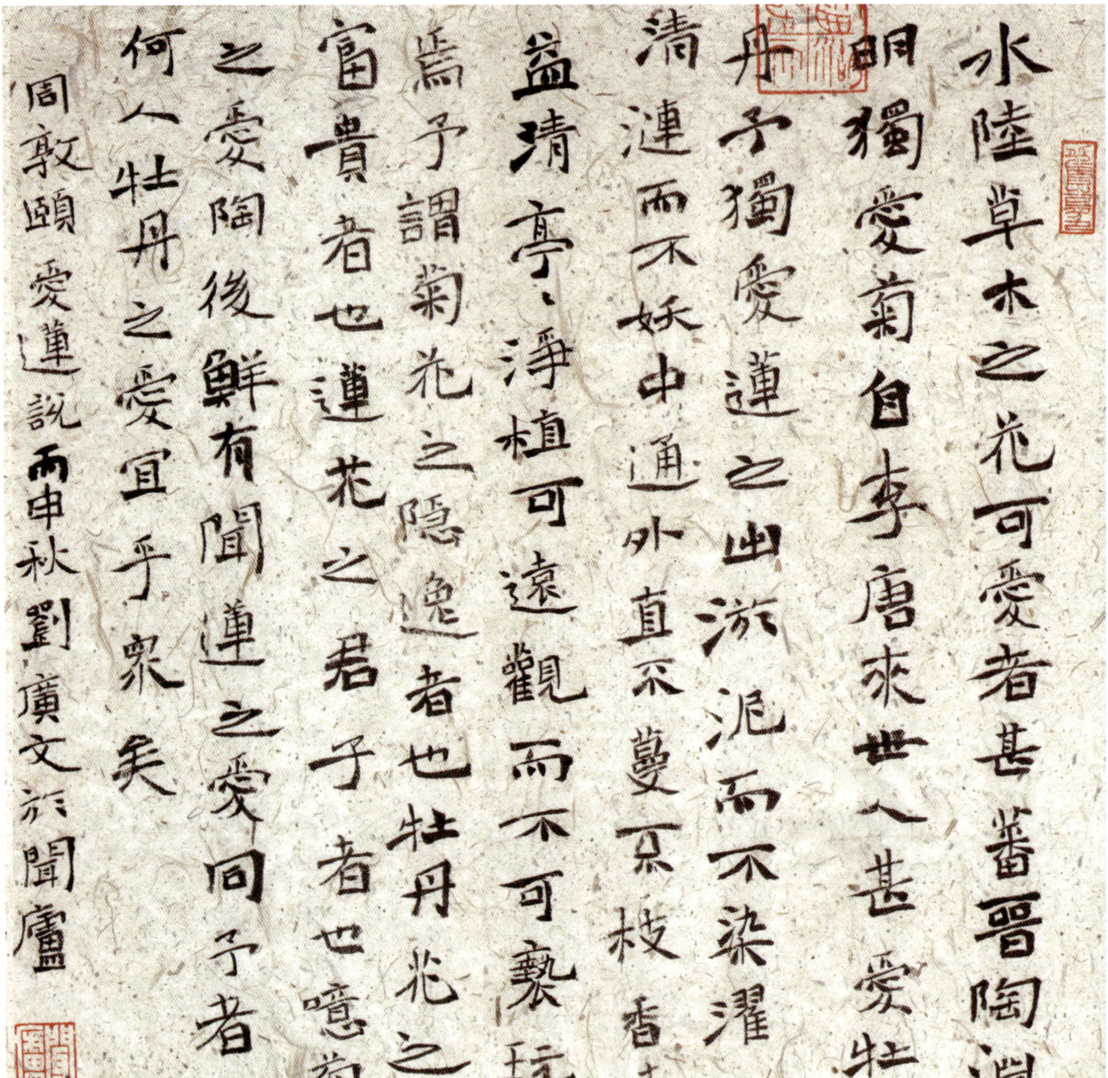
水陸草木之花可愛者甚蕃晉陶淵
明獨愛菊自李唐來世人甚愛牡
丹予獨愛蓮之出淤泥而不染濯
清漣而不妖中通外直不蔓不枝香遠
益清亭亭淨植可遠觀而不可褻玩
焉予謂菊花之隱逸者也牡丹花之
富貴者也蓮花之君子者也噫菊
之愛陶後鮮有聞蓮之愛同予者
何人牡丹之愛宜乎衆矣
周敦頤愛蓮說丙申秋劉廣文於聞廬

刘广文 书

至于行与行之间的关系、关联，因而，他的书法便是一贯的谦让，谦让是一种关系，笔笔谦让、字字谦让，便是一种贯穿一致的关系。点画与点画之间、字与字之间的默契状态，就是贯通。整篇贯通，气息便活了，这种由默契而来的顾盼生姿，是别有意趣的。因为不是事先设计的，也不是刻意而为的，所以就有了一种出乎意料的惊喜和情趣。

形式中的审美，书法艺术的形式与内容，从审美角度出发，其内容主要依靠视觉神经系统来解读。书法艺术与其他视觉的不同之处就在于，当人们感知到书法元素的形态及形态变化后，并没有完全进入书法艺术的本体，表层视觉形式对于书法艺术而言，主要表现为造型元素的自身美，并没有反映造型元素之间的关系。“关系”是“形式”中特有的概念，书法创作中的“关系”决定着作品的格调，甚至存在的意义。书法的核心是元素之间的相互影响、相互作用，即制造矛盾、解决矛盾。

在刘广文的书法作品中，我们能看到各种各样的关系表现，比如组合关系、对比关系、构成关系等。这些关系才是书法创作的真正内容，这些内容装载的无疑是书家情感。当人们的兴奋点还在物理化学般的分析笔法、点画的技术等细枝末节时，刘广文把自己的注意力放在了运用“关系”表达情感、创造意境的研究上。从理念上看，他摆脱了单一的“识读”方式的束缚，把作品的“可视性”突出于首要地位。古人讲得再清楚不过了——文以载道。书法承担不起“载道”的重担，它的主要功能是“达其性情，形其哀乐”，是一种情感的表达方式，是书家的一种精神释放。据考察，宋代以后，人们开始把笔法技术化，比如横画的起笔、行笔和收笔，从下笔的角度、方向到提按顿挫的部位，从执笔的垂直与倾斜度到中锋的运笔过程，从收笔的如何回锋提笔到最终笔锋指定的到达位置等，都作了标准化的规定。为此，前中国书协副主席、著名书法家胡抗美尖锐地指出，今天不少在书法创作中颇有成就的人，醉心于这种标准化的再标准化，运用数学、物理、化学的方法，使这种标准化更加具有可操作性，从而造成当今书法作品千篇一律、千人一面的工艺品。

刘广文一贯平静，很少慷慨激昂，内心世界却异常活跃。在审美上，他主张将传统与现代表现合二为一，即中正平和与突怒偃蹇，精金美玉与茅舍竹篱，垂绅正笏与不衫不履等种种表现，在其作品既能中和，又能自度分化。

首先，从艺术的观念来看，他的审美理念，反映书法的时代性体现在要求观念的介入。因为在价值多元的文化语境中，人们有赖于思想的定位确定某一事物的属性，然后加以价值判断，很大程度上这是由于当代社会价值多元导致的隔阂。多元在带来自由的同时也伴随混乱与差异，因此，观念的沟通尤为重要，比现象层面的沟通要深刻且具有普遍意义。在这样的时代背景中，我们认识到艺术观念、书法时代性的首要精神，刘广文就拥有这样自觉的艺术观念。他清醒地认识到，作为一名有前途的书法家，不仅仅需要追求技术上的不断完善，更重要的是应该具有书法家的理念。在当下，一个真正的艺术家，或者说纯粹的艺术家，必须要去创新，要另辟蹊径，要善于选择，这样的开拓才会有价值，不然，就只能是生搬硬套的工匠。刘广文正是因为有这样的理念，才会选择把魏碑加唐楷作为他主要取法和不断努力的方向。

其次，从艺术的纯粹性上来讲，书法艺术的纯粹性与中国书法独特的历史进程有关。艺术起源于实用，但艺术的自觉与独立始于脱离实用。一般来讲，绘画、雕塑、音乐与文学在较早阶段就已完成这个任务，从而具有艺术表现的纯粹性。但中国书法却是一个例外，尽管它的自觉时期在魏晋，可是它的艺术纯粹性与实用性的脱离直到 20 世纪才实现，毛笔的实用功能从那时起，被硬笔和近期出现的电脑取代，书法才脱离了实用的束缚，进入纯粹艺术自由审美的范畴。其目的在于完成历史赋予的使命，把这种全新的纯粹性达到极致，这就需要书法家把传统书法从伦理道德强调人格、象征的迷雾中廓清，真正在笔墨的视觉表现诸多方面实现新的艺术创造。因此，我们要创造新的艺术神话，而不是传统的人格神话。当下书法的价值判断最具有时代特色的地方，即排除了伦理因素的影响，直接从艺术表现的力量这个层面来判断艺术家劳动创造的艺术价值。刘广文在选择魏碑加唐楷作为取法对象的时候，其实已经有了这样的自觉。魏碑和唐楷的书写者身份包括了社会各个阶层，刘广文没有囿于传统伦理观念的影响，而是专注于笔墨，去芜存菁。他以一个艺术家敏锐的目光，捕捉到了北魏碑学至唐朝楷书数百年间字体演变鲜活的艺术内涵，对其进行了提炼与再创作，使之形成来源于传统但又具有时代特色的纯粹的艺术作品。这是他对于书法艺术去除实用与伦理影响，上升至艺术纯粹的努力与尝试，对中国书法的创作进行了积极的实践。

其三，刘广文对书法时代精神实质内涵的体悟与实践是新时代的书法家对书法艺术探索成功的一个缩影，也正是像他这样的书法家们将具有时代特色的书法作为传统书法的延伸和发展，使当代书法成为传统在当下的体现，并且展现艺术的纯粹表现和观念的多元，充分发挥书法所具有的艺术表现力，从而实现自由的一门当下的艺术。

刘广文书法创作的审美，还体现在书写性和兼顾性上，书法这一类的艺术表现有其本质的特点，就是中国独特的书写性。这一特性经过几千年的发展积淀，具有成熟的特点和深厚的东方文化精神。中国书法的书写性强调一气呵成，笔之生发，在时间流动中完成空间构造的塑造，在提按的动作节奏中表现自我精神的流露与自我的完成。我们都见证过他的书写，无论长卷还是扇面，都具有强烈的书写性，而书写性是由人性统率全局的，他借助自己取法的天然优势，轻松驾驭技法为其塑造带有书写性的作品，而不显得炫技造作。刘广文跟我们谈到书法之道，仅仅依靠传统手法，已无法充分满足艺术表现的需要，传统书法性质为雅玩，书家往往终其一生自我重复，而具有时代特色的书法因为具备强烈的观念性，由此带来的原创力量就势必推动形式的发展。刘广文在这方面的成果可圈可点，他把握了一个很好的度，虽然他清楚地知道形式是为了展现作品特质而吸引目光的一种有效途径，但他并不以此为最终目的，很好地避免了走向极端追求形式而掩盖内容的买椟还珠的做法。他作品的表现形式也总能达到优美的目的。

作为当代“新古典主义”的优秀代表，三十岁出头的刘广文实属不易和可贵，人们有理由期待着他更多发挥探索精神的新作品，我们希望他在保持书法纯粹性的同时，多一些丰富性的实践，在行书、草书上多一些尝试，并希望不断增强“现代”艺术语言的成分，从而成为先行者。对此，他有年龄上的优势。

第48篇 幸福在哪里

尽管幸福话题让人磨出耳茧，但是国人仍将它作为热门话题。我的案头忽地多了几本关于幸福的新著中外书籍。不仅有《教师的幸福人生与专业成长》，还有中央政治局委员、广东省委书记汪洋推荐的哈佛大学泰勒博士所著的《幸福的方法》及美、法、印三国专家所作的《对我们生活的误测》。

从这些书籍中我们得知，幸福是“想”和“不得不”之间的差异，是自由抉择，而非被奴役的感觉；幸福的奥秘就在于你的视角、你的心态、你的选择；幸福不仅是快乐，也包括面对困难、挫折的权利。幸福是成长，是一种习惯；权力、金钱、声望都是获得幸福的手段，而不是目标；没有热情、没有兴趣，就没有动力；而没有动力，就没有希望，没有幸福；只有悦纳了自己，才能悦纳他人；你不可能在空中楼阁中找到幸福，因为幸福就在你身边，在你的爱人、你的朋友、你的工作和你的身体中；无论任何人在任何环境中都可以获得幸福，以牺牲自身幸福换来的成功往往脆弱而不长久……

当今中国，经济高速发展，群众的生活条件不断改善。但调查表明，许多人并不感到幸福。美国盖洛普民意调查显示：只有12%的中国人认为自己“生活美满”，多达71%的答问者说他们生活艰难。据《2011年广东幸福消费报告》显示，收入越多的人幸福指数并非就越高，反而那些中等收入水平的人幸福指数最高，可见收入水平对幸福指数有较大的影响，但不是决定性因素。

一个人幸不幸福，由很多因素构成，英国著名哲学家所著的《幸福之路》一书中说，人们不幸福一部分原因是由于社会环境，一部分是由于心理素质。

幸福是人类的共同追求，让人们过上幸福生活也是我们各级党和政府的目标。问题是，不同的人有不同的幸福观，并且一个人在人生的不同阶段都有不同的幸福观。虽然人们的幸福观有差异，但地球人对幸福的认定都差不多——幸福就是一种感觉和感受。对此，有人形象地比喻：幸福属于皮肤科，有痛痒知暖的感觉。经过学者和专家们的研究加工，推出一个专业术语，叫“幸福指数”，体现在一堆看得见的物质装备：房子、车子、票子，外加教育、医疗和养老。幸福成了欣赏物，需要视觉功能，归于眼科了。

我有一个哥们儿，所学知识不太多，自称“大老粗”，但他却极有生活感悟，谈到幸福，他哈哈大笑，要我说呀，幸福是旧布鞋，穿着合脚；是贴身内衣，适者为佳；是卡拉 OK，自我感觉好，有了这就够了，多好就好，就幸福。

幸福与物质有关，幸福也与物质无关，比如一个人中了大奖，快乐之中享受了幸福，可三天没过，亲朋好友都想借光，借与不借、借多借少，都是纠结，乐极生悲的是夫妻反目，家庭破裂，幸福也就随风而去，还有的“人民公仆”喜逢提拔，可不到三年成了阶下囚，当初的幸福变成了眼下的“庆幸”——自己还没被枪毙哩。

幸福是什么东东？好像什么都不是，它无踪无影，有时远在天边，有时近在眼前，人们千方百计地要寻找它。在荷马时代，幸福等同于幸运；在轴心文明时代，无论是希腊还是中国，幸福就是智慧；到了中世纪，幸福就是天堂；启蒙时代，幸福就成了及时行乐；到了现代，每个人都有自己的幸福定义。所以，幸福就成了没有密码的保险柜了，谁都知道幸福在里面，可谁掌握的密码都不完整。

其实，幸福是有密码的，这个密码隐藏在每个人的心里，自己的幸福只有自己的密码才能打开。

我们看别人都有一把打开幸福之门的钥匙，只有自己摸不着幸福的门，于是郁闷、苦恼：为什么别人就生在豪门，我偏偏落户柴门？为什么别人长得花容月貌，我却歪瓜裂枣？为什么被提拔、有艳遇的总是别人，自己辛辛苦苦撒下的种子，就是不见发芽？

有人对此调侃：那是因为他把幸福的密码输反了。

人的生命基因中储备最富足的因子就是爱，如果不输出就会憋死，输出得越多越有幸福感，这是许多志存高远，拥有博大幸福人的共同心声。

为什么有了爱的人即使清贫也幸福呢？因为爱心在生命中有了“河流”，爱的心流在生命中激荡就会活出滋味，被人爱上，也爱上了别人，是最体现人尊严的一件事，可是爱的对象不是谁都能找到的。当我们无法找到爱的对象时，我们不妨把爱心转化为博爱，爱人类、爱生命，爱那些需要我们帮助的人，他们是实现我们的生命价值的体现者，是成全我们救赎的对象。

一个人所处的环境有时是无法选择、无法改变的，但是他对待环境的态度却是可以选择、可以改变的，这或许就是打开自己幸福之门的钥匙。

幸福的事情其实还是富人想得多，穷人想得少，有闲暇时间的人想得多，累的人想得少。富人要得到幸福，就是多做善事。幸福的密码有九位数，做一件慈善人事情就能掌握其中的一位数，当他做够九件慈善的事情时，就能掌握打开幸福之门的密码了，不信的人可以从看到笔者的这篇文章做起，看看灵不灵，神不神？

第49篇

幸运之神靠自己去创造

逛书店时，我顺手拿起一本书，这本由美国理查德·怀斯曼撰写的《幸运背后的心理奥秘》，没有什么特别提神的，像是一本心理医生的专著。倒是书面上四个反问句引起了我的兴趣：为什么幸运的人总能频频中奖？为什么幸运的人总能在困境中巧遇贵人？为什么幸运的人总能在两难之中做出正确的选择？如何让幸运垂青？

我一直顽固地认为，幸运对我们大家来说，可遇不可求。在每个人的心底，都企盼幸运之神青睐自己。这就不难理解彩票事业为何方兴未艾，寺庙里为何人头攒动、香火缭绕？难以脱俗的我，也曾在人生的低谷时到寺庙烧香拜佛。一次遇见一位高僧，向我指出了佛教的空灵净化和道教的无为超然，我懂得了，真正进入寺庙，与俗人求财、求仕或平安之类的功利意愿是格格不入的。从此，我不再相信烧香拜佛那一套。但是，社会中不少幸运之事，一度让我困惑不解，读了怀斯曼的这本书，终于使我找到了寻找幸运之神的灵丹妙药。

灵丹妙药一：行动是幸运的法宝。有一个家庭主妇非常幸运，因为她总能赢得各种抽奖比赛。她的秘诀就是多多参加竞赛，参加越多，中奖概率越高。这使人想起现实生活中有人常常非常虔诚地到寺庙向菩萨祈祷，希望菩萨能让他买彩票中100万，或者更多，但一直没有实现。他又来到菩萨面前哭诉：“仁慈的菩萨啊，我这么虔诚，您为什么不能让我中100万呢？”菩萨也哭了：

"我也想让你中100万大奖啊，可你好歹也买一注彩票啊。"

在这本书中，怀斯曼告诉我们，幸运的人和不幸运的人在中奖的概率上是没有任何差异的，只不过幸运的人行动更多，所以中奖的概率就会增加。

灵丹妙药二：建立起自己的"幸运网络"。很多幸运的人都提到，自己常常只是与别人保持联系就能够持续不断地交上好运，往往是一次谈话或者偶遇改变了自己的一生。其实，很多幸运的人花费了相当长的时间和努力去尝试不同的东西。书中的罗伯特是个常常走运的人，他把自己描述为一个外向健谈的人。他说如果他在一家超市排队，他通常会和他旁边的人攀谈，并描述了他经常和陌生人聊天。他深有体会的是，结识的人越多就越有机会结交那些对他生活有所助益的人。

幸运其实就是一个有关可能性的游戏，结交的人越多，并且善待别人，就会总能在困境中巧遇贵人，逢凶化吉。

灵丹妙药三：放松的人更能发现自己的机遇。科学家交给人们一张报纸，请他们数报纸上有多少张照片。人们觉得这个任务很容易，并且通常在两分钟内去仔细数报纸上的照片，还有人数过之后再核对一遍。其实，在报纸的第二页上一行很大的字写着："不要数了，这份报纸一共有43张照片。"可是很少有人看到它，因为他们太专注寻找照片了。

幸运的人比不幸的人更加放松，他们更可能注意到那些没有期待的机遇，甚至当他们并没有期待的时候。他们会是那些能够注意到报纸实验中广告的人，或是能够注意到计算机屏幕边缘的大圆点的人。注意到这样的机遇的能力对于他们的生活，具有显著的积极作用。而这种机遇能力，往往是在人轻松愉快时才会产生。

灵丹妙药四：幸运的人更加听从自己的内心。幸运的人往往谈到他们做了某个正确的决定，让他们的生活很幸福；而不幸的人则说他们某个失败的决定，让他们的生活很悲惨。为什么幸运的人能够做出正确决定，而不幸的人屡屡失败呢？怀特曼研究发现，区别就在于幸运的人更加听从自己的内心。在现实生活中，特定类型的人会有特定的行为方式，人们的潜意识往往具备杰出的能力，可以觉察到这些模式，当某个情境或者某个人突然让人感觉非常好或者不对劲的时候，能够启动一个直觉的报警系统。不幸的人并不是没有这种感觉，而是当它们发出信号时不予采纳。

怀斯曼的这本书非常通俗，非常浅显，并没有什么深奥的理论和玄乎的卖弄，但是真正领悟好、吃透好，也是须下一番功夫的。尽管我有些后悔今天才读到这本蕴藏真经的好书，但我以亡羊补牢、为时不晚的古训安慰自己、激励自己。

第50篇 感谢废墟

我知道，世界上有一些美丽而著名的废墟，我也亲眼见过圆明园、都江堰、嘉峪关等废墟。然而，新疆交河故城可谓名副其实的废墟，最令人震撼。

这是一座没有城墙、没有树木的城池。夕阳惨淡，置身于这一片废墟之中，双腿仿佛沉入了一口时间的古井，很沉很重地往下陷落。很难想象，这里曾经是古丝绸之路上最繁华的城市之一，是一座与古楼兰齐名的西域古城，素有“东方庞贝城”之称。在我二十多年后又一次重游故地，仍是面貌依旧：四周是高高低低的残垣断壁，没有树，也没有草，不见兔走、不闻狐鸣，甚至不见一只落脚的乌鸦，只有满眼望去的黄土，在惨淡的阴云里释放着冷冷的静寂。被云层遮住的太阳，失去了它应有的模样，只是泄漏出几束有气无力的光泽，更加营造了这种冷色调。

交河的苍凉，就像眼前这片凹凸着悠悠往事的古城墙，拥挤的闲游者们茫然看见、好奇抚摸，也是虔诚企盼那一块块磨损的裂鲜石砖，开口说出真谛的吧。我再次走进这座千疮百孔、满目沧桑的故城时，眼前的一切带给我的不仅仅是久久的视觉冲击和震撼，更多的是一种穿越时空的回顾和血腥。

交河毁于七八百年前的元代战火。当年的征战者或许是为了夺取这一座城池，或许是为了降伏这一方士民，掠夺的欲望和统治的野心燃起了兽性的烈火，引发了屠城式的战争。这一段元代发生的真实故事，使曾经烟囱冒着热气、房屋传来婴儿啼哭、兵营操练的沙沙声、集市上小贩们的吆喝、寺院里僧人诵经，还有烤羊肉串的香味、哈密瓜的果香的、一座数千人甚至上万人的繁华城市，突然被刀剑和火光化为乌有。我浮现刀光闪处滚落的头颅、看见马蹄落处溅起的血浆，还有那不肯屈服者折断的刀剑，杀红眼者挥动的雕弓，大火连着大火、刀剑交叉刀剑，把全城人屠杀殆尽，连遗物也不放过等场景。从此，这里的房屋街道犹在而炊烟灭、人声绝，白骨还整齐地躺在屋中保持睡态，生活却突然中断……

似乎一切都消失了，“好一似食尽鸟投林，落了片白茫茫大地真干净”。然而，眼前这片废墟像一个巨大的沙盘，更像是一艘历史的方舟，承载着厚重的文化积淀和气息。我一改上次蜻蜓点水式的观光，而是来了一次“深度游”：经城南的城门登上土岗，我从瓮城进入城市。行走在一条长约三四百米的南北大道上。城内建筑以大街为中轴线被划为东、西、北三个区。东区为官署区，西区为手工作坊和居民住宅区，北部为佛教寺院区。全城是一个层层设防的大堡垒，人行墙外，像处在深沟之中，无法窥知城垣内情况，而在墙内，则可居高临下，控制内外动向。

在城的东南方，有一座宏伟的地下宅院，据考证，这是一个多年前唐朝安西都护府的住所。转而向西，大道西侧高厚的土垣后，是被纵横交错的短巷分割的“坊”市，说明交河城在唐代曾进行过一次有规划的重修改建。那本旅游的小册子记得分明，早先这里曾是车师王国的都城，住有人口数千，脚下的这条大道两侧集中了人间的繁华。大道北的寺院规模宏大，并以它为中心构成北部寺院区。在所有的古代宗教中，传入吐鲁番地区时间最早的应是佛教。交河故城寺院区绝对大的面积为佛教区，可谓名副其实的佛城。城北一组壮观的塔群，是安葬历代高僧的塔林。

古城最为传奇之处在于它不是按照一般城池那样用砖瓦土石垒建，而是在一块沟壑纵横的黄土台地上，由这里的先民们一寸一寸向地下硬掏出来的一座城，也可谓中国建筑史上的一朵奇葩。寺院、官署、城门、民舍的墙体基本上为生土墙，特别是街巷，狭长而幽深。由于是从生土层往下掏挖，与一般遗址越往下挖年代越早不同，交河故城是越往下挖年代越晚。据当地的一位文遗办的朋友介绍，在将近两千年里，一个民族退出交河，另一个民族又潮涌而来，在原来的房址再往下挖掘生存空间，就这样不停地掏挖雕琢，生生地把交城打造成一个巨大的沙盘雕塑。听他这么一介绍，我接了一句：“交城是在大地上直接雕刻出来的一座城市?”他赞许地看了我一眼，深嘘了一口气，说：“可惜，它毁灭于蒙古东察合台汗国与伊斯兰圣战领袖黑的儿火拼的战火，太可惜了。”古建筑保护专家梁涛在一篇文章中写道，交河这个城市毁灭于战争是无疑的，曾经清理过三十多口水井，每口井里都有人的骨架，都是头朝下。

废墟有自然灾害造成的，更多的则是人类社会暴力肆虐的结果。交河故城的废墟，既是抬眼就可以看到的有形的废墟，还是存在于人们心灵上的废墟，它给人们身心的震撼是无与伦比的。废墟表现出固执，就像一个残废了的悲剧英雄，那浸染了七八百年的血泊里，那和心灵一样无垠生长的柔暗青光——那是对苦难的铭记、对残暴的警惕、对和平的珍惜，是葆有生命的完整和活力的根基。交河的废墟，昭示着沧桑，让人偷窥到民族步履的蹒跚，它是垂死老人发出的指令，无不让人感慨万千。

感谢废墟，交河故城的废墟，没有被修缮，更没有被开发新建，尽管它丑陋、荒凉，是一块历史的伤疤。但是，交河废墟有它的形式美，把剥离大地的美转化为皈依大地的美。粉饰历史的丑陋和罪恶，无疑是一种犯罪，是割断历史的犯罪行为。其实，原汁原味的废墟，虽然表面上被岁月的风沙剥离得越来越凄凉、孤寂，但里面满贮着血泪，血泪中生长着警世的肉芽。我从交河故城废墟里真真切切感受到生命惨遭蹂躏的一摊又一摊血，从这血色中体验出一缕人性的黎明。

感谢原汁原味的废墟，它抛弃了实用主义的趋势，坚守了尊重历史悲壮的节操。如果把交河故城修新如旧，重回当年盛世，或者把它完全铲平，造一座崭新的交河城，那么，将会是新的犯罪。似乎元朝的野蛮统治不见，熊熊火光不见了，民族的郁愤不见了，历史的感悟不见了。说不定被抹去的昨夜悲剧，就会在明日重演！为此，世界上所有遗址保护者，都知道遗址必须保留全貌，保留它的历史感。从古希腊、两河流域、古波斯、印度直到南美的玛雅，那些遗址一概原封不动。废墟是一种特殊的遗址，尽管它只是残存的一些兀立的残垣和石柱，甚至是草坑和土堆，但它是历史生命仅存的最后的实体，是唯一可以触摸到的历史。然而，在我国，且不说许多遗址和废墟被粗暴施工或重新兴建，就像赫赫有名的河南殷墟、西安华清池到京西的圆明园遗址等，都被“好心者”修筑围墙，努力打造。更有甚者，画蛇添足地增添各种“景观”，努力把历史废墟打造成营业性的公园。

从本能上来讲，没有谁愿意走进废墟，特别是意气风发和情窦初开的少男少女们，向往的是热闹和繁华。但是人们，包括我为什么要走进废墟？正如余秋雨所说，我诅咒废墟，我又寄情废墟。废墟是课本，让我们把一门地理读成历史；废墟是进化的长链。没有废墟就没有所谓昨天，没有昨天就无所谓今天与明天。人类要想得到并且保住繁华和文明，就必须记住自己亲手制造的种种悲剧，永远地对自然力和仁爱保持一种敬畏，并故而格外呵护、珍惜生命，永远对残暴和掠夺者保持高度警惕。

夕阳渐沉，暮色四起，远处白日里灼灼冒烟的火焰山已渐渐隐遁，随同暮色而来的是笼罩着这一座古城的暮霭，时有疾风卷卷地穿过雉堞墙豁，废墟间便听到阵阵低咽……世事变迁，岁月覆盖，我脑海里忽然冒出了唐代边塞诗人李欣的诗句：“白日登山望烽火，黄昏饮马傍交河。行人刁斗风沙暗，公主琵琶幽怨多。”脚踩着交河废墟里的尘土，发出“噔噔噔”的声响，我却听到了尘土的声音，低沉、悠长，不由得毛骨悚然，于是，加快了步伐，逃离这片废墟。

我在逃离这座令人沉重和窒息的古城之际，不免泛起莫名的担忧——如果交河故城不再是“独留青冢向黄昏”，而只是扩散为偌大景区的一部分，那么，我会兴味索然，一定不会带着好友，或者介绍我的亲朋好友或后代前来观光、踏古的，一定。

但愿我的这种担忧多余。

第51篇 邂逅温哥华

对于加拿大的概念，源于小时候伟大领袖毛主席的那篇耳熟能详的著作《纪念白求恩》，知道加拿大人白求恩不远万里来到中国，帮助中国抗战。只知道加拿大很遥远，在太平洋的那边，与美国是邻居。一直有当年邓小平老人的那样的念头："去看一看，走一走。"只不过，他老人家是想到自己的国土，我却是在别人的国土上去看一看，走一走，念头常有，但总觉得是梦想。

许多事情，起因都是非常偶然的。5月20日，接到市体育局一个电话，市政府外事办转来加拿大国际龙舟节协会的邀请函，6月17日至19日，加拿大举行第26届协平世博温哥华龙舟节，邀请广州市派队参赛，主办方负责参赛队的交通、住宿和餐饮费用。

这天上掉下的馅饼为什么掉到我们头上？电话那头回复得似乎合情动人：你们区的群众性龙舟赛活动一直很活跃，成绩也不错。我们立马挑选参赛队伍，有一个镇的龙舟队，赛绩骄人，拿过几次国际性龙舟赛冠军，但队员成分复杂，一半以上队员是从别的强队"挖过来"的，并有着职业训练的背景。镇领导表示，让他们龙舟队出国参赛，怕不好管理，我们更担心这样拼凑起来的队伍出现涉外事件。另一支龙舟队纳入了我们的视线——鸦岗龙舟队。鸦岗村是广州典型的水乡，河道纵横交错，划舟出行或从事农事曾是当地村民一种生活习惯。据记载，划龙舟在鸦岗村（现改为鸦岗经济联社）已有超过400年的历史。这里还保存着请龙、采青、藏龙的传统习俗。村里至今保存着一条41米长的坤甸木龙舟，年龄超过百岁。

就是它了，鸦岗龙舟队。班子几个人一拍即合。听说要去加拿大去比赛，鸦岗人很兴奋。对他们而言，出国比赛，不仅仅是见见世面，更重要的是一种荣誉。女的愤愤不平，为什么不让我们去？我们女子龙舟队的比赛水平比他们男的强。富有经验的村支书哈哈一笑说："这次男队去，下次女的去。""这是您说的？一言为定。"谁都明白，这种机会，下次概率有多大？

经过一波三折的协调和努力，6月16日下午4时许，我们一行26人终于登上了由香港飞往温哥华的直航飞机。在枯燥、沉闷的机舱里，我从市局群体处兼翻译的苏晓燕副处长那里看到了译文的邀请函：

尊敬的广州市方面：

在此我谨代表加拿大国际龙舟节协会，向广州龙舟队发出特别邀请，邀请贵队参加2016年6月17日至19日举行的协平世博温哥华龙舟节。

温哥华龙舟活动起源于温哥华地建城100周年庆典——温哥华1986年协平世博会。当时香港旅游局专门赠送了中式龙舟。龙舟活动在温哥华受到龙舟参赛者和当地观众的欢迎，1989年在温哥华成立加拿大国际龙舟节协会。自此，龙舟活动开始在加拿大各大主要城市风行，龙舟赛也成为北美发展最快的团体运动。2016年将举行第26届协平世博温哥华龙舟节。我们的龙舟节是北美最受欢迎、比赛最激烈的龙舟活动，为龙舟健儿带来绝好的比赛机会。和合作伙伴协平世博一起，我们非常高兴邀请贵队参加，将安排贵队和一支当地队伍对接，提供联络，安排并负责餐饮、交通和住宿，费用将由协平世博赞助。

中国元素是本活动的重要组成部分。多年来，来自中国的文化团体深受观众喜爱，也曾邀请过多支中国龙舟队。加拿大龙舟运动员和龙舟队也经常参加在中国举行的龙舟比赛，积极参与中加两国文化交流。我们期待着广州龙舟队能确认今年的龙舟节，期待和你们进一步讨论更多参赛细节。

安·菲勒普斯 Ann Phelps

加拿大国防龙舟节协会总经理

看了这份详细的邀请函，我既感到对方的热情和诚恳，又增添了几分不安。我们选派的这支纯粹的草根村民龙舟队能在异国他乡的竞赛中有所作为吗？这毕竟是竞技比赛呀，虽然盛名曰邀请赛，如果成绩太差，不仅仅是面子问题，还关系着一个城市乃至一个国家的荣誉呀……

飞机在温哥华上空盘旋。舷窗外，我看到连绵的雪峰高指蓝天，圣洁而庄严。雪线下，裹满绿色的山麓一直伸向海边。岸边的小浪花勾勒出一条乳白色的海岸线，顺着山势很优美。当地时间 6 月 16 日下午四时许（地球自西向东运转而造成的时差），我们乘坐的波音 777 大型客机稳稳地降落在温哥华国际机场。一到安检大厅，来自世界各国的、不同肤色的人种仿佛从天而降，一下子都会聚到了这里，我这才感到已置身于异国他乡。走出边检大厅，向四周观望，有人高举着"欢迎广州龙舟队"的小旗帜，原来是温哥华广东协会会长马清石、温哥华广州友好协会会长马威廉一行早已等待我们的到来。虽然之前我们彼此不曾相识，但却有一种血浓于水的亲切感。

走出机场吸入的第一口空气，竟有一种久违的感觉。按地理位置和经纬度来讲，温哥华也处在夏季，但没有中国南方夏季的溽热、闷湿，只有广州深秋才有的那种秋高气爽的享受。坐在能容下五十余人的大客车内，没有空调，阳光耀眼却不灼热地涂在身上。沿途的建筑风格没有想象的那么欧美样式，许多跟广东和港澳差不多。陪同的温哥华广州友好协会的马威廉告诉我，温哥华已有两百多年的历史，在 19 世纪初时它还是一片荒野，只有一些土著人过着原始的渔猎生活。一百五十多年前，英国的一位船长来到这里后，引来了各地的一些淘金、开矿和伐木的人，然后是修建铁路。当年有大批华人为了避开国内的贫穷和政治不稳定，纷纷移民，以广东的台山人为主。他们于 1858 年开始在卑诗省出现，菲沙河谷的淘金潮吸引了更多的中国人和旧金山的华人来卑诗。1880 年，铁路公司在广东聘请了 5000 名工人，也在加州聘请了 7000 名华人，进行300英里的铁路工程。作为台山籍的马会长情不自禁地与另一位开车的不会讲中国话的司机聊起这段历史，我立刻想起几年前读过张翎的小说《金山》，这部小说就生动再现了这段峥嵘岁月。

马清石会长已80高寿了，他的祖籍也是台山人，是温哥华生、温哥华长的广东人。他讲，如今两百三十多万人的温哥华，除了极少的印第安原住民外，其余的身份都是移民，只有新老之分，来的不是客，没有“外国人”。迁徙看起来好像只是一个个家庭或者个人命运的转折点。实质上，却跟社会大背景的变化起落紧密相连。作为迁徙者的家园，温哥华的形成或者是诞生，折射出时代政治、经济和文化的特征。温哥华人在此背景下的个人或者群体之命运，反射出某种特异的受难者或探险者的光芒。马会长这样家族式的命运，蕴含着不屈的奋斗精神与改变命运所迸发出的、开创奇迹的人生火花。在太平洋彼岸的北美洲的迁徙队伍中，真是各有其不幸和幸运、悲壮和顽强。其中，华人尤其是广东珠三角的大迁徙令人钦佩。稍作考证，北美洲没有多少世居不移的当地人，自古以来，各个民族都向这块神秘的土地迁徙，都在迁移中寻找家园，重建自己的第二故乡。

两位马会长陪同我们坐在一辆温哥华式的大巴上，离开机场。所谓温哥华式大巴，造型欧式，车体超长，能有60个左右的座位，没有空调装置。行车外的整洁的道路和赏心悦目的花草树木吸引着我，尤其是满树的红叶令一车人兴奋起来，有人一边问是不是枫叶，一边情不自禁地拿出手机拍照。会务组的导游抿嘴笑道，漂亮的枫叶要到深秋时才红呢！

在大伙儿好奇地瞅着窗外的景色拍照之际，广州会长马威廉征求我们几个领队的意见：温哥华半岛控股集团董事长王文康先生邀请我们参加一个慈善Party。因为被盛情邀请和好奇，我们欣然同意前往。Party在福斯河畔的一栋规模不大的现代建筑房里，一脸热情的王董事长将我们迎进了会厅，里面已站满了人，一半是白种人。遇到与我们长得差不多的人打招呼，却总是满口的英语，弄得我们只有尴尬地笑一笑。王文康是地道的广东客家人，在广州和白云区也办有企业。他居然用普通话的客家话加上肢体语言，与大家一一打招呼。幸好，有温哥华总领事馆的高副领事在场，给我们作了简要介绍，这次Party的主要目的，是为即将举行的龙舟节的服务保障等事项进行募捐活动。聚会很随意、很轻松，有人举着红酒杯，有人端着盘子，吃着自己喜爱的食品。一二百平方米的会厅里，中间是一个温哥华模拟地图。大家围立在地图周围，不时有人上去讲话，全是英语。我这个外语盲，手足无措地从旁边的自助餐厅里盛上一些食品，在会厅里窜来窜去。不时有人走到一个地图模型的一侧讲讲话，每个人讲话时间都不长，且都是即兴的，没有讲稿，也没有掌声，但许多人都在饶有兴趣地听讲。这是我平生很少有过的“参会”场面。尽管是看，也觉得人家在开会时处处体现出的文化和文明，与我们这个以“会多”著称的国家是大大的不一样，令人想起范伟在小品里的一句经典台词：“这人与人差距咋这么大呢?”人家开会，为了交流、沟通，把集会的意思、目的告诉你，请你到会，你可谈自己的态度，可以聊聊天，可以出点力，也可以什么也不做，凑个热闹也行。置身其中，感到很轻松、自由，让你不想离开。而我们开会，非常严肃庄严，照稿宣谈，重复套话，枯燥乏味，抹杀所有人的个性与水平，往往是越是大而庄重的会议越不涉及什么实质性的问题，会议只是一种仪式，且这种仪式要么刻板、空洞，要么故意拖沓冗长，使人如受重度折磨。而与民生及个人切身利益紧密相关的事情却是小会，甚至不开会。

当天晚上，虽很疲惫，但因时差，久久不能入睡，便在手机上写了一首小诗：

出国赛舟傲羊城，
万里之遥急征程。
一波三折费思量，
群策群力事竟成，
旦夜兼程跨大洋，
时差颠倒人昏沉。
人生难得有一搏，
闪亮登场领精神。

我在手机上发此小诗，并不是炫耀文采，而是向家人、朋友、向组织通报一声：我已顺利到达温哥华了。

根据组委会的安排，大赛前的一天——6 月 17 日，我们要带队员进行适应性训练。来到温哥华河畔奥林匹克村的福斯河畔，这条泛着粼光的河面上，已有船队在活动了。通过沟通，找到了具体联系人，我们一行来到指定的地方，领取了训练要用的划桨和救生服。此时，不断有一拨儿又一拨儿队员来到训练场。有的队自带划桨，有的队到现场领取组委会准备的桨。在按制度办事函里，组委会告知我们，他们备有比赛用具，不用带船、带桨，只需来人参赛即可。具体组织者邓孟玮（鸦岗经济联社副社长）匆匆凑到我跟前说："尹局，有的队带来了纤塑桨，刚才与我们同车来的香港队也是。"行业内都知道龙舟比赛，除了要有训练有素的队员，还靠一定的比赛工具。正如两千多年前的孔夫子所说：工欲善其事，必先利其器。这次组委会统一供给船只，只划桨有自由选择，可领取他们提供的木制桨，也可自带碳纤塑桨。我虽为文体方面的设施负责人，但对器材可谓一窍不通，邓孟玮解释，碳纤桨跟传统木的龙舟桨的区别一是碳纤维更轻一些，对于高桨频划法的优势是很大的；二是碳纤维抓水的效果要比木桨更好。我马上从手机百度上查看信息，答案的确如此：碳纤维是最大的特点就是结构质量轻，碳纤维是由碳元素构成的有机纤维。纤维的碳含量大于 90%。一般分为普通型、高强型和高模型三大类，而且碳纤维是一种力量性能优异的新材料，它的比重不到钢的 1/4，碳纤维树脂复合材料抗拉强度一般都在 3500MPa 以上，是钢的 7—9 倍，抗拉弹性模量为 230—430GPa 亦高于钢。因此 CFRP 的比强度，即材料的强度与其密度之比可达到 2000MPa（g/cm^3）以上，而 A3 钢的比强度仅为 59MPa（g/cm^3）左右，其比模量也比钢高。材料的比强度愈高，则构件自重愈小，比模量越高，则构件的刚度越大。看来邓孟玮的说法是有科学依据的，理由也是十分充分的。本来，我们是来参加邀请赛的，成绩问题考虑不多。但到了温哥华，这次比赛，基本是北美地区组队，共一百八十多支队，亚洲只邀请了我们和香港队。而香港龙舟队算是大半专业，都是消防队员，除了消防工作，第二职业就练划舟。据说这个消防队上百人，每月都会有固定时间给固定人员练习，故他们的划龙舟水平一直保持较高水准。参加比赛的加拿大、美国各地选派的队伍，虽然基本上属于业余性质，但有不少是专业出身，其实力也不可小觑。的确，他们参加这一活动，主要是营造一种互动、愉快的文化氛围，一些参赛队组队比较随心所欲，有老人一组的、有男女搭配的。但是，也有一些是冲着名次、奖杯来的。因为龙舟的发源地在中国，他们对我们的到来，有一种高看一眼的态度。在比赛手册上，我们都被注名为中国广州。其实我们率领的只是一支业余的龙舟队，一个街道管辖的经济联社组建的农民龙舟队。既然来参赛，就不能太落后，而且邀请方一直高看我们，将我们的赛道均安排在第五道，一方面出于尊重，另一方面认为我们能代表中国参赛一定不会弱。此时，我们有种哑巴吃黄连的苦衷。虽然出来参赛，国内没有任何人有交代，要赛出什么成绩，只是要求我们安全地去，安全地回。所谓“安全”，更多地暗示出去的队员不要有人借机不回来了。对于这一点，我反而放心。国门打开后，老百姓出国很容易，不少出国旅游观光的人中，绝大多数感叹国外生活，除了环境好，其他方面并不怎么样，饮食不习惯，语言不通……

既然出国来参赛，就得要有一个像样的成绩，这关乎着面子或者说荣誉问题。此时才切身体会到任何比赛都会有压力，况且这次邀请赛，是华侨协会努力游说主办方的结果，华侨当然希望派出的龙舟队能在第二故乡争口气，鸦岗龙舟队更能理解这种感受。当他们提出使用碳纤桨的要求时，我非常赞同，但又十分尴尬地表示，在费用上，政府主管部门无能为力，因我们是区级文体部门，其主要职责是普及推广群众性体育运动。对于碳纤桨这种职业化器材，财务很难审批，更重要的是邀请函上明确写明：主办方提供一切比赛所用。如果提出购置比赛用具，缺乏有说服力的依据。邓村（虽然村改联社多年，但人们仍习惯称村）理解了我这个局长的苦衷。赶紧与广州的当家人——鸦岗经济联社党委书记、主任蔡享声沟通，马上带来了令人振奋的消息：在当地买十副碳纤桨，另租用十副。队员们欢呼雀跃、信心倍增，立马投入到了适应性训练之中。在现场，我观看了各路人马训练情况，心里不免一阵发紧。当天我在微信里发了几张我队队员训练的照片，并配了一首小诗：

大洋彼岸风光好，
重担在肩难乐陶。
白云健儿多奇志，
敢在异国试比高。

海湾粼粼千帆过，
生龙活虎逞英豪。
若问鱼翅与熊掌，
平安要比佳绩牢。

我发此诗，既是一种心理自我安慰，也是一个提前告示：咱们来这里不是争金夺银的，是来见世面、来学习的；不是来求成绩，只求平安大吉的。

傍晚，我们参加组委会组织的聚餐，场面很热闹。许多参赛队员聚在一起，临时搭建的舞台上，不断有人唱着或跳着。入场的人，每人凭证领取一张馕饼、一支火腿肠、一罐啤酒，还有一小盘沙拉。食品非常简单，但气氛很热烈，大家聚在一起说说笑笑，图个乐，并不在乎吃喝，这一点与国内很不一样。正沉浸这种氛围中，忽有人招呼：市长来看我们了。不一会儿，温哥华市的代市长霍健华先生西装革履、满面春风地走到我们跟前。刚才他还用纯正的英语跟别人谈笑风生，走向我们这里立即用流利的普通话嘘寒问暖，代市长跟我们一一握手，主动介绍自己的祖籍在广东中山，曾祖父曾帮助过孙中山的同盟会筹集活动经费。他的随和与坦诚一下子拉近了彼此的距离，大伙儿纷纷要求与其合影，他都愉快地接受。陪同的当地人讲，在我们这里，见市长很容易，他从议员中选举，就得与民众建立广泛的沟通，让民众获得认知，才能赢得相当多的选票。而在国内，虽然也是选举市长，但是是经过党委提名的。只有取得人大资格的人大代表，才能去进行无差额的投票选举。这属于两种制度，好坏不好评判，存在就是合理的。反正在这里见市长非常容易，且市长的权力有限。但我们参赛队员不了解这些，把见到市长与市长合影当作人生一件幸事，将拍到的微信照片发到家人和朋友圈。在他们的国内生活里，别说见到市长就是见到区长，乃至我这个局长也不是经常的。其原因有多种，最根本系政体不一样。虽然双方的市长都是选举出来的，他们是实打实的全民选举，而我们则是由党委提出人选，再交由党员占大多数的人民代表等额投票表决。因是全民投票，市长就得拉选票，就得经常地不断地深入到民间，以争取民心。他们的民心很具体，就是选票。而我们的民心，是有我们的国家特色的。中国特色的政体，有利于政令畅通。一方水土，养一方人。

在随队员返回住地的大巴上，我将市长看望我们龙舟队之事通过微信发了几组合影照片，并写下题为感怀的打油诗：

民间赛事本是常，
市长面见彰名堂。
两市虽结百年好，
好歌还须勤来唱。
龙舟魂魄游五洲，
东西南北超时尚。
位卑报国雄心在，
擂鼓掀天斗志昂。

我发此微信似乎漫不经心，但目的有：一是告诉单位的人，瞧，咱们这民间赛事引来贵国官方重视；二是鼓舞参赛队员，一定要争气。

6 月 19 日，雨天，阴风夹着小到中雨，身体阵阵发凉，有的队员嘴唇发紫，有的胳膊上起了鸡皮疙瘩。上午，按照组委会的安排，我队参加 50 米预赛，这么短距离的比赛国内没有，我们只好抱着试试的心理。短距离的划船比赛，起跑非常关键，水是动的，船不好控制，在口令没发出之前，船是不能越标准线的。我们队员对水性掌握不好，船容易随水流动而进线，就会被要求退回，就在我队被退回线内之际，口令枪声响了，我们赶紧调整方向，但出发已晚了别人半个身位。而对方，特别是香港队非常有经验，乘着水势猛地迸发而出。我们全力拼搏追起，但别人也冲线了。结果取得小组第五，无缘决赛。回到岸边的我队队员们，都沉默无语。我心里虽然也不好受，但还是强装笑脸，强装轻松地安慰大家。在来到队员营地时，市体育局的刘国华处长就向我分析刚才我队队员失利的原因，应先将船划到离出发线一定位置，缓慢顺水流动，估计口令声，就能借机顺势而发，我承认他分析到位，但也心里嘀咕他事后诸葛亮，如果早些告知队员，也许比赛成绩会改写。因是上级机关，我俩又刚认识不久，便不好直言相告。

对于 50 米的比赛情况，我好面子地不想通过手机微信发布，只好照几张当天的雨景和比赛场景，配有四句诗：

好雨知时节，
竞舟鏖战浓。
各路显身手，
甘苦几人懂？

拙诗曰“甘苦几人懂”，其实，是想表明谁能理解此时此刻，身处异国他乡的我们，这番酸楚、失落的心情，以及此时方能理解征战奥运会等国际赛事，中国运动员、教练员、领队和国家体育总局所承受的压力。虽说体育比赛是一场竞技运动，一场游戏而已，但往往包含着国力、国威、国誉的政治因素。政治似乎很抽象，其实往往很具体。

比我们更关心现场比赛的是温哥华的华人。我们出师不利，现场观看的马清石、马威廉两位会长表面平静，但笑起来有些勉强，倒是王文康大大咧咧：“没事，没事，本来就是好玩。我看小伙子们都淋湿了，千万别生病了，这样，请大伙儿到我餐馆里吃个饭，补补营养，喝喝姜汤，防止感冒。”盛情难却，也不失为一个最佳的办法。我们一行来到十几公里外的半岛酒家。在上车后，在是否舍近求远就餐问题上，我们有过犹豫：下午两点还有500米的预赛。王文康拍着胸脯：“放心，不耽误。”他通过手机电召了数部的士，队员们上了的士，我和刘处则上了王文康的专车。到了酒店后，分坐三围台。果然端上一杯杯热乎乎的姜汤。王举着姜汤说了开场白：“今天下雨，大伙儿淋了雨，赶紧喝了姜汤，暖暖身体，防止感冒。听说下午还有赛事，一定要身体硬朗。”带队的邓社长向王文康投来感谢的目光，站起来接过话：“王总说得对，身体是本钱。王总请我们吃这顿饭，不光是补充身体，还在补充我们的精神，刚才的比赛，我们失败了，尽管有时差、场地和赛程不适应等客观因素，但我们不能输在斗志上。我借王总提供的这次机会，希望大家在下午的比赛中拿出精气神，即使再输，也要输得好看，大家说好不好？”“好！”大家异口同声地回应。大伙儿举杯将姜汤一饮而尽，上午的阴云一扫而过，对着满桌的美味佳肴纷纷大快朵颐。

正在大伙儿吃得尽兴之际，接到组委会通知，原定的两点钟的比赛，将提前在一点半开始。一看时间，已 12 点半，如果是在竞赛服务区，这时间是宽裕的，但问题是我们是擅自离开的。见过世面的王总泰然地摆摆手：“没关系，我马上预约五六台的士来。”说着用他半英半中式的口吻打了预约电话，我们悬着的心一下子落了地，比较安稳地边吃边喝。然而，12 点 50 分，仍不见预约的士的车影。王总看看手表，也觉得不对劲：咦？一般 5 分钟至 10 分钟就会来的，他赶紧拨打得知，由于下雨，叫车的人较多，一时难以到达，王总发火了：“我要投诉你们的！”几分钟后，来了一辆的士，我们赶紧叫上几位主力先坐车。王总对着手机发火，我们心急如焚，时间就这么一分一秒地流逝，车子再没有来，是否真的因为下雨，电招车的人太多？还是王总夹生式的英语，对方听不明白？或者有种族歧视？队员们也骚动不安。此时，想到国内的交通，虽然有千万种不如意，但那种在路上随手招手上车的举动，无疑是一种便民的有效选择，而在这高度文明的异国他乡，有什么急事用车，除了电召，只有向警察求救。

“求人不如求己”，王总“嗖”地站起身，对他餐厅的员工下了命令：“有车的停止手中的活儿，马上开车送人！”立即有三人站起来响应，王总对我们几个带队的说：“你们坐我的车。”

当我们风尘仆仆地赶到比赛服务区，早已有人翘首恭候，来不及说什么道歉之类的客套话，直接让队员小跑步地进入船上，我们也有些气喘地走进监控室。从大屏幕上观看即将举行的有关我队的比赛。因距离较远，我看不清现场的情况，听不懂播放器里讲什么。突然，协平世博的 Concord Linda Wang 冲着我笑着走过来说：“你们了不起，第一名耶。”她姓王，系华裔白领，她的话说得很平和，但很真诚，平淡的表情里透露出发自内心的喜悦。也许她的性格和职业，塑造了她的这种表现。她跟我交谈起来，她虽在加拿大出生和长大，但祖籍是山东青岛的，家里人一直保留说中国话的传统。我邀请她到广州指导工作，她表示感谢，并能马上感到“指导”两字她不敢当，我们互留手机号码，发现加拿大的手机号跟国内不一样，只能加了微信号。我想，这就是血浓于水，民族的基因一旦步入大杂烩的云海里，它会自觉寻找它的同一属性，这是本性，天性也。

赛场什么事都可能发生，即使是这种民间性质的龙舟赛。按已有资料经过逻辑推演的预测，总是难以赶上比赛现场的事实。出乎意料，甚至匪夷所思的事情突如其来，陡移、逆转，由作家独出心裁地创造，在这里，在我们这里，竟然上演了。

体育竞赛就像虚拟的战争，比真刀真枪的战争更好看。尽管争夺是一样的残酷、惨烈、无情，但真实的战争更多暴露的是人的恶与丑，体育竞赛展示的更多的是人类的力与美，气与势。这种比赛藏着，当然也显露着一大禅机：参加比赛，必为夺名次而来。但是，把争夺冠军、争取名次老是放在心上，成为包袱，反而夺不来好名次；忘记名次，只想充分发挥自己，名次反而从天而降。

500米的小组预赛，我们是哀兵。没有想到取得什么名次，结果取得了第一名。大家开心极了。第一名这么容易拿！晚上大家喝酒庆贺，并为第二天的决赛打气，豪言壮语，志在必得。结果，第二天上午的决赛，我们得了第七名。这个结果，已出乎了我们开始时的预料。尽管赛场上变幻莫测，有气氛、心理等因素，但实力毕竟是最重要因素，即使有奇迹出现，那也是在具有相当的实力基础上而言。我们毕竟是一支纯粹村民组成的龙舟队啊！为此，在朋友圈里我发出了图文消息：温哥华国际龙舟赛今天落下帷幕。我区石门街鸦岗村龙舟队首次出国比赛，经过两天奋战，在500米标准龙舟比赛中，获得小组第一、总分排名第七的成绩，在当地，特别是华人中引起强烈反响。为此，特赋诗一首：

临危受命选鸦岗，
肩瘦勇挑千钧担。
各路劲旅失强壮，
重在参与士气强。
他乡多遇故乡人，
助威鼓励情义长。
失冠犹荣架桥梁，
期待来日铸辉煌。

下午，组委会召开庆祝会，鸦岗龙舟队是唯一一支被主办方请上舞台的参赛队伍。我和队员们登上舞台，场下一片欢呼声，“China! China”地呼喊着。不少外国参赛队员要求交换赛服，一会儿工夫，鸦岗龙舟队员的参赛服就被一抢而空。尽管名曰国际龙舟赛，但温哥华市民把这次赛事当作一次盛大的节日。他们喜欢这种相聚的气氛，并不太看重谁谁取得第几名，他们乐于参与到赛事中来，或一试身手，或当拉拉队，并不太计较比赛的成绩。他们十分享受这种比赛的快乐，节日的快乐。他们很早、很清楚地认识到了体育比赛就是一场游戏，好玩就行。而我们近些年，才有了一些这样的认识。

因是公务出国，我们的日期被安排得非常紧凑，一是邀请方要节省开支；二是国内大气候的影响，严格监督。比赛结束的第二天下午，我们将按计划回国。有半天的自由时间，大家纷纷要求购物。主办方满足了我们的要求，安排一辆大巴，专门去温哥华的一家著名超市，而我在当地一名华人朋友的帮助下，对温哥华进行了一次浮光掠影式的走访。

人鸟和谐相处是温哥华的一大特色。走在如茵的绿草坪和海边码头，随处可见洁白的羽毛，鹅黄色嘴、脚的海鸥，胖嘟嘟的，十分漂亮。它们晃着可爱的身子，在人前走来走去，悠闲觅食。见有小孩子向它们投扔食物，便飞扑过去，叼起就走。同时飞来的还有鸽子和乌鸦。乌鸦在中国被视为不吉祥的鸟类，可在温哥华却非常受宠，甚至有些放肆，它随意在民居或街树上做窝，对于人类的食品，它甚至可以抢夺。陪同的朋友介绍，北美人喜欢乌鸦，这是因为土生土长于美洲的那些印第安人喜欢乌鸦，他们把乌鸦作为吉祥鸟来恭迎。传说中的乌鸦有敬老的美德，具有对命运与前程有预见的灵性，还扮演着一个个勤劳的清道夫的角色。草丛里蹦蹦跳跳的松鼠，悠闲自得地觅食，还挑道路般地跳到离你不远的地方，睁着圆溜溜的眼睛看着你，后腿站立，两个前肢像拱手作揖一样举起，是向人们示好，还是讨要吃食？

行走于街头、公共场所、公园，累了可以随处找到摆放的便民椅。尤其在商场门前，很多商家都搭起一个不大的遮阳、遮雨棚，下面摆几张椅子，方便购物者休息。人坐在下面聊天、喝咖啡、吃零食，这是免费服务。马路边的公共绿地上也摆放着供人小憩的长条椅。我好奇地上去坐了坐，发现椅子上都刻有名字、出生年月等，从一起陪我逛街的朋友的女儿那里得知，这些椅子都是市民为了纪念逝去的亲人而捐赠的。他们以这种特殊的方式纪念已故的亲人，可谓别出心裁。从一把长条椅子上，我得知发生在朗士堤大道主干道上的一个真实故事：某年夏天，一名不到 18 岁的少年在街上玩滑轮，或因忘情，被一辆大车卷入轮下。男孩的死亡令其父母悲恸欲绝，但他们在悲痛之后，做出了一件极为理性的大善之事：在儿子出事路段的草坪边捐了一把长条椅，纪念逝者并提醒贪玩的孩子们以此为戒。

礼就是文明，无礼就是野蛮。任何一个人自我意志的无限扩张，都意味着所有别人的自我空间的缩小及至消失，最终使一个人为神而众人沦为非人。温哥华是个礼仪之市，在温哥华街头，常能看到身边或擦肩而过的人脸上向你展露出的微笑，也常能听到陌生人的问候，甚至过马路等红绿灯的路口，彼此相视而笑，随口打个招呼也是常事。而驾车转弯的司机经过人行道时，多数会减速或停下来用手势让行人先走，双方都很客气地相互谦让和道谢。在温哥华的大街小巷，人来人往，悄无声息，形态各异，人种复杂。置身其中，谁也不觉得外国人有什么稀奇，五洲四海，黑白黄红，人类在一起多么和谐。这里的人，都懂得不以自己的意志、好恶观念强加给别人，谁都在给予别人自由的同时也得到了自己应有的自由和自尊，谁都懂得个人的精神肉体所占有的空间是不容随便进入的。在这里，礼貌和谦让是彼此之间必要的文明保护带。

温哥华，除了市中心的那片土地外，给我印象深刻的是既没有喧嚣的人群，也看不到摩肩接踵的高楼，有的只是那种如此安逸无比的田园风光。该市公园遍布，共有一百多个公园，我来到最负盛名的自然公园——斯坦利公园。这也是连接温哥华市中心的半岛，约九公里长的环岛便道上可分别行车、步行、骑车或滑轮。远眺市区的高楼大厦，碧蓝的海湾和略有积雪的山峦，俯视横跨 Burrard 狭湾的狮门大桥，将温哥华的大自然美色和繁华城市的美景尽收眼底，斯坦利公园半岛的旖旎风光伸向伯劳德湾。海面上浮游着野鸭，远望一片移动的黑点，岸边环绕着层层叠叠的树林，颜色浓淡深浅不一。置身之中，宁静极了，仿佛世界上的喧嚣骚动全被搬运到了外星球上，宁静得让人寂寞。此时此刻，我这个长期生活在闹市里的人，恍惚到了另一个世界。然而，太寂静的环境不能太长久，难怪人们将死亡的潜台词比作是到另一个世界。人是个复杂的高级动物，闹时想静，静时想闹，像我这样的凡夫俗子，在这里住不了半个月一个月就会发疯。此时悟道，真美与真静只能让人得到片刻愉悦，若是长守着它，除非是真正的神仙，对于绝大多数人来讲，害怕空虚胜于害怕恐怖。

6月20日下午，我们一行26人乘大巴到了温哥华里士满国际机场，将乘机飞回香港，转大巴回广州。马清石、马威廉两位会长等一行为我们送行，在与温哥华告别之际，我脑海里冒出了问号：说温哥华先进无比，并不尽然，我不否定我们在许多方面并不亚于温哥华，尤其是城市建设，立交桥、高速公路和高层建筑等方面，甚至还超过他们。温哥华是天堂？那么，天堂里怎么还会有乞丐，有流浪汉，还是白种人？我曾看见一群流浪汉在聚会，陪同的朋友告诉我是跳蚤市场。我就好奇地拿出手机拍照，却遭到一名白人流浪汉的抗议。虽然听不懂他在讲什么，但从表情上看，他非常不高兴，可以说是有些愤怒，我感到后果的严重性，赶紧做了个抱歉的手势，一走了之。据朋友讲，在温哥华就发生数起人们无家可归冻死街头的惨剧。这里还发生过放火、抢劫、强奸、吸毒等恶性案件。但温哥华也不是地狱，仍吸引着世界各地的人，特别是华人移居，温哥华仍是世界上最适合人居住地之一。

随着飞机的腾飞，我真切感觉到世界越来越小，距离已愈来愈缩小。再见，温哥华！我不说“别了”，是因为我还想再来，它是我值得再来的地方，或许它的气候、它的宁静、它的文明，还有我想继续寻觅的东西。

第52篇 猫与老鼠的邂逅

通体发亮、保养很好的花猫，吃了女主人给的一包鸡肉与鳕鱼做的鲜封包罐头，在猫砂盘里撒了一把尿又拉了几颗屎后，有些满足地躺在钢琴房的琴凳上休息。

花猫已讨厌吃诸如伟嘉牌标明具有明目亮毛功能的、硬脆脆的干粮，昨晚它有些生气地绝食——凭什么你们天天这酒楼那饭店的山珍海味，却让我啃这千篇一律的干粮？女主人从那盘几乎未动过的干粮上读懂了花猫的怒气，早上便屁颠颠地换上了软包装稀式食品。

“扑通”一声，窗那边的响声让花猫生理性地吓了一跳，睁开了眼，抬起头循声望去。

一只灰不溜秋的老鼠从窗缝里跳了下来。

花猫尾巴顿时变得粗大起来，弓起了弯弯的后背，发出“嗷嗷”的恐怖声：你是谁？怎么跑进我家来啦？

老鼠畏缩成一团：花、花猫大哥，我、我是老、老鼠，我没有个体的名字，统称老鼠，只有我们自己才分辨得清谁是谁。

哦，老鼠？听说过。

花猫大哥，我们对您可是久闻大名啦。

怎么，你认识我？

贵猫多忘事呀，您是我们的天、天……你是我们的祖宗，我们的上帝啊！

你就别忽悠我了，我们俩长得完全不是一回事，怎么会是你们的祖宗？我们也跟你们一样，是地上的爬行动物，一样的生老病死，更不可能是你们的上帝。说说看，到这里来有什么事？

小鼠有眼不识泰山，我是饿急了，到处窜着找东西吃，刚才来到你家豪宅，本来是根本进不来了，我忽然发现你们家的窗子开了一点儿缝，我正好溜了进来。

哦，早上我撒了尿，拉了屎，女主人嫌房子里的空气不好，就打开了一点儿窗子，透透气。没想到你趁机而入。

见缝插针是我们的生存之道。花猫大哥，你家主人呢？

男主人经常不回家，女主人外出练跳舞了。

的确，这么大的豪宅就两个人住呀？

还有一个公子，到国外留学去了，据说是国内考不上大学，就自费到国外上大学了，嗨，看我这嘴，怎么这么不把门。

谢谢大哥对我的信任，我缺点多多，最大的优点就是嘴特严，不会轻易传播小道消息。

看你小样儿还怪懂事的，来，靠近坐一坐。

我，我不敢。

为什么？

怕你吃了我。

哈哈，这么多的猫粮、猫罐头我都不稀罕，看你浑身上下脏不兮兮的，看着都恶心，甭提吃你了。你就放心吧，我绝对不会吃你。第一，我的女主人每天按食谱为我提供可口又有营养的食物，我每天都吃得很饱，只是昨天晚上我闹情绪，实在不愿吃那种蓝色毛亮的硬式干粮。你瞧瞧，我的肚子吃得滚瓜溜圆，根本没兴趣去吃别的什么，更不可能再去吃你了。第二，我的女主人有交代，未经她同意，不许我吃什么东西，因为她特讲究卫生，说是现在不合格食品太多。第三，我和我那些爱吃老鼠的先辈们有着本质的不同。在它们看来抓老鼠是自己天经地义的职责。人类养猫就是把我们当成消除老鼠的战士，而我的主人养我是当作宠物，当作她永远长不大的儿子，我的职责每天吃饱了就是玩，逗主人开心。我天性喜欢抓搔东西，家里的沙发都被我抓得掉了皮，女主人最多说几句而已，还从国外买回两个我抓搔的用具。第四，不瞒你说我从来没有学过抓老鼠的本事，我从小到大，女主人也没有让我见过老鼠……

猫大哥，你真幸福，我羡慕得要晕过去了。

我还没讲完啦，你就快晕过去了，也太没见过世面了吧。

不瞒猫大哥你，我已经快两天没吃东西了。

咳，你怎么不早说，我这里各种食物都有，你随便吃。

太感谢猫大哥了，那我就恭敬不如从命了。您接着说，我边吃边听。

你是不知道女主人整天把我关在这座房子里，真让我憋得慌，作为宅猫虽然我在物质生活上很富有，可我却没有什么自由，记得有几次偷偷溜出屋外，被主人发现关在猫笼子三天禁闭。还有一次爬到阳台上的空调机上，被主人发现后，一下子把我的带钩的指甲全部剪掉，害得我有想法却没有办法。

猫大哥，你这是幸福之烦恼啊，我之所以满世界的东转西窜，但也不是完全自由行走，得时刻保持警惕，既要防止家猫们的追杀，人类的捕捉，还要防止汽车轮子和各种有毒的诱饵。

看来，自由也不容易啊。作为宅猫，最难以忍受的是感情上的煎熬。我早到了少男思春的年龄，有一次偷跑出来，看见了花园里有一只全白的母猫，我们一见钟情，真有相见恨晚的感觉，可我的主人反对我与白猫在一起，说她是流浪猫，就是要找，也要门当户对的。

猫大哥，我、我有个愿望，不知道该不该说？

说嘛，干吗扭扭捏捏。

您不是说您是宅猫吗？我愿做个宅鼠呀，况且我还是个鼠姑娘。

噢，原来是鼠妹妹呀！那感情好，有你这个鼠妹子，我以后日子就不寂寞了。

可是，让您的女主人发现了我怎么办？

这你放心，虽然我有猫屋，可我很少到猫屋里睡觉，沙发、高脚椅、酒柜、饭桌、音响柜等都是我的栖息之地，我最常睡觉的地方是与女主人同睡一张大床上，男主人回来，我可以睡在他们俩中间。

那将来我们住在一起，你不在大床上睡，主人不习惯怎么办？

放心，我会两头兼顾。我睡大床时，你就到我的猫屋里，或者藏在旮旮旯旯，这个五房两厅三厕的房子，别说藏你一个了，就是再加好几个也不成问题。

千万别再增加了，多了目标大，暴露的机会就多。

说得有道理，恐怕还有别的原因吧？

爱情就是自私专一的嘛。

你这小样儿，花花肠子蛮多的。你放心，今生今世我只喜欢你这个小鼠妹妹。

难怪今天我的左眼跳得厉害，原来是遇到贵猫了，我太幸福了。

嘘！不好，女主人的脚步声。赶快躺在我的猫屋，咱们赶紧玩藏鼠吧。

这次邂逅，猫找到了知己，老鼠有了依靠。

第53篇

构筑高洁的精神家园

——读梁业鸿的花鸟画

我与梁业鸿先生相识十余年，多次参加他个人或与人合作的画展活动。本想就他画作，我再琢磨几年写点感受。有一天，他的小儿子梁晓东跟一朋友交谈，有一句话被我窃听到了："我爸八十多岁了，如果你想收藏他的画，趁他现在身体、精神尚好，画的质量可以保证。"听到此言，我有种危机感和紧迫感，对梁业鸿的画评，是时候写点什么的念头日益强烈，关键是要得到他的首肯。

梁业鸿先生的花鸟画给人印象可用一个字来概括，就是"清"。这里所谓的"清"，包含清雅、清淡、清新、清秀、清逸、清醇、清幽、清寂诸多含义。之所以如此，主要在于梁业鸿先生的画作不论大幅还是斗方，都透溢出强烈的文人画气息。文人画在中国有着悠久的传统，其作者特别讲究为人的胸襟气象，文化修养，标举绘画格调、意境追求，注重笔墨情韵和淡雅之趣。

空灵疏宕的构图。梁业鸿花鸟画从构图特点来看，是善于大胆而巧妙地用"虚"，其作品以空灵见长，也正是他擅长用虚的结果。"布白"是中国画绘画语言的一大要素，用得好会产生一种"以少胜多"的境界。梁业鸿是巧用布白而展示观者一种心旷神怡、浮想联翩画面的处理高手，他在《莲之爱同者何人》《雪海飘香》等作品中，将虚灵的构图与松动率意的用笔，淡雅明洁、妍冶鲜润的墨色极妙地统一在一起。通过特有的构图处理达到对画面的意境追求，是他人生观与自然观的集中体现。梁业鸿的许多花鸟作品（主要是荷花题材和梅花题材）形式常使人感到眼前一亮，有一种意想不到的惊奇。在荷花题材创作中，梁业鸿采取不同的构思和技巧来表现心中所需要的画面。如《出水芙蓉》中，以俯视的角度，用勾带墨染画就这张画。一片硕大的荷叶，左下边几朵荷花，右上边几朵荷花，形成一个“S”对称；右下边两片较小的荷叶，形成一种三角对称；右边荷花丛里，则显露生机盎然的莲蓬，四个角和大荷叶上方，均有大片空白。在大片留白的映衬下，气势和意境在艳红瘦绿中获得清丽脱俗的美感。从他的《映日荷花》《烟雨芳地荷风香》和《荷畔话》等作品中，都能看出他在构图的布白与空灵的处理上颇为相似，显示了他善于剪裁、计白当黑、以少胜多的构思才能，即使是创作枝花繁多的梅花，他也能处理得疏密有序、境界空灵。如《傲雪迎春》中，梅花分别从底部中间和右上部向上和向左延伸，形成一个对接的趋势，全图呈现一种动势。梁业鸿对于画面的构图，在主客、配合、虚实、疏密及灵活之平衡等几个要点已有思考。同时，擅长于边角学向——画材或空画与画面四边四角的关系。正如潘天寿先生所言：“画事之布置，须注意画内之安排……然尤须注意画面之四边四角，使与画外之画材相关联，气势相承接，自然得气趣于画外矣。”读梁业鸿的作品，只要心会四边，出入之用，觉妙不胜收。

梁业鸿的画属于“具象绘画”，以“形似”为基础，但他崇尚“以形写神”。他懂得审美的发展，应是先表现自然，后来识力渐进，由“形似”趋向精神，正如钱书所指出的那种“道可道，非常道”的境地。梁业鸿从小喜爱荷花，常常欣赏荷花的生长，甚至到了乐不思归的痴迷地步。长大后，他长期在文化部门工作，后来选择美术创作，通过年画、连环画、门画、人物图画，最终主攻花鸟画的荷花和梅花，这源于他几十年的人生体悟和价值观念。他自述：“我爱荷花中通外直，不蔓不枝，高洁傲立，出淤泥而不染，莲荷乃花之君子，荷叶大，梗长，亭亭净植，潇洒脱俗，一尘不染，散发芳香，它接天之碧，映日之红，更具时代气息。”梁业鸿发誓：“愿写亭亭千万朵，某为岭南画荷人”，并创作长卷式画作《百荷图》。这幅长卷用一百朵荷花来组成，分为“出水芙蓉中姿美”“映日荷花红十里”“云破月来在弄影”“横塘烟雨荷风香”四部分。他把荷花从出梗、长叶、吐蕾开花、结子到凋谢等各种形态以及荷花在各种环境和各种气候的季节中的景象都概括出来，提炼出“清丽脱俗、高雅贞洁”之精神品质。在他的笔下，我们看到和感悟到了这样的精神，得到一次次灵魂的洗礼和人格的升华。在他近乎痴迷的绘画中没有矫揉造作的美学形式和通常的艺术画所持有的可怀疑的文化立场的策略。他自觉地使用古典范畴中的范式，并潜心享受中国古典文化的精神带给他的乐趣，在今天的社会中，能给我们以心灵上的暗示。恪守古典情操以及对荷花、梅花等象征物时于现实的观照，更真诚、自由、坦率地阐述一个个的视觉的心理体验。在传统文化离我们渐行渐远的今天，我们更需要以超迈的精神来透悟时空的隔膜感。我们如何面对传统工具对于现代信息的疏离感？唯有精神。

在梁业鸿的实践中，领会他的“荷痴”，一种“荷锄小小半溪香，水凉风搅一池荷”的情致跃然纸上。他作品中的意象，不似完全现实中的具体对象，却是我们心目中当有、应有的人文景象、精神圭臬。

梁业鸿的荷花、梅花画最突出的成就是笔墨的运用。从他的作品中，我们可以感受到，笔墨只有承载艺术家注入的人生情感和生活体验时，才能获得新生。他继承传统笔墨技法并没有“泥古不化”，而着重从景观、情感出发，引导寻求自己笔墨语言的契机。他巧妙地将岭南画派的艳丽甜俗与北方画派的繁密疏放进行磨合。植物枝体多用简洁疏朗的笔法；浓厚水墨勾染中，凸显以线条、色彩勾勒的硕大花卉，构成繁简、疏密的对比互应，展示苍茫和清朗意韵并肯的双重变奏。他将笔法、墨法、水法、设色加以综合操作，形成变化丰富的表达形态或表现手法，既塑造出气韵生动的花鸟物象，又使笔墨自具形式美感。这种形式美感，既非古典式重复，也不是形式上的舶来品变种，而是颇具创新意味和时代感的笔情墨趣。具体而言，梁业鸿的笔法墨倾向于挥洒恣肆的写意法，然而其变化是丰富的，或工或写，或细或粗，或刚或柔，或浓或淡，因物而施，因时而行，因心而定。在他的作品中，我的可以看到圆润如篆的线条，飞动似草的用笔，抑扬顿挫的运锋，苍茫浑厚的笔韵。这些各有特点的笔法，既有自己的个性，同时又是可以融合的。在其作品《梅花岁岁把春报》

《明月何事爱荷香门》《田田荷情》等画作中，似乎他把赵少昂画中的流动、屈曲、多波折、寓动势的勾用等，与高奇峰凝重质直的线条化合成一种新的富有时代感的线型，既深重又灵动，既朴拙又放逸，而他用笔的纵率斑驳，又深得岭南画派创始人之一陈树人的真髓。又例如有些在卉的勾笔，他创出一种用墨或色双勾花瓣、随敷淡彩的勾线法，凸显出花朵的厚大茁壮。他的画中，可以看出，他将笔与墨紧密结合，笔中有墨，即使一根线条，也有墨的浓淡变化，乃至出现诡墨的效果；或由线变面甚至出现因自然调沁而形成的轮廓线，如《洛日》中荷叶用笔的诡墨现象，《夏之梦》中花朵线条的洇沁轮廓线，均极富笔韵。

梁业鸿的墨法，也熔传统的晕墨、渗墨、泼墨、积墨、破墨诸法于一炉。不知他是否借鉴过黄宾虹的“七墨法”？在他的有些作品中，可以看出黄宾虹用墨的影子。如《烟雨芳池荷风乐》《明月何事爱荷香》作品中看得出他运用多重水墨反复勾染，层层叠积，使画面墨兑滃然，既具丰富层次，又显融合朦胧。这种运墨法，善于营造虚幻的图景、抽象化的意象、淡泊优雅的氛围，使作品从景致、形成到意境、情趣都别具新意。

梁业鸿的作品的特征，或者说令人叫绝的地方，反映在他在用色上的功夫。他的大部分作品是在水墨中间加以浓色，类似吴昌硕、齐白石的“红花墨叶”，墨色两相映衬，形象也鲜明。如《映日荷花》运设色没骨法，又融入水墨的写意法和诡墨法，使物象简洁又虚实相生，色彩灵动又变化丰富，与他的长卷式的《百荷图》相辅相成，将工笔勾勒与设色没骨相结合，以浓艳的重色精细渲染。他作画，一是用轻快明丽的水色，也用深艳厚重的重彩，做到浓艳又不失雅致，力求在统一中求对比，如音乐中的重音，起到提神之效果。他的荷花、梅花系列画作，明亮艳丽的颜色与水墨交织在一起，对比鲜明，色墨相映成辉。在整体色调上又注意协调和谐，做到浓而不腻，艳丽不俗，格调古雅，雅俗共赏，表现了他的用色技巧，形成了他独特的用色风格。

以笔墨为特色的中国画，在漫长的历史传承过程中，形成了独特的形式、语言识别，进而以精神的抒写成为其美学特征。在某种意义上，笔墨既是美感的独特形态，又是一种深层次的精神内涵，在承前启后的当代艺术进程中，越来越多地灌注了现代意识的张力。在此背景下，我们解读梁业鸿的中国画，获取了如此的喜悦——传统与现代的融会贯通，在继承中吸取精华，在传承中创新立意。在对梁业鸿作品的解读和分析中，我们发现其作品的主要特性和要素——在笔法、墨法、水法的综合操作中构成审美的和艺术的价值。就此而言，梁业鸿的花鸟画美感、魅力是建立在笔墨的表达形态与不同手法上的——在疏密两极间展开的。这种展开是“外师造化、内得心源”的结果，即大自然为画家提供了无尽的资源，画家则撷取其独具的深厚性、茁壮生机和意味上的鲜明，置入画面结构，呈现了写意的自然，又是自然的写意。

从他的《白莲浮绿水》《荷塘夜话》《春华秋实惠黎民》《罗岗香雪映朝阳》等作品中，可以体会到他遵循“精神跃于纸上者为上乘”的理念，其作品以“画气”不“画形”为主要特点。因此，梁业鸿在简淡的笔墨下，注重呈现任意抒写，而不拘于物象。他的笔法、墨法、水法的互动与变化贯通，使意象在“似与不似之间”获取了抽象意味，在苍润浑然之中体现出一种形式趣味，特别是在荷花题材这类作品中，其笔墨内敛、简逸、具有抽象性，荷花在水痕墨气中跃然纸上，而胸中郁勃、笔底造化都在瞬间定格于画面中，特别是墨与色的结合，突破了用墨的传统戒律，另辟了新境。

梁业鸿爱画梅，也善画梅，他笔下的梅花不类时流，绝少以写意笔法重彩敷花，不取陈志莲、金冬心画梅以淡墨色枝，也不仿关山月红花表现，而是粗枝、浓墨色枝，辅以晕墨、渗墨和破墨皴擦浸拭，典尽梅开坚如铁杆、屈如虬龙之妙。花瓣或画红梅的红，不是薄透的夕阳红，而是有粉色成分的红，花朵错落有致，或含苞待放，或盛开呈艳，传递出梅花高标独致的神采。他画梅花更多，更独特的是画白色花瓣，乍一看，像雪花飘落岭南大地，实际是白色梅花带给我们的梦幻，也显示梅花冰清玉洁、淡雅清新之致。如《傲雪迎春》绘几枝古梅携手盘绕，冲天弯曲直上，生动地表现了梅花热爱生命、倔强坚韧、乐观向上的品格，也寄寓了作者不流时俗的情思。

概而论之，梁业鸿的作品，因“气”的连绵而获得“韵”的生动，加上滑法用笔的书写之美与墨韵的扩散、水墨的氤氲，具象的物象因提升为抽象的符号，这种不重其形的表现手法与结构方式，造就绘画文本的神采飞动，以及随意而出的特点，画面总充满扑面而来的清新之气。

曾有人告诉我，花鸟画是一门很难有突破的画种，因为古人的创造已经达到很高的境界和水平。当代花鸟艺术需要画家除了对其绘画要素本身进行探讨和创新之外，更需要拓展其自然空间与题材的认识，把握与组合时代审美特征和创新花鸟画的艺术境界。清末民初至20世纪四五十年代的中国画里，出现了以任伯年为代表的融西洋色感和水影画技法入画的花鸟画、吴昌硕为代表的金石书画诗文入画的花鸟画、齐白石为代表的融社会民俗意识入画的花鸟画、潘天寿为代表的融文人花鸟画与山水画之形式构成的花鸟画等主要的中国近现代花鸟画创作的现象和结果，无疑，这种现象是近现代中国花鸟画艺术的最高水平。可是，时至今日，当代花鸟画似乎还停留在这个光辉的节点上。今天的花鸟画创作并没有体现出应具有的当代性，这是值得从事花鸟艺术创作的每一位画家深思的问题。当然，梁业鸿先生的花鸟画以自然、清新之态，表现了全新的生命内容与精神之美，已经做得相当不容易了，并且已经取得了令人喜悦的成绩和某些局部性的突破。尤其是他画中所蕴含的人文精神非常可贵，他的作品中折射出的现实，陌生又温馨、疏离又亲切，赋予看似混淆的世界又多了一层含义。通过作品，我们看到了梁业鸿豁达谦和温和的为人，再读他的画栖居于大地，有如清风，徐徐引人，虽然他已年逾八旬，但他“老骥伏枥”，身体硬朗，思维敏捷，期望他继续探索创新之路，如题材选择上再多样一些。基于他有连环画、人物画的功底，能否还有新的追求？就是讲花鸟与人物，或者花鸟与山水有机结合，如果能有新的开拓、新的尝试，他的花鸟画将会更有意味，更有价值，更可能传达出具有时代气息的“大花鸟”精神。他有这个实力，因为不仅有他个人的实力，还有子承父业的青年画家梁晓东等一批弟子。

传统底子厚，又不保守，是对梁业鸿的态度概括，突然想起齐白石的一句话——天道酬勤，相信不久的将来，梁业鸿先生会给我们带来新的惊喜。

《爱莲图》 **梁业鸿** 作

《报春第一香》 梁业鸿 作

第54篇 动看蜗牛静听蝉

大千世界无时无刻不在变幻之中。白居易的“暮去朝来淘不住，遂令东海变桑田”，道出了地球上沧海桑田的自然界变化。人世间也是一样，过去的永远逝去，未来的不可预测。难怪陈子昂发出“前不见古人，后不见来者。念天地之悠悠，独怆然而涕下”的感叹。的确，现实中的芸芸众生对自己今后命运的安排，往往是今天不知明日事，绝少有诸葛亮那种料事如神的本领。连鲁迅先生也认为神通广大的诸葛亮“多智而近妖”。

既然我们不太可能预测和控制自己的今后命运，那么面对工作或生活有突变，“宠辱不惊，看庭前花开花落；去留无意，望天空云卷云舒”是应持的心态。人的行动受制于大脑，通常情况下，大脑发出什么指令，人就有什么作为。但许多时候，大脑就是个摆设，完全听凭屁股的指挥。屁股是人体的法宝，坐着的时候，它像人随身携带的托盘，把人稳稳当当地装在里面，使人全无摇晃倾翻之虞；睡觉的时候，犹如两块能自动调节平衡的垫子，把人垫得平衡而舒服。如果你是伏案的白领，十小时左右都离不开这盘子和垫子，让你专心致志、稳坐如山，便是屁股的垫、托之功。如果你是车间、工地劳作的蓝领，虽盘子使用率不高，但垫子不可或缺。况且，走路或运动，少了那坨肉肉的左右扭动和平衡，一定让你寸步难行。

人的一生千变万化，谁都难免遇到不幸的灾难。当不幸不以我们的愿望和意志为转移地突如其来，已经成为不可能改变的事实，我们只有抱有“随遇而安”的心态去面对、去接受，而不是想不通，无法接受，或呼天喊地，或一蹶不振，让不幸摧毁自己的人生，让自己的精神崩溃。

面对不幸和挫折，人会有两种态度，即想得通或想不通。有句广为流传的俗语：想不通就死。在我看来，想不通就是地狱，想得通就是天堂。天堂与地狱在一线之间。一线与一念之差，往往失之毫厘差之千里。许多平时想得很开的人，遇到飞来横祸，往往想不开；不少平时很想不开的人，遇到大灾大难，却意外想得很开。究其原因，在于悟道。人生的痛苦永远多于快乐，缺失多于完美。一个人的降生意味着痛苦的开始，而一个人的生命结束，则是痛苦的终结。星云大师说，我们都是天地的过客，很多人事，我们都做不了主。一切随缘吧。他还说，如果你哭，只能一个人哭，没有人在意你的懦弱，你只有慢慢地选择坚强。人比动物聪明智慧，其根本原因在于人类个体的思想性和多数人的修正能力。在浩浩荡荡的野牛、角马的迁徙行动中，一路上遇到各种艰难挫折的考验，特别是面对伙伴或子女被狮子、鳄鱼等掠食等重大痛苦时，动物往往比人类要理性得多。它们最多尽可能上前助威一下，但当无济于事后，它们马上调整心态，继续前行。如果它们过于感情化，或者化悲痛为力量，向它们的天敌报仇雪恨，或停留原地哀悼什么，它们将会遇到更大的不幸，会有更多的伙伴被掠食。我不知道动物有没有思想，但弱肉强食的自然法则让它们懂得必须学会自我保护，否则就无法生存。当结果已经不可改变，我们只有理性接受。以写《人到中年》而著名的女作家谌容，其子梁左非常有才华，大家对他编剧的《我爱我家》很是认同。不幸，梁左 40 岁因病去世，当大家去安慰谌容时，她达观地表示，梁左是个孝顺的孩子，他知道他的父亲在天堂寂寞，就先去天堂陪伴父亲了。

然而，现实生活中，有的人面对不幸和挫折的承受力就比较弱。有些生活一直顺风顺水的人，也许性格比较乐观，可当面临亲人突然离去，或者失去工作能力等，就会变成另外一个人，陷入悲痛和低落中不可自拔，甚至自毁人生。还有一些青少年，遇到学习压力和失恋等，也会置父母的疼爱于不顾走向极端。残酷的现实启示人们，使我们快乐与不快乐的并不完全在于事实本身，而是我们适应现实的能力，是我们自己对人生和社会的感受和理性选择。如果被那些已经发生的不幸打垮，事实依然不会改变。我们唯一应该做的是改变自己，让自己去适应事实。

这让我想到蜗牛和蝉。雨后放晴，我时常发现屋外的墙上趴着一只或者几只蜗牛，它们停在一人多高的墙上和树上一动不动，任凭清新的空气在身旁流过，美丽的彩虹高挂蓝天，均视而不见。静止的蜗牛超然的功夫让人感到它们修炼的高深，世界与己无关，只有一条亮晶晶的银线，弯弯曲曲，诉说着它们曾经走过的艰辛。我不得不佩服造物主的神奇，这种爬行极慢的动物，身体软绵绵的怎么生存呢？原来它们都有一个壳，像房子一样，不管走到哪里，累了困了，就躺进壳里休息。有了这个壳，蜗牛既可以提前出发，又可以随遇而安。

与蜗牛相同的，蝉也在壳里。不过，那不是它的家，而是从泥土到树梢必须经历的蜕变。经过一次脱胎换骨，蝉由白变黑，向上爬的速度快了许多，天亮到达高枝，它就可以放声歌唱了。蝉鸣，打破了夏日的宁静。我惊诧它幼小的身躯竟会产生那么大的音量，虽然餐风饮露，但不知疲倦地引吭高歌，昼夜不息。尽管声音不动听，可它旁若无人，依然高声歌唱，直到秋风顿起，唱完最后一声。从高枝跌落，前前后后，只有一个月的时间，而这就是蝉的一生。蝉的生命很短暂，但它一生都在唱着自己的歌。它留下来的只有树干上的蝉蜕。透亮的空壳似乎在诉说着蝉抗击酷暑高歌的过去，与枝头硕果相伴，于清风明月细听。

“动看蜗牛静听蝉”，可以从中悟出人生之道。“物竞天择，适者生存”，蜗牛和蝉都经过大自然的选择，成为我们熟知的动物。人的一生，在一帆风顺时应像蜗牛，收敛张扬之速度，为自己营造风雨来临时的壳；在低谷落寞时应像蝉，生命虽短，却要忍痛前行，拼死高歌。

人类是从动物进化而来的。多数人的修正能力是个体交流的结果。而在动物界，可以看到个体的存在，但绝对不会找到多数动物的修正能力。因而人要比动物聪明得多，理智得多。也许，人生很多时候就是这样不如动物。我们习惯风平浪静、花好月圆的日子，拒绝和害怕不幸和挫折。当苦难不期而遇，我们惊慌失措、六神无主。在大多数人看来，“随遇而安”则是“逆来顺受”的代名词，我觉得太苦涩、太悲观了，应该豁达地对待

“随遇而安”。

其实，人的一生不过就是一场随遇而安。我们还是用“动看蜗牛静听蝉”的心态随遇而安吧。

我努力寻找我自己（代后记）

自我懂事以来，我就一直苦心地追寻着和表达着自己的个性，结果往往徒劳。因为我发现自己根本就没有什么与众不同的地方，但是，年龄的吃水线，使我感觉意志的螺丝开始有些松懈，我愈来愈强烈地感到我躯体中的每一分子以及灵魂中闪现的幽灵，跟所有的人一样，早已被所谓外在的文化或者命运预先给设定和暗示了。

不是吗？我的名字不是我自己起的，而是父母按照他们的喜好，或者听从别人建议而敲定在户口簿上。从此，这个姓名便包含着别人的“含义”伴随我终生。我的籍贯也不属于我，我的祖籍不是因我或我父亲的出生而存在。相反，它都常常迫使我在许多总是纠缠我的表格中填上它。于是，我陷于深深的矛盾之中——在我身上的一切都不属于我的情况下，我还能追求个性，我还能是芸芸众生中独一无二的我吗？

人之所以被称为高级动物，除了他们比自然界所有动物有思想、有悟性、会书写、懂智慧外，每个人都是一个自我意识极其强烈的动物。这种自我意识和个性具有强烈的排他性，只不过在社会生活中，由于竞争法则和社会管理的约束，人们往往会掩饰自己的自我意识，压抑自己的个性而已。但是，与生俱来的自我意识一直伴随一生，有的时候会表现得直接一些，有的时候则委婉一些。我也不例外，只不过我往往带有阿Q式的自我精神，且有愈合创伤的能力。我想，我的这个毛病带有普遍性，可谓人的本性。不然，人将成为万人一面的机器人。

我这人，别的本事没有，如果硬要找，那就是还有点自知之明，知道自己几斤几两。从懂事以来，我就感到自己没有任何天分，长大后，学了一点文化知识，才知道是基因不怎么好。上学时，经常是“当一天和尚，撞一天钟”。整个基础教育阶段，是出工不出力，一个“混混儿”，数理化加英语，至今还是一锅糨糊，幸亏“文革”帮了我，放在现在的学习环境里，不知我会被摧残得是个什么鬼样子。

我的青少年时期，基本上是个“文不能文，武不能武”的平庸之辈，甚至可以说是缺乏自信而自卑的人。但是，我唯一有一点可以庆幸的是，那个时候，我就觉得我应该有一技之长。可是，我开始学画，继而学音乐后发现它们都太难，且成本较高，于是就知难而放弃了。我开始把注意力投向写作，那时叫写作文，被老师表扬一两次后，自己的内心开始膨胀。事实证明，我选择写作作为自己终生的爱好，是无比正确的明智之举。无论是高中毕业后下农村的知青生活，还是后来长达 27 个年头的军旅生涯，以及转业地方公务员的日子里，爱好写作都是无比英明、十分正确的选择。写作是我的真佛，不仅帮我圆了尘世间的入党、提干、捞学历、当七品芝麻官等梦想，且开阔了我的精神世界。

我喜欢写作，就得充实自己，不断提升自己，尤其像我这种公务员体制内的非专业性的写作爱好者，必须要有三个方面的修养。第一是政治修养。所谓政治修养包括理论觉悟、政治经济、政治实践和社会阅历等方面，综合起来就可以概括成世界观的形成，从当年下乡到部队当兵，后转业到地方基层公务员岗位，我觉得觉悟非常重要。“觉悟”这个由佛教派生出来的词，在现实生活中，有着十分重要的指导性，需要我们在实际工作中一点一点去领悟。实际上，并不是每个人都能悟出来的。第二个就是人格修养。作为公务员，可以说是为民办事的“公仆”，即所谓的为官，按照孔子、孟子的话说就是诚义、正心、修身、治国平天下，这就是志。诚义者，就是忠诚；正心，通俗讲就是没有私心杂念；修身，就是个人的人格修养；总的目标是治国平天下。孟子所说的“吾善养吾浩然之气”，范仲淹的“先天下之忧而忧，后天下之乐而乐”，都在强化个人修养的情怀。第三个是文化修养。文化修养当中当然包括文学修养，著名学者、国学大师南怀瑾先生认为，文学是文化之母。我的良师益友（至今没有做过拜师礼，没有交过一次学费，没有当面叫一声老师）周涛先生也讲，文化修养的基础是文学的修养，他认为，一个没有文学修养的人，很难说得上有文化修养。他的文学至上论，对我的影响颇深。从古至今，凡在政治上有作为或有出息的人都重视文学，都有较深的文学修养。刘邦一亭长尔，出身于亭长，没有太深厚的文化修养，但他爱好文学，他的《大风歌》：“大风起兮云飞扬，安得猛士兮守四方”气魄豪迈，雄至古今，从中也可找到他能打败项羽、建立江山的原因。汉武帝刘彻是一代雄主，他写诗没有英雄气魄，但其间却充满了英雄气概，他位高权重，却深谙人生感悟和人情味浓，你看他的《秋风辞》：“秋风起兮白云飞，草木黄落兮雁南归。兰有秀兮菊有芳，怀佳人兮不能忘。泛楼船兮济汾河，横中流兮扬素波。箫鼓鸣兮发棹歌，欢乐极兮哀情多，少壮几时兮奈老何？”让人感慨的真谛——最伟大的人，是最平凡的生活所养育的。而曹操的《观沧海》，让我读出纸上的风景、文字里的境界“日月之行若出其中，星汉灿烂若出其里”。谁能从大海里看到这样的境界、这样的水平、这样的胸怀？

人们在回顾自己走过的道路时，总应该领悟出一点什么。我在读书和写作时，总要回顾一番，这种回顾，以登上一座较高的地势后为好。回首来路，沉沉一线尽收眼底，居高临下，常常可以看出关键的几步。那些曾经使自己迷茫的，这时看去不过是一丛一丛的芦苇荡；那些曾经使自己畏葸的，原来也不过是一座沙丘而已；至于那深沟、险涧、壁垒、断道，这时看过去不过是大地上的几条细线浅纹。

我庆幸自己还有一些自知之明，从心里知道自己缺少一种像土地一样深厚久远的意识，因为我缺少写作者必需的系统知识训练和作家、诗人素质中最基本的元素。在文学上，我是从半途迈步的，文学的事业其实是社会生活的代名词，我必须弥补它，从生活的起点重新开始。重新开始，不算太晚，但是要回到社会生活的起点却不是轻而易举的，非得放下身架不可、非得要有笨鸟先飞的精神不可。

既然我把写作当作自己终生的爱好，那我就得不断地进行语法、哲学、文学、社会学、心理学、美学等方面的补课。对于写作，我不是作为旁观者，而是将它作为自己的命运和今后的寄托牵连在一起的。当然，等待我的是一个不管有没有我都将循着它自身的轨道运行的星球。既然我将写作作为自己今后命运上的选择，我就要真心实意地铸造自己灵魂的钟，那大约是生活、人格、艺术诸方面修养的合金。铸造自己灵魂的巨钟，不完全是修身养性的过程，更不是深山古寺里的修炼，而是生活翻卷奔涌的浪涛间浮沉、冲刷、跌打、磨炼——不是让灵魂成为圆溜溜的鹅卵石，而是让它成为写作者胸间永不生锈的铜钟。

我写作，基本上没有什么明确的目的，只有一个大概、模糊的方向。我喜欢写作，写作给我带来乐趣，带来欣慰。我是一个不善言辞的木讷之人，尽管命运鬼使神差地让我当了一年又一年的芝麻官，但又怕当众讲话，尤其不愿讲一些非讲不可的套话，但写作使我有了一个真正表达自己的机会。

我开始写作，是基于一种爱好，一种心理满足。后来，我常常会有一种痛，猝不及防地来到我面前，进入我的身体，使我感到忧郁、焦虑、惶恐、疼痛，这个时候，我强迫自己握起笔来写作，一场酣畅淋漓的书写，让我和灵魂重新降落到地面，摈除忧痛。因而，我在写作时，感受生命与存在，坠入深邃的时空里，努力寻找丢失的灵魂。寻找灵魂的写作，对我是个绝佳的心理治疗。我从灵魂中酿造那永恒的韵律，探索人与自然社会与生活的真谛。

有一首很流行的歌曲《感觉身体被掏空》，诉说的是长期加班的白领的身心疲惫。身体被掏空的感觉，其实更多是由于精神被掏空造成的。究其原因，有人形象地解释：一个水池子，打开出水管多长时间放空，打开进水管多长时间灌满。现在进、出水管同时开，问多长时间灌满或放空？其实很简单，进水管比出水管粗则总会灌满，出水管比进水管粗则总会放空。精神上被放空的感觉，源于自己的进水管大小，或者早就已经完全关闭。我知道自己身体里缺少了某些必不可少的元素，就像身体感冒了会发烧，那是身体免疫系统与病毒抗争的表现。感到身体被掏空，说明灵魂的免疫系统在发挥作用。它提示我、警告我，让身体停歇下来等候灵魂，让灵魂追上它的载体。我扪心自问，我深刻反省，这么多年来，我的知识的输出，已经远远大于曾经的输入，我需要知识上的充电和智慧上的提炼。或许我的收入增加了，个人也小有名气了，自己的雄心膨胀了，儿女双全了，该有的基本都有了，但我的灵魂却没有得到相应的发育和成长，我对家庭的倾心不够，对衰老父母的孝敬、对儿女成长的介入等欠账很多。痛苦的日子，在不断积累，敲打着脆弱的神经，我忍着揪心的隐痛，偷偷擦拭着生锈的灵魂。我像一本被束之高阁的忧郁之书，内心写满了伤感、痛楚的语句，却羞于让人阅读。我的灵魂感到了饥渴，就像一件曾经合身的衣裳，它已经捉襟见肘，需要更换。我加紧读书，其意义一是掌握人生活在世界上必须掌握的实用知识，还有一个是领悟并培养宏观认识、理解世界的智慧。前一种意义是用来图生存的，一个城市人，必须记住常用的电话号码、微信密码、银行卡密码和自己住的门牌号码，不然你在城市中无法生存。但是，知识不等于智慧，知识是可以通过学习掌握的，智慧不是。教授必有某一方面的知识能力，而不一定具有智慧。知识是紧扣的，理性要求的，努力完成的，智慧则是水到渠成、凡行水上的，空阔豁达，包容万物，随意性的，点石成金的。

我虽长期坚持业余时间写作，但我希望我的写作者身份虽属于非职业身份，而我的作品不要长期被人，特别是行业人士另眼相看。我需要一种认可和肯定，这种认可和肯定，是我继续写作的动力，我虽不企望靠写作获取名利，但我需要得到社会上和行业内的认可。换言之，是否认可，是衡量我写作是否有价值的重要标尺和砝码。我的这些“自私自利”的“个人主义”，竟也得到了著名书画家苏华老师、岭南印社副秘书长张厚全先生的理解，他们在身体不好或诸事缠身的情况下，无偿地为拙书题写和篆刻书名；跟我无任何工作关系、更无利益交往的教育界朋友、政协委员叶永龙先生，白云区的好朋友陈君影先生，我的老乡张德松先生，岭南书画院副秘书长罗泽河先生竭尽所能提供支持和帮助，多年的同事杨新成老师毫无怨言地整理了全部文稿，并利用业余时间写下了真知灼见的导读，摄影家李枫先生将他得意弟子安三保的作品义务提供了封面设计的照片。

书名来自著名诗人、作家，我的良师益友周涛先生的一篇散文。在这篇《天似穹庐》里，第一句：显然，天是空的。后面写道：天还是空的。后面又写道：天依然是空的，却是开始流泪了。结尾写：天还是空的。我决意将“天是空的”作为书名后，似乎是大白话，其实很有诗意和禅意。我请著名画家苏华大姐题字时，有些难为她了：字白笔画少，不宜书写。七十余岁的苏老师为此书写了三张，无偿提供我选择。

但愿我的写作在更大范围内得到认可的期望不是遥不可及的梦想，但愿由于写作占用大量业余时间而无暇顾及家庭、培养儿子成长的内疚被家人理解和体谅。

尹　广

2017年2月

图书在版编目（CIP）数据

天是空的 / 尹广著 .— 北京：东方出版社，2016

ISBN 978-7-5060-8854-1

Ⅰ.①天…　Ⅱ.①尹…　Ⅲ.①散文集–中国–当代　Ⅳ.①I267

中国版本图书馆 CIP 数据核字（2017）第 008122 号

天是空的

（TIAN SHI KONG DE）

尹　广　著

责任编辑：史常余

出　　版：東方出版社

发　　行：人民东方出版传媒有限公司

地　　址：北京市东城区东四十条 113 号

邮政编码：100007

印　　刷：北京凯德印刷有限责任公司

版　　次：2017 年 2 月第 1 版　2017 年 2 月北京第 1 次印刷

开　　本：710 毫米 ×1000 毫米　1/16

印　　张：19.25　　彩插印张：2

字　　数：290 千字

书　　号：ISBN 978-7-5060-8854-1

定　　价：58.00 元

发行电话：（010）65210059　65210060　65210062　65210063